Marlian Wall
Bombenleger

Bombenleger
Marlian Wall

Impressum

Titel: Bombenleger
Autor: Marlian Wall
2. erweiterte Auflage 2017
© Marlian Wall
Covergestaltung: Vlad Hnatovskiy
Bildmaterial:http://dragorothstock.deviantart.com/
Herstellung und Verlag: BoD - Books on Demand, Norderstedt

ISBN-13: 978 3744 800 242

Bibliografische Information der Deutschen Nationalbibliothek: Die Deutsche Nationalbibliothek verzeichnet diese Publikation in der Deutschen Nationalbibliografie; detaillierte bibliografische Daten sind im Internet über dnb.dnb.de abrufbar.
Auch als E-Book erhältlich.

Für Michael

Prolog

Nr. 2 sah von dem Sudokurätsel auf, als er die Geräusche aus dem Obergeschoss hörte. Die Musik des Filmabspanns endete abrupt, der Fernseher verabschiedete sich mit einem Klingelton. Er folgte dem schwerfälligen Tritt über seinem Kopf, litt fast mit unter dem Schmerz, den jeder Schritt ihr bereitete. Nun würde seine Frau ins Bad gehen, die Zähne putzen, sich zur Nacht umziehen. Noch immer war sie eitel, wollte erhalten, was die Zeit nicht zerstört hatte, für ihn. Dabei liebte er dieses Gesicht heute wie vor vierzig Jahren; jede ihrer Falten schien eine Geschichte des gemeinsamen Lebens zu erzählen.

Er stand ebenfalls auf, räumte seinen Block und den Stift in die Schublade der Eckbank, begann mit der Vorbereitung für das Frühstück am nächsten Morgen. Füllte Wasser in den altmodischen Kessel, maß die Wassermenge anhand des Gewichts ab. Genau einen Liter; das hatte er im Gefühl.

Die Schäferhündin, die neben dem Kachelofen geschlafen hatte, sah auf; ihr fast fragender Blick ließ ihn lächeln und er nickte ihr zu. Ja, sie würden noch eine Runde drehen, ein Depot überprüfen, sobald er Marie für die Nacht warm zugedeckt hatte.

Das Summen der elektrischen Zahnbürste im Bad verstummte, nun folgte die letzte Aufgabe des Tages. Das Ablegen der Kleidung, diese alltägliche Routine, verstärkte den Schmerz in ihren Gelenken, doch sie wollte sich nicht helfen lassen; musste ein winziges Stück Würde bewahren.

Nr. 2 stellte Tassen und Teller auf den Frühstückstisch, suchte ihren Lieblingseierlöffel aus der Schublade, nahm den Salzstreuer aus dem Regal und stellte ihn genau in die Mitte des Tisches. Eine Blume würde er ihr aus dem Garten mitbringen, morgen nach dem Frühspaziergang. Er wandte sich um, öffnete die Tablettenschachteln und legte die Medikamente auf das kleine Tablett, stellte ein Glas Milch dazu, maß die Tropfen des Schmerzmittels ab.

Die Badezimmertür oben öffnete sich; durch die Holzdecke hörte er sie langsam ins Schlafzimmer gehen, stellte sich ihr erleichtertes Seufzen vor, wenn sie sich aufs Bett setzte.

»Bertrand?«, rief sie.

»Ich bin schon unterwegs!«

Er balancierte das Tablett die Treppe hinauf, wandte sich nach rechts und betrat das Schlafzimmer. Wie jeden Abend traf ihn ihr bittender Blick und er nickte. Er stellte das Nachtmahl auf den Tisch, schlug die Bettdecke zurück, drehte sie mit geübtem Griff ins Bett. Während sie die Tabletten einnahm, schloss er die Rollläden, kippte das Fenster und deckte sie sorgfältig zu, küsste sie auf die Stirn. »Bonne nuit, Marie!«

Sie lächelte ein wenig. »Gehst du noch einmal los?«

»Ja, Losa wartet schon.«

»Bleib nicht so lang fort«, bat sie.

»Nein, heute nicht.« Er fuhr ihr zart übers Haar. »Träume schön, mein Schatz!«

Sie streckte sich wohlig. »Erst, wenn du wieder zurück bist.«

Er nickte und schaltete die Nachttischlampe aus.

Losa erwartete ihn bereits am Fuß der Treppe. Er legte ihr das Halsband an, nahm die Joppe vom Haken und zog die Taschenlampe aus einer der Taschen. So leicht sie auch in der Hand lag, so zuverlässig warf sie ihren Strahl fast hundert Meter weit.

Solche Materialien hätten wir uns früher gewünscht, dachte er. Die alten Weitstrahler waren echte Batteriefresser, die Birnen so unzuverlässig, dass man immer Ersatz mit sich herumtragen musste. Doch am Asselscheuerhof hatte auch die alte Lampe ihren Dienst getan, fast wäre die tödliche Falle zugeschnappt. Heute war er froh über den glücklichen Zufall, der damals zwei

Menschen gerettet hatte. Nein, dieser Krieg gegen Gegner, die nie existiert hatten, musste endlich beendet werden.

Er zog seine Mütze über, öffnete die Haustür, trat in den Regen. Die Werkstatt lag quer zum Wohnhaus; aus Gewohnheit kontrollierte er das alte Schloss: Alles in Ordnung. Losa zog ihn weiter, wollte laufen, drüben im Wald.

»Ruhig, Mädchen!«, ermahnte er sie. »Erst kommt die Kontrolle.«

Sie umrundeten die Halle, er ließ den Strahl der Taschenlampe über das Brachgelände wandern, auf dem der Neubau entstehen sollte. Seit zwei Jahren lagen die Architektenpläne in seinem Schreibtisch, doch die Baugenehmigung wurde durch miese Tricks verzögert.

Er seufzte, als Losa aufgeregt vor ihm tänzelte, folgte ihrem Ziel. Sie erreichten die Barriere am Ende der Stichstraße und er ließ sie von der Leine. Sie stürzte in den Wald, während er in seinen Wanderschritt fiel.

An der zweiten Wegbiegung sah er sich prüfend um, dimmte die Taschenlampe und verließ den Waldweg. Ein Strauch verbarg den Abzweig zu dem Trampelpfad, dem er in leichten Kehren folgte; der direkte Aufstieg forderte zu viel Kraft. Früher wäre er den Hügel im Laufschritt mit schwerem Gepäck hinauf gehetzt, aber auch seine Kondition hatte nachgelassen. Kurz vor dem Gipfel wandte er seinen Schritt nach rechts, eiliger jetzt, denn er hatte das leichte Knurren von Losa gehört.

Sie wartete am Eingang des Depots, die Ohren wachsam aufgestellt. Er ging auf sie zu und tätschelte ihren Kopf. »Was ist denn los, mein Mädchen? Stimmt etwas nicht?«

Er schaltete die Lampe aus und horchte in die Dunkelheit, vernahm nur die Laute des Waldes. »Such, Losa«, wies er die Schäferhündin leise an.

Sie lief in den Wald, folgte einer Spur den Hügel hinauf, die er nicht wahrnahm. Er pfiff kurz und sie kehrte zu ihm zurück. »Gleich zeigst du mir den Weg.«

Die Taschenlampe flammte auf kleinster Stufe wieder auf und in ihrem schwachen Schein überprüfte er den Waldboden, fand nur frische Spuren von Wildschweinen. Trotzdem sah er sich noch einmal um, bevor er die mit Farn bewachsene Bodenklappe des Depots vorsichtig öffnete, die Stütze ausklappte und die wenigen Stufen hinunterstieg.

Der Strahl seiner Lampe wanderte über mehrere Kisten auf einem Regal am Ende des Unterstandes. Alle waren verschlossen und wirkten unberührt. Er ging auf einen Tisch an der linken Seite zu, öffnete die Schublade und hob eine Metallkassette heraus. Der Deckel sprang auf, nachdem er den Code am Ziffernblock eingestellt hatte. Die Unterlagen waren geordnet; er sah das Kürzel des letzten Kontrolleurs. Nr. 4 führte die Aufsicht über dieses Depot, das kleinste von allen.

Unter dem Schreibblock befanden sich die beiden Armeepistolen und das Geld, das er nach der Währungsumstellung von DM und Franc in Euro umgetauscht hatte. Er legte es zur Seite und blätterte durch das Codebuch mit dem Natostern. Die Ziffern und Buchstaben hatten ihre Bedeutung schon vor Jahren verloren, waren nicht zum Einsatz gekommen. Er erinnerte sich an all die Übungen für den Ernstfall, der nie eingetreten war, dessen vage Möglichkeit jedoch sein ganzes Leben überschattet hatte. Nun musste alles ein Ende haben.

Er legte das Buch zurück, verschloss die Kassette und kontrollierte die Kisten. Dynamit, Sprengkapseln, Zündschnüre, Batterien, Drähte, Quecksilberschalter. Sogar die Metallwäscheklammern lagen noch am Platz, wie er erleichtert feststellte. Nein, dieses Waffenlager war unentdeckt und hier würde er in den nächsten Tagen mit dem Aufräumen beginnen.

Er verließ den kleinen Unterstand, verschloss die Bodenklappe, tarnte die Ränder mit Laub.

Losa wartete geduldig, doch ihr leises Winseln ließ ihn wieder aufmerken. Sie war ein erstklassiger Spürhund, selbst auf ihre alten Tage. Eine Witterung von Nr. 4 hätte sie nicht anschlagen lassen.

Er nickte ihr zu. »Nun zeig mir den Weg!«

Sofort sprang sie auf, nahm die Spur durch das Unterholz des Waldes auf.

Langsam folgte er ihr, bemerkte den Richtungswechsel nach Westen. Auf diesem Weg würden sie den Wald bald wieder verlassen, über die Wiesen nach Orscholz gelangen. Dort lag ein weiteres Depot versteckt und noch nicht einmal Nr. 3 kannte seine Lage. Kein Mitglied seines Kommandos war über alle Unterstände informiert; eine Sicherungsmaßnahme für den Fall, dass sie dem Feind in die Hände fielen.

Losa hatte den Waldrand fast erreicht, als er einen weiteren Lichtpunkt sah. Wer trieb sich hier mitten in der Nacht herum? Er löschte seine Lampe sofort. Waren die Jäger schon so früh unterwegs? Nein, die kamen zu dieser Jahreszeit nicht vor fünf Uhr am Morgen. Und das Leuchten schien ihm statisch, etwa eineinhalb Meter über dem Waldboden. Langsam und vorsichtig näherte er sich, versuchte, zu Losa aufzuschließen.

Der Geruch stieg ihm plötzlich in die Nase; dieser Gestank, den er nie wieder riechen wollte. Ätzend und unverwechselbar. Sie mussten sofort hier weg!

Er pfiff nach Losa, nun jegliche Deckung aufgebend. Sah sie im plötzlichen Lichtblitz auf ihn zu laufen, dachte an Marie, die nicht schön träumen würde.

Dann traf ihn die Druckwelle der Explosion mit aller Wucht, löschte seine Gedanken aus.

1

Tim Feldmann, jüngster Kriminalkommissar des Saarlandes und von seinen Kollegen Viggi genannt, stand am Bahnsteig 12 des Hauptbahnhofes und lauschte der Lautsprecherdurchsage: »Achtung am Gleis 12. Der Intercityexpress 9558 aus Paris zur Weiterfahrt nach Frankfurt hat voraussichtlich fünf Minuten Verspätung.«

Nur fünf Minuten, dachte Viggi, das geht ja noch.

Er sah die Kollegen von der Bundespolizei ihre Aufstellung am Anfang und Ende des Bahnsteigs einnehmen und fragte sich, wie viele illegale Einwanderer sie heute entdecken würden. Die Aufnahmestellen des Saarlandes waren mit Flüchtlingen überfüllt, seitdem die Spannungen in der Welt zugenommen hatten und stellten die ohnehin klamme Finanzkasse des Landes vor neue, fast unlösbare Aufgaben. Auch bei der Polizei wurde weiterhin gespart und man hatte nur achtzig neue Polizeianwärter eingestellt und den vorgesehenen Stellenplan um zwanzig Prozent unterschritten. Weniger neue Kollegen bedeuteten auch mehr Arbeit für die Aktiven und Viggi war froh, dass seine Bewerbung für die Kripo so bald berücksichtigt worden war. Vor einem Monat hatte er seine neue Stelle angetreten, gemeinsam mit der neuen Dienststellenleiterin. Die Kriminalrätin Dr. Theodora Singer leitete nun das Dezernat LPP 213, Verbrechen gegen das Leben und die sexuelle Selbstbestimmung. Was für ein absurdes Begriffsungetüm! Andernorts nannte man eine ähnliche Abteilung einfach die Mordinspektion.

Die Lautsprecherdurchsage kündigte die Einfahrt des Zuges an und Tim sah auf die einzelne weiße Rose in seiner Hand. Nein, das war vielleicht doch zu peinlich, entschied er plötzlich und schenkte sie einer alten Dame neben sich. Was würde Lori von ihm denken? Sie waren Freunde, nicht mehr. Kommissarin Gloria Dreguzkaya kehrte von einem Auslandspraktikum bei Interpol in Lyon zurück, um das er sie beneidete. Morgen würde sie ihre Ausbildung beim Landespolizeipräsidium fortsetzen, in seiner Abteilung. Ihr Schreibtisch stand seinem gegenüber, genau wie im vergangenen Jahr, als sie ihren ersten Fall gelöst hatten. Sie hatten ihren Kontakt über Email aufrecht erhalten und Tim sah Lori als seine einzige Freundin. Hochbegabt wie er, war sie ihm zwei Jahre voraus; studierte bereits an der Deutschen Hochschule der Polizei. Nun würden sie in den nächsten Wochen wieder gemeinsam ermitteln.

Gloria Dreguzkaya sah sich suchend auf dem Bahnsteig um. Viggi war gekommen, das wusste sie; er würde sie nicht hängenlassen. Sie überblickte die Menge der Reisenden, die herzlichen Begrüßungen, das Winken, als der Zug seine Fahrt fortsetzte.

Dann sah sie ihn. Er hatte die Menge am gegenüberliegenden Gleis umgangen, kam mit ernstem Gesicht auf sie zu, gab ihr kurz Zeit für eine Betrachtung. Kurzgehaltenes dunkles Haar, ebenmäßige Gesichtszüge, hochgewachsen. Ein weißes Hemd, schwarze Jeans, Lederschuhe, korrekt auch an diesem unverhofften Spätsommertag. Auf Weste und Fliege hatte er heute verzichtet, Viggi trug definitiv seine Freizeitkleidung. In einem T-Shirt, Bermudas und Sandalen, wie bei den jungen Leuten ihrer Altersklasse üblich, konnte sie sich ihn nicht vorstellen.

»Hallo Lori, willkommen daheim!«

Nein, er umarmte sie nicht, nickte ihr nur zu, nahm ihren Koffer und die Reisetasche. »Wollen wir sehen, dass wir aus dem Trubel herauskommen?«

Sie stellten das Gepäck in Viggis alten Golf und er schlug ein spätes Mittagessen auf ihrem Heimweg vor. »Sollen wir in Riegelsberg halten? Oder auch in St. Wendel? Oder möchtest du gleich nach Hause, deine Familie sehen?«, fragte er.

Sie zog ihr Handy aus der Tasche und registrierte die die zwanzigste Nachricht ihrer Großmutter, die seit dem Morgen eingetroffen waren. Sie fürchtete die Auseinandersetzung mit ihr; das Thema konnte noch warten.

»Nein, ich habe noch Zeit. Hast du etwas vor?«, entgegnete sie, warf das Handy entschlossen in ihre Tasche.

Viggi schüttelte den Kopf. »Wir könnten am Markt essen oder am Staden faulenzen.« Er überlegte. »Oder Dora besuchen.«

»Dora?«, fragte sie überrascht.

»Sie hat mich zu ihrem Geburtstag heute eingeladen. Ausdrücklich mit Begleitung. Essen gibt es um drei.«

»Deine Oberchefin lädt dich zu ihrem Geburtstag ein? Aber da musst du doch unbedingt hin!«

Er zuckte mit den Achseln. »Ich hatte mich bereits bei ihr entschuldigt. Aber wenn du mitkommen möchtest?«

»Ich habe kein Geschenk«, gab sie zu bedenken.

»Aber ich und das genügt für uns beide«, wischte er ihren Einwand fort. »Na, was hältst du davon?«

Es schien Viggi wichtiger zu sein, als er zugab. Lori überdachte blitzschnell ihre Optionen und entschied, dass der häusliche Stress mit der geliebten Großmutter noch warten konnte. »Ja, warum nicht?«

Viggi strahlte. »Ich schreibe Dora eine SMS, dass wir kommen.«

Viggi beobachtete Lori fasziniert. Die bewundernden Blicke, die sie auf sich zog, bemerkte sie nicht. Ihm selbst war es unangenehm, jegliche Aufmerksamkeit anderer Menschen auf sich zu ziehen, doch Lori konzentrierte sich nur auf ihre Gesprächspartner. Begeistert berichtete sie von ihrem Praktikum in Lyon, beantwortete seine Fragen mehrmals auf Französisch und korrigierte sich dann mit einem Lachen selbst. »Entschuldige, Viggi, ich bin nicht ganz wieder zuhause.«

Er überlegte, wie ein Scan der Sprachareale ihrer Großhirnrinde aussah, wenn sie über jedes Wort in vier verschiedenen Sprachen parallel verfügen konnte, so spielerisch und perfekt zwischen ihnen wechselte.

»Nun bist du dran«, hörte er sie sagen. »Was gibt es Neues im Präsidium?«

Viggi überlegte. »Was möchtest du hören? Die Fakten oder den Klatsch?«

»Deine scharfsinnigen, subjektiv geprägten Einschätzungen«, lachte sie. »Den Klatsch höre ich anderswo.«

Viggi zuckte zusammen, rief die Daten seiner eigenen Parallelverarbeitung ab. »Dora wurde zur Kriminalrätin befördert und hat die Leitung des LPP213 übernommen, aber das hatte ich dir ja schon geschrieben. Ich bin selbst erst einen Monat dabei, ich kenne die Kollegen noch nicht so genau«, antwortete er zögernd.

»Nun komm schon, Viggi! Wie hat Nadine darauf reagiert? Zuerst setzt die Mannschaft alles daran, Dora als Chefin abzusägen und dann kehrt sie fast unangreifbar auf höherer Ebene zurück. Das gab doch sicher Unruhe!«

»Du willst doch den Klatsch hören«, stellte er grinsend fest. »Ich war schon einen Tag vor Dora dort, weil sie am ersten Tag mit dem Polizeipräsidenten sprach und die Formalitäten zu regeln hatte. Die Stimmung unter den Mitarbeitern ihrer Abteilung war geteilt, als ich am Morgen zur Frühbesprechung kam. Junkes wirkte verschnupft«, erinnerte er sich.

Die Kriminaloberkommissarin Nadine Junkes hatte im vergangenen Jahr die Mordermittlung geleitet, der Lori und Viggi als Aushilfskräfte zugeordnet wurden. Nachdem Dora schwere Fehler in Nadines Ermittlungsarbeit aufgedeckt hatte, waren die beiden aneinander geraten. Lori nickte nachdenklich. »Das kann ich mir vorstellen, Nadine wollte den Posten selbst. Ist sie inzwischen befördert worden?«

»Nein, zum Glück noch nicht!« Viggi mochte Nadine auch nicht. »Bei der letzten Beurteilungsrunde ist sie zwar gut bewertet worden, aber für eine Beförderung hat es nicht gereicht. Die Stelle des Ersten Hauptkommissars bleibt weiterhin unbesetzt, weil sie Dora zurückgeholt haben. Das kennst du doch: Es wird gespart, wo es geht.«

»Und trotzdem haben die Oberen in diesem Punkt richtig entschieden! Als promovierte Psychologin und Polizistin leitet sie eine Mordinspektion, wo gibt es das sonst?«, meinte Lori mit Nachdruck. »Die können froh sein, dass Dora wieder vor Ort ist. Sie hätten sie nie gehen lassen dürfen.«

»Die Kollegen von der Uniform sehen es genauso, da hat sie großen Rückhalt«, meinte er nachdenklich. »Aber sie wird sich trotzdem bewähren müssen, braucht loyale Mitarbeiter«, wandte er ein.

»Nun, den ersten hat sie ja bereits berufen«, sagte sie lächelnd.

»Du meinst mich?« Viggi schüttelte den Kopf. »Damit hatte sie nichts zu tun. Mein Bewerbungsverfahren war schon im Sommer abgeschlossen und da unterrichtete sie noch an der Polizeihochschule in Münster.« Es war ihm wichtig, die Tatsache zu betonen, weil Lori nur die halbe Wahrheit kannte.

Lori lachte. »Weiß ich doch! Ich habe die Prüfung in Psychologischer Kriminologie im Frühjahr bei ihr abgelegt. Denen wird sie fehlen. Und jetzt bin ich gespannt, wie sie wohnt!«

Drei Herren befanden sich in Theodora Singers Küche und bereiteten das Geschenk für die Freundin zu: Ein Essen für eine handverlesene Anzahl von Gästen.

Moritz hatte den Vorschlag gemacht, als sie ihn zu ihrem Geburtstag eingeladen hatte. »Was hältst du davon, wenn ich koche? Solltest du plötzlich weg gerufen werden, müssen deine Gäste nicht mit leerem Magen nach Hause.«

»Du hast doch nur Angst, dass ich euch vergifte!«, hatte sie gelacht.

»Nun, eine Sterneköchin wird nie aus dir«, gab er zu.

Er brauchte sie nicht lange überzeugen; sie kannte ihre Grenzen.

»Wo steckt Tim?«, fragte Falk nun.

»Auf diplomatischer Mission«, antwortete Yann. Als Falk ihn verständnislos ansah, lachte er. »Er holt Lori vom Bahnhof ab und wusste noch nicht, ob sie herkommen will«, antwortete Yann.

»Lori?«, horchte Falk auf.

Moritz verdrehte die Augen. »Sie ist zu jung für dich!«

»Und zu alt für Tim«, gab er zurück.

»Ach komm, Falk! Und zwei Jahre Altersunterschied sind etwas anderes als zwanzig Jahre!«

»Das sagt mir doch gerade der Richtige«, antwortete Falk empört, hörte Yann hinter sich leise lachen.

Moritz nahm einen Löffel zum Abschmecken, grinste. »Da hast du recht. Aber du brauchst eine Partnerin, keine Gespielin, mein Freund«, sah er ihn nun ernster an.

Falk seufzte. »Es ist aber keine in Sicht.«

Moritz verschluckte sich an der Suppe, legte den Löffel zur Seite. »Sag mal, bist du mit Betriebsblindheit geschlagen?«

Falk ging seine Bekanntschaften im Geiste durch. »Meine Kolleginnen sind alle verheiratet. Und sonst habe ich ja noch kaum jemanden kennengelernt.«

»Was du auch ändern könntest!« Yann lachte wieder. »Er ist ein hoffnungsloser Fall!«

Moritz zwinkerte zurück. »Nein, zwei«, und Yann nickte.

Dora warf vorsichtig einen Blick in ihre Küche. »Kann ich euch helfen?«, fragte sie.

Moritz drehte sich zu ihr um, schüttelte den Kopf. »Wir sind gleich soweit. Kümmere du dich um deine Gäste, Essen ist in einer Viertelstunde fertig.«

Das Piepen einer SMS ließ Dora ihr Handy aus der Tasche ihrer Jeans ziehen. Moritz sah den Schreck in ihren Augen, als sie die Nachricht las.

»Ich habe es geahnt, eine Lüge zieht die nächste nach sich«, stöhnte sie. »Tim kommt doch noch und bringt Gloria mit!«

Falk verstand ihre Sorge nicht. »Ist doch schön, wenn er sie mitbringt und das Essen wird für alle reichen«, warf er einen prüfenden Blick über die Töpfe und Schüsseln.

Yann warf ihm einen warnenden Blick zu. »Das ist nicht das Problem, Falk! Lori weiß nichts über unsere Beziehungen. Sie hat mich nur als Verdächtigen kennengelernt und wird sich fragen, warum ich hier bin. Oder warum Dora nur ihren jüngsten Mitarbeiter zu ihrem Geburtstag eingeladen hat, die anderen Kollegen jedoch nicht. Hat Tim dir etwa erzählt, dass er sich geoutet hat?«

»Nein, hat er nicht.« Falk zuckte die Achseln. »Dann müssen wir eben Theater spielen, bis Tim sie eingeweiht hat. Ist nichts Neues für uns.«

Besorgt sah Dora ihn an. »Wird das gutgehen?«

Falk beruhigte sie. »Wir werden für Tim dichthalten. Aber du solltest auch deine anderen Gäste drüben vorwarnen«, empfahl er.

Was geht hier vor? Hier stimmt etwas nicht, benannte Lori die Unruhe, die sie befiel. Sie erinnerte sich an Doras Empfehlung, solche Intuitionen zu nutzen. Höre darauf, analysiere die Situation! Was schließen wir aus den Äußerlichkeiten? Sie sah sich unauffällig um.

Doras Wohnung lag im zweiten Stock eines renovierten Altbaus am Saarbrücker Rotenbühl, obwohl Lori eher ein Einfamilienhaus erwartet hatte. Die moderne Küche und das Wohn- und Esszimmer, in dem sie nun saßen, waren großzügig. Die Einrichtung schien aus dem letzten Jahrhundert zu stammen; sorgfältig ausgewählte Einzelstücke aus der späten Bauhauszeit prägten ihren Stil. Die Wände wirkten noch kahl, doch die hohen Fenster mit den tiefen Nischen erlaubten den freien Blick auf den alten St. Johanner Friedhof, eine Oase der Innenstadt, nachdem der Hauptfriedhof an der Goldenen Bremm seine Funktion übernommen hatte. Das Landespolizeipräsidium lag keine drei Kilometer entfernt und das war ein weiterer unschätzbarer Vorteil von Doras Heim: Selbst wenn die Saarländer bei einer zu erwartenden Höchstschneedecke von zwei Zentimetern wieder einmal den regionalen Notstand ausriefen, konnte sie ihr Büro mit einem kurzen Fußmarsch erreichen, ohne sich durch kilometerlange Staus zu quälen.

Doch was stimmt hier nicht?

Lori betrachtete Doras Gesellschaft unauffällig. Sie war freundlich begrüßt und den anderen vorgestellt worden. Die alte Dame am Kopfende des Tisches war Doras Mutter. Sehr elegant gekleidet unterschied sie sich dadurch von den anderen Gästen, die in lockerer Freizeitkleidung erschienen waren. Zur Familie der Gastgeberin gehörten auch ihr Sohn Dorian und seine Freundin Kathrina. Soweit schien Lori alles in Ordnung.

Blieben noch die drei Herren. Moritz Thalfang war in Doras Alter. Lori hatte von dem ehemaligen Chef der Kriminalpolizei gehört, der nach 25 Dienstjahren unvermittelt gekündigt hatte, um sein eigenes Sicherheitsunternehmen zu gründen. Äußerst erfolgreich hatte sich MT Security bundesweit etabliert und manchmal dachte Lori, dass die Firma über bessere Ausstattung als die Landespolizei verfügte. Die Gründe für Thalfangs Ausscheiden waren im Dunkeln geblieben und noch heute fragten sich die Kollegen, was ihn dazu getrieben hatte, seine vielversprechende Karriere zu beenden. Doch dass er heute hier war, beschäftigte Lori nicht: Sie wusste, dass Thalfang mit Dora befreundet war.

Der nächste Gast ließ Lori immer zusammenfahren, wenn sie ihn traf: Sie hatte Herrn Oberstaatsanwalt Dr. Falk Senkenfeld im vergangenen Jahr kennengelernt. Aus beruflichem Frust war er aus Hannover geflüchtet und im Saarland gestrandet, hoffte hier auf einen Aufstieg zum leitenden Oberstaatsanwalt. Anscheinend hatten Dora und er sich doch angefreundet, nachdem sie sich anfangs so misstrauisch begegnet waren. Sie gingen vertraut miteinander um, duzten sich und Lori beneidete Dora um diesen Freund.

Sie selbst hatte nicht erwartet, dem Mann ihrer Träume so unvermittelt in einem privaten Umfeld zu begegnen. Sah er in Jeans und Pullover nicht noch besser aus als in seinen perfekt sitzenden Anzügen?

Ihre Aufregung hatte sie bei der Begrüßung ein förmliches »Guten Tag, Herr Dr. Senkenfeld« vorbringen lassen.

Er hatte mit einem Lächeln geantwortet. »Wie schön, Sie wiederzusehen, Lori. Darf ich Sie hier und heute so nennen?«

Und ich habe kaum ein Nicken zustande gebracht, ärgerte sie sich jetzt. Dabei hatte ich mir schon so oft vorgestellt, wie er meinen Namen aussprechen würde. Bei dem warmen Klang seiner Stimme war ihr ein wohliger Schauer über den Rücken gelaufen. Durfte sie ihn nun Falk nennen? Nein, das brachte sie nicht fertig, nicht einmal hier und heute, wie er es genannt hatte.

Herr Senkenfeld unterhielt sich angeregt mit einem dritten Mann und diesen Typen kannte Lori. Was tat Yann Schütz hier? Lori empfand es als äußerst unangenehm, wenn sie einen Betroffenen aus früheren Fällen in anderer Umgebung wiedertraf. Und damals stand er unter Mordverdacht!

Der junge Arzt dagegen schien keine Berührungsängste zu kennen. Als Dora ihn nochmals vorstellte, hatte er Lori freundlich zugelächelt. »Du kennst mich ja schon; ich denke, ihr habt mich damals gut durchleuchtet. Beginnen wir noch einmal von vorn? Ich bin Yann und glaub´ mir, ich war es nicht.«

Er reichte ihr die Hand und Lori lächelte überrumpelt. »Weiß ich doch!«

Schütz passte definitiv nicht in diese private Geburtstagsfeier, überlegte Lori nun, betrachtete ihn eingehend. Er duzte ganz selbstverständlich bis auf Doras Mutter alle anderen. Durfte er das? Die deutschen Etikettenregeln waren ihr selbst nach zwanzig Jahren in diesem Land fremd, aber man brachte den Älteren doch Achtung entgegen! So hatte sie es zuhause gelernt.

Wie verhielt sich Viggi, der sie hierher geschleppt hatte? Sie beobachtete seinen Umgang mit den anderen Gästen. Auch er duzte die jungen Leute und natürlich Dora, die er kannte, vermied aber die direkte Anrede bei den Älteren. Und er war auf diesen Geburtstag vorbereitet, hatte auch ein Geschenk besorgt; eine CD, wie Lori aus der Verpackung geschlossen hatte. Es interessierte sie, welche Musik er für Dora ausgesucht hatte, aber seine Vorgesetzte nahm das Geschenk entgegen und sagte, sie sehe es sich nach dem Essen an.

Das Gefühl des Unbehagens setzte Lori weiterhin zu. Machte Schütz sie so nervös oder war es ihre eigene Unsicherheit, sich in einer fremden Gesellschaft aufzuhalten? Dora hatte keinen der Herren als ihren Partner vorgestellt und Lori verbot sich sofort den Gedanken, der sich ihr aufdrängte.

»Hallo Lori, bist du noch da?« Dorian riss sie aus ihren Gedanken. »Ich hatte dich gefragt, ob du nächstes Wochenende vielleicht Lust auf einen Spieleabend hast? Du und Viggi, Kathrina und ich?«

»Was wollt ihr denn spielen?«

»Risiko.«

»Gerne«, antwortete sie, freute sich über die Einladung. Durch ihr zeitintensives Studium in Münster war ihr Bekanntenkreis geschrumpft; Freunde fehlten ihr. »Leider kenne ich meinen Dienstplan noch nicht. Vielleicht muss ich arbeiten, aber in zwei Wochen habe ich dann frei.«

Kathrina schüttelte bedauernd den Kopf. »Da können wir nicht. Da heiratet Dorians Pate!«

Hochzeit, das Thema schien Lori unaufhörlich zu verfolgen, doch sie erkundigte sich höflich: »Dein Pate heiratet? Wie alt ist er denn?«

Dorian wirkte plötzlich nervös. »Fast fünfzig. Es ist seine zweite Ehe«, setzte er erklärend hinzu.

Eine neue Tante! Das konnte sie sich in ihrer eigenen Familie gar nicht vorstellen! »Und seine neue Partnerin? Wie ist sie so?«

Das Tischgespräch der anderen erstarb.

»Ah, ganz okay«, antwortete Dorian ausweichend.

»Und wie nennst du sie? Tante?«

Dorian wand sich. »Nein, ich benutze den Vornamen.«

Dora verschluckte sich an der heißen Suppe, hielt sich die Hand vor den Mund und winkte den Gästen entschuldigend zu, bevor sie in Richtung des Badezimmers verschwand.

»Wie feiert ihr in Deutschland eine Hochzeit?«, fragte Lori interessiert. »Ich war hier noch nie eingeladen, aber bei uns ist es ein großes Fest über mindestens drei Tage, mit Bergen an Essen und Strömen von Alkohol.«

Kathrina antwortete. »Ich glaube, es ist eher eine Party am Abend geplant.«

»Erzählen Sie uns mehr von den russischen Bräuchen, Lori?«, schaltete sich Falk ein und Dorian sah ihn erleichtert an.

Irritiert sah Lori sich um, bemerkte, dass alle Gäste ihr nun zuhörten. »Bei uns ist vieles anders…«, begann sie.

Das Läuten eines Handys unterbrach Loris Schilderung. Der Klingelton war auch Yann vage bekannt und Moritz blickte sich bereits alarmiert um. »Das ist Theos Diensthandy. Wo steckt sie denn?« Bittend sah er ihn an. »Würdest du mal nach unserer Gastgeberin schauen? Vielleicht ist ihr übel?«

Yann warf ihm einen fragenden Blick zu, stand dann doch auf. Vorsichtig klopfte er an die Badezimmertür.

»Dora, dein Diensthandy klingelt.«

Keine Reaktion.

Was mache ich jetzt, überlegte er zweifelnd. Dora mag mich nicht, aber wenn ihr tatsächlich übel geworden ist, wie Moritz vermutete, bin ich hier als Arzt gefragt. Die Tasche für einen Notfall lag griffbereit unten im Auto. Er klopfte noch einmal: »Dora, alles okay?«

Nun hörte er ein Würgen, wie er den Laut deutete und Yann wartete nicht mehr ab, drückte die Klinke. Die Tür gab sofort nach, wie bei Singles üblich. Wozu absperren?

Dora saß neben der Badewanne am Boden, ihren Kopf hatte sie zwischen den Knien versteckt, die Arme um den Bauch geschlungen.

Vorsichtig sprach er sie an. »Dora, was ist denn?«

Sie schüttelte den Kopf, ein weiteres Beben durchlief ihren Körper. Sie sah auf, Tränen liefen über ihre Wangen.

»Entschuldige Yann«, brachte sie erstickt heraus und unterdrückte den nächsten Lachanfall. »Ich habe es nicht mehr ausgehalten!«

Erleichtert ließ Yann sich auf dem Toilettendeckel nieder. »Das ist es also? Ein Lachflash?«

Sie nickte, gluckste und versteckte sich wieder. Das Lachen schüttelte ihren ganzen Körper.

»Okay, akute abdominale Reizung aufgrund irrationaler emotionaler Erregung«, diagnostizierte der Arzt. »Ich verordne ein Supp Scopolamin.«

Sie sah auf. »Ich vertrage keine Wahrheitsdrogen, Herr Doktor«, murmelte sie unterdrückt.

»Dann werden wir versuchen, das Übel an der Wurzel zu packen. Was hat dich so erheitert?«

»Loris unbedarfte Fragen und Dorians Zappeln! ‚Ich benutze den Vornamen'«, zitierte sie und lachte erneut.

Yann verdrehte die Augen. »Okay, rezidivierende abdominale Reizung. Wie wäre es mit 2,5mg Morphium, subkutan? Dann schläfst du.«

Sie wog den Vorschlag ab. »Reizvoll, aber ich muss vielleicht noch arbeiten. Du sagst, mein Handy klingelt?«

»Ja, und ziemlich penetrant. Der Anrufer hat erst nach dem zwanzigsten Klingeln aufgelegt.«

Seufzend stand sie auf, wischte sich die Augen, nahm ein Gästetuch von der Ablage und drehte das kalte Wasser auf. »Es geht schon wieder. Danke für deine Hilfe.«

Yann fühlte sich entlassen, doch Dora sprach ihn noch einmal an. »Yann, ich wollte euch nicht verletzen!«

Er lächelte. »Das weiß ich doch!«

Doras Miene fror in Sekundenschnelle ein, fast abrupt wandte sie sich von ihm ab.

Yann sah zu, dass er der wieder vertraut frostigen Atmosphäre zwischen ihnen entkam. Dora mochte ihn eben nicht.

Moritz kam ihr entgegen, reichte ihr das Handy. »Es läutet zum dritten Mal in zehn Minuten.«

Dora nahm es entgegen. »Singer«, meldete sie sich. Sie hörte kurz zu und stellte dann die Fragen, die er so gut kannte.

»Wann? Wo? Wer ist vor Ort? Habt ihr die Leiche identifiziert?«

Ende des Geburtstages, konstatierte Moritz. Seine Gedanken überschlugen sich, er spürte das Adrenalin in seinem Körper. Ein neuer Mordfall?

Sofort unterbrach er seinen Gedankengang, atmete zweimal tief durch. Nein, diese Welt hatte er verlassen.

Dora sah auf die Notizen auf ihrem Schreibblock, legte den Stift ab. »Ja, ich werde die Staatsanwaltschaft benachrichtigen. Ich kenne die neuen Regeln«, beendete sie das Telefonat.

»Eine Leiche im Nordsaarland«, informierte sie ihn.

Er winkte ab. »Habe ich gehört und für das Gespräch mit dem Staatsanwalt brauchst du noch nicht einmal das Telefonat bezahlen! Wir räumen hier auf.«

Sie legte den Kopf ein wenig schief, sah ihn erleichtert an. »Danke! Und Entschuldigung für mein unprofessionelles Verhalten eben.«

»Ich glaube nicht, dass außer deinen Jungs und mir jemand da drüben deinen Lachanfall bemerkt hat«, grinste er. »Ich war auch kurz davor, aber ich wollte Tim schützen.«

»Ja, ich weiß. Eine kollektive Familienlüge, was es auch nicht besser macht. Ich rede mit Tim.« Sie seufzte. »Schade, dass wir die Tafel so aufheben müssen.«

»Erzählst du mir später, was passiert ist?«, fragte er.

»Du weißt doch schneller als die Polizei, was im Saarland los ist. Die Hintergrundinformationen rufe ich bei dir ab.« Moritz Telefon begann zu summen. »Ich wusste es doch!«, schnaubte sie. »Die Paralleltruppe von MT Security kennt vielleicht schon den Namen des Toten!«

Sie ging ins Esszimmer und verkündete den Gästen die schlechte Nachricht. »Wer hat Dienst in der Staatsanwaltschaft, Falk?«, erkundigte sie sich.

»Senkenfeld«, antwortete er und stand auf. »Ich werde mich umziehen.«

Dora schüttelte den Kopf. »Nadine Junkes ist schon vor Ort und sagte, ich solle mich tauglich anziehen. Sie steht mitten im Unterholz und das ist keine Umgebung für Anzug und Kostüm.«

»Sollen wir auch mitkommen?«, bot Viggi an.

»Nein, im Moment nicht. Lori beginnt erst morgen und wir wissen nicht einmal, wer der Tote ist. Heute reichen die Kräfte vor Ort.«

Doras Mutter schüttelte den Kopf. »Dass das nie ein Ende hat! Was habt ihr nur für einen Beruf!« Sie sah kokett in die Runde. »Nun, wer von meinen Jungs bringt mich nach Hause?«

Dorian stand sofort auf. »Das mache ich, Oma.«

Lori und Viggi waren schon auf der Treppe, als Dora ihn noch einmal zurückrief: »Viggi, wollt ihr nicht den Nachtisch mitnehmen?«

Viggi sah Lori fragend an, sie überließ ihm die Entscheidung. »Ja, ich komme.«

Zurück in der Wohnung reichte Dora ihm eine flache Schüssel. »Das war haarscharf, Tim! Du musst es Lori sagen und sicher fühlt sie sich jetzt schon mies, wenn sie erkennt, dass wir alle sie auf den Arm genommen haben. Du bringst uns in eine unhaltbare Situation!«

»Und du hast mit deinem Lachanfall mehr verraten als alle anderen!«, warf er ihr vor.

»Ja, aber sobald Lori den Kopf frei hat und nachdenkt, wird sie unsere kleinen Fehler bemerken«, warnte sie.

Viggi schüttelte betroffen den Kopf. »Ja, die werden ihr auffallen. Ich wollte es ihr längst sagen, aber wir kamen nicht dazu.«

Im Wagen zögerte Viggi nicht länger. »Lori, ich muss mit dir sprechen«, begann er, als ihr Handy eine SMS vermeldete.

Sie las kurz. »Meine Oma, schon wieder. Jetzt muss ich nach Hause; sie wartet.«

»Warum vermeidest du den Kontakt zu ihr? Du hattest doch immer ein gutes Verhältnis zu ihr!«

Lori schnaubte. »Ach, sie hat ein Problem mit mir, das ich nicht teile. Ich erzähle es dir irgendwann«, wich sie aus und wechselte das Thema. »Dieser Geburtstag war seltsam, nicht?«

»Wie meinst du das?«, fragte er vorsichtig.

»Na, Doras Familie war da und auch ihr Freund Moritz. Mit Senkenfeld scheint sie sich ebenfalls besser zu verstehen. Aber was hatte der Verdächtige dort zu suchen? Und wo waren die anderen Kollegen?«, stellte sie genau die Frage, die er befürchtet hatte.

Schnell suchte er eine Ausrede. »Dora kennt die neuen Kollegen kaum und Yann war ein Opfer wie die Frauen. Erinnerst du dich nicht mehr?«

Lori nahm ihm die Version ab. »Ja, ich habe ihn so lange als Täter gesehen, dass ich jetzt kaum umschalten kann. Was meinst du, welcher der Männer ist ihr Partner? Etwa Falk Senkenfeld?«, fragte sie widerstrebend.

Viggi registrierte ihre Aufregung. »Nein«, erlöste er sie.

Erleichtert atmete sie auf. »Vielleicht Moritz?«

»Nein, auch nicht«, widersprach Viggi. »Er ist seit Ewigkeiten ihr Freund.«

»Dann also Yann Schütz?«, nannte sie den letzten Kandidaten.

Viggi lachte. »Nein, ganz sicher nicht!«

Entrüstet wandte sie sich ihm zu. »Warum weist du die Erklärung so weit von dir? Viele Frauen haben einen jüngeren Liebhaber!«, insistierte sie. »Und sie wollte uns Kollegen vielleicht nicht preisgeben, wer er ist. Aber Schütz ist ein berüchtigter Frauenheld, wie wir wissen. Würde sie den nehmen?«, spekulierte sie weiter.

Seufzend schüttelte Viggi den Kopf. »Als Klatschreporter eigne ich mich nicht«, entschuldigte er sich. »Aber Dora hat meines Wissens nach keinen Partner«, antwortete er ehrlich, hoffte sich nicht zu verraten, litt unter seinem Geheimnis. »Also Lori, wann kann ich mit dir sprechen? In Ruhe? Es ist wichtig!«

Sie hatten die A8 erreicht und Viggi wies auf Schild zur Ausfahrt nach Riegelsberg. »Ich wohne hier in der Nähe. Möchtest du noch mitkommen und den Nachtisch essen?«

Lori schüttelte bedauernd den Kopf. »Nein, Viggi, das geht leider nicht. Ich muss mich meiner Großmutter stellen.«

»Was habt ihr denn für ein Problem?«, fragte er nochmals.

»Nicht jetzt«, wehrte sie ab. »Dafür brauchen wir eine ruhige Atmosphäre.«

Als er ihr einen enttäuschten Blick zuwarf, verbesserte sie ihr Angebot. »Wollen wir uns in den nächsten Tagen mal abends treffen? Dann erzählst du mir und ich dir?«

Er nickte langsam, freute sich auf den Abend mit ihr. Aber bei der Verzögerung war ihm nicht wohl.

2

»Wir haben da vielleicht etwas.«

Der junge Polizist unterbrach das Gespräch der Kriminaloberkommissarin Nadine Junkes mit Sven Niemann, dem erfahrenen Dienstgruppenleiter des Kriminaldauerdienstes. Nadine wandte sich zu ihm um.

»Ein Tierarzt aus Mettlach hat eben in der Dienststelle angerufen. Er glaubt, den Hund, den die Spaziergänger zu ihm gebracht haben, zu erkennen. Nach der Notoperation musste er noch zu einem Pferd mit Koliken und einer kalbenden Kuh, daher hat er sich erst jetzt gemeldet. Aber Losa kommt durch.«

»Losa?«, fragte Nadine irritiert.

»Die Schäferhündin.«

»Und der Name des Besitzers? Um den geht es hier!« Sie sah den jungen Kollegen entnervt an.

»Ach ja«, meinte er entschuldigend, nahm Haltung an. »Bertrand Zimmer, 69 Jahre alt. Er wohnt unten im Dorf, leitet die Schlosserei seines Schwiegervaters.«

»Gab es denn keine Vermisstenmeldung der Familie?«, fragte Nadine zweifelnd.

»Zimmers Frau ist krank, kann alleine kaum aufstehen. Zimmer hat sie gepflegt. Und seine Tochter lebt in Luxemburg.«

»Und woher weißt du das alles?«, maß sie ihn mit skeptischem Blick.

»Eine Großtante meiner Frau ist mit den Zimmers verschwägert.«

Nadine versuchte gar nicht erst, sich das Genogramm der Familie vorzustellen. »Kennst du ihn dann nicht?«

»Ich habe ihn einmal gesehen, aber das Gesicht ist ja weg«, entschuldigte er sich, wandte sich vom Anblick der Leiche fort.

Nadine überlegte rasch. Die Identifizierung des Mannes würde schwierig werden, die Spurensicherung hatte keinen Ausweis finden können. Durften sie allein anhand einer fraglichen Zuordnung eines verletzten Hundes eine kranke Frau in Schrecken versetzen? Da brauchten sie mehr Hinweise. »Wie heißt du?«, sprach sie den Polizisten an.

»Keller, Franz-Joseph. Vom Polizeiposten Mettlach.«

Sie fällte eine schnelle Entscheidung. »Fahr zu Zimmers Adresse, schau dich dort um. Ich komme später, wenn wir mehr wissen.« Hoffentlich besaß der Tote bereits einen biometrischen Personalausweis, überlegte sie, dann hätten sie schnell Klarheit. An die Identifizierung durch die Familienangehörigen mochte sie nicht denken; das waren belastende Szenen, die sich ihr einbrannten und zu Albträumen führten.

Der eifrige Kollege von der Streife unterbrach ihre Gedanken. »Ich kann auch die Tante meiner Frau nach der Telefonnummer der Tochter fragen«, bot er an. »Ist das okay?«

»Ja, tu das; das ist eine gute Idee«, stimmte sie zu.

Franz-Joseph freute sich über das Lob. »Ich melde mich wieder«, versprach er, als er Nadines Visitenkarte mit der Handynummer entgegen nahm. Mit gewichtigem Schritt ging er zum Waldweg zurück.

»Was ist denn nun, Nadine?«, fragte Sven Niemann ungeduldig. »Können wir die Leiche mitnehmen? Die Spurensicherung will weitermachen, aber dafür müssen sie den Toten bewegen.«

Nadine wählte eine Nummer. »Ich frage nach, ob Theo die Staatsanwaltschaft erreicht hat.«

»Hat sie«, unterbrach Niemann. »Sieh mal, wir haben hohen Besuch!«

»Ich glaube, ich habe ein Deja-vu«, murmelte Falk, als sie die Absperrung überquerten. »Frau Junkes sieht gestresst aus.«

»Ja, so hat sie sich das nicht vorgestellt«, sagte Dora. »Nun erwartet sie endlich ihre Beförderung und braucht für den letzten Schritt die Beurteilung ihres Vorgesetzten. Sie hat nicht damit gerechnet, dass ich tatsächlich zurückkomme und ihr vor die Nase gepflanzt werde.«

»Du bist doch ideal auf diesem Posten. Ich bin froh, dass du wieder da bist«, meinte er ehrlich.

Dora lächelte kurz, sah dann seufzend in Junkes´ Richtung. »Sie sieht es sicher nicht so und fürchtet, dass ich aufpasse. Nun ist sie auf der Hut und das ist keine gute Arbeitsatmosphäre«, urteilte Dora selbstkritisch.

»In ein paar Monaten werden deine Mitarbeiter dir vertrauen«, stellte Falk mit Nachdruck fest.

Dora hielt inne, sah ihn überrascht an. »Danke für das Vertrauen, Falk. Ich hoffe, du hast recht.«

»Die Staatsanwaltschaft hast du bereits auf deiner Seite«, lächelte er.

»Nochmal Danke, Herr Dr. Senkenfeld.«

Er hörte den förmlichen Klang, verstand sofort. »Willst du in der Öffentlichkeit Distanz wahren?«

Sie senkte die Stimme. »Vielleicht wäre es zu Anfang besser. Wir sind befreundet, aber bei der Polizei weiß es niemand. Und ich fange hier neu an.«

Falk akzeptierte ihren Wunsch. »Wie du möchtest!«, flüsterte er, denn sie hatten die Gruppe fast erreicht. »Guten Abend, Frau Junkes«, begrüßte er die leitende Ermittlerin, die ihm Niemann vorstellte. »Bringen Sie uns auf den neuesten Stand?«

Nadine fasste sich kurz. »Heute Morgen fanden Spaziergänger einen verletzten Schäferhund in der Nähe der Lichtung etwa 50 Meter weiter in dieser Richtung. Sie waren auf das Winseln des Tieres aufmerksam geworden und brachten den Hund kurzentschlossen zu einem Tierarzt nach Mettlach, der die Kollegen informierte. Anscheinend hat der Jagdaufseher erst einmal in Ruhe zu Mittag gegessen, bevor er der Sache nachging und einen zerstörten Hochsitz fand. Er gab eine Meldung von Vandalismus durch. Zwei Streifenbeamte trafen gegen 14 Uhr ein, erwarteten einen abgesägten Hochsitz, aber nicht diesen Trümmerhaufen.«

»Trümmerhaufen?«

»Ja, der Hochsitz wurde regelrecht in die Luft gejagt; wir suchen immer noch die Einzelteile zusammen«, antwortete Niemann. »Die Bruchstücke sind auf einen Umkreis von über fünfzig Metern verteilt«, wies er auf die entfernten Plastikbänder, die das Gebiet markierten.

»Erst bei der Absperrung des Tatorts sind die Kollegen von der Streife über den Toten gestolpert«, setzte Nadine ihren Bericht fort. »Nach ersten Einschätzungen wurde er von der Druckwelle der Explosion erfasst und gegen einen Baum geschleudert. Die Gerichtsmediziner müssen die Identifizierung überprüfen, denn das Gesicht der Leiche ist nicht mehr zu erkennen. Wir gehen aber davon aus, dass er der Besitzer des Hundes ist.«

»Du vermutest, dass eine Bombe hoch gegangen ist, mitten im Wald? War das ein Kriegsrelikt?«, fragte Dora.

»Ich hatte auch schon daran gedacht«, bestätigte Niemann. »Das Gebiet hier war im letzten Krieg hart umkämpft«, erklärte er, als er Falks überraschten Blick auffing. »Aber die Kollegen vom Dezernat für Brandermittlungen meinen, dass an zwei Pfosten des Hochsitzes Sprengladungen angebracht waren. Sie werden aber erst Morgen mehr sagen können.«

»Da hat jemand gezielt gezündet? Wer kommt denn an Sprengstoff?«, fragte Falk irritiert.

Niemann zuckte die Achseln. »Morgen wissen wir vielleicht mehr.«

Dora warf einen Blick auf das Treiben der Ermittlungsteams. »Brauchen wir noch mehr Einsatzkräfte?«

Nadine schüttelte energisch den Kopf. »Wir haben alle verfügbaren Leute in der Gegend mobilisiert und die Spurensicherung tobt jetzt schon, dass zu viele Menschen hier herumtrampeln.«

Junkes will uns schnell wieder loswerden, konstatierte Falk. »Können Sie schon etwas zur genauen Tatzeit sagen?«, ließ er sich nicht abwimmeln.

»Nein, die ist noch nicht bestimmt«, gab sie widerwillig weitere Auskunft. »Es gab keine Meldungen über eine Explosion oder einen Feuerschein, deshalb gehe ich davon aus, dass es irgendwann heute Nacht passiert ist.«

»Es gab keinen Brand?«

»Nein, nach den Regenfällen in den letzten Wochen wurde der Waldboden nur angesengt. Aber die Druckwelle war immens, riss zwei weitere Bäume mit sich«, berichtete Niemann.

»Und Bertrand Zimmer«, setzte Nadine hinzu.

»Wir haben eine Identifizierung?«, fragte Dora überrascht nach.

»Nur eine fragliche. Ein Kollege von der Uniform überprüft die Adresse gerade.« Nadine berichtete, was sie erfahren hatte. »Wir haben Fotos von der Uhr des Toten, die uns weiterhelfen können, wenn die Familie sie erkennt.«

Dora seufzte. »Bis wir Klarheit haben, wird es also noch dauern. Du bleibst am besten hier vor Ort, Nadine, und ich werde selbst mit der Familie sprechen. Wer hat die Fotos?«

»Simon Heintz von der Spurensicherung«, antwortete Niemann. »Er ist noch am Hochsitz beschäftigt. Ich zeige dir den Weg«, bot er an.

»Ja, den werde ich mir auch ansehen«, entschied Falk. »Und ich informiere den Richter, dass wir einen Obduktionsbeschluss brauchen.«

Nadine sah ihnen nach. Theo und Senkenfeld, das hatten wir doch schon einmal. Aber nun wäre ihre Chefin verantwortlich, wenn etwas schief ging.

Vielleicht bin ich sie dann schnell wieder los, überlegte sie. Das hatte auch früher schon einmal funktioniert.

»Wir hätten doch mit zwei Wagen fahren sollen«, stellte Dora bedauernd fest. »Nun muss ich zuerst noch mit der Familie sprechen und halte dich auf.«

Ein flüchtiger Blick auf seine interne Zeitangabe genügte; alles im grünen Bereich. »Kein Problem«, beruhigte Falk. »Ich komme mit.«

»Das wird aber kein schönes Gespräch«, warnte sie.

»Kann ich mir denken! Wie oft hast du das schon getan? Den Angehörigen eine Todesnachricht überbracht?«

Ihr Gesicht nahm einen schmerzlichen Ausdruck an. »Zu oft. Vielleicht ist es für Ärzte oder Seelsorger leichter, die danach Trost und Halt geben können. Aber wir müssen die trauernden Verwandten zusätzlich abschätzen, ob sie als Täter in Frage kommen.«

»Wow, das ist ja unglaublich schön!«, rief Falk plötzlich aus.

»Wie bitte?«, fragte Dora irritiert.

Er war überrascht stehengeblieben. »Nun schau dir mal dieses Märchenland an!«, entfuhr es ihm.

Sie waren aus der Waldschonung getreten und er betrachtete beglückt die Aussicht. Wiesen, Felder und waldbedeckte Hügel lagen vor ihnen, erstreckten sich im letzten Abendlicht bis zum Horizont. Sanft fielen sie zum Fluss hin ab, um dann zum Hochwald hin wieder anzusteigen. In der Ferne konnte er die ersten Lichter von Mettlach erkennen.

Dora folgte seinem Blick, zuckte unberührt die Achseln. »Saarland eben.«

Hinter ihnen lag der Kewelsberg, wie bei allen saarländischen 'Bergen' natürlich auch nur ein besserer Hügel. Von dort oben war die Aussicht sicher noch grandioser, dachte Falk, als er sich zum Gipfel des Hügels umwandte, der noch im Sonnenlicht lag.

»Hier würde ich gerne einmal wandern«, wünschte er sich.

»Nun, man muss nicht unbedingt in die Pyrenäen fahren, um Natur zu erleben«, stimmte sie zu.

»Würdest du mitkommen?«, fragte er spontan.

Überrascht zog sie die Augenbrauen hoch, sah ihn mit einem unbestimmbaren Blick an. »Ja, gerne!«, antwortete sie mit einem Lächeln. »Aber wandern kannst du jetzt auch. In diese Richtung«, deutete sie auf den Weg.

Falk seufzte, setzte sich wieder in Bewegung. »Kennst du dich hier aus?«, fragte er nach.

»Eine Großtante von mir lebte in Wehingen.« Sie deutete die Richtung an. »Als Kind habe ich sie oft besucht. Aber seitdem hat sich viel verändert: Die meisten Bauernhöfe haben aufgegeben. Und die Überfremdung setzt den Dörfern immer stärker zu.«

»Überfremdung, hier?«, fragte er ungläubig.

Stirnrunzelnd blickte sie über das Land. »Im wirtschaftlichen Niedergang der achtziger und neunziger Jahre ist die Infrastruktur zusammengebrochen. Geschäfte, Schulen, alles wurde geschlossen, die Busverbindungen ausgedünnt und eine Bahnlinie gab es hier oben noch nie. Heute muss man schon nach Orscholz, hinunter nach Mettlach oder auch Perl zum Einkaufen. Ohne Auto läuft nichts mehr. Doch jetzt kaufen Sekten und vor allem die Luxemburger das Land auf und die dörflichen Strukturen werden zerstört«, schimpfte sie.

»Luxemburg? Wie weit ist es bis dorthin?« Die Schilder hatte er auf der Autobahn gesehen, aber dann waren sie ja abgebogen.

»Luftlinie nicht mehr als zehn bis zwölf Kilometer«, schätzte sie. »Die Häuserpreise sind dort unerschwinglich, deshalb kommen viele über die Mosel, um hier zu bauen. Das treibt die Preise und die Menschen, die keine Jobs finden, pendeln ins

Nachbarland, um dort zu unglaublich hohen Löhnen zu arbeiten. Welche Altenpflegerin arbeitet noch in Orscholz, wenn sie zehn Kilometer weiter das Dreifache verdient?«

Das Dreifache! »Aber das hört sich doch an, als würden beide Seiten profitieren«, wandte er ein.

»Und wer kümmert sich um die Menschen im Dorf?«

»Ja, richtig«, erkannte Falk das Problem. »Aber gibt es keine denn Verständigungsschwierigkeiten? Spricht hier jeder Französisch?«

»Sicher nicht jeder«, gab sie zu. »Aber in den Grenzregionen wird Letzeburgisch gesprochen und das ist dem Moselfränkischen sehr ähnlich.«

Falk war skeptisch. »Das finde ich aber nicht. Saarländisch hört sich ganz anders an!«

Dora lachte. »Du hörst in Saarbrücken Rheinfränkisch. Das ist ein ganz anderer Dialekt«, klärte sie ihn auf.

Zwei Sprachen in dem kleinen Bundesland? Er musste sich doch noch genauer in seiner neuen Heimat umschauen und eine Wanderung mit Dora wäre eine schöne Gelegenheit. Und sie hatte sofort zugesagt, was ihn verwundert hatte. Er hatte eher mit einer Ablehnung gerechnet, weil sie sonst so zurückhaltend reagierte. Erst der Kontakt über ihren gemeinsamen Freund Moritz hatte das Schneewittchen, wie er sie insgeheim nannte, auch ihm gegenüber etwas auftauen lassen.

Sie hatten den Parkplatz fast erreicht, als Nadine noch einmal anrief. Dora notierte eine Adresse und speicherte sie in ihrem Handy ein. »Es scheint, als sei Zimmer tatsächlich der Tote. Er wohnt etwa einen halben Kilometer in diese Richtung. Macht es dir etwas aus, zu laufen? So mache ich mir gerne einen ersten Eindruck.«

»Nein, kein Problem.«

Sie überquerten die Landstraße und gingen in das am Hang liegende Dorf hinunter, das an diesem Sonntagabend wie ausgestorben wirkte. Die gewundene Hauptstraße führte sie an alten

Bauernhäusern vorbei, die von der Straße zurückgesetzt lagen und zumeist dreistöckig waren, wie Falk erstaunt feststellte. Die Scheunen waren an die Wohnhäuser angebaut und er bemerkte die Einfassungen vor den Türen, in denen früher die Misthaufen lagen. Einige von ihnen waren mit Blumen bepflanzt, um den freien Platz vor den Häusern zu verschönern.

»Hier siehst du ein Beispiel«, deutete Dora auf ein aufwändig renoviertes Haus. »Da hat jemand viel Geld hineingesteckt. Sogar der Hof ist umzäunt, um sich von den anderen abzugrenzen. Allein das neue Scheunentor hat ein Vermögen gekostet und davor stehen zwei Luxuskarossen mit gelbem Nummernschild. Noch nicht einmal ihre Steuern zahlen sie hier!«, regte sie sich auf.

Falk maß das Anwesen mit rechnendem Blick. Ja, die Leute hatten Geld. »Aber der Mercedes ist ein gutes Auto«, wagte er zu bemerken.

Dora schnaubte verächtlich. »Ach ja, ich vergaß. Du fährst ja auch so ein Modell«, ätzte sie.

»Und es hat dich gut hergefahren, oder?«, ließ er sich nicht provozieren. »Die ganze Geschichte hier setzt dir zu«, vermutete er. »Komm, bringen wir es hinter uns. Ist das die Adresse, die wir suchen?«

Sie kontrollierte die Adresse auf dem Handy, wies die Straße hinunter. »Nein, unser Ziel ist das deutlich ärmer wirkende Gegenstück zu dem Prachtklotz.«

Sie gingen hinüber, standen vor einer silberfarbenen Aluminiumtür mit gelben Einsätzen von Riffelglas, auch der Türrahmen war glänzend gelb gekachelt. Letzte Renovierung vor vierzig Jahren, schätzte Falk.

Dora klingelte und straffte sich.

Ein Polizist in Uniform öffnete die Tür, sah sie kritisch an. »Ja?«, bellte er.

Hier waren wohl die Titel und Dienstgrade gefragt, entschied Falk. »Kriminalrätin Dr. Singer und Oberstaatsanwalt Dr. Senkenfeld. Wir wollen zu Frau Zimmer.«

Sofort änderte sich die Miene des Polizisten, er wirkte ertappt. »Entschuldigen Sie. Keller, Franz-Josef«, stellte er sich vor. »Ich dachte, es seien schon wieder neugierige Nachbarn an der Tür. Frau Junkes sagte mir, dass Sie kommen.« Er bat sie ins Haus, wo sie in einem engen Flur stehen blieben. »Frau Zimmer ist oben geblieben. Ein Nachbar hat mich klingeln sehen und mir die Tür zur Werkstatt geöffnet. Er ist bei Zimmer angestellt, aber auch ein Freund der Familie. Wir haben die alte Frau im Bad gefunden; allein kommt sie nicht die Treppe hinunter und im Obergeschoss liegt kein Telefonanschluss. Der Notarzt war schon hier und hat ihr eine Infusion angelegt und eine Beruhigungsspritze gegeben.«

»Wer ist jetzt bei ihr?«

»Eine Kusine aus dem Dorf. Die Tochter ist ebenfalls benachrichtigt und der Nachbar sitzt noch in der Küche. Ich dachte, Sie wollen mit ihm reden, weil er die Familie sehr gut kennt.«

Dora stimmte dem eifrigen Kollegen zu. »Ja, wir sprechen zuerst mit ihm.«

Keller führte sie den Gang entlang zu einer Wohnküche. Auch hier hatte sich seit mindestens vierzig Jahren nichts verändert. Gehäkelte Gardinen, Schränke mit Resopalplatten, bemerkte Falk auf den ersten Blick.

Der Polizist sprach einen Mann um die dreißig an, der zusammengesunken auf der Eckbank saß. »Andi? Die Kripo ist da.«

Der Mann sah auf und Falk bemerkte seinen verstörten Gesichtsausdruck.

»Iss de Berdl dóód?«, fragte er in breitem Dialekt.

»Wir wissen noch nicht, ob es sich um Herrn Zimmer handelt«, antwortete Dora zurückhaltend und stellte sich vor. »Ihr

Name?«, fragte sie, als sie sich zu ihm an den Küchentisch setzten, der für ein Frühstück gedeckt war.

»Ich bin der Wagner, Andi.«

Dora notierte den Namen. »Und Sie kennen die Familie?«

»Schon mein ganzes Leben«, nickte er. »Ich wohne gegenüber und der Berdl iss mein Chef. Aber eigentlich war er eher wie ein Onkel zu mir. Im Betrieb bin ich sein Erster Mann«, setzte er leise, aber auch mit Stolz hinzu.

»Dann kennen Sie sicher seine Armbanduhr?«

»Ei jòò. So `ne alte, noch zum zum Aufziehen«, beschrieb er. »Hinten steht ‚Pour le mérite' drauf. War mal ´n Geschenk.«

Dora kontrollierte die Fotos, reichte sie ihm hinüber. »Ist das die Uhr?«

Wagner betrachtete die Fotos genau, ließ sich Zeit. »Ja, das iss sie. Dann iss er also in echt dóód?«, fragte er mit Tränen in den Augen, als er die Aufnahmen zurückgab.

Dora seufzte. »Davon müssen wir nun ausgehen. Es tut mir leid.« Sie wandte sich an Falk. »Ich gehe hoch zu Frau Zimmer.«

»Ich warte hier.«

Als Dora die Küche verlassen hatte, fragte Falk den Angestellten: »Was für einen Betrieb führen Sie?«

Der Antwort des Mannes konnte er kaum folgen, weil er den Dialekt nicht verstand. Eine Schlosserei mit Altmetallverwertung, übersetzte Polizist Keller, der seinen fragenden Blick aufgefangen hatte. Ein Neubau der Werkstatt und eine neue Lagerhalle seien geplant.

Je schneller Wagner sprach, desto weniger konnte Falk folgen. Erstaunt lehnte er sich zurück und konzentrierte sich auf die Sprachmelodie, als er dem Gespräch zwischen Wagner und dem Polizisten zuhörte. Die beiden kannten sich, schloss er, als sie über den Hund des Opfers sprachen, doch über ein Wort stolperte er regelrecht.

Sie hatten den Weg zum Auto schweigend zurückgelegt; Falk hatte gespürt, dass sie Ruhe brauchte. Achtsam kurvte er die schmale Landstraße entlang, sah die Warnschilder für Wildwechsel in der Dunkelheit aufblitzen. Als sie die Autobahn nach Saarbrücken erreicht hatten, unterbrach er die Stille. »Dora, was bedeutet Kratzeletz?«

»Kratzeletz? Was soll das denn sein?«, gab sie die Frage verständnislos zurück.

»Das hat Wagner gesagt: Ei Kratzeletz.«

Dora lachte unvermittelt auf. »Ach so! Du meinst sicher Graadselèèds!«

»Ja, so hörte es sich an.«

»Hm, wie übersetzt man den Ausdruck?«, überlegte sie. »Ich würde sagen mit: Jetzt erst recht!«, entschied sie sich.

»'Jetzt erst recht' heißt Graadselèèds? Das Wort kann ich noch nicht einmal richtig nachsprechen. Ich glaube, ich habe nur die Hälfte von dem verstanden, was Wagner deinem Kollegen gesagt hat. Aber sie haben über einen Brand gesprochen.«

»Einen Brand?«, horchte Dora auf. »Kannst du dich an die Sätze erinnern?«

»Nein, aber sie haben häufig Flammen erwähnt.«

»Er hóód de Flemm?«, gluckste Dora.

»Ja, so hat es sich angehört«, bestätigte Falk. »Warum lachst du so?«

»Die 'Flemm' ist ein Zustand kurzzeitiger depressiver Verstimmung und hat nichts mit Bränden zu tun. Ich habe auch ab und zu die Flemm.«

»Ich gebe es auf«, gestand Falk lachend. »Als Ermittler bin ich nicht zu gebrauchen, da müssen Einheimische ran, so wie du.«

»Ich spreche diese Sprache nicht, ich verstehe sie lediglich«, wehrte Dora ab. »Viggi ist perfekt zweisprachig.«

»Im Ernst? Ich habe noch nie Dialekt bei ihm gehört!«

40

»Er kann ihn aber und bringt mich gerne zum Lachen, indem er Schmelzer Platt spricht.«

»Noch eine Sprache?« Das gibt es doch gar nicht!

»Nur eine andere Variante«, schränkte sie ein. »Wir überqueren gerade die Sprachgrenze zwischen mosel- und rheinfränkischem Gebiet.« Sie wies auf das Schild zur Ausfahrt nach Völklingen. »Aber du hast uns schon einen wichtigen Hinweis geliefert«, fuhr sie nachdenklich fort. »Wenn Zimmer wirklich bedrückt war, hatte das sicher einen Grund und dem werden wir nachgehen. Was hast du sonst noch gehört?«

»Soweit ich verstanden habe, besaß Zimmer einen Betrieb für Altmetallverwertung und eine Schlosserei.«

»Er hatte einen Schrottplatz?«, sprach sie Klartext. »Den habe ich gar nicht gesehen! Er liegt wohl hinter dem Haus und bietet sicher keinen schönen Anblick in der Idylle. Hatte er deshalb Ärger mit den Nachbarn?«, spekulierte sie.

»Darüber haben sie nichts erwähnt. Meine beiden Gesprächspartner kennen sich aber bereits seit der Schulzeit«, fiel ihm noch ein. »Wie hat die Frau reagiert?«

Sie seufzte bedrückt. »Wie schon? Sie hat geweint und als Täterin kommt sie sicher nicht in Frage. Sie leidet unter einer schweren Polyarthritis, kann sich allein nicht versorgen. Zum Glück ist jetzt die Tochter da. Die werden wir morgen befragen. Und dann wird sich das Leben der alten Frau drastisch ändern.«

Der traurige Klang in ihrer Stimme setzte ihm zu. »Das war kein schöner Geburtstag für dich«, bedauerte er.

»Doch, bis 16 Uhr. Und das schönste Geschenk hast du mir gemacht«, gestand sie.

Falk war überrascht. Das Geschenk von Moritz war so großzügig gewesen, dass er selbst sich fast für die rote Glasvase geschämt hatte, die er für sie ausgesucht hatte.

Er sah das Schneewittchen prüfend an, ob es sich über ihn lustig machte und konnte ihren Blick wieder nicht deuten.

Ein schwacher Pfeifton schreckte Nr. 3 auf. Wer war so unvorsichtig?

Seine Frau hatte das Geräusch ebenfalls gehört. »Was war denn das?«

»Keine Ahnung«, antwortete er eilig. »Es hörte sich an, als käme es von draußen; ich schau mal nach.«

Er stand auf, verließ das Wohnzimmer, während sie die Tagesthemen im Fernsehen verfolgte. Durch die Nebentür im Flur betrat er die Garage, schloss die Tür sorgfältig, bevor er an seiner Werkzeugbox die dritte Schublade von unten öffnete. Ein schwaches Rauschen drang ihm ans Ohr. Er nahm das Walkie-Talkie, drückte den roten Knopf an der Seite, hielt es vor seinen Mund. »Ja?«, antwortete er leise.

»Nr. 2 ist tot!«, hörte er das panische Flüstern von Nr. 4. »Was müssen wir tun?«

Ein eiskalter Schauer durchlief Nr. 3. Bertrand war tot? Wurden sie angegriffen? Was sah die Notfallplanung für diesen Fall vor? »Ruhe bewahren, evakuieren, das Material sichern«, rekapitulierte er.

»Geht aber nicht! In meinem Bereich stolpern zig Polizisten herum.«

Das hörte sich bedrohlich an. »Was ist denn passiert?«

»Nr. 2 ist durch eine Bombe getötet worden!«, schnaubte es ihm ängstlich entgegen.

»Der Feind?«

»Das weiß ich doch nicht!« Nr. 4 hatte die Stimme erhoben, war nun fast zu erkennen.

»Leise!«, befahl er. War er nun selbst der General, der das Kommando übernehmen musste, schoss ihm die Frage durch den Kopf. Ruhe bewahren, evakuieren; Ruhe bewahren, evakuieren. Der Plan durfte nicht gefährdet werden!

»Ich kümmere mich darum«, beruhigte er Nr. 4. »Bis dahin absolute Funkstille; hast du gehört?«

»Ja.« Nr. 4 flüsterte nun wieder, klang erleichtert.

»Erneute Kontaktaufnahme durch mich, sobald möglich. Du musst Ruhe bewahren!«, ermahnte er den Mitstreiter noch einmal und beendete das Gespräch.

Seine Frau sah kaum auf, als er ins Wohnzimmer zurückkehrte. »Was war da draußen?«

»Ich habe nichts bemerkt.«

Sie nickte abwesend, hörte ihm kaum zu, war durch die Dramen in der Welt abgelenkt. Doch die wahre Tragödie spielte sich hier im Dorf ab. Der Chef war gefallen und sie mussten retten, was möglich war. Doch wie sollte er das anstellen? Wenn er jetzt das Haus verließ, würde es seiner Frau auffallen und das mussten sie auf jeden Fall vermeiden. Normalität, Routine, bewährte Abläufe waren ihr bester Schutz, hatte Nr. 2 immer wieder betont. Unauffälligkeit als Waffe versprach den größten Erfolg. Und das hatten sie seit Jahren bewiesen; niemand ahnte ihren Auftrag, ihre Mission. Der Plan musste geschützt werden, um jeden Preis.

Nr. 3 verbot sich jedes Anzeichen von Trauer; versuchte, Normalität zu wahren. Wie verhielt er sich sonst? Seine Gedanken rasten durch eine Wand aus Nebel. Noch war seine Frau abgelenkt, beachtete ihn nicht. Er musste die Botschaft so gut verstecken, dass sie ihr nicht auffiel. »Wollen wir nicht abschalten?«, fragte er. »Ich kann die Bilder nicht mehr sehen!«

»Ist eh gleich vorbei«, lehnte sie ab.

Er stand auf, musste seine Unruhe verbergen. »Ich packe schon mal den Wagen.«

»Deine Montagstour?«, fragte sie wie gewöhnlich.

»Das weißt du doch!«

»Wann bist du morgen zurück? Ich will zum Frisör.«

»Nicht vor 6.«

Sie nickte. »Bis dahin habe ich gekocht«, meinte sie abwesend, war immer noch auf den Fernseher fixiert.

»Was gibt es denn?« Routine, Routine, Routine!

»Weiß ich noch nicht.«

Ja, diese Sätze hatten sie schon oft am Sonntagabend gewechselt.

Nr. 2 hatte ihn korrekt geschult.

Dora betrat ihre Wohnung, legte die leichte Sommerjacke ab, trat in die Küche. Ein Traum aus Lack und Edelstahl; die Badewanne unter der Spüle war nach der Renovierung ebenso verschwunden wie der zischende Boiler. Auf der Ablage fand sie einen Rest des Rieslings, den sie heute Nachmittag den Gästen serviert hatte, schenkte sich in ein Glas ein.

Langsam schlenderte sie durch die Räume, betrachtete das Wunder handwerklicher Arbeit, das hier in den vergangenen Monaten vollbracht worden war. Ihr Heimatmuseum, in dem die Großeltern die Atmosphäre der Vorkriegsjahre bewahrt hatten, war mit liebevoller Hand restauriert worden. Das großzügige Badezimmer versprach nun Stunden des stillen Rückzugs in die Entspannung; ihr altes Kinderzimmer war dafür umgewidmet worden. Im Esszimmer strahlte der abgeschliffene Parkettboden in warmem Glanz, der Geruch des Orangenöls lag noch in der Raumluft. Dora strich über den alten Nussbaumtisch ihrer Großeltern, den sie in der Wohnung belassen hatte, nachdem der Schreiner ihr die hohe Qualität des Stücks bestätigt hatte. Für zehn Personen geeignet, würde er in Zukunft ein Schicksal als Buchablage fristen, während sie meist im Stehen am Küchentresen essen würde. Du solltest deine Freunde doch öfter mal einladen, mahnte sie sich. Es war doch ein schöner Nachmittag gewesen. Bis der Anruf kam.

In der Mitte des Tisches lag die CD von Viggi, die sie noch nicht einmal ausgepackt hatte. Ansonsten wirkte das Esszimmer peinlich aufgeräumt, Moritz hatte ein wahres Wunder vollbracht. Er war ihr bester Freund und mehr als das, dachte sie dankbar.

Im Wohnzimmer betrachtete sie sein Geschenk: Eine Musikanlage, auf der sie ihre schwarze Rockmusik endlich einmal aufdrehen konnte. Kündigen konnte man ihr nicht, stellte sie mit einem Lächeln fest; sie durfte auch einmal über die Strenge schlagen. Als Moritz, Falk und Yann ihr die drei großen Kartons überreichten, hatte Moritz sich beinahe entschuldigt. „Die ist gebraucht und schon zwei Jahre alt. Stand im Filmzimmer und ich wollte unbedingt das neue Modell. Du freust dich ja auch über Antiquitäten", wehrte er ihre Einwände über die großzügige Gabe ab, wählte bereits den passenden Standplatz für die Lautsprecher.

Dora startete die Anlage, nahm die neue CD aus der Verpackung, überflog lächelnd die Titelliste und legte sie ein. Heute würde sie ihre Mieter nicht erschrecken und wählte eine geringe Lautstärke. Sie trat ans Fenster und lauschte dem klaren Klang der Töne, dachte an die Begegnungen des Tages.

Obwohl sie Falk anfangs skeptisch gegenüber stand, hatte er es fertiggebracht, ihre Zweifel zu zerstreuen. Im vergangenen Jahr hatten sie Moritz gemeinsam in einer schweren persönlichen Krise gestützt und Dora hatte Falks spontanes Angebot, bei ihrem Umzug zu helfen, gerne angenommen. Seine zurückhaltende Persönlichkeit reizte sie mehr, als sie es anderen gegenüber zugeben wollte. Einmal abgesehen davon, dass Falk umwerfend attraktiv war, wie Lori es genannt hatte. Und nun wollte er mit ihr durchs Saarland wandern! Seit Ewigkeiten war sie allein unterwegs, hatte auch Moritz′ Angebot, sie zu begleiten, immer abgelehnt. Aber eine Wanderung mit Falk konnte sie sich vorstellen, sah die Einladung als Geschenk.
Vielleicht ergab sich dabei auch eine Gelegenheit, Falks Geheimnis zu lüften: Falk trug eine Uhr im Kopf, die Dora aus beruflichem Interesse zu gern untersuchen wollte. Er litt unter einem absoluten Zeitgefühl, das sein Leben strukturierte und ihn zu absoluter Pünktlichkeit zwang, aber er verbarg seine Last. Selbst im Freundeskreis sprach er nicht darüber.

In Zukunft arbeiteten sie beruflich eng zusammen und sie war unsicher, wie sie mit der Bekanntschaft des Oberstaatsanwalts im Kollegenkreis umgehen sollte. Würde man ihr bei der Polizei mit Misstrauen begegnen, wenn sie den Oberstaatsanwalt duzte? Nein, entschied sie, im beruflichen Kontext würde sie die Regeln wahren, um sich nicht erneut angreifbar zu machen. Die Mobbingerfahrung, der sie vor über sechs Jahren zum Opfer gefallen war und sie fast in den Wahnsinn getrieben hätte, durfte sich nicht wiederholen und sie wusste nun, dass Falk ihre Zurückhaltung verstand.

Die Begegnungen mit Yann dagegen bereiteten Dora Bauchschmerzen. Der junge Arzt war ebenfalls mit Moritz verbunden und passte schon aufgrund seines Alters eher zu Doras Söhnen.

Einunddreißig war er gerade geworden und in seinem ersten Jahr als Assistenzarzt im Stadtkrankenhaus angestellt. Seinen beruflichen Erfolg bewunderte sie, gönnte ihm sein privates Glück nach seinem schwierigen Lebensweg vorbehaltlos, aber es wäre ihr eindeutig lieber, seinen weiteren Werdegang aus der polizeilichen Ferne zu betrachten, denn seine physische Gegenwart konnte sie kaum ertragen. Ungewollt waren sie sich in einem lebensbedrohlichen Notfall zu nahe gekommen, hatten eine Grenze überschritten und eine Verbindung geschaffen, die Dora nicht benennen konnte und vor allem nie, niemals leben durfte. Zum Glück ahnte Yann nichts von ihrer Schwäche, weil er bei dieser außergewöhnlichen Begegnung bereits tot war. Jedes Treffen mit ihm wurde zu einem qualvollen Versteckspiel, weil die Realität ihr ein Korsett aufzwang, härter als jede eiserne Jungfrau. Sie musste Yann ignorieren, soweit es die Höflichkeit zuließ.

Und nun war auch Lori zurückgekehrt. Im kommenden Jahr war ihr Aufbaustudium beendet und Dora hoffte, sie für die Arbeit der Kriminalpolizei begeistern zu können, bevor die Oberchefs sie in einer anderen Abteilung einsetzen würden. Mit Lori hätte sie eine weitere loyale Mitarbeiterin in ihrem Team, der sie vertraute und das war ein unschätzbarer Vorteil in einer Arbeitsumgebung, die sie schon einmal an den Rand der Berufsunfähigkeit gebracht hatte. Mit Viggi und Lori an ihrer Seite konnte sie Nadine in Schach halten.

Zuversichtlich nickte Dora ihrem Spiegelbild im Fenster zu. »Du schaffst das!«, hob sie ihr Glas, ließ an diesem Geburtstagsabend keine Selbstzweifel zu.

3

Montag, 4. Oktober

Lori hatte sich entschieden. Die Henkeltassen mit dem COP-Schriftzug sollen mit. Sie hatten ihr bei ihrer ersten Mordermittlung in der unwirtlichen Umgebung des Kellerbüros beigestanden und waren fast zu einem Talisman geworden. Noch in der Nacht hatte sie die Tassen umgestaltet und als nachträgliches Geburtstagsgeschenk für Dora einen goldenen Stern aufgemalt. Sie fand keine passende Karte mehr, aber Dora würde wissen, von wem das Präsent stammte. Sorgfältig raffte sie eine Folie um das Geschenk, schlang ein Band darum. Ein roter Stern zierte nun Viggis Tasse, ihre eigene mit dem Silberstern würde sie beiläufig auf den Tisch stellen.

Sie wollte auf jeden Fall rechtzeitig in Saarbrücken sein, fuhr schon um halb sieben los. Unterwegs sandte sie eine SMS an Viggi, bat ihn, auch etwas früher zu kommen und sie mit den Örtlichkeiten vertraut zu machen. Knapp sechzig Kilometer hatte sie zu fahren, aber ein Umzug in die Stadt rechnete sich nicht, solange sie noch studierte. Wer wusste schon, wo man sie später einsetzen würde?

Sie wartete vor der Tür der Kriminalpolizei in der Graf-Johann-Straße, betrachtete die umliegenden Jugendstilhäuser und fand, dass der Straßenzug durch den groben Polizeibau verschandelt wurde. Hier hatte man in den sechziger Jahren eine Baulücke, die im Krieg entstanden war, ohne Rücksicht auf die Umgebung mit einem Zweckbau gefüllt. Das Gebäude gehörte einem stadtbekannten Immobilienmogul, wusste sie, und der würde keine zusätzlichen Gelder investieren, denn der augenblickliche Mieter zahlte pünktlich und zuverlässig, ohne An-

sprüche zu stellen. Aber die Aussicht aus den Büros zur Stra-
ßenseite bot den Blick auf alte Bäume und die Parkanlage am
Saarufer lag nur einen Steinwurf entfernt.

Viggi zeigte ihr den neuen Arbeitsplatz im ersten Stock. Man
hatte einen zweiten Schreibtisch in sein Büro gestellt, das nun
beengt wirkte. Ihr Blick fiel auf Viggis Palme und eine Kaffeetasse, die wochenlang kein Spülwasser gesehen hatte.

Sie öffnete ihre Umhängetasche und stellte die COP-Tasse
mit dem roten Stern daneben. »Magst du diese hier benutzen?«,
fragte sie.

»Ja, gerne!«, lachte er gerührt und entsorgte das verschmutz-
te Vorgängermodell in den Müll. »Die will sicher keiner mehr
anrühren.« Er lächelte und prostete ihr locker zu, als er die Tasse sah, mit der sie ihren Schreibtisch einweihte,

»Kannst du mir Doras Büro zeigen, bevor sie kommt?«, bat
sie und schwenkte das Geschenk.

»Noch eine Tasse? Sag mal, habt ihr eine Porzellanmanufak-
tur zuhause?«

»Das leider nicht, obwohl mein Vater in Russland Keramik-
ingenieur war.«

»Wieso war?«, fragte er nach.

»Sein Abschluss wurde hier in Deutschland nicht anerkannt;
er arbeitet jetzt bei einer Heizungsfirma.«

»Als Chef?«

»Nein, als Hilfswilli.«

»Oh Mann«, äußerte Viggi mitfühlend.

»Ist halt so.« Lori zuckte die Achseln, wollte den gesell-
schaftlichen Abstieg ihrer Familie nicht kommentieren. Sie hielt
die Goldsterntasse hoch. »Also, wohin kommt die?«

»Das letzte Büro am Ende des Flurs, rechts. Auch Dora wollte zur Straße sehen, wo die Bäume stehen.«

»Guten Morgen.« Dora betrat den Besprechungsraum in Begleitung zweier Polizisten, die Lori noch nicht kannte. Sie nah-

men am Besprechungstisch Platz und Dora sah in die Runde, wandte sich an Lori. »Die offizielle Begrüßung fällt leider kurz aus, weil wir einen Berg an Arbeit vor uns haben. Also, herzlich willkommen im Team, Lori. Nadine und Jens kennst du ja bereits.«

Lori nickte, man hatte sich eben begrüßt.

»Sven Niemann, Kriminaldauerdienst.«

»Simon Heintz, Spurensicherung.«

Auch die Herren verloren keine überflüssigen Worte, nickten ihr aber zur Begrüßung freundlich zu.

»Sven und Simon beginnen heute Morgen, weil sie die Nacht vor Ort verbracht haben«, eröffnete Dora die Sitzung.

Niemann begann, berichtete die Fakten. »Gestern wurde die Leiche von Bertrand Zimmer am Kewelsberg in einem unzugänglichen Waldbereich abseits der Wanderwege gefunden. In der Nähe des Fundorts befand sich ein Hochsitz, der vermutlich in der Nacht zuvor gesprengt wurde. Die Leiche ist bereits in der Gerichtsmedizin in Homburg und wird obduziert; das Ergebnis erhaltet ihr morgen. Kommen wir zu den Punkten, die ihr noch nicht wisst: Bei der Sicherung des Tatortes wurden eine Schnur und zwei Taschenlampen gefunden. Die Sprengladung selbst ist noch unklar. Wir gehen im Moment von Dynamit aus, das durch einen Elektrozünder umgesetzt wurde. Bruchstücke einer Batterie konnten wir ebenfalls sicherstellen.«

Kriminalkommissar Jens Baldauf runzelte die Stirn. »Batterie und Sprengladung verstehe ich noch, aber wie passen die Taschenlampen und die Schnur ins Bild?«, hakte er nach.

»Tja, da gibt es mehrere Möglichkeiten«, überlegte Niemann. »Die Reste der Schnur waren über eine Länge von zwanzig Metern verteilt, weshalb wir davon ausgehen, dass sie wie ein Stolperdraht über den Boden gespannt war. Ob sie tatsächlich mit dem Zünder verbunden war, lässt sich nicht mehr klären. Die Taschenlampe hat der Täter vielleicht verloren, denn sie lag ebenfalls abseits des Sprengortes, etwa sieben Meter entfernt. Nimmt man die Theorie des Stolperdrahts hinzu, könnte es sein, dass Opfer durch den Schein einer Lampe angelockt werden sollten. Dann hätten wir es mit einer klassischen Sprengfalle zu tun, bei der dem Täter die Person des Opfers gleichgültig war. Wenn diese Vorrichtung in der Nacht aufgebaut wurde, könnte es auch sein, dass gar nicht beabsichtigt war, einen Menschen zu töten. Dort oben gibt es einen großen Wildbestand und im Unterholz findet man eher Rehe und Schwarzwild statt Menschen. Das alles ist jedoch lediglich eine erste Hypothese«, gab er das Wort an Simon weiter.

»Wie Sven schon sagte, wurde für die Sprengung Dynamit benutzt, was sehr ungewöhnlich ist«, wunderte er sich. »Heutzutage werden eher Plastiksprengstoffe verwendet. Durch die Druckwelle der Explosion wurde der Tote mehrere Meter weit geschleudert, prallte mit dem Gesicht gegen einen Baum, weshalb er durch Fotos nicht zu identifizieren ist. Ich denke, er hat sich bei dem Aufprall das Genick gebrochen, weil wir an der Leiche selbst kaum Brandspuren fanden. Genaueres werdet ihr vom Gerichtsmediziner hören.«

»Gab es denn Fußabdrücke?«, fragte Lori nach.

»Ja, im matschigen Untergrund der Waldwege konnten wir einige sichern, aber ob sie zum Täter gehören, ist fraglich. Dort liegt ein beliebtes Wandergebiet und am vergangenen Wochenende gab es zum ersten Mal seit Wochen schönes Wetter. Da sind sicher Wandergruppen durch den Wald gelaufen und wir müssten schon großes Glück haben, wenn wir einen Abdruck des Täters erwischt hätten. Zurück zu Zimmer: Er hatte keinerlei Ausweispapiere bei sich und war wie ein Spaziergänger gekleidet, der noch eine Runde mit seinem Hund läuft. Eine der Taschenlampen lag unter der Leiche und ist noch weitgehend erhalten.«

»Er fliegt mehrere Meter durch die Luft und trotzdem liegt die Taschenlampe unter der Leiche?«, unterbrach Dora ihn.

»Ja, das ist seltsam«, bestätigte Simon. »Es könnte sein, dass er sie ausgeschaltet und in die Tasche gesteckt hat, als er das andere Licht bemerkt hatte«, mutmaßte er.

Dora nickte, notierte den Hinweis.

Heintz fuhr fort. »Ich denke, wir können die DNA-Spuren darauf dem Toten zuordnen. Die andere Lampe ist im Labor der Rechtsmedizin, aber sie ist fast verbrannt. Mit viel Glück werden die noch den Hersteller bestimmen können, weitere DNA oder Fingerabdrücke konnten wir nicht sichern. Sobald wir mehr wissen, erhaltet ihr Bescheid.«

Müde rieb er sich die Augen und Dora verstand das Zeichen. »Danke, dass ihr für einen persönlichen Bericht aufgeblieben seid. Alles andere können Nadine und ich weitergeben.«

Nadine wartete kaum, bis die Kollegen den Raum verlassen hatten. »Unser Opfer ist 69 Jahre alt und wohnt in einem Dorf in der Nähe des Fundortes. Die Angehörigen haben Fotos seiner Uhr identifiziert, auf der eine Widmung eingraviert ist: ‚Pour le mérite‘. Worum er sich verdient gemacht hat und von wem er sie erhalten hat, müssen wir heute im zweiten Gespräch mit der Familie in Erfahrung bringen. Der Tote steht heute im Mittelpunkt der Ermittlungen: Wer war Zimmer, wie hat er gelebt, was wissen wir über ihn? Wie Dora mir eben sagte, gibt es einen Hinweis, dass er bedrückt schien. Hierzu befragen wir auch die Mitarbeiter seiner Firma; wir tragen die Fakten zusammen, bevor wir uns Gedanken über das Motiv machen. Wir müssen in alle Richtungen offen sein und können noch nicht einmal ausschließen, dass er sich selbst in die Luft gejagt hat. Der zweite Schwerpunkt liegt in der Ermittlung der Tatzeit: Die Kollegen der Polizeiposten Mettlach und Perl fragen in den umliegenden Dörfern nach. Man hat uns den PK Keller als Kontakt vor Ort zugeteilt, wie mir der Dienststellenleiter in Merzig sagte.«

»Franz-Joseph Keller?«, horchte Lori auf.

»Eher Keller, Franz-Joseph«, ahmte Nadine die Vorstellung des Kollegen nach. »Kennst du ihn?«

»Er war ein Jahr vor mir in der Ausbildung. Ist nicht wichtig«, schüttelte sie den Kopf.

»Kommen wir zur Arbeitsaufteilung«, erinnerte Dora. »Ich habe bisher nur uns fünf für die Ermittlungsgruppe auftreiben können; bei Bedarf erhalten wir weitere Unterstützung.« Sie wandte sich an Jens. »Du siehst krank aus.«

Er schniefte. »Nur Halsschmerzen und eine laufende Nase.«

»Dann bleibst du hier. Du kümmerst dich um die Person Zimmer und sammelst Informationen, wo das Dynamit herkam. Nadine, Lori und Viggi fahren nach Mettlach und führen die ausstehenden Gespräche. Ich werde die Information der Brandermittler und der Gerichtsmedizin koordinieren und dann mit dem Staatsschutz und dem BKA sprechen. Da wir auch einen Anschlag nicht ausschließen können, benötigen wir Informationen über etwaige terroristische Umtriebe. Abendbesprechung ist um 17 Uhr; Restaurants für die Mittagspause findet ihr am ehesten in Orscholz.«

»Dora war ziemlich kurz angebunden, nicht wahr?«, merkte Lori auf dem Weg zum Parkplatz an.

Viggi nickte. »Sie steht unter Druck, wenn es sich tatsächlich um einen Anschlag handeln sollte. Dann werden ruckzuck die höheren Stellen eingeschaltet und wir verlieren den Fall.«

»Die höheren Stellen? Will der Polizeipräsident etwa selbst ermitteln?«, witzelte sie.

Viggi lachte. »Nein, ich dachte eher an unseren Staatsschutz und Verfassungsschutz.«

Lori sah kein Problem darin. »Aber wir sind doch Kollegen. Wir könnten zusammenarbeiten«, schlug sie vor.

Er schnaubte. »Und dann sind wir die Hilfswillis, wie du es eben genannt hast. Die Fußtruppe, während die anderen einen Erfolg für sich verbuchen würden«, wandte er ein.

Eine SMS für Lori unterbrach sie. Sie zog ihr Handy aus der Tasche, las kurz und schüttelte den Kopf. Ihre Antwort fiel kurz aus, nicht mehr als vier Buchstaben, wie Viggi beobachtete. Entschlossen schaltete Lori das Telefon aus, warf es in ihre Tasche.

»Schon um halb neun erhältst du schlechte Nachrichten?«, fragte Viggi nach.

Sie war aufgebracht, fast wütend. »Die erste von zehn weiteren, die meine Oma heute schicken wird. Seitdem mein Bruder ihr die Funktionen eines Smartphones erklärt hat, ist sie nicht mehr zu halten.«

»Und du schaltest einfach ab? Machst du dir keine Sorgen um sie?« Viggi dachte an die Erkrankung, die Lori einmal erwähnt hatte.

»Nein, gesundheitlich ist sie zurzeit stabil. Sie hat sich eine neue Idee in den Kopf gesetzt und will sie unbedingt durchsetzen. Aber ich bin kein Kind mehr.«

Viggi erinnerte sie an ihr Versprechen. »Wollten wir nicht in Ruhe darüber reden? Wie wäre es heute Abend?«

»Nein, tut mir leid«, bedauerte sie. »Ich muss noch ein Geschenk für ihren Geburtstag am Freitag besorgen. Aber morgen habe ich nichts vor.«

Erleichtert nahm er das Angebot an. »Okay!« Dann würde er endlich seine Lüge aufdecken.

Lori schien nachdenklich.»Meinst du, dass Dr. Senkenfeld heute Abend auch kommt?«, fragte sie.

»Anzunehmen. Auch für ihn ist es ein wichtiger Fall. Warum interessiert dich das? Ich finde ihn immer noch zu alt für dich«, neckte er sie.

Lori winkte ab. »Darum geht es nicht. Ich weiß nicht, wie ich ihn ansprechen soll.«

»Herr Senkenfeld?«, schlug Viggi vor.

»Aber wenn er mich wieder Lori nennt?«

»Das hat dir gefallen!«, stellte Viggi grinsend fest, beruhigte sie dann. »Glaub mir, Falk ist fast noch konservativer als du, wenn es um berufliche Belange geht. Da bleibst du Frau Dreguzkaya, selbst wenn ihr verheiratet wärt.«

Sie lachte. »Wahrscheinlich hast du recht.« Doch dann schüttelte sie fragend den Kopf. »Hast du ihn jetzt Falk genannt?«

»Ein Versehen«, wiegelte Viggi ab und kontrollierte seine Gesichtszüge. Nur kein ertapptes Augenschließen!

Lori fand den Dienstwagen und Viggi atmete erleichtert aus. Schon wieder hatte er sich verraten. Wie würde sie reagieren, wenn er endlich die Gelegenheit zur Beichte erhielt? Plötzlich war er nicht mehr sicher, ob er sich das Gespräch mit Lori herbeiwünschte.

Eine Frau in Nadines Alter öffnete die Tür. Jeans, dunkler Pullover, Hausschuhe. Das Gesicht war ungeschminkt und verquollen, die Augen vom Weinen gerötet.

Nadine nahm ihren Dienstausweis hervor, reichte ihr die Hand. »Nadine Junkes von der Kriminalpolizei«, stellte sie sich vor.

»Hoffmann, Ina. Sie kommen wegen Papa?«

Als Nadine nickte, ließ die Frau sie ein, führte sie in die Küche. »Möchten Sie hier warten? Ich helfe meiner Mutter die Treppe hinunter.«

Nadine sah sich um, bemerkte die schäbige Kücheneinrichtung und fragte sich, wo die Zimmers wirtschaftlich standen. Der Offroader vor der Haustür wirkte neu, ein Abschleppanhänger war daneben geparkt. Das Firmenschild über dem Scheunentor wies den Betrieb immer noch als Schlosserei Braun aus. Zimmer hatte es nicht erneuert, seinen Namen nicht eintragen lassen.

Im Flur hatte sie eine verschlossene Tür bemerkt, die sicher ins Wohnzimmer führte. Die gute Stube mit den klobigen Eichenmöbeln wurde geschont, lediglich zu den Feiertagen genutzt, ebenso wie das Hochzeitsgeschirr nur zu diesen Gelegenheiten gedeckt wurde. So kannte es Nadine von ihren Eltern in Bexbach. Ein Großteil des Lebens spielte sich in dieser Küche ab, wie der kleine Röhrenfernseher auf dem Ecktisch verriet. Das braune Radio mit den Stationstasten war vielleicht die erste große Anschaffung nach dem Krieg gewesen und tat sicher noch seinen Dienst. Die Tassen auf dem offenen Regal waren akribisch aufgestellt, die Henkel griffbereit nach vorne ausgerichtet. Sie fragte sich, wer hier für Ordnung gesorgt hatte, denn bis auf zwei Kinderzeichnungen an der Wand sah sie keinerlei Nippes auf den Arbeitsflächen, der das Putzen erschwerte. Ein Wasserkessel stand auf dem Elektroherd, die anderen Herdplatten waren mit Emailleschonern abgedeckt. Der Toaster mit dem Brötchenaufsatz war das einzige Elektrogerät, das sie dem letzten Jahrzehnt zuordnen konnte. Armut oder Sparsamkeit? Diese Frage musste Jens heute Abend beantworten.

Die Tür öffnete sich, Frau Hoffmann führte eine alte Frau herein, die von der Krankheit gebeugt war. Sie ließ sich auf einem Armlehnstuhl nieder, der mit zusätzlichen Kissen gepolstert war.

»Zimmer, Maria«, stellte sie sich vor und Nadine zuckte bei dem klaren Klang ihrer Stimme zusammen. Wie alt war die Frau?

Frau Zimmer hatte ihre Reaktion bemerkt. »Mein Körper macht nicht mehr mit, mein Kopf schon«, kommentierte sie.

»Mein Beileid, Frau Zimmer«, begann Nadine. »Ich bin hier, um Ihnen einige Fragen bezüglich Ihres Ehemanns zu stellen.«

Frau Zimmer nahm die Beileidsbekundung mit einem stummen Nicken entgegen, schien mit aufsteigenden Tränen zu kämpfen. »Ich kann es noch gar nicht glauben!«

Ina drückte tröstend ihre Hand, zog ein Päckchen Papierta-schentücher aus ihrer Jeans und reichte es ihr. »Ich bringe dir eine Tasse Tee, Mama«, flüsterte sie erstickt. »Mögen Sie auch einen?«, fragte sie Nadine.

»Ja gerne«, nahm Nadine das Angebot an. Sie wandte den Blick ab, ließ die Frauen weinen, wünschte sich fort. Trauernde Verwandte von Mordopfern stellten sie immer wieder auf eine harte Probe, machten ihr zu schaffen. Ein Bereich ihres Berufes, auf den sie gerne verzichten konnte. Frau Zimmer schnäuzte sich verhalten, blickte Nadine wieder an. »Welche Fragen haben Sie an uns? Ich höre«, meinte sie nun mit gefassterer Stimme.

Nadine nahm den Blickkontakt wieder auf, bedankte sich mit einem Nicken für den Tee, den Ina Zimmer vor ihr abstellte, als sie sich setzte. »Was können Sie mir über Ihren Mann berichten, Frau Zimmer?«

»Wir kannten uns fast fünfzig Jahre. Wollen Sie das alles wissen?«, zog sie fragend die Augenbrauen hoch.

Nadine nahm ihr Notizbuch aus der Handtasche und lehnte sich auf der Eckbank zurück. »Alles, was Sie für wichtig hal-ten«, lud sie ein.

Frau Zimmer gab Zucker in den Tee, rührte nachdenklich in der Tasse. »Wo soll ich beginnen? Als ich Bertrand auf unserer Dorfkirmes zum ersten Mal traf, war ich gerade siebzehn geworden. Er besuchte seine Mutter, die nach dem Krieg Lu-xemburg verlassen hatte, weil sie als Deutsche die Ausgrenzung durch die Nachbarn nicht mehr ertrug. Sein Vater war Luxem-burger und er hat ihn nie kennengelernt, weil er in den letzten Kriegstagen fiel.« Sie hielt kurz inne, schüttelte den Kopf. »Wissen Sie, wie der saarländische Gauleiter in unserem Nach-barland gewütet hat? Danach waren die Deutschen im Land zu Recht nicht mehr wohlgelitten. Bertrand ist dort geblieben und in die Armee eingetreten. Von dort ist er zur Brigade Mobile versetzt worden.«

»Brigade Mobile?«, fragte Nadine nach.

»Eine Antiterroreinheit, würde man heute sagen. Die Sonder-einheit der Police judicaire. Das war Anfang der achtziger Jah-re und wir lebten zu dieser Zeit in Grevenmacher, drüben in Lu-xemburg. 1984 starb mein Vater und Bertrand hat die Armee verlassen, um die Firma weiterzuführen.« Sie machte eine kurze Pause. »Das war die Kurzversion; ich will nicht Ihre Zeit ver-geuden.«

Armee, Spezialeinheit, Polizei hatte sich Nadine überrascht notiert. Und danach leitet er einen Schrottplatz? »Als Soldat und Polizist übernimmt er eine Schlosserei?«, fragte sie nach.

Zimmer wirkte abwägend. »Naja, anfangs ist es ihm schon schwergefallen. Meine Mutter konnte den Betrieb nicht führen und die Geschäfte liefen schlecht. Aber Bertrand war schon im-mer ein Bastler, hat die Firma wieder hoch gewirtschaftet und für uns alle gesorgt«, seufzte sie dankbar.

Ungewöhnlich, dachte Nadine. »Wie war Ihr Mann in letzter Zeit gestimmt? Hatte er Sorgen, Feinde?«

Ina Hoffmann antwortete. »Feinde sicher nicht, Sorgen ja. Er wollte die Firma erweitern, um im Wettbewerb bestehen zu können. Doch die neue Halle für die Werkstatt wurde nicht ge-nehmigt und er spielte mit dem Gedanken, alles zu verkaufen und in Rente zu gehen. Aber er war auch in Sorge um seine An-gestellten, die ihre Arbeit verlieren würden. Er wollte neue Ar-beitsplätze schaffen, aber der Ortsrat war dagegen, fürchtete eine Umweltbelastung!«, regte sie sich auf. »Das hat ihm zu schaffen gemacht.«

»Gab es noch weitere Probleme?«

»Nein, Bertrand war allgemein beliebt, alle mochten ihn. Deshalb kann ich es einfach nicht verstehen!«, antwortete Frau Zimmer verzweifelt. »Die freiwillige Feuerwehr im Dorf hat mehr Mitglieder als die in Orscholz und das ist sein Verdienst. Im letzten Jahr war er der Altherren-Schützenkönig und hat im Ort die Kirmes organisiert. Er hat soviel für das Dorf getan!«

Wieder begann die Witwe zu weinen. Hilflos wünschte Nadine sich fort aus dieser ärmlich wirkenden Küche. Doch einige wichtige Fragen musste sie noch stellen. Sie leerte die Teetasse, sah aus dem Fenster in einen trist wirkenden Hof, indem sich der Schrott stapelte. Bei dieser Aussicht wurde man ja fast depressiv. Ungeduldig wartete sie, bis ihre Gesprächspartnerin wieder ansprechbar wirkte. »Wann haben Sie Ihren Mann zum letzten Mal gesehen?«

Frau Zimmer reagierte wie erwartet auf die sachliche Frage. »Entschuldigen Sie, Frau Kommissarin!« Sie richtete sich auf, verzog das Gesicht vor Schmerz.

Besorgt betrachtete Ina ihre Mutter. »Dauert es noch sehr lange?«, fragte sie Nadine. »Die Befragung ist zu anstrengend für sie.«

Frau Zimmer drückte ihr kurz die Hand. »Ich schaffe es schon, Ina«, beruhigte sie und wandte sich wieder Nadine zu. »Am Samstagabend hat er mich zu Bett gebracht. Danach wollte er Losa ausführen.«

Ach ja, der Hund! »Losa ist ihr Hund?«

»Ja. Eigentlich ist sie ein Wachhund, aber auf ihre alten Tage lebt sie meist mit uns im Haus. Ihr Korb steht dort drüben«, wies Frau Zimmer auf eine Ecke neben dem Kachelofen. »Der Tierarzt sagte, wir können sie heute Nachmittag abholen. Früher sind wir immer gemeinsam mit ihr gelaufen, aber ich komme den Berg schon lange nicht mehr hinauf. Bertrand ging zu jeder Jahreszeit, bei Wind und Wetter hinaus.«

»Wann ging er vorgestern?«

»Etwa um halb elf.«

»Dann gehörte der Kewelsberg oft zu seinen Wegen?«

»Ja, dort war er gerne, auch unten im Frönwald. Nur bei schlechtem Wetter drehte er abends die kurze Runde.«

Nadine notierte die Angaben. »Ich habe noch eine Frage zu der Uhr Ihres Mannes. Was bedeutete ‚Pour le mérite‘?«

»Die Uhr war ein Abschiedsgeschenk seiner Kollegen von der Brigade mobile. Sie bedeutete ihm mehr als eine offizielle Anerkennung des Staates.«

Hier fragte Nadine noch einmal nach, dachte an die ungewöhnlichen Todesumstände des Opfers. »Kannte sich Ihr Mann mit Sprengstoffen aus?«

Frau Zimmer ließ sich die Frage durch den Kopf gehen. »Vielleicht. Er hat viele Seminare und Kurse besucht, damals in den Achtzigern. Einmal war er sogar in Sizilien, aber er hat nicht darüber gesprochen und nachdem wir hierher kamen, war das Kapitel abgeschlossen.«

Ortsrat, sozial engagiert, Routinegänge, hatte Nadine notiert. Sie überflog kurz ihre Notizen und entschied, dass sie genug gehört hatte. Nun zog sie eine Visitenkarte hervor. »Die offizielle Identifizierung ist für heute Nachmittag geplant. Frau Singer ist dafür zuständig und wird sich mit Ihnen in Verbindung setzen. Hier steht ihre Telefonnummer.«

Das konnte Theo übernehmen, die es sich hinter ihrem Schreibtisch bequem macht, dachte sie. Ihr reichte es heute mit der Trauer anderer, sie war doch keine Seelsorgerin!

4

Lori und Viggi hatten vor dem alten Bauernhaus keinen Parkplatz gefunden und stellten den Wagen vor der wuchtigen Kirche ab.

»In diesem Dorf wohnen doch nicht einmal 1000 Menschen. Und die bauen sich so eine Riesenkirche?«, fragte Lori erstaunt, betrachtete das dicke Gemäuer.

»Man sagt, ein Heiliger habe hier einmal Station gemacht. Das war wohl auch Jahrhunderte später noch Ansporn genug«, kommentierte Viggi. »Sieh mal, dort vorne sind die Kollegen.«

Lori hatte den Streifenwagen ebenfalls bemerkt. »Am besten bringen wir es gleich hinter uns«, seufzte sie, als sie einen der Polizisten erkannte.

Sie stiegen aus dem Mercedes, der von den Kollegen schon kritisch beäugt wurde und gingen auf sie zu.

»Hallo, Franz-Joseph«, begrüßte sie den Jüngeren.

»Was tust du denn hier, Gräfin?«, riss Keller überrascht die Augen auf. »Wir warten auf die Kollegen von der Kripo; gehörst du etwa dazu?«

»Ja, dann habt ihr auf uns gewartet. Und lass die Gräfin weg, ja?«, bat sie, mochte den alten Spitznamen nicht. Sie stellten sich dem älteren Polizeikommissar Karl Sehn vor. »Wir sind auf dem Weg zu Zimmers Werkstatt.«

»Du bist jetzt bei der Kriminalpolizei?«, insistierte Keller immer noch irritiert.

»Ich studiere in Münster; mache einen Praxiseinsatz, bevor das Semester wieder beginnt«, reagierte sie auf den Unwillen in seiner Stimme.

»Aber Hallo! Ich wusste, du würdest die Erste von uns sein, die das schafft«, sagte er nun bewundernd. »Studierst du auch dort?«, fragte er Viggi zweifelnd.

»Nein, ich gehöre dem LPP 213 an.«

Keller maß ihn mit einem neugierigem Blick. »Du hast also die Stelle bei der Kripo bekommen? Ich hatte mich auch beworben, aber mich haben sie nicht genommen«, stellte er missmutig fest.

»Zieht man sich dort jetzt an wie auf der Bank?«, wunderte sich der Polizeimeister in Uniform mit einem Blick auf Viggi, dessen Fliege im Ausschnitt des Mantels rot leuchtete.

»Wir tragen, was uns gefällt«, antwortete Lori in einem Tonfall, der jede weitere Kritik unterband. »Was habt ihr noch erfahren?«

Keller zuckte die Achseln. »Einige Leute haben in der Nacht auf Sonntag einen Knall gehört, dachten, es sei ein Donner oder ein Militärflugzeug. Die Zeitangaben liegen wie bei Zeugenaussagen üblich weit auseinander, aber es zeichnet sich der Zeitraum zwischen 23 und 0 Uhr ab.«

»Hat jemand den Feuerschein bemerkt?«, fragte Viggi.

»Nein, den konnte man höchstens in Wehingen oder Büschdorf beobachten. Hier sind wir zu nahe am Tatort und der Berg verdeckt die Sicht.«

»Und was sagen die Leute sonst?«, hörte Viggi nach.

»Zwei haben davon gesprochen, dass sie nachts öfter Lichter im Wald gesehen haben, auch wenn Zimmer nicht mit seinem Hund unterwegs war. Er war beliebt und hat viel für das Dorf und die Jugend getan, sowohl bei der Feuerwehr als auch beim THW. Und im Schützenverein war er auch«, antwortete Keller.

»Und im Ortsrat!«, ergänzte Sehn.

»Nun, da war er ja sehr aktiv«, staunte Lori. »Kennt ihr seine Mitarbeiter?«

Sehn nickte. »Die beiden Mechaniker und seine Sekretärin arbeiten schon ewig dort, den Andi hat er selbst ausgebildet. Als

Jugendlichen hatten wir ihn im Auge, weil er mit anderen gerne Streit anfing. Er hatte auch Probleme in der Schule, aber Zimmer hat sich um ihn gekümmert, nachdem sich Andis Eltern scheiden ließen. Seitdem arbeitet er für Zimmer und ist zu seiner rechten Hand geworden, weil er ihm immer mehr abgenommen hat. Ich denke, für ihn ist es am schwersten.«

»Wo finden wir ihn?«

Keller wies auf die Straße hinter ihnen. »Geht dort hinunter und um die Häuser herum, die Werkstatt liegt hinten. Meist ist er dort, wenn er keinen Termin außerhalb hat. Montags sammeln sie oft die Autowracks der Unfälle vom Wochenende ein.«

Sie bedankten sich und folgten der Wegbeschreibung.

Während sie weitergingen, Viggi fragte nach. »Woher kennst du Franz-Joseph? Nur von der Hochschule?«

»Er gehörte zu der Freundesclique, mit der ich damals ausging«, antwortete sie kurz.

»Lass mich raten: Er hat dich angebaggert«, grinste Viggi.

An diese Zeit erinnerte Lori sich nicht gerne zurück. In den ersten Monaten bei der Polizei war ihr der Umgang mit der offenen Bewunderung der Kollegen schwer gefallen und Franz-Joseph hatte sie vor den anzüglichen Sprüchen der Kommilitonen in Schutz genommen. Doch dann war sie auf ihn hereingefallen. »Er hat es versucht. Etwas hartnäckiger als die anderen«, gab sie zu.

»Falsch«, meinte Viggi. »Hartnäckiger als alle anderen! Ich kenne keinen Kommilitonen, der nicht auf dich stand.«

»Nun übertreib mal nicht, ja? Ich finde das nervig und Franz-Joseph war in Ordnung. Dass er damals eine Freundin hatte, habe ich erst später erfahren.« Sie ließ sich die Begegnung durch den Kopf gehen. »Aber eben hörte er sich eifersüchtig an, weil du ihm die Stelle weggeschnappt hast.«

»Ja, hab ich bemerkt. Aber wie gesagt, es gab ein offizielles Auswahlverfahren«, verteidigte er sich. »Wir haben doch schon im letzten Jahr zusammengearbeitet und Nadine hat mich benannt, weil sie mich kannte.«

»Und weil du garantiert die besten Beurteilungen vorgelegt hast und ich finde, sie haben ganz richtig entschieden«, bekräftige Lori. »Franz-Josephs Abschluss war mittelmäßig. Hörst du solche Sachen häufig?«

Er zuckte mit den Schultern. »Ich sehe es an den Blicken der Leute, aber sie sagen es mir nicht ins Gesicht. Ich habe kaum noch Kontakt zu ihnen.«

»Ja, du vergräbst dich gerne, nicht wahr? Hier müssen wir abbiegen.«

Die Einfahrt zum Betriebsgelände war ein Feldweg, die Fahrspuren durch den Regen der vergangenen Wochen ausgewaschen und schlammig. Sie gingen auf der Grasnarbe und Viggi konnte nicht verhindern, dass sich die rotbraune Erde auf seinen schwarzen Lederschuhen verteilte. Der Platz hinter Zimmers Haus war lediglich mit einem Bretterzaun abgetrennt. Sie sahen über gestapelte Autowracks hinweg, ausrangierte Kühlschränke und Waschmaschinen rosteten vor sich hin. An einer Seite waren Schienen gestapelt, dahinter Gerätetorsos, die Viggi nicht zuordnen konnte.

»Was macht man mit diesem Gerümpel?«, fragte Lori kopfschüttelnd.

»Hey, was wollt ihr hiéé?«, wies sie eine zornige Stimme hinter ihnen zurecht. »Datt hiéé iss privat, dòò hat keener was verlóór!«

Sie wandten sich um und Viggi sah sich einem hochgewachsenen und breitschultrigen Mann in grauer Arbeitskleidung gegenüber, der aus einem Anbau zum Wohnhaus getreten war. Mit mürrischer Miene starrte er sie an.

Viggi zückte seinen Dienstausweis. »Die Kommissare Dreguzkaya und Feldmann von der Kriminalpolizei. Wir suchen Andreas Wagner.«

»Datt bin eisch«, ließ er die kampfbereiten Schultern sinken. »Ei, dann kummen rin, iss wärmer.« Ohne ihre Reaktion abzuwarten, drehte er sich um.

»Was für ein Bär!«, flüsterte Lori. »Der ist ja weit über eins neunzig groß.«

»Einsvierundneunzig«, maß Viggi ihn ohne Zögern ab. »Für diesen Job ist er sicher richtig. Hier ist Anpacken gefragt. Fühlen wir ihm auf den Zahn.«

Sie betraten die Werkstatt, in der ein unglaublicher Lärm herrschte. Wagner klopfte einem älteren Mann auf die Schulter, bedeutete ihm, die Flex beiseite zu legen. Dann zeigte er auf einen abgeteilten Raum am Ende der Halle. Viggi bemerkte die Funken, die von einem Arbeitstisch zu Boden fielen. Den Schweißer unterbrach Wagner nicht, die Naht musste zu Ende gebracht werde. Etwa zwanzig Meter, schätzte Viggi die Länge der Halle. Doch während der Schrottplatz vor der Tür chaotisch wirkte, herrschte hier drinnen peinliche Ordnung. Abgegrenzte Arbeitsbereiche, Schutzkleidung, die Werkzeuge in Reih und Glied. Große Container zum Sammeln der Wertstoffe waren entlang der Wände aufgestellt. Eine Hebebühne dominierte den Raum und Viggi sah sich nach der Zufahrt um. Ein Rolltor öffnete sich zur anderen Hofseite, die sie bisher noch nicht gesehen hatten.

Im Büro standen zwei Schreibtische. Wagner zeigte auf den schmalen Metalltisch mit vier Stühlen. »Hocken Eich. `Nen Kaffee?«

Viggi nahm das Angebot an, Lori schüttelte den Kopf, als sie große Thermoskanne sah. Die Sitzbezüge der Stühle hatten ebenfalls bessere Zeiten gesehen, wirkten wie ausrangierte Küchenstühle.

Wagner stellte eine angeschlagene Tasse vor Viggi ab, nahm sich selbst zuerst von der Milch aus dem Tetrapak. »Unn?«, sprach er sie an.

»Wie laufen die Geschäfte Ihrer Firma?«, verzichtete Viggi ebenfalls auf höfliche Floskeln.

»Geht so. Wir könnten viel mehr verdienen, wenn wir endlich die neue Halle kriegten. Hier iss nur Platz für drei, aber wir hamm´ Arbeit für zehn!«

»Und womit wollten Sie die beschäftigen?«, zweifelte Lori.

»Der Berdl wollte auch Handys und Kleinschrott sammeln und das hätt´ richtig Kohle gebracht! Für den Kram wird echt gudd bezahlt.« Seine Augen glänzten kurz auf, dann verfinsterte sich seine Miene wieder. »Die Pläne für den neuen Schuppen liegen dóó in em Berdl sei´ Schreibtisch und dóó wollten wir bauen«, nickte er zum Hof hin. »Aber heut geht ja nix ohne die Schwätzer von der Politik. Jetzt kriegen die Großen unsere Aufträge«, meinte er sorgenvoll.

»Wie standen Sie zu Herrn Zimmer?«, unterbrach Viggi seinen Ausbruch.

Wagner sah ihn stirnrunzelnd an. »Er war mein Chef.«

Lori bewunderte Viggis Geduld im Umgang mit dem groben Klotz. »War er ein guter Chef?«, fragte er in aller Ruhe nach.

»Ei joo, klar!«

»Sie arbeiten schon länger für ihn?«

»14 Jòòhr«, nickte er stolz. »Der Berdl hat mich schon hier schaffen lassen, als ich noch auf der Hauptschule war. Hat mir alles erklärt und mir bei den Hausaufgaben geholfen. Dann hab´ ich hiee gelernt.«

»Welchen Beruf haben Sie?«

»Ich bin Schlosser, wie alle hier. Berdl war der Chef, der Jupp der Meeschder. Der war schon beim alten Chef, für die Lehrbuben. Ist jetzt in Rente«, fügte er hinzu.

»Zurzeit gibt es aber keinen Auszubildenden?«, fragte Lori, die kein junges Gesicht in der Halle gesehen hatte.

Wagner sah sie fast mitleidig an. »Kein Platz!«, wiederholte er, jedes Wort betonend.

»Wer führt die Geschäfte jetzt weiter?«

»Ich und die Tochter vom Chef.«

Viggi registrierte die Unhöflichkeit der Formulierung. Dieser Geschäftsführer war sicher nicht für den Umgang mit Kunden geeignet. Seine Qualitäten lagen eher im praktischen Bereich, nahm er an.

»Sie wissen, wie Herr Zimmer ums Leben kam?«

»Joo, eine Bombe im Wald«, bestätigte er.

»Wann haben Sie ihn zuletzt gesehen?«

»Ei, das iss ja wie im Fernsehn! Wann haben Sie ihn zuletzt gesehen?«, äffte er die Frage nach.

»Also?« Viggi ließ sich nicht beirren.

»Am Samstag«, antwortete Wagner dann doch. »Wir haben noch ein Wrack gekriegt, unten an der L386, und in den Hof gebracht. Das war so um vier.«

»Sie arbeiten am Samstagnachmittag?«, wunderte sich Lori.

Er nickte. »Wenn der Berdl ruft, komm' ich rüber. Ich wohne dóó drüwwen«, wies er mit unbestimmter Geste hinter sich.

Noch eine Qualität: Ständige Ruf- und Einsatzbereitschaft. Ein Mitarbeiter, der immer zur Verfügung stand und sicher nicht nach der Uhr abrechnete. Hohe Loyalität zum Vorgesetzten, registrierte Viggi.

»Was haben Sie am Samstagabend gemacht?«

»Ei, am Computer gespielt.«

»Kann das jemand bezeugen?«

Wagner schüttelte abwägend den Kopf. »Die Jungs aus Teamspeak waren da. Mei' Mutter hat schon gepennt.«

»Können wir das überprüfen?«

»Ich kenn' die nitt so«, meinte er ausweichend. »Einer ist aus Wiesbaden«, erinnerte er sich mühsam.

Auch das schien korrekt: Eine Spielergemeinschaft, die sich über das Internet gefunden hatte, anonym zusammengewürfelt.

»Was haben Sie gespielt?«, fühlte Viggi ihm weiter auf den Zahn.

»CoW.«

»Ja, das kenne ich auch.« Interessant, dachte Viggi. Die Zeugenaussagen der Mitspieler waren sicher kaum gerichtsverwertbar. »Benutzte Zimmer auch einen Computer?«, fragte er, als er die Schreibtische ohne Monitore betrachtete.

»Nee, von dem Kram hat er nix gehalten, er war ein Baschdler. Die Bücher macht unsere Sekretärin zuhause, das Firmenhandy hab´ meist ich. Unsere Webseite hab ich selbst gemacht, weil, er wollt´s nicht. Aber heut´ braucht man so´n Ding, hab ich ihm gesagt. In der letzten Woche hatten wir fünfzig Klicks; vier haben uns gerufen«, verkündete er zufrieden, zollte sich selbst Applaus.

»Womit haben Sie die Webseite programmiert?«

»Ei, wie schon? Mit HTML, und mit SSL-Secure für´s Geld.«

»Sie hatten auch Zugriff auf die Geschäftskonten?«

»Ei jóó. Brauchte ich ja für die Zahlen im Steuerprogramm.«

Lori war sprachlos. »Sie haben die Steuererklärung gemacht?«

»Nee, die macht unser Steuertyp in Merzig. Aber der braucht unsere Betriebs-kosten-auf-stellung.« Den Fachbegriff betonte er, als habe er ihn auswendig gelernt.

Wenn er die Webseiten selbst programmiert hatte, besaß Andi eine selektive Begabung, stellte Viggi fest. Und Zimmer hat ihm vertraut, ihm sogar den Zugang zu den Konten ermöglicht. Vielleicht steckte in dem ungelenken 'Wagner, Andi' doch mehr, als man auf den ersten Blick vermutete.

»Wir haben Berichte über nächtliche Lichterscheinungen im Wald gehört«, schaltete sich Lori jetzt ein. »Haben Sie die auch bemerkt?«

»Lichter im Wald? Wie beim Martinsumzug? Iss wohl noch ein bisschen früh, oder? Wir haben erst Oktober!«, wies er sie aufs Datum hin und lachte laut, provozierend. »Nee, davon weiß ich nichts, Frau Politesse.«

»Mit wem war Herr Zimmer sonst noch befreundet, wer kann uns Auskunft erteilen?«, ignorierte Lori sein ungebührliches Verhalten, doch ihr drohender Tonfall verhieß nichts Gutes, wie Viggi registrierte. Lori und Wagner waren nicht kompatibel, sahen sich nun giftig an. »Also?«, sprang er Lori bei, unterbrach den Blickkontakt zwischen ihnen.

Wagner erkannte die Warnung, riss sich zusammen. »Der Berdl kannte hier alle«, zog er angestrengt die Stirn kraus, überlegte. »Aber der Fred war sein Freund.«

»Welcher Fred?«, fragte Lori und Viggi hörte den angespannten Ton in ihrer Stimme.

»Ei, der Morgenthal, Fred. Der hat das Autohaus in Eft.« Er warf Lori einen Blick zu, als sei sie nicht von dieser Welt, weil sie den Fred nicht kannte.

»Sonst noch jemand?«

»Höchstens der Alfi. Der weiß, was im Wald los ist und Berdl hat manchmal mit dem geschwätzt«, meinte er nachdenklich.

»Alfi wer?« Loris Geduld war erschöpft.

»Nur Alfi. Der wohnt doch drüben im Wald bei Hellendorf. Aber ´ne Adresse gibt`s da keene.«

»Wie kann denn das sein?«

»Der Alfi ist der Depp hièè. Kümmert sich um die Tiere im Wald.«

»Können Sie uns sagen, wo Alfi wohnt?« Viggi nutzte den Wortschatz von Wagner, lenkte Andi von der aufgebrachten Lori ab. »Ich habe ein Geopositionsprogramm.«

»Zeig mal her.« Andi griff nach Viggis Smartphone, betrachtete das Display, navigierte nach einem prüfenden Blick geschickt durch das Programm, markierte eine Position. »Ungefähr da wohnt er.«

Viggi sah auf das Display. »Aber da ist nur Wald?«

»Sag ich doch! Der Alfi ist ein Spinner, aber du kannst ihn immer fragen. Der kann auch alles: Anstreichen, mauern, ausbessern, ernten. Wenn hier einer Hilfe braucht, holt er den Alfi. Aber ihr müsst schon zu ihm hinlaufen. Strom oder Telefon gibt es da im Wald nich´.«

»Gut«, beendete Viggi das Gespräch. »Wir möchten jetzt noch mit den anderen Mitarbeitern sprechen.«

Andi stand auf. »Ich hol´ sie euch bei.«

»Um Himmels Willen!«, stöhnte Lori, als sie über den Feldweg zurück zur Straße gingen. »Wagner ist ein echter Torfkopf! Und was ist das für eine Sprache? Mein Bedarf an Ausländisch ist für heute gedeckt!«

»Warum? Ich finde den Dialekt sehr interessant und man hört ihn heutzutage nur noch selten. So sprechen die Menschen hier nur untereinander, aber nicht mit Fremden. Und wir haben viel erfahren: Zimmer hatte eine hundertprozentig loyale Mitarbeiterschaft. Er hat alle nach verschiedenen Prioritäten ausgesucht und das perfekte, langjährige Team zusammengestellt. Von Organisationspsychologie verstand er etwas.«

Lori überlegte. »Die anderen waren in Ordnung, aber dieser Andi hat mich mit seiner sturen Art regelrecht auf die Palme gebracht. Der ist erst aufgetaut, als du ihn nach den Computern gefragt hast.«

»Ja, das ist sein Thema«, bestätigte Viggi nachdenklich, »und ich hatte es ihm nicht zugetraut. Dora hätte sicher noch mehr aus ihm heraus gekitzelt.«

»Falls da noch etwas ist!«, zweifelte sie. »Denkst du, er hat ein Motiv?«

»Nein, das sehe ich im Moment nicht. Er fürchtet um seinen Job und Zimmers Tod ging ihm sichtlich nahe. Er hat seinen Mentor verloren und wenn der Schuppen dicht macht, steht er allein da. Über ein einnehmendes Wesen verfügt er ganz sicher nicht.«

»Das hast du jetzt sehr nett ausgedrückt«, lachte Lori. »Nach gerade mal einer Viertelstunde Gespräch verfällt er ins ‚Du‘ und ‚Euch‘.«

»Das ist hier so, Lori und es ist keine Abwertung, sondern eher Zutraulichkeit. Er hat uns akzeptiert.«

»Ach ja? Er sah mich ständig an, als sei ich unterbelichtet.«
Viggi lachte. »Ist das eine neue Erfahrung für dich?«

5

Sie hatten mit Nadine zu Mittag gegessen und die anstehenden Aufgaben aufgeteilt. Nadine würde den Ortsvorsteher und den Freund in Eft besuchen. Danach wollte sie im Präsidium ermitteln, um Zimmers Karriere nachzuvollziehen.

»Am besten biegst du dort vorne rechts ab. Noch etwa hundert Meter.« Lori verglich die winzige Karte auf dem Handydisplay mit der Realität. »Dann müssen wir zwei Kilometer laufen. Falls es den Wanderweg gibt«, meinte sie zweifelnd.

Viggi parkte den Wagen an einem Feldweg, der durch einen umgestürzten Baum versperrt war. »Zeig mir mal.«

Er prüfte die Angaben des Programms, sah sich um. »Wenn wir über das Feld laufen, geht es schneller.«

»Vergiss es. Ich ruiniere mir nicht die Stiefel in diesem aufgewühlten Matsch!«

Viggi stimmte zu. Im Feld neben ihm konnte er die tiefen Ackerfurchen im lehmigen Boden erkennen. Selbst im Auto war der leichte Geruch von frisch ausgebrachtem Mist auszumachen. Nein, auch sein Schuhwerk wäre hinüber, wenn er nicht schon unterwegs im Schlamm versank. Er seufzte. »Nun, dann eben außen herum.«

Eine halbe Stunde später standen sie am Waldrand und sahen sich suchend um. Hier war keine Hütte zu entdecken.

Lori stöhnte. »Wagner hat uns auf den Arm genommen und lacht sich jetzt schon bei dem Gedanken tot, dass wir hier herum stolpern!«

»Nein, hat er nicht«, widersprach Viggi, kontrollierte die Position.

»Woher willst du das wissen? Mir schien er nicht sehr vertrauenswürdig.«

»Er hat bei der Erinnerung an die Lage der Hütte nach rechts oben geschaut und damit eine reale Information abgerufen. Seine Pupillen haben sich verengt, er hat sich konzentriert. Wollte er uns anlügen, hätte er sein kreatives Gedächtnis genutzt. Dann wäre sein Blick nach links oben abgewichen und seine Pupillen hätten sich erweitert, weil ihm sein Scherz Spaß gemacht hätte.«

»Was sagst du da?«, fragte Lori perplex. »Achtest du so genau auf die Mimik deiner Gesprächspartner?«

»Nur bei Zeugen«, antwortete er lapidar.

»Aber woher weißt du solche Dinge?«

»Die stehen in jedem guten Buch über Körpersprache oder auch Bühnenzauber. Was denkst du denn, wie diese Leute arbeiten? Glaubst du etwa, die können wirklich Gedanken lesen?«

»Nein, natürlich nicht, aber ich habe noch nie darüber nachgedacht. Ist dir noch mehr aufgefallen?«

»Ja, klar! Sein Händedruck war fest; das steht für Entschlossenheit, zumindest bei Männern. Aber auch sehr kurz, was für Unverbindlichkeit spricht. Zunächst war seine Körperhaltung verschlossen, er hat die Arme überkreuzt und sie erst geöffnet, als wir über Computerspiele gesprochen haben. Bei dem Thema über die Lichter im Wald hat er die Beine bewegt, die Füße so gestellt, als wolle er sich am liebsten entfernen. Das kann man als Langeweile oder auch Fluchtbewegung interpretieren. Wenn man der Theorie folgt, dass der Geist den Körper bestimmt, erhält man gute Hinweise«, schloss er seine Deduktion.

»Und du erkennst das so schnell? Dafür braucht man doch Übung!« Lori war nicht überzeugt.

»Ja, das erfordert jahrelanges Training und ich hatte eine gute Lehrerin«, gab er zu.

Viggi überraschte sie doch immer wieder. In dem stillen Kollegen mit dem Wissen eines Lexikons ruhten sicher noch mehr Facetten, die sie noch nicht erkannt hatte. Und wer hatte ihn in einem Fach geschult, das nicht auf dem Lehrplan der Polizeihochschule stand? »Diese Lehrerin will ich unbedingt kennenlernen! Die Techniken können wir gut in unserem Job nutzen.«

Er nickte abgelenkt. »Ich stelle sie dir gerne vor«, bot er an. »Aber jetzt lass uns die Hütte suchen. Sie muss hier irgendwo sein. Ich kann Holzrauch riechen.«

Einige Schritte weiter atmete Viggi auf. »Na also!«

»So kann man wohnen?«, fragte Lori kopfschüttelnd, als sie das einfache Holzhaus betrachtete. In einer ehemaligen Schutzhütte hatte jemand notdürftig eine Tür eingepasst, zwei Fenster in die ehemals offenen Seitenwände eingebaut. Das Wasser einer kleinen Quelle sammelte sich in einem Steinbecken neben dem Haus und ein Bretterverschlag verbarg vielleicht eine Vorratskammer oder auch den Abtritt.

Viggi wandte sich um, warf einen Blick über das offene Feld. Von der Straße aus hatten sie die Hütte nicht entdeckt, so gut war sie an die Umgebung angepasst. Er trat zurück, sah Rauch aus dem Kamin aufsteigen. »Er ist zuhause. Lass uns anklopfen.«

Ihr Besuch kam offenbar überraschend; sie hörten ein Poltern, bevor die Tür geöffnet wurde. Ein Mann um die siebzig mit weißem, wirr vom Kopf abstehendem Haar und unrasiertem Gesicht sah sie an. »Was wollt ihr?«

»Sind Sie Alfi?«

Der Mann nickte. »Braucht ihr Hilfe? Ich hab keine Zeit. Erst wieder am Wochenende«, lehnte er ab.

»Wir sind von der Kriminalpolizei, Gloria Dreguzkaya, Tim Feldmann«, stellte Viggi sie vor.

Abschätzend musterte der Alte sie, verbiss sich einen Kommentar. »Ach, es geht um Bertrand? Na dann«, entschuldigte er sich. »Kummen rin«, lud er sie ein.

Lori wich beim Anblick des Waldschrats einen Schritt zurück, ließ Viggi den Vortritt. Sie musste zunächst den Anblick verdauen. Rote Stricksocken unter der grauen, überweiten Anzughose, die über dem Bauch von einem braunen Ledergürtel gehalten wurde. Rotkariertes Holzfällerhemd, hellgrüne Strickjacke; alles Kleidungsstücke, die von anderen wohl aussortiert waren. Als sie die Hütte betrat, bemerkte sie an einem Nagel an der Bretterwand eine graue Armeejacke, aus deren Jackentasche eine schwarze Strickmütze lugte. Mit einem Blick erfasste sie das Innere der Hütte. Ein Bett, immerhin mit Bettwäsche, ein Nachttisch aus den Fünfzigern, eine Holztruhe mit Deckel, zwei Regale mit Krimskrams und Fernglas. Ein Holztisch, zwei Stühle, ein Hocker. Der Spülstein mit Abfluss nach außen. Ein Holzküchenherd, wie sie ihn seit ihrer Kindheit in Sibirien nicht mehr gesehen hatte. Ob das Wasser im Schiffchen wohl warm war? Ein Küchenregal mit Töpfen und angeschlagenem Geschirr für höchstens zwei Personen. Petroleumlampen, kein Spiegel.

Auffordernd rückte ihr Alfi einen der Stühle zurecht, setzte sich auf den Hocker, sah sie aufmerksam an. Lori hatte das Gefühl, dass sie von den hellblauen Augen aufmerksam taxiert wurde.

Viggi unterbrach die Stille. »Wir sollten zunächst die Anrede klären. Wie heißen Sie?«

»Alph.«

»Und wie weiter?«

»Alph genügt. So nennen mich hier alle.«

»Für unsere Ermittlungsakten brauchen wir Ihren vollständigen Namen«, erklärte Lori höflich.

»Alph Putz.«

»Alfred? Alfons? Oder Adolf?«

Er zuckte bei der Unterstellung zusammen. »Alfons.«

»Herr Pütz, wie lange wohnen Sie schon in dieser Waldhütte?«

»Sechs Jahre«, antwortete er einsilbig.

Sechs Jahre ohne Bad? Lori unterdrückte ein weiteres Kopfschütteln. »Gehört Ihnen die Hütte?«

»Nein, der Gemeinde.«

»Sie haben sie gemietet?«

»Nein«, antwortete er ungeduldig. »Was soll die Fragerei? Ich dachte, es geht um Bertrand!«

Na gut, lenkte Lori ein. Eine offizielle Vernehmung würde diese Fragen klären, wenn sie die denn brauchten. Aber die Vorladung musste wohl persönlich zugestellt werden; der Briefträger kannte diesen Adressaten sicher nicht.

»Sie kannten Herrn Zimmer?«, setzte sie die Befragung fort.

»Ja, ich habe ihn ab und zu getroffen.«

Au Mann, war der dröge. Jedes Wort musste man ihm aus der Nase ziehen! Sie verschwendeten doch hier nur ihre Zeit, die sie für die Ermittlung brauchten! Seufzend fuhr sie fort. »Und Sie wissen, was geschehen ist?«

Er nickte. »Die haben ihn in die Luft gesprengt.«

»Die?«, hakte sie sofort nach. Hatte sich der Anschlag schon bis in den Wald herumgesprochen?

»Ei, irgendeiner war´s ja wohl.«

Ja, da hatte er recht.»Haben Sie die Explosion bemerkt? Können Sie uns sagen, wann sie war?«

»Nacht auf Sonntag, 23:20 Uhr.«

Lori hob verblüfft die Augenbrauen. »Sie können das so genau sagen?«

»Ich war grad draußen«, zuckte Alph die Achseln.

»Was haben Sie beobachtet?« Viggi beugte sich interessiert vor.

»Einen Knall und einen hellen Feuerschein am Kewelsberg. Wenn es nicht schon so spät gewesen wäre, hätt´ ich gleich nachgesehen, aber so bin ich erst am Morgen hin.«

»Sie waren am Sprengort und haben nicht die Polizei informiert?«

Er musterte sie kurz, schnaubte. »Ja, wie denn? Außerdem hören die mir nicht zu.«

Lori überlegte kurz. Die nächsten Polizeiposten waren in Perl und Mettlach, zu weit für einen Wanderer. »Sie haben kein Telefon oder Auto?«

Er schüttelte den Kopf. »Nur ein Fahrrad. Ich benutze das nur selten. Und ein Handy will ich nicht.«

»Mettlach ist ein gutes Stück von hier entfernt«, gab sie zu. »Aber Sie hätten doch den Posten in Perl informieren können!«

»Der hat sonntags zu.«

Lori sah Viggi überrascht an, der mit den Achseln zuckte. »Seit letztem Jahr sind beide am Wochenende geschlossen, Sparmaßnahmen. Merzig ist zuständig und das sind 25 Kilometer.« Er wandte sich an Alf. »Warum hören die Ihnen nicht zu?«

Ein grimmiger Blick traf sie. »Das fragst du deine Kollegen am besten selbst«, schnappte er.

Lori wollte ihre nächste Frage stellen, doch Viggi schüttelte kaum merklich den Kopf. »Wir hören zu.«

Alf reagierte wie erwartet. »Ich war schon oft in Perl, um denen zu sagen, was hier im Wald los ist. Aber was kümmern die sich um die Jäger, die hier ohne Kontrolle machen, was sie wollen? Diese reichen Pinkel aus der Stadt holen sie sich nicht. Eure Kollegen schreiben nur in ihre Akten und werfen mich wieder raus. Als das mit der Fähe passiert ist, wollten sie kommen, aber darauf warte ich heute noch. Zum Glück habe ich die Jungen gefunden, sonst wären die langsam verhungert.«

»Es wurde eine Füchsin erschossen?«

»Ja, mitten in der Schonzeit!«, polterte er. »Aber das ist den Ballerheinis egal. Hauptsache draufgehalten. Erwischen sie kein Reh, nehmen sie alles andere. Die haben die Füchsin verletzt im Dreck liegen lassen; denen geht es nur um ihren Spaß.«

»Was haben Sie mit den Jungtieren gemacht?«, fragte die Tierfreundin Lori alarmiert, traute dem Alten jede Untat zu.

»Na, was wohl, junge Dame?« Er sah sie finster an.

Viggi lehnte sich plötzlich zurück, lächelte. »Sie haben sie aufgezogen!«

Alfs Miene änderte sich, fast als habe er Spaß an seinem Scherz. »Ei klar! Alle drei! Die leben hier im Wald und ab und zu sehe ich sie noch.«

Lori atmete erleichtert auf und Alf grinste sie an. »Es gibt genug sinnlose Tode und die Kleinen hatten nichts verbrochen, ebenso wie ihre Mutter. Der konnte ich nicht mehr helfen«, bedauerte er.

»Haben Sie Zimmer diese Geschichte erzählt?«, kam sie auf den Mordfall zurück.

»Ja, der hat mir immer zugehört.«

»Wann haben Sie ihn zum letzten Mal gesehen?«

Alf überlegte. »Am Dienstag, oben im Kewelswald.«

»Und wie wirkte er auf Sie? Was hat er gesagt?«, angelte sie mühsam nach weiteren Informationen.

Alph konnte tatsächlich auch mehrere Sätze aneinanderreihen. Sie sah, wie er Luft holte. »Der Bertrand redet auch nicht so viel. Meist sitzen wir zusammen auf der Bank und schauen aufs Dorf runter. Der hatte Ärger da unten, weil sie ihn nicht bauen lassen, aber das ist nicht neu. Geht schon seit Jahren so. Dann wollte er seinen Schrottplatz verkaufen und für seine Frau ein Haus ohne Treppen kaufen, weil die meist nicht gehen kann, aber das wollte sie nicht. Es ist ihr Elternhaus, das verhökert sich nicht so leicht. Die Erinnerungen und so. Deshalb wollte Bertrand noch einmal im Ortsrat für seine Sache kämpfen, aber die haben ihn längst im Kreistag ausgebootet. Wenn man solche Freunde hat, braucht man keine Feinde mehr. Die fahren ihr Ding und Bertrand hat es zu spät mitbekommen.«

Alf hatte sich in Rage geredet und das verständliche Deutsch abgelegt. Wieder traf Lori auf den Dialekt dieses Landstrichs und verstand nicht viel mehr als Bahnhof. Wenn es denn hier jemals einen gegeben hätte.

»Was hat Zimmer nicht mitbekommen?«, fragte Viggi nun.

»Fragt die selbst«, schnappte er.

»Wer sind ,Die' genau?«

»Der Fred und der Tommy.«

»Der Fred mit den Autos?« Den hatte doch auch Wagner erwähnt!

»Ei jóó.«

»Und wer ist Thommy?«

»Der Ortsvorsteher.«

Viggi sah Lori überrascht an. Sie erwiderte seinen Blick, notierte den Namen; dem Hinweis würden sie nachgehen. Lori kam noch einmal auf den Sonntag zurück. »Sie waren also am Tatort. Ist Ihnen dort etwas aufgefallen?«

»Die Trümmer und der Geruch.«

Der Geruch? Dieser Alte war doch durchgeknallt, dachte Lori. »Welcher Geruch?«, hakte sie trotzdem nach.

»Ist schon lange her«, schüttelte er den Kopf, schloss plötzlich die Augen.

»Haben Sie denn die Leiche von Herrn Zimmer nicht bemerkt?«

»Hätte ich ihn gefunden, hätte ich sogar die Polizei informiert. Es gibt ja auch Spaziergänger.«

Nahm der Alte sie auf den Arm? Auf die Idee, jemand anderen zur Hilfe anzusprechen, war er also doch gekommen. Und in diesem Fall wäre die Polizei wesentlich früher am Tatort gewesen.

Lori notierte sich den Punkt. »Sie sagen also, Sie waren am Samstagabend draußen. Wo genau?«

Alf grinste. »Mein Alibi? Fragt bei Gerda und Kurt nach, drüben in Büschdorf. Die haben mich nach der Einweihung für ihre neue Scheune um Mitternacht noch vorne ans Feld gefahren.«

Auf Loris fragenden Blick nannte er eine Adresse.

»Und noch eine Frage: Wir haben von Lichterscheinungen nachts im Wald gehört. Haben Sie die auch beobachtet?«

Alf wandte den Blick ab, schien zu überlegen. »Da laufen nachts manchmal Pfadfinder herum. Sonst weiß ich nichts.«

Viggi überflog seine Notizen, stellte eine weitere Frage. »Ist außer der Sache mit den Jägern noch mehr im Wald passiert?«

Alf sah ihn scharf an. »Warum fragst du jetzt noch einmal?«

Viggi zuckte mit den Achseln, wich dem prüfenden Blick nicht aus.

Alf nickte langsam, ließ ihn nicht aus den Augen. »Du bist ein ganz Schlauer, nicht wahr?«, meinte er nachdenklich. »Aber was du wissen willst, kann ich dir nicht sagen; das muss ich dir zeigen.«

»Was möchtest du mir zeigen? Ist es weit von hier?« fragte Viggi nun gespannt.

Alf blieb vage. »Geht so. Aber mit den feinen Tretern kommst du da sowieso nicht hin«, blickte er auf Viggis Lederschuhe.

»Dann später einmal?« Viggi ließ nicht locker.

Alf überlegte. »Ich bin erst am Freitagabend wieder da, ich muss bei der Apfelernte in Nohn helfen. Frühestens am Samstag. Du musst früh aufstehen, Jungchen. Sechs Uhr? An der Martinskirche?«

Das bedeutete spätestens um halb fünf raus aus dem Bett, rechnete Lori, aber Viggi nahm das Angebot an. »Ich komme. Aber was geschieht, wenn mir etwas dazwischen kommt? Wie erreiche ich dich?«

»Entweder du bist da oder eben nicht«, antwortete Alf jetzt gleichgültig.

»Abgemacht!« Viggi klappte sein Notizbuch zu, beendete die Befragung.

Anscheinend hatten sie genug von dem Alten erfahren, dachte Lori und schloss sich ihm an.

»Was war da eben zwischen euch los? Diesmal war nicht nur Alf zutraulich, sondern du auch!«, hinterfragte Lori die Begegnung auf dem Weg zurück zum Wagen.

Viggi wich ihrem strengen Blick nicht aus, als sie zur Straße zurückliefen. »Es ging nicht anders«, entschuldigte er sich.

»Was ging nicht anders?«

»Ich musste erst auf ihn zugehen, Nähe herstellen, indem ich mich auf die gleiche Ebene begebe. Sonst hätte er nicht weiter geredet.«

Lori ließ sich die Unterhaltung durch den Kopf gehen. Ja, das Interessanteste hatten sie erst gegen Ende des Gesprächs erfahren. »Fred und Thommy?«

»Bin gespannt, was Nadine über die gehört hat«, stimmte er zu.

»Aber da war doch noch mehr. Warum willst du ihn noch einmal besuchen? Samstagmorgen um sechs? Wo ist die Martinskirche?«

»Wir standen doch heute Morgen schon davor. Alf verbirgt etwas.«

»Ach ja?«, fragte Lori. »Würdest du mich einweihen?«

»Was hast du an ihm, an der Hütte bemerkt?«, gab er zurück.

Lori rekapitulierte kurz. »Er lebt seit sechs Jahren in einem Waldhaus. Ist ärmlich, ungepflegt und nervt die Kollegen mit Kleinigkeiten.«

Viggi hinterfragte ihre Einschätzung. »Er lebt jahrelang in einer Waldhütte ohne Strom und Telefon, wofür er eine Adresse und ein Konto bräuchte. Wer außer den Einheimischen hier weiß überhaupt, dass es ihn gibt? Sicher steht er in keinem Melderegister, aber das werden wir später überprüfen. Er wird allgemein toleriert, sonst hätte jemand Einspruch eingelegt, weil er die Hütte besetzt hat. Er wird also hier geschützt«, folgerte er. »Er lebt ärmlich, aber ist er wirklich ungepflegt?«

»Ist dir sein Bart nicht aufgefallen?«

»Doch, ist er. Ein Dreitagebart, würde ich sagen. Das heißt doch, dass er sich vor drei Tagen rasiert hat. Hat er gemüffelt?«

»Nein«, gab Lori zu. »Aber kämmt sich nicht.«

»Hast du seine Jacke gesehen?«, lenkte Viggi sie auf eine weitere Facette.

»Ja, eine Bundeswehrjacke. Mit schwarzer Strickmütze.«

»Richtig. Wie sähest du aus, wenn du dir solch eine Mütze vom Kopf ziehen würdest? Nicht, dass ich annehme, dass du so ein Modell trägst!«

Lori lachte. »Ganz sicher nicht. Aber ja, ich wäre auch zerzaust. Und einen Spiegel hat er nicht«, fiel ihr ein.

»Eben! Ist dir sein Bett aufgefallen?«

»Oh ja! Rosa Blümchenbettwäsche.«

»Und sonst?«

Lori schüttelte den Kopf.

»Es war akkurat gemacht, die Decke wirkte wie abgezirkelt zusammengelegt. Wo lernt man so etwas?«

»Im Kinderheim?«, vermutete Lori zögernd.

»Oder?«

»Bei der Bundeswehr?«, überlegte sie. Wohin führten Viggis Fragen?

Er grinste. »Schon zwei Hinweise auf seine früheren Jahre, findest du nicht? Auch sein höfliches Verhalten dir gegenüber spricht für eine gute Erziehung.«

Lori erinnerte sich, nickte. Alf hatte ihr den Stuhl zurechtgerückt, sich selbst erst auf den Hocker gesetzt, als sie Platz genommen hatte. Und er hatte sie ‚junge Dame‘ genannt. »Er hat uns zu Beginn des Gesprächs taxiert«, sagte sie. »Sogar deine Schuhe sind ihm aufgefallen.«

»Auch seltsam. Welcher Mann achtet auf die Schuhe eines anderen? Ich denke, das ist Frauensache und nein, ich meine das nicht sexistisch.«

»Weiß ich doch. Was ist dir an seiner Gestik und Mimik aufgefallen, Herr Gedankenleser?«

Viggi lächelte. »Die waren fast immer offen. Bis auf die beiden Male.«

»Welche?«, fragte sie nun verblüfft.

»Bei der Frage nach den Lichtern hat er sich abgewendet; als wir nach dem Geruch fragten, hat er die Augen geschlossen und ich konnte seine Augenbewegungen nicht sehen. Glaub mir, Lori, er kennt sich mit diesen Beobachtungen genauso aus wie ich und hat sich bei den kniffeligen Fragen versteckt. Deshalb musste ich mich auf seine Ebene begeben, um Vertrauen zu schaffen. Mein ‚Du‘ in der Anrede war wohlkalkuliert.«

»Und er ist darauf eingegangen! Er hat dich Jungchen genannt und möchte dir etwas zeigen, was er für wichtig hält.« Sie war stehen geblieben und sah ihn mit großen Augen an. »Ehrlich, Viggi, das war genial! Wenn einer zur Kripo gehört, dann du!«

»Nun, da bin ich ja«, stellte er bescheiden fest. »Wollen wir jetzt sein Alibi überprüfen, bevor wir uns in Spekulationen verrennen?«

Er wird tatsächlich ein wenig rot, wenn man ihn lobt, registrierte Lori, als sie weitergingen. Und er ist kollegial. Seine Beobachtungen und seinen Erfolg teilte er selbstverständlich mit ihr. Warum hätte er sonst ‚bevor *wir* uns verrennen‘ gesagt?

6

18 Minuten, 14 Sekunden.

Falk stand vor der Eingangstür zur Polizeistation in der Graf-Johann-Straße, klingelte. Es war ein gemütlicher Spaziergang von der Staatsanwaltschaft hinüber zur Mordkommission gewesen, ohne den Stress einer Parkplatzsuche. Die Leuchtziffern seiner inneren Uhr strahlten in beruhigendem Tiefgrün und er hatte den Weg entlang der Saarwiesen genossen. Das werde ich mir so oft wie möglich gönnen, beschloss er, als der Summer ertönte.

Doras Truppe war bereits um den Besprechungstisch versammelt. Falk fing den Blick von Lori auf, die mit Viggi diskutierte, sein grüßendes Nicken nur kurz beantwortete. Auf ihren Anblick hatte er sich den ganzen Tag gefreut, nachdem er sie so unvermittelt bei Dora getroffen hatte. Kaum war sie wieder im Lande, war er gestern von romantischen Phantasien begleitet eingeschlafen. Ihre Kleidung erinnerte ihn an den Stil seiner Tochter Johanna; so kleideten sich die jungen Leute heutzutage. Ihr langes rotes Haar hatte sie scheinbar nachlässig hochgesteckt, aber Falk kannte die Zeremonie seiner Tochter, wenn sie abends ausging. Da wurde an jeder Strähne gefeilt, kein Kompromiss gemacht.

Viggi daneben sah aus, wie er ihn kannte. Weißes Hemd, Fliege, Weste, Sakko: Niemand hätte ihn für einen Kripobeamten gehalten. Die schwarze Jeans, die er am Sonntag getragen hatte, war heute wieder durch die passende Anzughose ausgetauscht. Der Junge wirkte immer so ernst und lachte zu selten, überlegte Falk. Vielleicht würde ihm die Zusammenarbeit mit Lori guttun.

Dora betrat den Raum. »Guten Nachmittag.« Sie setzte sich und sah in die Runde, zentrierte die Aufmerksamkeit. »Was habt ihr erfahren?«, fragte sie, als sich das Murmeln im Raum gelegt hatte.

Nadine begann. »Wie du es schon gesagt hast, kommt die Ehefrau des Toten als Täterin nicht infrage, auch die Tochter hat ein Alibi.« Sie berichtete von ihren Gesprächen am Morgen. »Zimmer selbst hatte ursprünglich eine militärische Ausbildung, ist erst mit Anfang vierzig aus der Armee ausgeschieden, um den Betrieb seines Schwiegervaters zu übernehmen. Vonseiten der Familie ist kein Konfliktfeld zu erkennen«, schloss sie. »Wie sieht es finanziell bei den Zimmers aus?«, fragte sie nun Jens.

»Gut, sogar sehr gut! Ich habe sie über die Bafin überprüft.« Jens sah auf seine Notizen. »Die Firma ist gesund, erarbeitet zuverlässig Überschuss und Zimmer bezahlt seine Mitarbeiter weit überdurchschnittlich. Auf den Firmenkonten liegen 200 000€, das Barvermögen der Familie beläuft sich auf mindestens 300 000€, ohne die Aktien, Ländereien rund ums Haus und sonstigen Betriebsmittel. Die sind Millionäre«, fasste er seine Ergebnisse zusammen.

Nadine schüttelte überrascht den Kopf. »Dann hätten sie die neue Werkstatt, von der seine Frau sprach, also problemlos finanziert?«

»Ja, die Mittel waren im Wirtschaftsplan, den mir der Steuerberater geschickt hat, bereits als Rücklagen ausgewiesen. Die brauchten keine Bank!«

Falk dachte an die bescheidene Küche, in der er am vergangenen Abend gesessen hatte. Der Schein trog.

»Ansonsten müssen wir den bisherigen Angaben der Ehefrau glauben«, fuhr Jens fort. »Armeeakten unterliegen auch in Luxemburg besonderem Recht, aber ich habe Rentenzahlungen auf seinen Kontoauszügen gefunden, die ihre Aussage unterstützen«, gab er das Wort an Lori weiter.

»Es ist ein kleiner Betrieb mit insgesamt fünf Angestellten, die ihren Chef in den höchsten Tönen gelobt haben. Alle sind schon mehr als zehn Jahre dabei und waren geschockt über den plötzlichen Tod Zimmers. Sie haben Alibis durch ihre Familie oder Freunde, wobei ich das von Wagner noch überprüfen muss.«

»Das wird schwierig werden«, meinte Viggi kopfschüttelnd. »Wenn er tatsächlich CoW gespielt hat, sind seine Mitspieler sicher noch nicht volljährig.«

Falk zog die Augenbrauen hoch. »Welche Art von Spiel ist das?«, fragte er nach.

Viggi schnaubte abfällig. »Ich halte es für ein Armeerekrutierungsspiel für Jungsoldaten, reine Ballerei. Ist eigentlich erst ab 18 Jahren zugelassen, die Spieler sind aber meist noch nicht im Stimmbruch.«

»Wie willst du das wissen? Man spielt man es doch sicher mit seinen Freunden«, meinte Dora stirnrunzelnd.

»Nein, die Mitspieler kennt man nicht. Man wählt sich über den Account ein und findet im Netz seine Gegner. Während des Spiels hält man Kontakt über Teamspeak oder Ähnliches und kann sich miteinander unterhalten.«

»Und wie kommen diese Kinder an das Spiel?«

Viggi zuckte mit den Achseln. »Die Kleinen kennen die Mittel und Wege und ihre Eltern schauen weg. Ist allgemein üblich.«

»Ich werde das morgen überprüfen«, sagte Lori. »Ansonsten gab es noch Ärger wegen der Firmenerweiterung, die vom Ortsrat abgelehnt wurde«, beendete sie ihren Bericht.

Nadine nickte. »Darüber wollte ich mit dem Ortsvorsteher sprechen, aber ich habe nur seinen Stellvertreter erreicht, der sehr zugeknöpft war. Auch der Freund der Familie, Morgenthal, war beruflich unterwegs. Ich habe mit seiner äußerst kreativen Frau gesprochen, die im Nebengebäude des Autohauses ein Keramikstudio und eine Kosmetikagentur führt. Die Verkaufsräume sind neu, das Wohnhaus auf dem Gelände keine fünf Jahre alt. Viel konnte mir die Ehefrau nicht sagen, sie war noch ganz durcheinander. Die Morgenthals sind seit über vierzig Jahren mit den Zimmers befreundet, fuhren oft miteinander in Urlaub, sind Mitglieder in denselben Vereinen. Die Frau ist Patin von Zimmers einziger Tochter. Da sehe ich keinen Anhalt für ein Motiv«, schloss sie frustriert.

»Es gibt vielleicht doch etwas«, erwähnte Viggi. »Wir haben mit einem weiteren Bekannten von Zimmer gesprochen. Ein äußerst seltsamer Vogel, der ohne Meldeadresse in einem Wald bei Hellendorf lebt. Er ist als Hilfsarbeiter tätig, obwohl er sicher im Rentenalter ist. Er erwähnte, dass Morgenthal mit dem Ortsvorsteher kungelt. Wie das genau zusammenhängt, wissen wir noch nicht.«

»Ja stimmt, das hat die Tochter von Zimmer auch erwähnt«, erinnerte sich Nadine. »Das schauen wir uns morgen genauer an. Hatte dieser Alte im Wald ein Alibi?«

»Ja, der war den ganzen Samstag mit dem Anstrich einer alten Scheune in der Nachbarschaft beschäftigt. Danach hat man noch gefeiert, wie die Besitzer uns bestätigt haben. Am Samstag hatte er keine Gelegenheit, eine Bombe anzubringen. Aber vielleicht wartete die schon länger auf ein Opfer?«

»Nein, ganz sicher nicht«, meinte Dora. »Die Kollegen in Uniform waren fleißig und haben Augenzeugen gefunden, die bestätigen, dass der Hochsitz am Abend zuvor noch keine Sprengladung trug. Unser Täter muss den Sprengsatz in dieser Nacht angebracht haben. Soweit die Spurensicherung es noch feststellen konnte, handelt es sich um eine einfache, aber wirkungsvolle Technik, wenn auch völlig veraltet. Sie sind jetzt sicher, dass es Dynamit war. Die Taschenlampe dagegen war ein weit verbreitetes deutsches Fabrikat, das schon seit zig Jahren unverändert hergestellt wird. Da sind wir in einer Sackgasse.«

»Was ist mit dem Dynamit?«, fragte Falk.

»Ebenfalls Sackgasse«, antwortete Jens. »Ich bin den bekannten Sprengstoffdiebstählen der letzten Jahre nachgegangen. Alle wurden aufgeklärt, da ist nichts zu finden.«

»Was gab es bei dir, Theo?«, fragte Nadine nun.

Dora seufzte. »Ebenfalls nicht viel. Unser Staatsschutz hat keinerlei Hinweise für einen fremdenfeindlichen oder gar terroristischen Hintergrund. Keine Ausländerfeindlichkeit, keine Islamisten, keine militanten Naturschützer, die es auf Jäger abgesehen haben. Morgen können wir mit dem Landesvorsitzenden der Jägerschaft sprechen; der war heute in München zu einem Bundestreffen. Und morgen kommt auch eine Abordnung des BKA, die sich die Lage vor Ort anschauen will«, informierte sie ihre Mitarbeiter. »Sehen wir uns also das Gesamtbild an. Wem nützt dieser Anschlag? Warum sprengt jemand einen Hochsitz im Nirgendwo in die Luft?«

Sie sahen sich fragend an, zuckten die Achseln.

»Noch ist es zu früh, Zimmer als zufälliges Opfer zu sehen«, hielt Dora fest. »Wir durchleuchten ihn weiter. Vielleicht gab es eine Geliebte oder stand er noch unter anderem Druck? Klärt auch, wer sein Vermögen erbt.«

Eine Geliebte? Mit 69 Jahren? Dora traute den Männern ja einiges zu, wunderte sich Falk.

Nadine unterbrach sie. »Ein weiterer Schwerpunkt sind diejenigen, die wir noch nicht erreicht haben: Der Freund Morgenthal, der Ortsvorsteher Wollinger und die Jäger. Und wer hatte die Kenntnisse, eine Bombe zu bauen? Außer Zimmer selbst hatte keiner die militärische oder technische Ausbildung dafür.«

»Das Motiv könnte auch beim Naturschutz liegen«, meinte Viggi. »Der Mann im Wald sprach noch von anderen Vorgängen. Ich würde dem gerne nachgehen, die Kollegen vor Ort befragen.«

»Du sagst doch, er hat ein bestätigtes Alibi?«, merkte Nadine kritisch an.

»Ja.«

»Will der sich nicht nur wichtig machen?«, spekulierte sie.

»Wir müssen unsere Kräfte bündeln. Die Leute vom BKA brauchen hier einen Ansprechpartner und ich dachte dabei an dich.«

»Ich mache das«, bot Jens an, der Viggis Enttäuschung bemerkte. »Dann kann ich auch an Zimmers Ermittlungsakten bleiben.«

»Wir teilen uns morgen früh auf«, beschloss Dora mit Blick auf Viggi. »Für heute reicht es.«

Während die anderen ihre Unterlagen ordneten und den Raum verließen, bedeutete sie Falk mit einem Blick, noch bleiben. Sie stand auf und schloss die Tür. »Wir können hier bleiben.«

»Wie war dein Tag?«, fragte er, als sie allein waren. Sie sah erschöpft aus.

»Schrecklich!«, stöhnte sie. »Die Identifizierung der Leiche durch die Familie steckt mir noch in den Knochen. Frau Zimmer hat ihn anhand zweier Narben auf seinem Rücken erkannt und die Fingerabdrücke stimmten auch. So konnten wir ihr den Anblick des Gesichts ersparen.« Sie seufzte. »Aber es wird Ärger geben und ich will dich vorwarnen. Ein Bombenanschlag mit Todesopfer ruft auch die Presse und die Politik auf den Plan. Scheuer hat den ganzen Tag telefoniert und trotzdem wird es morgen eine große Schlagzeile geben.«

»Machen sie dir Druck?«

»Noch nicht. Aber wir brauchen schnelle Erfolge und ich habe zu wenige Mitarbeiter. Die Spuren, denen wir morgen nachgehen, hätten wir schon heute überprüfen müssen. Solange wir kein Motiv vorweisen können, sind den Spekulationen Tür und Tor geöffnet und es gibt Kräfte im Land, die eine solche Gelegenheit nicht ungenutzt lassen.«

»Du denkst an das Netz, das Moritz immer erwähnt?«

Sie nickte resigniert. »Ich wette mit dir, dass die verborgenen Drähte überall im Land heiß laufen. Oder wie sagt man das heute bei unserem Handysmog?«

Er überlegte kurz. »Funk-Tsunami?«, scherzte er.

Ihre Miene hellte sich kurz auf. »Ja, aber diese Welle kann uns treffen und wir müssen aufpassen«, fuhr sie ernst fort. »Ich hoffe, dass es sich um einen Einzeltäter handelt. Unsere Staatsschützer waren hoch alarmiert und das BKA will ich auch nicht hier haben. Was hältst du davon, dass Zimmer in einer Antiterroreinheit war? Ist er wirklich zufällig ermordet worden?«

Falk runzelte die Stirn. »Mit der Geschichte der siebziger und achtziger Jahre kenne ich mich nicht so gut aus. Aber im Vergleich zu den heutigen Möglichkeiten war die damalige Rasterfahndung ja eher ein Witz.«

»Hoffen wir, dass es keine Terroristen waren, sonst habe ich auch noch den Verfassungsschutz auf dem Hals«, seufzte sie.

»Und ich die Bundesanwälte. Hast du mit Moritz gesprochen?«

»Nein, noch nicht. Aber bei dem aktuellen saarländischen Tratsch ist er immer auf dem Laufenden.« Sie nahm ihr Smartphone vom Tisch.

»Hast du keine Angst, abgehört zu werden?«, fragte er verwundert.

Jetzt lachte sie. »Ist da tatsächlich noch jemand so paranoid wie ich? Das arme Saarland hat keinen eigenen IMSI-Catcher zum Abhören von Handygesprächen. Die werden zwar hier für den weltweiten Vertrieb gebaut, aber wir müssen uns bei Bedarf ein Gerät bei den Nachbarn in Rheinland-Pfalz ausleihen«, beruhigte sie ihn, während sie Moritz Nummer aufrief. »Aber vielleicht hat Moritz einen?«, fragte sie ironisch.

Sie legte das Handy auf den Tisch, schaltete den Lautsprecher ein. Falk hörte das Rauschen einer Autobahn im Hintergrund.

»Moritz, was weißt du über unseren Toten?«

»Euer Toter?«, fragte er nach.

»Falk ist auch hier.«

»Meinst du Zimmer?«, fragte Moritz und Dora verdrehte die Augen. Natürlich wusste er bereits Bescheid. »Genau. Also?«

»Der ist solide. Versucht auf offiziellem Weg, seine Ziele zu erreichen.«

»Sag bloß, du kanntest ihn?«, fragte sie überrascht.

»Nein, aber wir haben ihn zur Internetsecurity beraten. Ich kann mit dem Mitarbeiter sprechen, der damals bei ihm war«, bot er an.

»Ja, tu das. Wir können jeden Hinweis brauchen. Was ist sonst in der Ecke los?«

Moritz überlegte. »Da tobt ein Baulandkrieg. Einige der Dörfer wollen reiche Neubürger aus Luxemburg locken, andere grenzen sich bewusst ab und weisen Bauland nur für die Einheimischen aus. Die Gräben sind ziemlich tief.«

»Hatte Zimmer damit zu tun?«, fragte Falk.

»Weiß ich nicht.«

»Würdest du mal nachhören?«, bat Dora vorsichtig.

»Klar. Aber Theo, da ist noch etwas anderes. Seit Jahren gibt es Gerüchte über eine alte Geschichte. Man hat schon zu meiner Zeit bei der Polizei darüber gesprochen, insbesondere beim Staatsschutz. Es gab immer nur Andeutungen, dass irgendetwas in der Luxemburger Ecke läuft und die Verbindungen einiger Verantwortlicher in eurem Präsidium dorthin sind hervorragend. Du musst unbedingt die Augen und Ohren offen halten.«

»Was weißt du darüber?«, fragte Dora alarmiert.

»Nicht am Telefon«, wehrte er warnend ab. »Aber setze doch Tim einmal vor den PC.«

»Geht nicht. Wir brauchen im Moment jeden Einzelnen und Viggi kann nicht immer nur arbeiten, sondern muss auch einmal abschalten.«

»Ja, richtig«, lenkte Moritz ein. »Sind ja auch nur Gerüchte. Sehe ich euch bald?«

»Vielleicht klappt es am Wochenende«, antwortete sie unbestimmt. »Und Moritz: Noch einmal Danke fürs Kochen inklusive Aufräumen gestern.«

»Alles okay. Im Kühlschrank stehen noch die Reste und sie reichen auch für zwei!« Er lachte und unterbrach die Verbindung.

»Moritz und Yann haben aufgeräumt? Daran hatte ich gar nicht mehr gedacht!«, fiel Falk ein.

»Als ich nach Hause kam, war alles blitzblank«, bestätigte sie und fuhr sich müde übers Gesicht. »Und gegessen habe ich tatsächlich noch nicht. Willst du mitkommen zum Resteessen?«

Dora lud ihn ein? Das klang verlockend, doch er hatte noch Arbeit. »Geht leider nicht«, bedauerte er. »Da warten noch zwei Fälle auf mich.«

»Falk, es ist bereits halb sieben«, erinnerte sie. »Wie lange willst du heute noch arbeiten?«

Er befragte seine Uhr. »Etwa 22:45 Uhr.«

»So in etwa?«, fragte sie nach. »Ich kenne von dir nur äußerst korrekte Zeitangaben.«

»Kommt darauf an, wie schnell ich lese.«

Sie lehnte sich auf ihrem Stuhl zurück. »Wann stehst du morgens auf? Um sieben?«

»6:12 Uhr«, korrigierte er ihre Schätzung. »Ich will noch die Zeitung lesen.«

»Fällt dir an diesem Zeitplan nichts auf?«

»Nein, das mache ich immer so.«

Als sie das Gebäude verließen, schaltete Lori ihr Smartphone wieder ein.

Viggi konnte die Anzahl der eingegangenen Meldungen kaum zählen.

Lori stöhnte auf. »Oh nein. Meine Großmutter hat eindeutig ihren Beruf verfehlt.« Aufgebracht wählte sie eine Nummer.

»Добрый вечер бабушка, нам надо говорить по русски так как нас подслушивают.«

Guten Abend, Großmutter. Wir müssen Russisch sprechen, denn es hört mir jemand zu, übersetzte Viggi. Oder hieß es doch lauschen? Nein, lauschen wollte er auf keinen Fall und machte ihr ein Zeichen, dass er an der Ecke warten würde. »Sprechen wir morgen darüber?«, fragte er, als sie zu ihm aufschloss.

»Ja, heute kann ich nicht mehr; ich bin zu müde.«

Zuhause betrachtete Viggi das Schnellessen aus der Tüte, rümpfte die Nase. Was für ein Fraß!

Er hörte Moritz oben in der Küche werkeln, das Lachen von Yann. Dort wurde ein richtiges Essen gekocht und Moritz kochte immer üppige Portionen für den Fall, dass Viggi sich zu ihnen gesellte. Aber als er Yanns Auto vor den Garagen sah, hatte er seine Wohnung über den Garteneingang betreten, um die beiden nicht zu stören.

Langsam drückte Viggi die Mayonnaise aus der Verpackung auf die Papiertüte, die er als Unterlage für sein Gericht nutzte. Selbst ein Teller konnte die Mahlzeit nicht retten.

Er startete seine Computer, rekapitulierte das Passwort und gab es ein. Während die PCs hochfuhren, dachte er über die ersten Ergebnisse der Ermittlungen nach. Es war ein guter Tag gewesen, sie hatten Fortschritte gemacht und Lori, die Überfliegerin, hatte ihn gelobt. Was wollte er mehr? Morgen Abend würden sie gemeinsam ausgehen und er hoffte, dass er ihr seine Situation erklären konnte. Sie würde ihm zuhören, so wie er es auch tat.

Die Computer waren bereit. Er lauschte der vertrauten Stimme und begann seinen Abend.

Nr. 4 griff bei dem leisen Pfeifton nach dem Walkie-Talkie, drückte sofort die Taste. »Ja?«, flüsterte er.

»Dein Depot ist geräumt, die Polizei hat es nicht entdeckt. Aber wir haben Ärger!«, wisperte Nr. 3. »Jemand hat die Zentrale gefunden und ausgeräubert. Sie sieht fast unberührt aus, doch als ich die Kisten nachzählte, fehlten zwei.«

»Wir müssen sie auch räumen!«, mahnte Nr. 4 nervös.

»Geht nicht. Ich weiß ja noch nicht einmal, wohin mit deinem Zeug.«

»Dann denkt der Kerl, dass du nichts bemerkt hast? Sicher kommt er zurück und wir müssen ihn schnappen.«

»Und was willst du dann mit ihm tun?«, fragte Nr. 3. »Ihn ausschalten? Wir sind doch nicht im Krieg!«

»Aber etwas muss doch passieren!« Nr. 4 hatte wieder die Stimme erhoben, und Nr. 3 pfiff warnend ins Mikrophon, signalisierte Vorsicht. Sie durften nicht an ihren Stimmen zu erkennen sein; solange sie flüsterten, waren sie nicht zu identifizieren. Er atmete tief ein und räusperte sich. »Vielleicht ist er uns schon auf der Spur?«

»Deshalb müssen wir so vorsichtig sein«, ermahnte Nr. 3. »Zunächst brauchen wir einen Ort für das Material; der Plan geht vor.«

Immer dieser verdammte Plan, fluchte Nr. 4 innerlich. »Was ist mit uns? Wir müssen uns treffen!«, forderte er ungeduldig.

Nr. 3 bleib hart. »Nächste Woche. Wir machen erst einmal weiter, bis die Polizei sich zurückgezogen hat.«

»Die bleiben aber dran, bis sie den Täter gefunden haben. Und wer weiß, was der als Nächstes vorhat.«

»Ruhig, Nr. 4«, wiederholte Nr. 3. »Wir sehen uns später beim Schießtraining. Und keinen Kontakt bis dahin!«

7

Dienstag, 5. Oktober

»Schlechte Nachrichten«, eröffnete Dora die Frühbesprechung. »Jens hat mich eben angerufen und sich für diese Woche krankgemeldet. Wir müssen improvisieren.«

Na prima, dachte Nadine schlecht gelaunt. Noch mehr Arbeit für uns und keine Unterstützung in Sicht. Dora wird sich hier an ihrem Schreibtisch den Hintern breit sitzen und ich muss mit einer Praktikantin die ganze Ermittlungsarbeit leisten. Aber der kleine Besserwisser wird nun doch dem BKA zugeteilt, freute sie sich mit Blick auf Viggi. Der hat mir doch gestern vor der versammelten Runde widersprochen und das kann ich gar nicht leiden. Gerade einmal einen Monat dabei und denkt, er hat den Bogen raus. Und warum hat Jens sich bei Dora krankgemeldet und nicht bei mir?

Doras Anweisungen unterbrachen ihre Gedanken. »Die Kollegen vom BKA sind gegen 9 Uhr hier. Ich würde mich selbst um sie kümmern, aber ich habe um 10 einen Termin beim Polizeipräsidenten. Viggi, ich fürchte, wir brauchen dich hier. Nadine ermittelt mit Lori vor Ort, um die ausstehenden Gespräche mit Zimmers Freund und dem Ortsvorsteher Wollinger zu führen. Wie heißt noch einmal unser Kontaktmann aus Mettlach?«

»Keller«, erinnerte Lori.

»Der soll das Alibi von Wagner überprüfen und dessen Mitspieler ausfindig machen. Er kann heute Abend Bericht erstatten. Die Kollegen werden weitere Befragungen bei der Bevölkerung durchführen. Ich habe für heute Nachmittag einen Termin mit den Jägern vereinbart; die haben ihr Büro hier in der Stadt. Das war's, Abendbesprechung wie immer.« Sie nickte ihnen zu und verließ den Raum.

»Wie schade, dass du nicht mitkommst, Viggi«, bedauerte Lori.

»Wenn Dora mich hier braucht, ist das in Ordnung«, zuckte er mit den Schultern.

Ach ja, wenn ich die Einteilung vornehme, gibt es Widerspruch, wenn die Oberchefin spricht, wird gekuscht, stellte Nadine wütend fest. Dora hatte sie eben noch nicht einmal zu Wort kommen lassen. Sicher fürchtete sie bereits das Gespräch beim Präsidenten. Heute Morgen hatte eine riesige Schlagzeile in der Zeitung beherrscht: Bombenleger tötet Spaziergänger. Und obwohl unser Pressesprecher die Fakten benannt hatte, wurde in dem Artikel ein Klima der Bedrohung heraufbeschworen. Natürlich lag in diesem Bereich Doras Priorität, aber sie musste nun auch selbst ran und mit den Jägern sprechen, um ihr Vorgehen zu rechtfertigen. Schluss mit Faulenzen, stellte Nadine befriedigt fest.

»Wir gehen, Lori«, forderte sie die junge Kollegin auf, unterbrach deren Unterhaltung mit Viggi.

Die beiden verstehen sich schon zu gut, die werde ich in Zukunft auseinanderhalten, nahm sie sich vor.

»Herr Morgenthal?«

Der Besitzer des Autohauses sah auf, nahm die Lesebrille ab.

»Frau Dreguzkaya von der Kriminalpolizei.« Die Sekretärin zog sich zurück und Morgenthal stand zur Begrüßung auf, kam um den Schreibtisch herum.

Schnell musterte Lori ihren Gesprächspartner, ließ den Blick über sein Büro wandern. Morgenthal war zweiundsechzig, das wusste sie nach ihrer Anfrage aus dem Einwohnermeldeamt. Im Fahndungssystem der Polizei war er nicht zu finden, war unbescholten. Äußerst korrekt gekleidet mit Anzug und Krawatte, das graue Haar kurz geschnitten, manikürte Hände, wie man es von einem Autohändler erwartete. Seine Büroeinrichtung war modern gehalten: Edelstahl, Glas, Leder, alles vom Feinsten. Lori vermisste Viggi jetzt schon und ahnte, wie viel ihr entgehen würde.

»Alfred Morgenthal«, stellte der Mann sich jetzt vor. »Meine Frau berichtete, dass Sie schon gestern hier waren. Tut mir leid, dass ich Sie gestern verpasst habe, aber ich musste einen dringenden Termin in Luxemburg einhalten.«

»Sie arbeiten, obwohl Ihr Freund ermordet wurde?«, ging Lori ihn an.

Er hörte ihren Vorwurf. »Ja, ich musste gestern liefern, sonst hätte ich eine Konventionalstrafe erhalten«, erklärte er und gab ihr einige Unterlagen von seinem Tisch.

Lori überflog kurz den Vertrag zur Lieferung zweier Luxuswagen an Parents et Cie., Stadt Luxemburg. Sie überprüfte das Datum des gestrigen Tages und reichte sie zurück.

»Bertrand hätte mich verstanden. Er kannte das Geschäftsleben«, erklärte er und straffte sich. »Was kann ich dazu beitragen, dass der Mord an meinem Freund aufgeklärt wird?«

»Erzählen Sie mir von ihm«, lud Lori ihn offen ein.

»Setzen wir uns«, bat er sie zu einem Stuhl vor seinem Schreibtisch, nahm dahinter Platz.

Lori hörte die Geschichte einer langen Freundschaft; Vieles war ihr schon bekannt. Man habe sich über Jahrzehnte bestens verstanden, auch beruflich zusammengearbeitet, indem man sich gegenseitig Kunden empfohlen, Aufträge geteilt habe. »Ich war gestern Abend noch bei seiner Frau und seiner Tochter, unserem Patenkind, und werde ihnen nun beistehen«, beendete er seine Erinnerungen.

»Aus Ihrem Bericht entnehme ich, dass Sie Herrn Zimmer gut gekannt haben. Hatten Sie Hinweise darauf, dass er in letzter Zeit bedrückt war oder Sorgen hatte?«

»Er war in Überlegungen, ja«, bestätigte Morgenthal und lehnte sich auf seinem Schreibtischstuhl zurück.

»Worum ging es?«

»Er wollte seine Firma verkaufen.«

Überrascht zog Lori die Augenbrauen hoch. »Warum verkaufen? Wir hörten, er wollte erweitern?«

»Die Erweiterung wurde nicht genehmigt. Nachdem er jahrelang dafür gekämpft hatte und sich fast am Ziel sah, wurde er hintergangen«, schilderte Morgenthal. »Im Ortsrat signalisierte man, ihm entgegenzukommen. Dabei war im Kreistag die Entscheidung schon gefallen! Der Bebauungsplan wurde letzte Woche offengelegt: Man will das Gebiet zur reinen Wohnbebauung freigeben und damit konnte er seine Pläne vergessen. Deshalb war er frustriert, als ich ihn das letzte Mal traf.«

»Wann war das?«, hakte Lori nach.

»Letzten Freitag, als wir das Schützenfest vorbereitet haben. Da überlegte er, wie er weiter vorgeht.«

»Was wollte er unternehmen?«

»Diese Woche wollte er sich erkundigen, ob er gegen die Pläne Einspruch einlegen könnte. Aber er hatte wenig Hoffnung, stand kurz vor dem Aufgeben.«

»Und er fühlte sich hintergangen?«, kam sie nochmals auf das mögliche Motiv zurück.

»Ja, mehrere Mitglieder des Ortsrates sind auch im Kreistag vertreten. Man hat ihn belogen.«

Das war vielleicht eine Spur! »Können Sie mir die Namen der Mitglieder nennen?«

Er verzog das Gesicht. »Nur ungern. Aber die Vertreter sind ja bekannt; man muss nur die Schnittmenge bilden.«

Lori verstand die Anspielung. Der Autohändler wollte es sich nicht mit seinen Kunden in der Gegend verderben. Sie beschloss, am Nachmittag die Pläne bei der Bauaufsichtsbehörde einzusehen.

»Sie führen hier ein Autohaus?«, fuhr sie fort, nahm ihren Gesprächspartner unter die Lupe.

Stolz richtete er sich auf. »Inklusive Werkstatt und den zugehörigen Transportfahrzeugen! Wir vermieten zudem auch Autos«, betonte er.

Lori dachte an das Schild, das auf die Kosmetikagentur der Ehefrau hingewiesen hatte. Fehlte nur noch ein Supermarkt mit Poststelle. Diese Familie war eindeutig geschäftstüchtig.

»Ihre Werkstatt draußen sieht neu aus. Sie hatten keine Probleme, zu erweitern?«

»Wir gehören hier zu Perl, nicht zu Mettlach. Hier wird Wert darauf gelegt, die schwache Infrastruktur zu stärken, Arbeitsplätze zu schaffen. Drüben hat man andere Pläne.«

Nun, die würde Nadine eruieren, überlegte Lori. »Zur Vollständigkeit unserer Unterlagen: Wo verbrachten Sie den Samstagabend?«

»Auf dem Schützenfest, zusammen mit meiner Frau und vierzig anderen Gästen.«

»Und Zimmer wollte nicht teilnehmen?«

»Nein, seiner Frau Marie ging es nicht gut. Er hat mich kurz zuvor angerufen und abgesagt. Ohne sie geht er nur ungern aus dem Haus; er will sie nicht zu lange allein lassen.« Bedrückt schüttelte er den Kopf. »Was nun aus ihr wird?«

Sein Mitgefühl ist echt, entschied Lori. Sie ließ sich Namen der Festbesucher nennen und kam zum Ende. »Noch eine Frage: Haben Sie Lichterscheinungen hier in den Wäldern beobachtet?«

»Lichter? Nein. Waren vielleicht Spaziergänger aus der Kurklinik. Die Patienten der Psychosomatik absolvieren manchmal seltsame Trainingseinheiten, aber es scheint ihnen ja zu helfen«, vermutete er.

»Hier gibt es eine Kurklinik?« Die hatte noch niemand erwähnt!

»Ja, drüben in Orscholz. Die Patienten nutzen am Wochenende gerne unsere Mietwagen und berichten von ihren Therapien.«

Lori klappte ihr Notizbuch zu und stand auf. Morgenthal begleitete sie zur Tür, hielt sie ihr jovial auf. Es fehlte nur noch, dass er ihr eines seiner Autos empfahl.

Sie verließ das Autohaus und überprüfte die Angaben, die Morgenthal zu den Teilnehmern des Festes gemacht hatte, bevor sie nach Merzig fuhr.

Im Rathaus verlangte Lori Einsicht in die Erschließungspläne und die vorgesehene Bebauung in Zimmers Dorf: Geplant waren vierzig Baugrundstücke für Einfamilienhäuser, jedes mit unverbaubarer Fernsicht ins Saartal. Was für eine Goldgrube, wenn kein Schrottplatz den Gesamteindruck störte, überlegte sie.

Lori blätterte durch die Unterlagen, suchte den Hinweis auf den Investor und pfiff durch die Zähne: Parents et Cie., Mettlach und Luxemburg. Diesen Namen hatte sie heute schon einmal gelesen.

Nadine stand wie unter einem Wasserfall. Unaufhörlich prasselten die Worte auf sie nieder.

»Wir sind hier auf dem besten Wege und unsere Bürgerversammlung hat unsere Ideen endlich beherzigt. Ein stetiger, nachhaltiger Strukturwandel im Einklang mit den ökonomischen Randbedingungen und unter Einbeziehung des ökologisch-dynamischen Gleichgewichts sowie der begründeten Interessen unserer Mitbürger zur Stabilisierung sowohl der wirtschaftlichen als auch ausgeglichenen soziokulturellen Ziele führt uns auf einen Weg der erfolgreichen Strategie, die unserem Dorf sowie der ganzen Umgebung den langfristigen Erfolg bringen wird.« Nach seinem Redeschwall sah er Nadine Beifall heischend an.

Um Himmels Willen, dachte sie, der Ortsvorsteher Wollinger verstand es, mit seinen leeren Worthülsen den enthusiastisch-dynamischen Eindruck eines Auspuffs voll heißer Luft zu erwecken. Glaubten die Menschen ihm? Er war erfolgreich und wurde bereits als aussichtsreicher Kandidat für die nächste Bürgermeisterwahl gehandelt. Mit gerade einmal 34 Jahren war der Kandidat auf Anhieb zum Ortsvorsteher gewählt worden und führte den Job nebenberuflich aus; im Hauptberuf war er Lehrer an einem Gymnasium in Dillingen. Dort vertrat er eine fortschrittlich-medienfundierte, jedoch auch auf klassischen Elementen fußende Pädagogik, wie er ihr in einer ersten Welle des Wortgeprassels eindrücklich geschildert hatte.

Sie nutzte die nächste winzige Atempause ihres Gegenübers. »Wo befanden Sie sich am vergangenen Samstag zwischen 18 und 24 Uhr?«

Noch während des Luftholens atmete der Mann überrascht aus. »Was meinen Sie?«

»Ich will wissen, wo Sie sich zur genannten Zeit aufgehalten haben.«

Nun plusterte er sich erregt auf. »Was soll das heißen? Stehe ich etwa unter Verdacht?«

Diesen beiden Fragen konnte Nadine problemlos folgen und er schien endlich zu verstehen, dass diese Befragung keine Wahlveranstaltung war. »Also?«

»Ich war zur Ehrung der besonders engagierten Bürger im Perler Bürgerhaus. Ausgezeichnet wurden die Projekte des örtlichen Grundschulfördervereins sowie…«

»Wen können Sie mir als Zeugen benennen?«, unterbrach sie den nächsten Redeschwall. »Namen und Adressen bitte.«

Er schluckte. »Was wird das hier?«, fragte er nun vorsichtig.

»Dies ist eine offizielle Befragung, Herr Wollinger. Die Polizei klärt den Mord an Bertrand Zimmer auf und benötigt diese Informationen.«

Eingeschüchtert nannte er die Namen, Adressen.

»Wir hörten, dass Herr Zimmer eine Baugenehmigung zur Ausweitung seines Betriebes anstrebte. Warum wurde sie ihm verweigert? In zwei Sätzen bitte.«

»Die Ausweitung passte nicht in unser Konzept. Zur Sicherung unserer erfolgversprechenden Aufschwungperspektive müssen wir sowohl die baurechtlichen als auch die nachhaltig wirtschaftlichen Interessen gegen die zukunftsträchtigen, wenn auch schwierigen Umgebungsfaktoren abwägen, wobei unsere Entscheidung im Ortsrat aber auch durch die von Seiten der besorgten Bevölkerung vorgetragenen Bedenken beeinflusst wurde. Wir wollten…«

Zwei Sätze boten ihm immer noch zu viel Raum. »Stopp. In einem Satz bitte. Warum wurde die Baugenehmigung verweigert?«

»Aus Umweltschutzgründen.«

»Welche waren das?«

»Wir befürchteten eine verstärkte Bodenbelastung durch austretende Schadstoffe.«

Na also, dachte Nadine, jetzt geht es doch. »Wann haben Sie Zimmer zuletzt gesehen?«

»Am Donnerstagabend.«

»Haben Sie mit ihm gesprochen?«

»Nur kurz. Wir hatten einen Termin für heute Morgen vereinbart.«

Einzelne Sätze mit inhaltlichem Gehalt beherrschte der Mann auch. »Worüber wollte er mit Ihnen sprechen?«, fragte sie.

»Das hat er nur kurz ausgeführt.«

»Wie wirkte er bei dem Gespräch?«

»Aufgebracht«, gab Wollinger zu.

»Was hat er gesagt?«

»Das geht nur in mehr als zwei Sätzen«, warnte der Ortsvorsteher.

Nadine nickte. »Ich höre.«

»Er fühlte sich von mir hintergangen und wollte rechtliche Schritte prüfen. Er hat gedroht, die Vorgänge im Gemeinderat mit in der breiten Bürgerschaft zu diskutieren und weitere Anträge zur Prüfung zu stellen. Ich habe versucht, ihm unseren Standpunkt zu verdeutlichen, aber er hat mir die Worte im Munde verdreht.«

»Es gab einen Streit?«, präzisierte Nadine.

»Den wir heute in einem Gespräch beilegen wollten«, bekräftigte er. »Dazu ist es nicht mehr gekommen und das ist nicht meine Schuld!«

»Haben Sie ungewöhnliche Vorgänge in den benachbarten Wäldern beobachtet?«

Er überlegte kurz. »Nein.«

Nadine stand auf, reichte ihm ihre Karte. »Bei weiteren Fragen werde ich mich bei Ihnen melden.«

Nur raus hier, dachte sie und genoss nach dieser verbalen Umweltverschmutzung die klare Luft vor der Tür.

8

Wieder begann das aufdringliche rote Blinken hinter seinen Augen. Falk nahm die Lesebrille ab und fuhr sich übers Gesicht, schloss die Augen. 16:47 Uhr. Wenn er pünktlich zur Abendbesprechung im Polizeipräsidium sein wollte, musste er sofort los.

Doch die Akte auf seinem Schreibtisch war genauso wichtig. Morgen um 8:30 Uhr war die entscheidende Verhandlung angesetzt und er hatte den Fall gerade eben zum ersten Mal überflogen; mögliche Punkte notiert, auf die er als Staatsanwalt abzielen konnte. Doch seine Zweifel wuchsen mit jeder Seite, die er las. Nach seiner Einschätzung war Justitia hier nicht nur blind gewesen, sondern in der tiefsten Lethargie gefangen, die die ständige Überlastung der Behörde nach sich zog.

Was tun wir hier, fragte er sich verzweifelt. Wir suchen den Weg des geringsten Widerstands und nicht mehr die Wahrheit. Er warf erneut einen Blick in die Akte. Sein Vorgänger hatte das Verfahren gegen den Tatverdächtigen mit einem Strafbefehl beendet, der nach Falks Ansicht nicht nachzuvollziehen war, doch auch der Richter hatte bei seiner Überprüfung keinen Anstoß genommen.

Durften sie deshalb einen vermutlich Unschuldigen verurteilen? Nur um schnell fertig zu werden, weil noch vier weitere Verhandlungen an diesem Tag anstanden? Selbst er als Staatsanwalt war geneigt, eher dem Angeklagten zu glauben als der Darstellung des Opfers.

Nein, so ging es einfach nicht weiter, dachte er, sonst konnte er sich eines Morgens nicht mehr im Spiegel anschauen. Die Überlastung der Staatsanwälte zeigte sich tagtäglich; eine detaillierte und gründliche Aktenbearbeitung verschlang solche

Unmengen an Arbeitszeit, dass die Versuchung wuchs, Verfahren lieber unsachgemäß einzustellen, statt eine aufwendige Anklageschrift zu formulieren. Der ständige Erledigungsdruck, ein Verfahren abzuschließen, führte zudem zur Gefahr von Fehlentscheidungen der Justiz. Man klagte lieber die kleinen Fische an; die Großen ließ man wegen des hohen Arbeitsaufwandes laufen.

Das System stand auf der Kippe, wenn sie in diesem Sinne weiterarbeiteten, stellte Falk fest, und nun sollten noch weitere 40 Stellen eingespart werden. In seiner Funktion als Abteilungsleiter konnte er seiner Fürsorgepflicht für die Kollegen kaum noch gerecht werden. Die jungen Staatsanwälte wurden regelrecht verheizt, indem man sie bei gleichzeitiger Kürzung der Bezüge mit Verfahren überschüttete. Man achtete zunehmend weniger auf den Inhalt der Arbeit, lediglich die Quote zählte noch. Falk erinnerte sich an den Fall im vergangenen Jahr, in dem der Justizminister öffentlich sein ‚Bedauern über ein Fehlurteil' ausdrücken musste, das einem Unschuldigen jahrelange Haft eingebracht hatte, bevor er rehabilitiert wurde. Damals hatte die Familie für den Verurteilten gekämpft, aber wie sah es in all den Fällen aus, in denen sich die Betroffenen keine teuren Anwälte leisten konnten?

In solchen Momenten des Selbstzweifels erschien Falk das Angebot seines Bruders, in dessen Kanzlei einzutreten, äußerst verlockend. Seine Uhr pochte nun im Sekundentakt. Abschalten, ich will sie einfach nur abschalten, stöhnte er. Kurzentschlossen nahm er den Telefonhörer und sprach mit Dora, entschuldigte sein Fehlen bei der Abendbesprechung.»Tut mir leid, ich schaffe es auf keinen Fall. Gibt es neue Entwicklungen?«

»Das weiß ich erst in einer Stunde. Soll ich dich später noch anrufen?«

»Wenn es dir nicht zu viel wird, wäre ich dir dankbar.«

»Ist in Ordnung, Falk. Ich melde mich.«

Falk beendete das Gespräch, hielt einen Moment inne. Dora hatte freundlich geklungen, fast ein wenig besorgt. Etwa um ihn?

Das ekstatische Blinken der Leuchtziffern in seinem Kopf war fast im gleichen Moment erloschen. Nun lief die Zeit wieder im grünen Modus, doch der leicht rötliche Ton an den Querbalken der Digitalanzeige setzte ihn erneut unter Druck.

Genauso scheußlich wie bei uns, stellte Franz-Joseph Keller befangen fest, als er zum ersten Mal den Besprechungsraum des LPP 213 betrat. Das also waren die heiligen Hallen der Kripo? Hier sah es auch nicht besser aus als in der Polizeiinspektion Merzig.

Er war gespannt auf seine erste Besprechung in der Mordkommission. Nadine hatte ihm den Abendtermin telefonisch mitgeteilt und er hatte sich gewundert, dass er ebenfalls einbezogen wurde.

Nun saßen sie schon zehn Minuten um den großen Besprechungstisch herum, warteten auf das Erscheinen der Kriminalrätin. Sie betrat den Raum noch in Mantel und Schal, legte sie achtlos auf einem Stuhl ab. »Entschuldigt meine Verspätung; die Jäger haben mich aufgehalten und die Stadtautobahn ertrinkt mal wieder im Stau. Wir können loslegen.«

»Herr Senkenfeld ist auch noch nicht da«, meinte Lori. »Vielleicht steckt er ebenfalls im Stau fest. Sollten wir nicht auf ihn warten?«

Frau Singer schüttelte den Kopf. »Er hat sich entschuldigt. Vielleicht beginnt ihr schon, während ich meine Unterlagen ordne. Guten Abend, Herr Keller«, begrüßte sie ihn nun als neuen Gast.

Sie hat mich bemerkt und kennt auch meinen Namen, registrierte Franz-Joseph überrascht.

Nadine ergriff das Wort. »Der Ortsvorsteher Wollinger, jung, dynamisch und mit beginnender Glatzenbildung, hat eine große Vision für sein Dorf: Premiumwanderwege, Förderung des Tourismus und der lokalen Gastronomie, wobei er die erst einmal aufbauen muss. Im ganzen Ort gibt es weder eine Gaststätte noch ein Restaurant. Die einzige Versorgungsmöglichkeit bietet eine winzige Bäckerei, die auch noch die örtliche Filiale der Bank in Form zweier Geldautomaten beherbergt. Wollinger will wieder Leben ins Dorf bringen, Sinnenbänke aufstellen, Neubürger anlocken, die er als Einnahmequelle sieht. Insofern war ihm Zimmers Schrottplatz ein Dorn im Auge und er hat gegen die Erweiterung der Werkstatt gestimmt. Zimmer war wütend darüber, hat ihn zur Rede gestellt. Man wollte sich heute treffen, um den Streit beizulegen. Sein Alibi habe ich auch überprüft; das ist leider sicher, weil er mehrere Zeugen hat.«

»Dann hatte also eher Zimmer ein Mordmotiv?«, fragte Dora überrascht.

Nachdenklich schüttelte Nadine den Kopf. »Zimmer hatte etwas gegen Wollinger in der Hand, aber er hat mir nicht gesagt, worum es ging. Offiziell wurde die Baugenehmigung für die Werkstatt aus Umweltgründen verweigert.«

»Aber das ist es nicht allein«, merkte Lori jetzt an. »Der Freund von Zimmer, Morgenthal, sprach wie auch Alf gestern von einer Intrige gegen Zimmer. Man hat ihn im Ortsrat ruhig gehalten und die Pläne auf der nächsthöheren Ebene voran getrieben. Der Ortsvorsteher will selbst bauen und zwar sage und schreibe vierzig Einfamilienhäuser in bester Südlage mit herrlicher Aussicht. Das wird ein Riesengeschäft, aber Zimmers Werkstatt hätte die Idylle des Neudorfes zerstört.«

»Vierzig Familien? Das hieße, das Dorf würde um ein Viertel der Bevölkerung wachsen!«, rechnete Viggi aus.

Lori nickte. »Zimmer befürchtete vielleicht eine ähnliche Überfremdung wie im Nachbardorf und wollte dagegen vorgehen.«

Nadine stimmte zu. »Da zeichnet sich ein Motiv ab. Was hat Morgenthal noch gesagt?«

»Das Gleiche wie Frau Zimmer; sie sind gute Freunde.« Lori berichtete das Wichtigste aus dem Gespräch am Morgen. »Eines ist mir noch aufgefallen: Der Bauträger für die geplanten Neubauten ist eine Firma mit Sitz in Mettlach und Luxemburg. Auch Morgenthal macht mit ihr Geschäfte.«

»Wie heißt die Firma?«, fragte Frau Singer.

»Parents et Compagnie.«

Sie wandte sich an Franz-Joseph. »Kennen Sie die?«

Er schüttelte den Kopf. »Nein, sagt mir nichts. Ich kenne die großen Firmen in der Gegend, aber vielleicht ist sie ja neu.«

»Welcher Art Geschäfte hat Morgenthal dort gemacht?«, fragte sie nun bei Lori nach.

»Morgenthal hat zwei Audi A8 nach Luxemburg geliefert. Er hat mir die Überführungspapiere unaufgefordert vorgelegt, wirkte völlig unbefangen.«

»Meinst du, dass er ein Motiv für einen Mord an Zimmer hatte?«

Lori überlegte, schüttelte dann den Kopf. »Nein, dafür ich habe keinen weiteren Hinweis. Wollte er diese Geschäfte verbergen, hätte er sie sicher nicht erwähnt. Er sagte, dass er Kundenaufträge mit Zimmer teilte. Vielleicht hat auch Zimmer mit denen zusammengearbeitet? Der Vernetzungsgrad der Firmen der Gegend ist sicherlich hoch«, vermutete sie und Franz Josef nickte.

»Die Firma werden wir uns anschauen«, entschied die Kriminalrätin. »Kommen wir nun zu den Jägern«, fuhr sie fort. »Wie erwartet machen sie darauf aufmerksam, dass sie die eigentlichen Naturschützer in den Wäldern sind, indem sie die Wildpopulation kontrollieren. Verstöße gegen das Jagdgesetz wies der Vorsitzende weit von sich. Als ich ihn mit der erlegten Füchsin konfrontierte, schob er den Vorfall auf die Kollegen aus Frankreich. Dort sei ein Jagdschein wesentlich leichter zu erhalten und man nehme es mit den Regeln nicht so genau. Ein deutscher Jagdpächter dürfe auch Gäste einladen und man könne nicht alles kontrollieren. Er befürchtet, die Jäger könnten zur Zielscheibe von Umweltschützern werden, die die Verdienste der Jägerschaft nicht anerkennen. Hier können wir ein mögliches Motiv ebenfalls nicht ausschließen.« Nun wandte sie sich an Franz-Joseph. »Was haben Sie erfahren?«

Er setzte sich aufrecht hin, versuchte, seine Aufregung zu verbergen. »Wir haben unsere Befragungen ausgeweitet, auch Spaziergänger einbezogen. Die meisten kommen aus der Kurklinik und auch sie haben ab und zu Lichter in den Wäldern gesehen, zuletzt gestern Abend. Sachdienliche Hinweise zum Mordfall selbst sind nicht eingegangen. Ansonsten habe ich das Alibi von Andi Wagner überprüft. Zwei seiner Mitspieler bestätigten bei einer ersten Anfrage, dass er die ganze Zeit online war. Allerdings müssen bei den späteren Vernehmungen der Zeugen deren Eltern anwesend sein.«

»Wie alt sind sie?«, lachte Viggi.

»Sie sind elf und dreizehn. Einer der Jungen wohnt in Mainz, der andere in Donaueschingen. Wie sie sagen, spielen sie regelmäßig mit Wagner, weil man ihn so leicht besiegen kann. 'Endlich ein doofer Großer, der es nicht gebacken bekommt', lauteten ihre Aussagen sinngemäß. Sie waren stolz darauf, von einem erwachsenen Spieler anerkannt zu werden.«

Dora wandte sich an Viggi. »Ist das glaubhaft? Kennst du das Spiel?«

Nachdenklich wägte Viggi seine Einschätzung ab. »Die aktuelle Version kenne ich nicht; es war mir einfach zu dumm. Aber soweit ich weiß, muss man seinen Spielercharakter ständig in Bewegung halten. Wenn man zwischendurch mal afk ist, kickt der Server den User automatisch aus dem Spiel und das fällt den Gegnern auf.«

»Afk? Was bedeutet denn diese Abkürzung auf Deutsch?«, schimpfte Frau Singer. »Dieses Spielerkauderwelsch ist wirklich unerträglich!«

»Afk bedeutet 'away from keyboard'. Man nutzt es, falls man zwischendurch zur Toilette geht oder sich wie ein zivilisierter Mensch zum Essen an einen Tisch setzt, was bei den Spielern eher unüblich ist. Wenn Wagner also an diesem Abend die Bombe deponiert hätte, wäre seine Abwesenheit den Mitspielern aufgefallen.«

»Konnte man das Programm nicht automatisch weiterlaufen lassen?«, fragte Lori, die an ihre Simulationsspiele dachte.

»Nein, du kannst dich nicht verstecken, musst ständig in Bewegung bleiben. Aber wie gesagt, nach einer Proberunde habe ich es nicht weitergespielt. Vielleicht wäre es möglich, ein Botprogramm zu installieren, aber dafür bräuchte Wagner schon Hackerqualitäten, über die er kaum verfügt. Ein Programm nutzen ist doch etwas anderes als es zu schreiben«, überlegte Viggi.

»Könntest du solch ein Programm entwickeln?«, fragte Franz-Joseph interessiert.

»Vielleicht.«

»Und können wir nicht einfach die Serverdaten abfragen?«, überlegte er weiter.

»Die Server sind weltweit verteilt. Es ist von der Gesetzgebung des jeweiligen Landes abhängig, ob sie die Daten herausgeben«, machte Viggi wenig Hoffnung.

»Man spielt also ein adrenalingeheiztes Ballerspiel und unterhält sich gleichzeitig mit den Mitspielern?«, hakte Frau Singer noch einmal nach.

»Na, eine Unterhaltung würde ich es nicht nennen«, schränkte Viggi ein. »Gerade die Jungspieler schreien im Spielerchat durch die Gegend, flamen überwiegend herum.«

»Flamen? Was heißt das?« Auch Lori wirkte genervt von der Spielersprache.

Viggi wand sich, die Frage war ihm sichtlich unangenehm. »Man beschimpft sich«, meinte er vage.

»Ja, Viggi?«, ließ Lori nicht locker. »Um welche Art der Beschimpfung geht es? Nun lass dir doch nicht alles aus der Nase ziehen!«

»Meist macht man Witze über die Mutter des Gegenspielers«, setzte er nach einem Augenblick zögernd hinzu.

Das hat er aber jetzt sehr dezent ausgedrückt, dachte Franz-Joseph, der dieses Spiel ebenfalls kannte und sah Lori schlucken.

»Witze über die Mutter? Wie muss ich mir das vorstellen?«, fragte sie nach.

Viggi verwehrte ihnen ein Beispiel und Franz-Joseph wusste, warum. Er hätte diese 'Witze' eher üble Beleidigungen genannt.

»Ich höre das nur selten und es ist nichts Schönes. Ich lehne diese Art der Pseudokommunikation grundsätzlich ab!«, vertrat Viggi seinen Standpunkt.

»Und es führt uns zu diesem Zeitpunkt nicht weiter«, schloss Frau Singer die Diskussion ab. »Abgesehen von einem durch zwei Zeugen bestätigten Alibi haben wir bei Wagner weder ein Motiv noch die benötigten Mittel feststellen können. Ein Abend vor dem Computer reicht für einen Anfangsverdacht nicht aus.«

»Aber warum spielt ein Dreißigjähriger überhaupt mit Kindern Kriegssimulationen, Dora?«, wunderte sich Lori.

Franz-Joseph horchte überrascht auf. Eine Praktikantin duzte die Oberchefin?

»Den Zusammenhang erkläre ich dir gerne später, das führt uns jetzt zu weit«, wehrte sie ab. »Aber diese Alibis müssen unbedingt überprüft werden.«

Franz-Joseph machte sich geschäftig weitere Notizen, freute sich, dass ihm weitere Aufgaben zugewiesen wurden.

»Und was hast du heute getan, Viggi?«, fragte Nadine.

Er sah zur Decke, zuckte mit den Schultern. »Gar nichts.«

»Wie bitte?«

Er wandte sich ihr zu, schnaubte. »Ich habe Kaffee gekocht, die hohen Herren umhergefahren, herumgestanden. Ich habe nichts getan, weil sie immer unter sich blieben, mir die Tür vor der Nase zugeschlagen haben, wenn sie sich besprochen haben.«

»Haben sie denn schon Ergebnisse?«, fragte Lori.

»Keine Ahnung«, zuckte Viggi mit den Schultern.

»Nun, solche Tage gibt es auch bei der Kripo«, tat Nadine die indirekte Kritik ab. »Morgen kommen sie zu ihren Ergebnissen; den Tag wirst du noch überstehen.«

»Ich kann die BKA-Leute morgen begleiten«, bot Lori an.

»Nein, ich brauche dich hier«, lehnte Nadine ab und warf ihr einen ärgerlichen Blick zu. »Was sagte der Polizeipräsident, Dora?«

»Er wollte sich über den Fall informieren, weil er ähnliche Schlagzeilen wie heute Morgen in der Zeitung in Zukunft vermeiden will. Er hat Hilfe durch die Bereitschaftspolizei angedacht, um im Wald mehr Präsenz zu zeigen und die Bevölkerung zu beruhigen. Das ist alles noch nicht konkret«, winkte sie ab. »Die Planung für morgen, Nadine?«

»Viggi unterstützt das BKA, Lori geht der Firma aus Luxemburg nach und befragt die Ortsratmitglieder, die auch im Kreistag sitzen. Franz-Joseph kümmert sich um die Aussagen der jungen Zeugen. Ich werde noch einige von Zimmers Freunden bei der Feuerwehr und beim THW anhören. Und wir müssen auch den Papierkram erledigen.«

»Gut«, nickte die Kriminalrätin. »Ich finde vielleicht die Zeit, das psychologische Täterprofil zu überarbeiten.«

Die Sitzung war beendet.

Lori schäumte geradezu, als sie mit Viggi zurück ins Büro ging. Wütend knallte sie ihre Unterlagen auf den Schreibtisch. »Wie kann Nadine nur solch einen Fehler machen! Sie unterfordert ihren besten Kommissar, wenn sie dich nicht ermitteln lässt«, regte sie sich auf. »Ich hätte die Hilfsdienste doch übernommen! Ich bin nur zu euch abgeordnet. Und im Internet kennst du dich doch viel besser aus als Franz-Joseph!«

»Ist schon gut, Lori!«, begütigte er. »Danke für dein Angebot während der Besprechung, aber das ist ihre Entscheidung. Der Tag wird rumgehen.«

»Aber es ist die falsche Entscheidung und wir verlieren Zeit! Wir haben immer noch keine konkreten Hinweise, dass Zimmer das Ziel des Mörders war und deshalb müssen wir der Alf-Spur nachgehen.«

»Mach´ ich doch spätestens am Wochenende«, grinste er. »Wollen wir vielleicht noch heute Abend nach der Luxemburger Firma schauen? Sicher finden wir auch in Mettlach ein ruhiges Plätzchen zum Reden«, schlug er vor.

»Dort ganz bestimmt!«, lachte sie gelöster. »Ich bin heute an unserem Polizeiposten vor Ort vorbeigefahren. Wenn dort mehr als ein Beamter sitzt, haben sie akute Raumnot!«

»Dann also nach Mettlach.« Viggi öffnete die Tür zum Flur, überließ Lori den Vortritt.

Franz-Joseph fuhr nach Hause und gab sich dem Polizistenfrust hin.

Es gab zu wenige Neueinstellungen und er musste immer mehr Nachtdienste fahren, weil die Älteren die Belastung nicht mehr ertrugen. Doch so sehr er sich auch anstrengte, blieb ihm eine Anerkennung versagt. Es gab strenge Bewertungsmaßstäbe und höchstens ein Fünftel der Beamten durften eine Beurteilung erhalten, die eine Beförderung rechtfertigte. Selbst wenn man es geschafft hatte, eine Bewertung von 2,49 oder besser zu erhalten, hieß das noch nicht, dass man befördert wurde. Zunächst einmal musste auch eine passende Planstelle frei werden, in die man aufsteigen konnte. Und die zahllosen Überstunden wurden von denen da oben als ‚dem Polizeiberuf immanent' abgetan. Warum hatten sie Lori schon zweimal befördert und Viggi zur Kriminalpolizei versetzt? Auch er selbst hatte sich für den Qualifizierungslehrgang beworben, doch Viggi war ihm vorgezogen worden, obwohl er weniger Erfahrung und Dienstjahre hatte.

Zuhause setzte ihn seine Frau unter Druck. Nicht dass sie es aussprach, aber das zweite Kind war unterwegs und er wusste bereits, was Kinder kosteten. Mehr als die Mutterschutzzeit war diesmal nicht drin, das Erziehungsgeld glich ihr Gehalt bei weitem nicht aus. Nein, sie würde bereits zwei Monate nach der Geburt wieder vollzeitig arbeiten müssen, um die Schulden für das Haus zu bezahlen. Sie hatten auf dem Grundstück der Schwiegereltern gebaut, sonst hätten sie es nicht finanzieren können. So war zum Glück jetzt die Oma im Haus, die auf seine Kinder aufpasste. Doch sie kränkelte und verschlechterte sich ihr Zustand, hatte seine Frau auch noch die Pflege der Mutter am Hals. Das war der Deal: Das Grundstück gegen die spätere Pflege der Eltern. Für ihn bedeutete das familiäre Kontrolle ein Leben lang. »Warum bist du so spät heimgekommen?«, klang das Keifen der Schwiegermutter in seinen Ohren. »Du lässt deine junge Frau zu oft allein, statt ihr etwas zu bieten! Du solltest dich mehr um sie kümmern, sonst läuft sie dir fort!«

Aber was konnte er ihr bieten, wenn er immer übersehen wurde? Diese Todesermittlung bot ihm die Chance, endlich den richtigen Leuten aufzufallen. Bei Nadine hatte er einen guten Eindruck gemacht, aber zuständig war die Singerzicke, die die anderen herumkommandierte. Seit dem ersten Abend hatte er sie nicht mehr zu Gesicht bekommen. Nein, die verschanzte sich hinter ihrem Schreibtisch in der Stadt. Und der Oberstaatsanwalt, der in Zimmers Küche gesessen hatte, wirkte so dämlich, dass man ihm alles zweimal erklären musste. Eine echte Niete, aber das kannte er. Die Kriecher steigen am schnellsten auf. Lori duzte die Kriminalrätin, obwohl sie doch nur als Praktikantin der Kripo zeitweilig zugeordnet war. So machte man das wohl, damit es mit der Beförderung klappte.

Er riss sich zusammen. Der Anfang war nun gemacht und er würde dafür sorgen, nicht wieder in Vergessenheit zu geraten. Er hatte gehört, wo Lori und Viggi sich für den Abend verabredet hatten. Ganz zufällig würde er sie treffen, egal, was die Schwiegerleute davon hielten, wenn er wieder allein ausging.

Sie hatten die Adresse in Merzig überprüft. Eine Briefkastenfirma, wie sie im Buche stand. Lediglich eine Türklingel an einem Mehrfamilienhaus am Rande der Innenstadt; die neuen Mieter waren den anderen Bewohnern des Hauses unbekannt. »Morgen schauen wir ins Firmenverzeichnis«, hatte Viggi vorgeschlagen.

In der Nähe des Saarufers fanden sie eine kleine Pizzeria. Sie bestellten und Lori kontrollierte ihr Smartphone, schaltete es mit einem Schnauben aus.

»Also, was ist los, Lori? Warum schaltest du deine Oma immer ab?«

»Ach, sie nervt mich«, begann sie zögerlich.

»Sie hat ein Problem mit dir, das du nicht teilst«, erinnerte sich Viggi. Er ließ ihr Zeit; sah, wie es in ihr brodelte.

»Ständig schickt sie mir neue Vorschläge«, ereiferte sie sich. »Als hätte ich kein Mitspracherecht und das ist doch wirklich meine Sache!«

Er sah sie nur fragend an.

»Ich soll heiraten«, gestand sie. »Russische Frauen sind in meinem Alter meist verheiratet und hüten am besten schon zwei Kinder. Sie denkt, ich mache keine gute Partie mehr. Allein dieser Ausdruck! Sie hält mich für ein Mauerblümchen!«

Viggi grinste. »Auch ein deutsches Wort, das etwas aus der Mode gekommen ist. Hat sie dich einmal angeschaut? Dann müsste sie doch wissen, dass es an Bewerbern sicher nicht mangelt.«

»Das denkt sie aber, weil ich noch nie einen Freund mitgebracht habe. Jetzt betätigt sie sich selbst als Partneragentur und schickt mir jeden Tag zig Vorschläge passender Kandidaten, die natürlich alle fließend russisch sprechen. Jemand anderes kommt nicht in Frage.«

Viggi überlegte. »Das klingt fast nach stellvertretender Torschlusspanik. Hat sie Sorgen?«

»Wieso?«, fragte Lori überrascht.

»Sie setzt dich unter Zeitdruck und dafür gibt es einen Grund. Hast du nicht erwähnt, dass sie krank war?«

Nachdenklich nickte Lori. »Die nächste Untersuchung steht erst in drei Monaten an«, überlegte sie. »Die Abstände zwischen den Terminen zur Tumornachsorge sind jetzt größer.«

»Fühlt sie sich gesund?«

»Danach habe ich nicht gefragt und sie hat sich auch nicht beklagt«, meinte sie. »Es gibt nur noch das Thema Heirat zwischen uns, deshalb gehe ich ihr aus dem Weg. Aber wenn sie eine Verschlechterung befürchtete, würde sie wahrscheinlich nicht darüber sprechen. Sie möchte keine weitere Chemotherapie, das hat sie öfter betont.« Jetzt war sie besorgt. »Ich werde sie fragen!«

»War nur ein Gedanke, Lori, ich will dich nicht beunruhigen«, meinte Viggi. »Zurück zum Thema: Sind denn keine annehmbaren Kandidaten dabei?« Er wies auf ihr Handy.

Aufgebracht nahm sie es vom Tisch, startete es. »Sieh dir die Typen mal an! Ich kenne sie alle nicht und trotzdem hat sie einige zu ihrem Geburtstag am Wochenende eingeladen. Ihre Favoriten, wohlgemerkt!«

Er betrachtete interessiert die Passfotos der Herren aller Altersklassen. »Wie steht es mit einem eigenen Favoriten?«, fragte er beiläufig.

»Hab´ ich nicht und sie würde ihn auch nie akzeptieren!«

Viggi lachte. »Nun hätte Freud aber sicher seine helle Freude: ,Hab' ich nicht und sie würde ihn auch nie akzeptieren?'«

»Habe ich das wirklich gesagt? Klingt tatsächlich nach einem Freud'schen Versprecher«, gab sie ertappt zu.

»Warum würde sie ihn nicht akzeptieren? Die Jungs hier sind zum Teil auch nicht mehr die jüngsten.«

»Was meinst du damit?«, fragte sie alarmiert.

»Ach, Lori, ich bin doch nicht doof!«, gab er lächelnd zu bedenken, legte das Handy wieder auf den Tisch.

Lori presste die Lippen zusammen, spürte, wie ihr die Röte ins Gesicht stieg. Wenn Viggi von ihrer Schwäche für Falk wusste, dann die anderen vielleicht auch. Oh wie peinlich!

»Mach dir keine Sorgen, ich werde nichts sagen. Meine Meinung zu dem Thema kennst du ja, aber die ist völlig unerheblich.«

»Ich kenne ihn doch kaum«, gab sie zu und war erleichtert, endlich über dieses Thema mit einem Freund sprechen zu können. »Da kann ich ihn wohl nicht zum Geburtstag meiner Großmutter einladen«, meinte sie verzweifelt. »In drei Tagen!«

Aufmunternd lächelte er ihr zu. »Das kannst du ändern. Jetzt hast du Gelegenheit, ihn häufiger zu treffen und ich denke, er ist durchaus interessiert.«

»Meinst du?«, fragte sie hoffnungsvoll.

Er überlegte mit ihr. »Am Freitag findet dein Debütantinnenball statt? Wenn nur der Zeitdruck dich belastet, gibt es eine Lösung. Du brauchst einen Begleiter, der die Bewerber vom Hals hält, bis du weiter gekommen bist. Frag' einen Freund.«

War das ein Angebot? Bei Viggi brauchte sie sich nicht zu verstecken, wenn er ihr Geheimnis kannte. Er wusste, worauf er sich einließ. »Würdest du mit mir kommen?«, bat sie spontan.

»Ja, mache ich«, willigte er sofort ein. »Aber glaubst du, sie nimmt dir das ab?«

»Es wird sie ein wenig beruhigen. Danke!«, lächelte sie erleichtert. Viggi war wirklich ein Freund!

Die Pizza wurde serviert und Lori überlegte, ob sie auch nur ein einziges Mal den Namen ‚ihres Favoriten' genannt hatten. Nein, Viggi war äußerst diskret. »Du wolltest mir doch auch etwas erzählen?«

Viggi wirkte plötzlich bedrückt, veränderte nervös seine Haltung. »Ehrlich gesagt, ich weiß nicht, wo ich beginnen soll.«

»Am Anfang?«, schlug sie vor.

»Gut.« Er gab sich einen Ruck. »Ich wollte schon immer zur Polizei, aber meine Eltern waren dagegen. Sie haben ihre Bedenken und die Nachteile des Berufs erwähnt. Ich habe mich damals ohne ihr Wissen beworben und ihnen das Ergebnis präsentiert, als sie nach meinem Studienwunsch gefragt haben. Da hatte ich den Vertrag bereits unterschrieben und sie waren überrumpelt.«

»Das war doch die richtige Entscheidung!«, meinte sie. »Du bist ein Klassepolizist. Warum waren sie denn dagegen?«

»Sie haben schlechte Erfahrungen gemacht«, deutete er an.

»Und du hast sie vom Gegenteil überzeugt!«, stellte sie mit Nachdruck fest. »Mit gerade mal 25 Jahren bist du der jüngste Kommissar bei der Kripo und das ist doch ein toller Erfolg!«

»Ja, das erkennen sie an. Aber nun habe ich ein Problem, weil ich nicht von Anfang an ehrlich zu dir war. Ich konnte die Entwicklung nicht ahnen, bitte glaube mir das. Nie dachte ich, dass es so kommt!«

»Aber was ist denn, Viggi?« Sie verstand seine Andeutungen nicht.

Er seufzte. »Ich habe dir Wichtiges verschwiegen und dich damit belogen. Das wollte ich nicht, es ist einfach so passiert«, suchte er mühsam nach passenden Worten.

Was belastete ihn so sehr? Sie nickte ihm aufmunternd zu, ließ ihm Zeit.

»Wir hatten letztes Jahr unseren ersten Fall«, druckste er herum. »Ich kannte dich nicht und wollte ebenfalls ein Geheimnis schützen. Deshalb habe ich es dir nicht gleich erzählt.«

Ja, diese Art von Problem war ihr ebenfalls vertraut. Viggi war ebenso verschlossen wie sie selbst. Warte ab, es ist wirklich schwer für ihn, dachte sie, als sie unvermittelt unterbrochen wurden.

»Hey, das ist ja ein Zufall! Was macht ihr denn hier in Mettlach? Ihr seid weit weg von zuhause!« Franz-Joseph schlug ihnen beiden gleichzeitig jovial auf die Schulter.

Oh nein, dachte Lori entsetzt. »Wir befinden uns in einem privaten Gespräch«, wehrte sie den aufdringlichen Kollegen ab.

Doch Keller ließ sich auf dem freien Stuhl am Tisch nieder. »Sprecht ihr über den Fall? Seid ihr dermaßen arrogant, dass ihr mit einfachen Polizeikommissaren nicht mehr redet?«, fragte er. »Ich war doch heute dabei und vielleicht bin ich es bald auf Dauer!«

Lori blickte Viggi bedauernd an.

Er schüttelte den Kopf. Diese Unterhaltung würden sie ein andermal fortsetzen, schien sein Blick zu bedeuten.

21:34 Uhr. Ich schaffe es nicht bis morgen!

Die Uhr glühte in Falks Kopf, zählte unerbittlich die Minuten und die Schmerzen pulsierten im Sekundentakt.

Sein Handy klingelte. Dora.

»Falk, ich stehe unten vor der Tür und habe bei meinem Abendspaziergang noch Licht in deinem Büro gesehen. Hast du Lust auf eine Pause?«

Er zögerte. Er musste arbeiten.

»Falk?«

»Ich komme runter.«

Dora betrat gemeinsam mit ihm das Büro. »Ich kann dir nichts anbieten«, entschuldigte er sich.

»Kein Problem.« Ihr Blick wanderte prüfend über die Aktenstapel, die neben seinem Schreibtisch lagen. »Wie viel hast du davon geschafft?«

»69 Prozent.« Er bot ihr einen Stuhl an und setzte sich müde.

»Und morgen ist die Verhandlung?«

»Ja.«

»Falk, du brauchst eine kurze Pause«, stellte sie fest. »Nur zehn Minuten?«

»Ja, die habe ich. Euer Fall ist auch wichtig.«

Doch sie schüttelte den Kopf. »Darf ich etwas versuchen? Du musst nichts tun. Hör mir nur zu.«

Er nickte überrascht. Was kommt jetzt?

Sie sah die Frage in seinem Blick, ignorierte sie, wandte sich stattdessen den Blick von ihm ab. Leise begann sie zu sprechen. »Bleib dort sitzen und entspanne dich. Fühle die Lehne hinter deinem Rücken, die dich trägt. Deine Füße stehen fest auf dem Boden. Während du sicher und bequem sitzt, darfst du dir erlauben, deine Augen kurz zu schließen. Höre nur auf meine Stimme, folge den Suggestionen…«

Ja, ihrer angenehmen Stimme lauschte er gerne und schaltete ab. Er fühlte sich auf eine veränderte, seltsame Weise wach. Sie sprach von einer Wanderung durch die Landschaft, die sie am Wochenende gesehen hatten und er dachte, er sei tatsächlich dort. Er genoss die klare Luft, den Geruch des Waldes und ließ sich treiben.

»5!«, hörte er sie nun sagen. »Du bist wieder hier, fühlst dich wach und erholt.«

Falk öffnete die Augen, verwirrt blinzelte er sie an.

Dora lächelte. »Gib dir einen Moment Zeit.«

Wo war er gewesen? Er sprach die Frage aus.

»Wir waren wandern. Geht es wieder?«

Er fand sich wieder zurecht, achtete auf seinen Körper. Die Uhr hatte sich beruhigt, der Kopfschmerz nachgelassen. »Aber was hast du da mit mir gemacht?«

»Eine kleine Entspannungsübung«, antwortete sie ausweichend und stand auf. »Bis morgen. Arbeite nicht mehr so lange, ruh´ dich auch mal aus!«

»Wolltest du denn nicht mit mir über den Fall sprechen?«, fragte er erstaunt nach.

»Auch morgen«, lächelte sie. »Du hast im Moment Wichtigeres zu tun. Komme ich unten raus?«

»Ja, die Türen öffnen sich von innen«, bestätigte er immer noch ein wenig abgelenkt.

»Dann schlaf' gut.«

Sie war so plötzlich verschwunden, wie sie gekommen war.

Falk schüttelte den Kopf. Entspannungsübungen hatten ihm schon öfter geholfen, doch diese Technik war ihm neu und noch nie hatte er solch einen Effekt erzielt. Da muss ich irgendwann noch einmal nachfragen, dachte er abwesend und wandte sich den Akten zu.

9

Mittwoch, 6. Oktober

»Wie war deine Verhandlung?«, fragte Dora.

Falk stellte sein Bürotelefon auf den Lautsprecher um, lehnte sich zurück. »Ich habe auf Freispruch plädiert.«

»Im Ernst? Das habe ich noch selten bei einem Staatsanwalt gehört. Wer hat geschlampt?«, fragte sie erstaunt.

»Wir. Diese Geschichte hätte nicht per Strafbefehl beendet werden dürfen«, gab er zu.

»Bekommst du die Schuldigen dran?«

»Und wie! Drei Zeugen wegen uneidlicher Falschaussage. Die hole ich mir«, war er entschlossen.

»Noch mehr Arbeit für dich!«, warnte sie. »Was macht dein Kopf?«

»Hellgrün mit einem leichten Stich ins Gelbliche. Es ist in guter Tag«, setzte er erklärend hinzu.

»Deine Uhr interessiert mich«, erwähnte sie. »Ich würde sie zu gerne einmal untersuchen.«

Nein! »Sie ist eine Qual, Dora«, gestand er.

»Um einen Weg zum Abschalten zu finden, muss man verstehen, wie sie funktioniert.«

Ja, das war einleuchtend, aber er wollte nicht darüber sprechen. »Wie steht es in dem Fall?«, lenkte er ab.

Sie berichtete die Fakten, die die Polizei bisher zusammengetragen hatte. »Es gibt nur wenig Anhalt für ein persönliches Motiv und das bedeutet nichts Gutes«, schloss sie ihren Bericht und er hörte die Besorgnis in ihrer Stimme.

»Du denkst, es geht weiter?«

»Wenn wir es mit einer pathologischen Persönlichkeit zu tun haben, ja.«

»Was sagt das psychologische Profil?«

»Leider nicht viel, weil wir zu wenig Material zur Analyse haben!«, schnaubte sie. »Wenn es sich um eine Unterart der Pyromanie handelt, wird es mit den Anschlägen weitergehen. Der Täter fühlt sich von uns nicht bedroht, sondern eher angestachelt, weil wir ihn noch nicht gefasst haben. Aber auch auf Pyromanie haben wir keine manifesten Hinweise.«

»Auf welche Anzeichen müssten wir denn achten?«, fragte er interessiert nach.

»Pyromanen sind Männer. Der Täter verfügt über eine verminderte Intelligenz, ist Einzelgänger, soziopathisch, frustriert. Wie bei den meisten Störungen aus diesem Bereich empfindet er vor der Tat große Erregung, Erleichterung danach. Aber die hält nicht lange an! Und er würde es genießen, dass wir seiner Tat so viel Aufmerksamkeit schenken.«

»Haben wir niemanden mit diesem Profil?«

»Nein, alle haben Alibis.«

»Was werdet ihr tun?«

Sie seufzte. »Der Präsident will die Bereitschaftspolizei in die Wälder schicken, um die Bevölkerung zu beruhigen. Gestern Abend fand eine Bürgerversammlung in der Mehrzweckhalle des Dorfes statt und der Ortsvorsteher hat um weitere Unterstützung ersucht; präsentiert sich als Fürsprecher der Dorfgemeinschaft. Aber ich bin skeptisch, weil das Aufgebot an Polizei den Monomanen anstacheln könnte. Wir wissen zu wenig über ihn!«

Falk verstand den Zwiespalt zwischen polizeilicher Ermittlungsarbeit im Hintergrund und der offenen Forderung politischer Vertreter nur zu gut. »Hast du noch einmal mit Moritz gesprochen?«

»Ich war gestern Abend auch spät dran, erinnerst du dich?«, hörte er das Lächeln in ihrer Stimme. Ja richtig! »Moritz hat eine anstrengende Woche und hat bestimmt schon geschlafen«, vermutete sie. »Ich werde ihn im Lauf des Tages erreichen. Kommst du heute Abend?«

»Ich versuche es.«

»Okay, bis später!«, beendete sie das Telefonat.

17:02 Uhr. Lori sah von ihrem Monitor auf, als Viggi das Büro betrat. »Da bist du ja endlich. Wie war es?«

Er schnaubte ärgerlich. »Was ist das für eine arrogante Bagage! Mit denen will ich nie wieder zu tun haben.«

»Komm, ich hole dir einen Kaffee zum Abregen«, versuchte sie, ihn aufzumuntern.

»Fürs Kaffeeholen bin ich heute der einzige Experte!« Müde ließ er sich auf den Schreibtischstuhl fallen.

Sie stand auf. »Als Praktikantin bekomme ich das auch hin.«

Viggi beugte sich vor, sah sie eindringlich an. »Lori, du bist keine Praktikantin! Als Polizeikommissarin wurdest du aufgrund deiner besonderen Fähigkeiten ausgewählt, um für das Saarland an der deutschen Hochschule der Polizei zu studieren. Spätestens in fünf Jahren leitest du diesen Laden hier. Ich gewöhne mich am besten schon einmal daran, dir den Kaffee zu bringen. Und an deinem ersten Tag als Chefin schenke ich dir höchstpersönlich eine Tasse mit Goldstern!«

»Dora benutzt sie gerne, nicht wahr?«, lächelte sie.

»Das war ein tolles Geschenk. Apropos Geschenk: Was bringe ich deiner Großmutter mit?«

»Gar nichts. Unsere alten Leute sind äußerst bescheiden. Sie nehmen Geschenke nur ungern an und wenn, dann eher Praktisches oder auch Essbares.«

»Was schenkst du ihr?«

»Einen Pullover.«

»Darf ich Blumen mitbringen?«

»Ja, darüber freut sie sich auch.« Sie stand auf, nahm die Tassen von den Schreibtischen, kehrte kurz darauf zurück.

Dankend nahm Viggi die Tasse entgegen. »Was hast du erfahren?«

»Parents et Cie. sind in Luxemburg sehr bekannt«, begann sie, setzte sich wieder an ihren Schreibtisch. »Geschäftsführer ist ein Alain Parents und im letzten Monat hat er die Filiale im Handelsregister von Merzig eintragen lassen. Die Firma rechnet fest mit dem neuen Auftrag.«

»Sie sind also korrekt?«

Sie zuckte mit den Schultern. »Ich habe nichts Gegenteiliges gehört. Ansonsten haben wir noch die Ortsräte abgeklappert. Sie waschen ihre Hände in Unschuld; die Pläne seien von höherer Stelle entschieden worden. Und alle waren am Samstagabend in Gesellschaft. Das Schützenfest war die angesagte Dorfveranstaltung. Nur einer hat den fünfzigsten Geburtstag seines Schwagers besucht. Die waren es nicht«, fasste sie das Ergebnis des Arbeitstages zusammen.

»Hat denn keiner über Zimmer gelästert?«

»Nein. Er war eine graue Eminenz im Dorf; man hat ihn geachtet. Keine Affäre, keine Geldnot, da gibt es nichts«, schüttelte sie den Kopf.

»Hm.« Viggi trommelte nachdenklich mit dem Zeigefinger auf die Platte seines Schreibtisches. »Dann müssen wir zurück zum Anfang«, stellte er fest. »Woher stammen die Mittel für diesen Anschlag; wer benutzt Dynamit für die Sprengung eines Hochsitzes?«

»Jens hat das bereits überprüft und sagte doch, dass diese Spur ins Leere läuft«, wandte Lori ein.

Viggi sah sie ernst an. »Aber es war da, Lori und hat seine tödliche Wirkung gezeigt.« Er stand auf. »Wir müssen das Thema in der großen Runde diskutieren. Ich habe Senkenfeld unten getroffen, er wollte noch mit Dora sprechen. Heute ist er da!«, zwinkerte er ihr zu.

Wie gut, dass Viggi es nun weiß, dachte sie und lächelte. »Danke für den Tipp.« Sie suchte in ihrer Tasche nach dem Kosmetikspiegel, nahm ihn heraus.

Viggi zog lachend die Augenbrauen hoch. »So ist es also, wenn man mit einer Frau das Büro teilt. Glaube mir, du siehst wie immer toll aus und Falk steht sicher auf Frauen mit eigenem Kopf.«

»Na, ohne Kopf wäre es auch schwierig.«

Er lachte. »Du weißt, was ich meine?«

Als sie in den Besprechungsraum gingen, fiel es ihr auf. Viggi hatte Herrn Senkenfeld nun schon zum zweiten Mal Falk genannt.

Sie diskutierten schon über eine Stunde. Falk lauschte Viggis Ausführungen.

»Warum sollte man denn heutzutage diese veraltete Form der Sprengung nutzen? Schaut euch in der Gegend doch einmal um: Absolut ländliches Gebiet mit Bauernhöfen. Wenn da jemand Sprengstoff braucht, kann er doch einen Eimer Düngemittel, das die Bauern nutzen, mit einem Kanister Diesel aus dem nächsten Traktor mischen. Das Zeug geht dann nur mit einem elektrischen Zünder hoch, ist viel besser steuerbar und lässt sich kaum zurückzuverfolgen«, entwarf er ein leicht durchführbares Szenario.

»So einfach geht das? Man mischt sich Sprengstoff? Ich könnte das nicht«, bemerkte der Polizist aus Merzig.

»Die Anleitung findest du in jedem gehobenen Chemiebuch. Man braucht nicht einmal das Internet zur Recherche, sondern sucht die nächstgelegene Universitätsbibliothek auf.«

»Vielleicht ist das der Grund für Dynamit?«, fragte Lori.

»Unser Bombenleger wollte nicht auffallen, indem er Suchanfragen im Internet startet. Solche Nachforschungen würden doch heutzutage nicht unbemerkt bleiben. Man stelle sich das vor: Eine Suchanfrage bei Google zu den Themen Sprengstoff, Bauanleitungen, Mischungsverhältnis!«.

»Gut, das würde unseren Diensten nicht verborgen bleiben und die NSA hätte den Sucher sofort im Visier«, gab Viggi zu. »Aber wie gesagt, die haben Dynamit statt Plastiksprengstoff benutzt. Zur Zündung braucht man Sprengkapseln und diese selbst herzustellen, wäre ein äußerst gefährliches Unterfangen. Da geht schnell etwas schief und der Bombenleger flöge selbst in die Luft«, verteidigte Viggi seine Ansicht.

»Du glaubst also, dass er die Sprengkapseln bereits hatte?«, fragte Dora nach.

»Ich kann mir nichts anderes vorstellen. Meiner Meinung nach hat er genau dieses Verfahren genutzt, weil er die Mittel bereits besaß.«

Ja, das hörte sich auch für Falk logisch an.

»Aber wie kommt er an Dynamit und Sprengkapseln? Solche Sprengstoffe kauft man doch nicht im nächsten Laden!«, zweifelte Lori.

»Ja, genau da sollten wir weiter nachforschen. Aber ich sehe Probleme. Wie weit ist Jens bei seinen Recherchen zurückgegangen?«, überlegte Dora.

»Er hat die letzten zehn Jahre abgefragt.«

»Und wo werden heutzutage Sprengstoffe genutzt?«

»Bei der Polizei, der Terrorabwehr für Zugangssprengung?«, vermutete Nadine.

»Nein, die benutzen kein Dynamit. Ich würde Steinbrüche und Bergwerke kontrollieren«, warf Falk ein.

»Wir werden bei unseren Sprengmeistern nachfragen, wo Dynamit zum Einsatz kommt«, bestätigte Lori.

»Oder früher kam«, meinte Viggi. »Wir haben es mit einer veralteten Technik zu tun, mindestens dreißig Jahre alt.«

»Es hat wenig Sinn nach Diebstählen in den letzten dreißig Jahren suchen, die sind doch längst verjährt«, entschied Dora. »Was gibt es außerdem?«

»Ich habe eine Erklärung für die Lichter im Wald entdeckt«, meldete sich Keller. »Die freiwillige Feuerwehr hat mit ihrem Nachwuchs Nachtwanderungen gemacht, vor zwei Wochen und auch in den Sommerferien. Außerdem hatte die Kurklinik einen Gasttherapeuten, der solche Elemente im Selbsterfahrungsbereich anbot: ‚Naturerleben als Quelle der Heilung‘«, grinste er und Falk sah Nadines zustimmendes Nicken.

Viggi schien der Witz dagegen nicht zu gefallen. Er kam auf seine Spur zurück. »Ich möchte gerne noch einmal mit Alf sprechen«, erinnerte er.

Nadine verdrehte die Augen. »Der hat ein Alibi! Das hatten wir doch schon vorgestern«, wies sie ihn zurecht.

»Vielleicht weiß er aber noch mehr!«, beharrte Viggi.

»Dann ruf ihn eben an.«

»Er hat kein Telefon und ist zur Apfelernte unterwegs, konnte nur grob die Gegend benennen, in der er arbeiten würde. Ich müsste ihn suchen«, erinnerte Viggi.

Nadine schüttelte den Kopf. »Die Sprengstoffe sind wichtiger und wir müssen in dieser Woche das Fehlen von Jens ausgleichen. Diese Spur haben wir bisher vernachlässigt und du übernimmst das morgen.« Sie warf Viggi einen blitzenden Blick zu.

»Herr Keller, ist Ihnen Alfons Pütz bekannt? Er hat angegeben, schon öfter bei der Polizei in Perl Anzeige erstattet zu haben«, hakte Dora nach.

»Alfons Pütz? Nein, sagt mir nichts.«

»Er wohnt in einem Wald bei Hellendorf«, half Lori ihm auf die Sprünge.

»Ach, der verrückte Alfi?«, lachte Keller. »Ich wusste noch nicht einmal, dass er einen Nachnamen hat. Ja, Alfi ist bei uns bekannt. Jahrelang hat er uns auf Trab gehalten: Eine gefällte Tanne im Wald, ein verendeter Fuchs. Einmal hat er eine Jugendgruppe angezeigt, die im Wald gegrillt hat, konnte uns aber die Namen nicht nennen. Die Kollegen fanden nur Spuren eines erkalteten Lagerfeuers, ordentlich in Steinen eingefasst und mit Sand gelöscht. Um solche Dinge geht es ihm. Alfi ist der Depp des Waldes, nicht mehr.« Er lachte laut.

»Na also«, meinte Nadine schnippisch. »Und du, Viggi, wirst dich nach der Anfrage zu den Sprengstoffen um unsere Akten kümmern«, legte sie fest.

Personalführung mangelhaft, dachte Falk und warf Dora einen fragenden Blick zu, den sie mit einem fast unmerklichen Kopfschütteln beantwortete.

»Die weitere Planung?«, fragte Dora nun in die Runde.

»Wir sprechen noch einmal mit der Spurensicherung und durchleuchten die Hintergründe unserer Verdächtigen, um da nichts zu übersehen«, ordnete Nadine an. »Wir warten die Einschätzung des BKA ab und der morgige Tag wird zur Erstellung eurer Berichte und Verschriftlichung der Zeugenaussagen verwendet, die wir bisher sträflich vernachlässigt haben. Bis Donnerstagabend will ich die Akte auf dem aktuellen Stand sehen.«

Falk folgte Dora nach der Besprechung in ihr Büro. »Was hältst du von Junkes?«, fragte er kopfschüttelnd.

Nachdenklich drehte Dora die COP-Tasse mit dem goldenen Stern in der Hand. »Fachlich ist sie in Ordnung, aber im Team hat sie massive Probleme«, seufzte sie. »Sie bildet Lager, bevorzugt Lori und Keller und grenzt damit ihren eigenen Mitarbeiter aus. Sonst steht Jens ihr loyal zur Seite, aber der ist zurzeit krank. Jetzt fühlt sie sich allein im Kampf gegen mich und sucht neue Verbündete unter den zugeordneten Kräften. Keller sieht seine Chance, aber Lori hat ihr Verhalten bereits durchschaut und lehnt es ab.«

»Du hast die Situation so genau analysiert und greifst nicht ein?«, wunderte er sich.

»Es ist noch zu früh. Ihre Autorität zu diesem Zeitpunkt zu untergraben, wäre ein Fehler von meiner Seite. Zur Beurteilung ihres Verhaltens benötige ich konkrete Anhaltspunkte und die liefert sie mir zuhauf. Ich behalte sie diese Woche im Auge; vielleicht hat sie nur einige schlechte Tage. Setzt sich dieses Verhalten aber fort, werde ich eingreifen.«

»Und Viggi?«, sorgte er sich um den jungen Polizisten.

»Er kennt spieltheoretische und gruppendynamische Ansätze fast besser als ich selbst und durchschaut, was hier geschieht. Am Wochenende ergibt sich vielleicht eine Gelegenheit, mit ihm zu sprechen.«

Falk ließ sich ihr Vorgehen durch den Kopf gehen, stimmte zu. »Was hat Moritz gesagt?«

»Zimmer war durch seine Beziehungen nach Luxemburg so erfolgreich. Viele Aufträge bezog er von dort, unter anderem auch von der Baufirma, die ihm jetzt in den Rücken gefallen ist. Moritz glaubt nicht, dass Zimmer so uninformiert war, wie wir es bisher angenommen haben. Außerdem spukt da noch eine alte Sache herum, die er auch nicht ganz erfassen konnte. Er hört sich weiter um.«

»Mehr hat er nicht gesagt?«

»Nicht am Telefon«, verdrehte sie die Augen.

Falk verstand diese Zurückhaltung von Dora und Moritz nicht. Was befürchteten sie? »Ich sehe ihn am Wochenende. Gibt es morgen auch eine Besprechung?«

»Eine kurze, denke ich. Solange wir keine neuen Hinweise haben, werden wir die Akten auf Vordermann bringen. Soll ich dich informieren?«

»Ja, gerne. Und wann gehen wir wandern?«

»An diesem Wochenende ist es zu kurzfristig, da möchte ich die Route auswählen. Nächstes Wochenende sind wir eingeladen. In zwei Wochen?«, schlug sie vor.

»Ende Oktober?« Falk befragte kurz seinen internen Termin-kalender. »Sieht gut aus, Johanna kommt erst über Allerheili-gen.« Er stand auf. »Ich freue mich darauf!«

»Ja, ich auch«, lächelte sie.

10

Freitagabend, 8. Oktober

Fazit:

Nach Auswertung aller Spuren und gesichteter Beweise erge-
ben sich keinerlei Hinweise auf staatsfeindliche, extremistische
oder terroristische Umtriebe im Saarland. Am ehesten kommt
eine Straftat aus persönlichen Motiven infrage.

Frustriert schlug Dora den Bericht des BKA zu. Es gab aber
keinen Hinweis auf dieses persönliche Motiv!

Die Leute in Wiesbaden hakten diesen Mord zu schnell ab;
waren sie wieder mit ihrem eigenen Sumpf beschäftigt? Nur
nicht daran denken, ermahnte sie sich selbst, such kein neues
Netz, in dem du dich verfängst. Eine zweite Front kannst du dir
auf keinen Fall erlauben!

Selbst für die abstruse Idee eines militant ausgeführten Krieges zwischen Naturschützern und Jägern hatten sie keine Beweise gefunden. Die bodenständigen Leute dort oben mieden
die arrogante Jägerschaft aus der Stadt, die in fremden Wäldern
Wild abknallte. Die Jägerlobby besaß beste Beziehungen zum
Regierungssitz auf der anderen Saarseite und Dora wusste noch
nicht einmal, nach welchem Fluss oder Bach die Connection
benannt war; da musste sie wohl Moritz fragen.

Aber diese Verwicklungen interessierten jetzt nicht; sie
brauchten Beweise. Seit einer Woche hatten sie den Fall intensiv untersucht, Möglichkeiten erwogen, Verdächtige ausgeschlossen. Die Lichter im Wald stammten tatsächlich von Kur-
gästen auf dem Selbstfindungstrip. Man hatte begleitete Nachtwanderungen zur Stärkung des Selbstvertrauens und zur Be-

handlung von Angstzuständen angeboten. In-vivo-Exposition, hatte der Leiter der Psychosomatik diese Übungen benannt.

Nein, sie tappten immer noch völlig im Dunkeln und die wahrscheinlichste Theorie war auch die unbefriedigendste: Zimmer war das zufällige Opfer eines Sprengstoffanschlages, ausgeführt in dem gottverlassenen Waldstück im Nirgendwo. Was der oder die Täter auch bezweckten, eine gezielte Tötungsabsicht konnte man ihnen nicht nachweisen. Ihre bisherige Suche war erfolglos geblieben und solange kein weiterer Anschlag stattfand, hatte die Polizei keine Chance. Abwarten hieß die Alternative, die sie kaum ertragen konnte.

Sie blätterte durch die Ermittlungsakten, las einzelne Protokolle in der Hoffnung auf einen neuen Hinweis, notierte offene Fragen. Ein engagierter Bürgermeister, ein Freund, der gesellschaftliche Beziehungen ausnutzte, ein debiler Waldkauz. Höchstens schwache Motive und alle Verdächtigen verfügten über ‚bombensichere‘ Alibis. Keine Chance auf Durchsuchung oder Telekommunikationsüberwachung, wie Falk bestätigt hatte. Eine trauernde Ehefrau, deren Zukunft in einem Heimplatz bestand und Sprengstofftechnik, die seit dreißig Jahren nicht genutzt wurde. Auch bei ihrer zweiten Anfrage waren keine Diebstähle aufgefallen. So irrational es auch schien, dort mussten sie nächste Woche trotzdem ansetzen. Viggi sollte den Waldkauz befragen, sie durften ihn nicht hinter Monitoren versauern lassen. Er musste noch Erfahrung in der Zeugenbefragung sammeln, obwohl Lori ihn beim gemeinsamen Mittagessen in höchsten Tönen gelobt hatte. Natürlich hatte Viggi nicht daran teilgenommen; er vermied den Kontakt zu Nadine, die Lori und Keller bevorzugte und aß lieber allein oder auch abends bei Moritz.

Eine Woche harter Ermittlungen und sie hatten nichts erreicht! Ein Aktenordner voll mit Vernehmungsprotokollen, ein Berg an Überstunden und eine Landbevölkerung in Panik waren das Ergebnis ihrer Arbeit.

Der Polizeipräsident hatte darauf bestanden, dass am Wochenende vermehrt Patrouillen in der Gegend präsent waren, um seinen Kritikern den Wind aus den Segeln zu nehmen. Die Berichterstattung in der Zeitung war auf die hinteren Seiten gerutscht, aber der Wahlkampf nahte und kein Politiker wollte im Moment die Sparpläne der Regierung zitieren. Volksnähe war angebrachter. Und Ergebnisse, Erfolge, ein Täter mussten her, lautete die Botschaft.

Sie notierte einige Punkte auf ihrer Liste, bevor sie die Arbeitswoche beendete und das Präsidium verließ. Heute Abend wollte sie nur noch baden, ein wenig lesen. Das Wetter sollte gut werden, daher war morgen ein Einkauf auf dem Markt und ein Kaffee am Staden das Richtige. Danach eine Radtour, vielleicht konnte sie bei Moritz vorbeischauen. Was lief im Kino? Am Sonntag würde sie ausschlafen, putzen, den Nachmittag mit der Planung für die Wanderung mit Falk zubringen und für einen angefragten Fachartikel recherchieren. Ein wenig spazieren gehen und die neuesten Bausünden der Stadtplaner begutachten.

Eine gute Tagesplanung mit wenig Müßiggang war die beste Prophylaxe zum Schutz vor Melancholie am Wochenende, die sie fürchtete. Und ihr Bett würde sie lediglich zum Schlafen nutzen, nahm sie sich fest vor.

Lori traute ihren Ohren nicht. Viggi sprach Russisch?

Sie behielt die Teller in der Hand, lauschte der Unterhaltung zwischen den beiden. Sorgfältig wählte er seine Worte, sprach langsamer als sonst. Kleinere Holperer hörte sie heraus, auch seinen deutschen Akzent.

»Wir können gerne ins Deutsche wechseln«, erlöste die Großmutter ihn. »Für den Anfang war das sehr gut! Wo haben Sie unsere Sprache gelernt?«

»Am Computer und bei den russischen Freunden meines Bruders.«

»Man kann am Computer Fremdsprachen lernen? Das müssen Sie mir unbedingt einmal zeigen!«, bat sie. »Mein Französisch ist deutlich eingerostet!«

Nur drei Stunden später verabschiedete er sich.

»Du gehst schon?« fragte Lori enttäuscht.

»Ich habe Morgen früh um 6 den Termin mit Alf. Abzüglich der Fahrtzeiten bleiben mir fünf Stunden Schlaf und das ist mein Minimum«, entschuldigte er sich.

»Hat das nicht Zeit bis nächste Woche?«

»Ich habe den Termin vereinbart, bevor ich zum Geburtstag eingeladen wurde«, erinnerte er sie. »Und ich kann Alf nicht mal eben eine SMS schicken.«

»Ja, richtig. Danke, dass du da warst!«

»Geben deine Verehrer jetzt Ruhe? Ich habe ein Gästezimmer, falls du den Fake noch glaubwürdiger gestalten willst«, bot er grinsend an.

Sie lachte. »Ich muss die halbe Nacht spülen!«

Er blickte über die Geburtstagsgesellschaft, die Unmengen an Essen, die benutzten Gläser und sah sie bedauernd an. »Schaffst du das bis morgen?«, fragte er zweifelnd. »Und bleibt es beim Spieleabend? Wir treffen uns um acht bei Dorian in der Mainzer Straße.«

»Ja, klar. Viel Spaß im Wald!«

Sie sah die Großmutter in der Küche spülen, bemerkte ihren schwerfälligen Schritt. »Lass das doch, Großmutter, ich räume auf!«

Vorsichtig drückte sie ihre Oma auf den Stuhl, nahm ihr den Schwamm aus der Hand. »Hat dir dein Geburtstagsfest gefallen?«

»Ja«, meinte die alte Gloria, musterte sie prüfend. »Und ich habe mich gefreut, den jungen Mann kennenzulernen. Warum hast du ihn uns nicht schon früher vorgestellt?«

»Tim? Er ist ein Freund«, antwortete sie ausweichend.

»Das ist er wohl. Indem du ihn hier als Partner präsentierst, hat er die anderen Interessenten abgeschreckt, die ich für dich passend finde. Aber ich habe es eben ernstgemeint: Er passt zu dir, Enkelin!«

Lori spülte die Teller voller Hingabe, vermied ihren forschenden Blick. »Wie meinst du das?«

»Er ist genauso gescheit wie du und hoch gebildet. Ich habe ihn beobachtet: Er spricht mit deinem Vater über Energiethemen, mit deinem Bruder über Computerspiele, deiner Mutter erklärt er die Vorzüge saarländischer Küche. Er vertritt urkommunistische Themen selbstbewusst in einem Kreis von Exilrussen. Und er hat Manieren, die sogar Leute vom alten Schlag wie mich beeindrucken. Aber verliebt bist du nicht in ihn«, analysierte sie gewohnt scharfsinnig. »Wer ist er?«

»Er ist mein Kollege«, gestand Lori verlegen.

»Gloria, mein Kind, jetzt lässt du das Spülen und setzt dich zu mir. Du bist verliebt und bringst doch nur einen Kollegen mit? Erzählst du mir von dem Mann, der dich wirklich interessiert?«

»Ach Großmutter«, seufzte sie. »Wie geht es dir?«

»Geht so.«

Lori ließ den Schwamm fallen. »Was ist los, Oma?«

»Setz dich Kind, wir sollten reden.«

Die alte Gloria hatte ihr zugehört.

»Du schwärmst für einen Mann, der 23 Jahre älter ist als du selbst? Ich kenne ihn nicht, aber mir fällt einiges auf und verzeih, dass ich meine Meinung äußere. Lori, der Mann lebt in einer anderen Generation als du. Vielleicht hat er Kinder in deinem Alter. Möchtest du einmal Mutter werden?«

Lori verdrehte die Augen. So weit waren sie doch wirklich nicht!

Die Großmutter überging die Geste. »Und nun stell dir vor, du triffst dich mit deinen Freunden. Werden sie ihn akzeptieren? Wie wird er sich in einer Runde fühlen, deren Mitglieder zwanzig Jahre jünger sind als er? Worüber werdet ihr sprechen? Du bist meine Prinzessin, Gloria, und du wirst jede gesellschaftliche Rolle ausfüllen, die auf dich zukommen wird, da habe ich keinerlei Bedenken. Jeder Mann, der sich mit deiner Schönheit schmücken darf, wird sich geehrt fühlen. Aber du bist mehr als schön; du bist klug und sollst deinen Weg gehen. Ich wollte dich nicht so sehr unter Druck setzen, dass du mir einen Freund als Verlobten vorstellst, nur damit ich Ruhe gebe. Ich habe einen Fehler gemacht!«, gab sie unumwunden zu. »Ich wünsche mir doch nur, dass du glücklich bist. Und ich habe mir auch gewünscht, deinen zukünftigen Mann noch kennenzulernen, habe von Urenkeln geträumt…« Ihre Stimme verklang.

»Oma, was ist mit dir?«, fragte Lori besorgt. Lag Viggi mit seiner Vermutung richtig, dass die Großmutter verschwieg, wie sie sich fühlte?

»Ich fühle mich schwach und habe Atemnot«, bekannte die Oma.

Der Schreck fuhr Lori in die Glieder. »Wir gehen am Montag zum Arzt«, meinte Lori drängend.

Doch die Großmutter schüttelte abwehrend den Kopf. »Wozu, Kind? Meine Zeit läuft ab und ich will bei euch sein, nicht in der Klinik. Und du wirst den Richtigen heiraten, zu deinem Zeitpunkt.«

»Ja, das werde ich«, versprach sie.

»Und ich kenne ihn hoffentlich schon!«

Sie konnte es nicht lassen, ihre Manipulation.

Falk lag wach.

Seit einer Stunde gab er sich beruhigenden Gedanken hin, auch erotischen Phantasien; versuchte gar, zu meditieren. 1:51 Uhr meldete seine Uhr erschrocken, fast als wolle sie selbst ruhen. Tiefgrün schimmerte es hinter seinen Augen. Nein, er hatte keinen Termin verpasst, alle Aufgaben erledigt. Warum konnte er nicht schlafen?

Jetzt half nur noch Eines. Müde stand er auf, ging hinüber in den Hauswirtschaftsraum. Kontrollierte den Wasserstand, füllte nach und schaltete seine Bügelstation ein. Suchend sah er sich um, ahnte das nächste Übel. Der Wäschekorb war gähnend leer, die Waschmaschine rotierte noch leise. Es gab nichts zu bügeln, das konnte nicht wahr sein! Hatte er einen ähnlichen Anfall in den vergangenen Nächten schon einmal erlebt? Nein, da hatte er geschlafen. Wo war die gewaschene Wäsche? Er hob doch immer einen Korb für Notfälle auf. Doch hier herrschte gnadenlose Ordnung.

Im Küchenschrank? Nein, alles akkurat.

Johannas Zimmer! Sie hatte ein Kontingent an Kleidung zurückgelassen, um mit wenig Gepäck reisen zu können.

Er betrat den Raum, öffnete den Schrank.

Nein, hier hatte er schon gewütet, wie sie es nannte. »Gebügelte Unterwäsche und Socken? Ich bitte dich, Papa! Und meine BHs vertragen kein Bügeleisen!«

Die Blusen hingen in säuberlichem Abstand an der Stange, alle Pullover waren gedämpft. Die Jeans würde sie kräftig durchkneten, bevor sie sie trug und die Stofftaschentücher mit dem Spitzenbesatz, die er ihr geschenkt hatte, um sein Wäscheaufkommen zu vergrößern, nutzte sie nie. Die weiße Leinenbettwäsche lag gestärkt und sorgsam mit Lavendelsäckchen verpackt daneben. Nein, gebügelte Wäsche noch einmal zu behandeln, führte nicht zum gewünschten Effekt, brachte ihm keine Ruhe.

Der Schrank im Bad gab ebenfalls nichts her; alle Handtücher lagen wie abgezirkelt in Reih und Glied.

Die Waschmaschine schleuderte, aber nasse Wäsche konnte er nicht glätten. Seufzend drehte er sich um, ging zurück ins Schlafzimmer, begann sein Bett neu zu beziehen. Das würde eine Maschine füllen, zusammen mit dem Duschtuch vom Abend.

Er brachte den Packen in den Bügelraum, in dem die Station nun leise piepte, Einsatzbereitschaft signalisierte. Das Türlicht der Waschmaschine blinkte auf, doch er öffnete zuerst den Trockner und atmete erleichtert auf. Johannas Abschiedsgeschenk: Zwei Hosen, drei Blusen, die Regenjacke und doch mindestens fünf Paar Socken. Alles knochentrocken und ordentlich zerknittert: Ideal! Das würde ihm eine halbe Stunde schenken.

Falk warf die Wäsche in den Korb, transferierte den Nachschub in den Trockner, setzte die neue Maschine auf. Nahm das Ärmelbügelbrett und die erste Bluse, wog die Dose mit der Sprühstärke in der Hand.

In einer Stunde würde er schlafen, tief und fest.

11

Samstag, 9. Oktober

Viggi parkte den Wagen, schaltete das Licht aus und zog den Reißverschluss seiner Daunenjacke zu. Empfindlich kühl war es an diesem Morgen. Das Autothermometer hatte zum ersten Mal in diesem Herbst Frostalarm gemeldet und dichter Nebel lag unten über dem Talkessel. Bis zum Morgengrauen würde es noch eine Stunde dauern, doch Alf hatte ja auf den Nachtspaziergang bestanden. Er war wirklich etwas verrückt, aber die Verrückten mochte Viggi. Diejenigen, die von anderen Menschen ein wenig schief angesehen wurden. Wie oft hatte ihn selbst solch ein Blick getroffen!

Er schaltete seine Taschenlampe ein und ging zur Kirche hinüber. Sie wirkte verlassen, Alf war nicht zu sehen. Hatte der seltsame Alte verschlafen?

Ein Flüstern neben seinem Ohr ließ ihn zusammenfahren. »Ei, dóó bischt de jóó doch, Jungche. Hätt nitt gedenkt, datt de noch kimmscht unn war schon fott! Awwer dann hann eich dat Feijer von de Lomp dóó gesíien. Awei fehlt nur noch e Bimmel uff denem Deez. Kee Wunner, datt ihr de Bommeleeër nitt krííet!« Alf schüttelte den Kopf, musterte ihn kurz, nickte. »Dei Schuh sinn heit gutt. Nu mach awwer die Lomp aus, wenn de mitkummen maanscht.«

Noch den breiten Dialekt übersetzend, knipste Viggi die Taschenlampe aus. Er hatte ihn nicht kommen hören, schoss es durch seinen Kopf. Der Alte schlich fast lautlos.

»Nuu kumm schóó, mir sinn hinnerhott!«

Wollte er seinen Führer nicht verlieren, musste er sich sputen.

Am Fuß des Steilhangs verließ Alf den Weg, folgte einem Pfad durch Unterholz, den nur er kannte. Viggi griff nach seiner Lampe, hörte ein warnendes Knurren. »Wenn du die brauchst, kannst du gleich wieder zurück in die Stadt fahren.«

»Aber ich sehe nichts«, gab Viggi zurück.

»Du siehst genug. Du musst den Wald mit allen Sinnen erfassen, dann findest du den Weg. Du musst hören!«, wies Alf ihn mit scharfer Stimme an, blieb stehen.

Hören? Viggi vernahm noch immer das Rauschen vereinzelter Autos auf der Autobahn am Ende des Tales. Ansonsten? Ein Rascheln unter den Bäumen, der Schrei eines Kauzes, ein seltsames Bellen drang an seine Ohren.

»Das sind die Füchse«, murmelte Alf, gab ihm noch einen Moment Zeit.

Eine leichte Brise wehte vom Hügel herab, der Himmel darüber war sternenklar. Viggis Augen gewöhnten sich an die Dunkelheit, er nahm Schatten in der Nacht wahr; ein feuchter, moderiger Geruch stieg vom Waldboden auf.

»Und nun los«, murmelte der Alte, lief mit sicherem Schritt in die Dunkelheit.

Sie stiegen steil bergan und Viggi schwitzte. Er rutschte auf moosbewachsenen Steinen aus, ein Ast schlug ihm ins Gesicht, ritzte seine Wange auf. Er stolperte über Wurzeln und durch Matschlöcher, das Wasser lief eiskalt über den hohen Schaft seiner Schuhe. Das war das härteste Geländetraining, das er je absolviert hatte.

Am Gipfel traten sie aus dem Wald heraus und Viggi konnte die Leuchtfeuer der Windräder in der Nähe sehen. Ein Rudel Rehe stand auf dem abgeernteten Acker, wie er schemenhaft erkannte. Doch es gab keine Pause, weiter ging es, über das Feld hinunter, in das nächste Waldgebiet. Warum nutzten sie nicht die Wege?

Alf stieg über umgestürzte Bäume, Viggi rutschte erneut aus. Auf einer zugewucherten Lichtung folgte Alf einem seltsamen

Laut, fand ein Kaninchen in einer Schlingenfalle. Vorsichtig nahm der den Draht ab, untersuchte das Tier auf Verletzungen, ließ es wieder laufen. »Diese Quälereien reichen ihm nicht mehr, aber ich werde ihn kriegen!«, drohte er wütend.

Noch bevor Viggi fragen konnte, was er damit meinte, war die kurze Verschnaufpause vorüber, Alf lief mit zügigem Schritt weiter. Der Alte ist wirklich fit, stöhnte Viggi. Er fand den Weg nun leichter, es dämmerte.

Zwei Stunden später standen sie auf einer Viehweide hoch über einem anderen Flusstal, das ebenfalls im Nebel lag. Viggi sah sich um, konnte die steilen Rauchwolken des französischen Atomkraftwerks Cattenom erkennen. Heute waren nur drei der vier Meiler in Betrieb. Sie hatten das Dreiländereck an der Mosel erreicht.

»Dort hat es angefangen, Tim, aber hier müssen wir es zu Ende bringen.« Alf blickte über den Fluss hinweg nach Luxemburg.

»Was hat dort angefangen? Führst du einen Krieg gegen Jäger und Wilderer?«, fragte er immer noch außer Atem.

Alf lachte kurz auf. »Nein, Jungchen, die sind harmlos. Du musst ganz andere jagen, aber ob du sie schnappst, werden wir sehen. Diese Nummer ist zu groß für dich!«, warnte er. »Doch irgendwann muss es aufhören, sonst geschieht noch ein Mord wie der an Bertrand. Schon vor 18 Jahren wurde der Plan auf Eis gelegt, doch er hat weitergemacht, konnte nicht loslassen. Wie ein junger Bursche hat er daran geglaubt. Alles Quatsch!«, urteilte er abfällig.

Alf musterte ihn scharf und Viggi wusste in diesem Moment, dass der Alte kein Trottel, kein durchgeknallter Umweltschützer war. »Was war das für eine Sache?«

Alf wandte sich ab, sein Blick schweifte über das Moseltal. »Du willst es versuchen, Tim? Das Rätsel lösen, das zu groß für dich ist?« Abwägend schüttelte er den Kopf. »Ich bin damals hierher gekommen, um mich aus allem zu lösen, doch Bertrand hat den Krieg im Geheimen auch in dieses Land getragen. Hier lebt er weiter, mit einem neuen Chef, der seine eigenen Ziele verfolgt, in einer Welt, die ich nicht mehr verstehen will. Selbst Bertrand wusste nicht mehr, wem er dient; Nr. 1 kannte er nicht. Wer regiert das putzige Saarland, die verschlafenste Ecke der Welt, Tim? Du bist ein heller Kopf und wir müssen auf die Jungen vertrauen; alle Älteren hängen schon zu fest am Haken.«

Alf sprach nun reines Letzeburgisch und Viggi fiel es schwer, seinem Murmeln zu folgen. Der Alte brabbelte nicht mehr und hatte eine Haltung angenommen, die Viggi als militärisch diagnostizierte.

»Von welcher Sache spricht du da?«, wiederholte er.

Der Alte sah ihn an. »Keine Sache, sondern der Plan. Der Plan, Tim! Bertrands Tod hat die alten Kontakte aufgeschreckt und ich muss achtgeben. Ich kann dir nicht dabei helfen, du musst es selbst herausfinden. Aber einen Hinweis gebe ich dir: c23Y78. Wenn du es verstanden hast, melde dich wieder bei mir. Und jetzt zeige ich dir, was du eigentlich gesucht hast.«

Er drehte sich um und lief wieder los.

Viggi seufzte bei dem Gedanken an den Rückweg, doch nun ging es fast nur noch bergab. Nach wenigen Minuten hatten sie den Wald wieder erreicht und Alf wies auf einen Baumstumpf: »Da saß der Zünder, hier das Dynamit. Und die sagen, ein Blitz habe die Tanne gefällt!«

Viggi untersuchte die zerfaserte Bruchstelle, erkannte die Schmorstellen. Er nahm Handschuhe und Probenbeutel aus der Tasche, kratzte ein wenig Material ab. Nein, das war kein Blitzschlag gewesen. »Wie hast du den Baum gefunden?«, fragte Viggi erstaunt und sah sich im dichten Wald um.

»Sie haben eine Zündschnur benutzt und der Gestank liegt noch Stunden später in der Luft«, meinte Alf und zog ihn gleich weiter. »Es ist schon Monate her und du wirst keine Spur zum Auswerten finden.«

Viggi fand kaum die Zeit, den Probenbeutel zu beschriften. Würde er die Tanne jemals wiederfinden? Im Gehen speicherte er die Geoposition auf seinem Smartphone und stolperte Alf hinterher. Seine Waden schmerzten.

Die nächste Station war eine seit Jahren nicht genutzte Schranke auf einem Forstweg. Ein Halter hing verbogen auf dem Weg, die verrostete Querstange lag von Unkraut verdeckt am Wegrand. »Hier wurde ein elektrischer Zünder eingesetzt. Die Reste der Batterie habe ich dort hinten gefunden, aber euch hat es ja nicht interessiert.«

Noch drei weitere Fundstellen zeigte ihm Alf auf seinem gewundenen Weg durch das Gehölz. Nicht einmal eine Stunde später standen sie vor Alfs Hütte. »Kommst du noch mit herein? Ein Frühstück tut uns jetzt gut!«, lud er ein.

Viggi betrat die Hütte, ließ sich erschöpft auf den Stuhl fallen. Hatte der Waldkauz ihn tatsächlich drei Stunden bei Nacht und Nebel durch unwegsames Gelände gehetzt, um ihm letztendlich Tatorte zu zeigen, die man bei einem gemütlichen Spaziergang erreichen konnte?

Alf feuerte den Ofen an und schöpfte Wasser aus dem Schiffchen. »Hier, wasch dir das Gesicht, danach verarzten wir die Schramme auf deiner Wange. Du hast dich gut gehalten, Jungchen. Früher hätte ich dich ausgebildet, aber die Zeiten sind vorbei.« Er wandte sich ab und setzte den alten Kessel auf die Herdplatte. »Rühreier mit Schinken und Brot! Und einen Kaffee. Magst du das?«

Viggi nickte stumm.

Was hatte der Waldkauz angedeutet?

Viggi schraubte sich die Serpentinen nach Mettlach hinab und rekapitulierte das Gespräch. Der Plan, ein Geheimkrieg im Saarland, Nr. 1. Was hatten diese Vorgänge mit dem Sprengstoffattentat und dem Tod von Zimmer zu tun? Welche Sache war zu groß für ihn, für die Polizei? Den Code, den Alf ihm im Wald genannt nannte, hatte Viggi zehnmal im Geist wiederholt, um ihn nicht zu vergessen. Doch zunächst musste er überprüfen, ob der Alte die Wahrheit gesagt hatte, als er behauptete, er habe seine Beobachtungen gemeldet.

In Mettlach bog er ab, hielt auf dem kleinen Parkplatz, der dem Polizeiposten gegenüber lag. Die Wache sah geschlossen aus. Zwei Zimmerchen in einem Dreifamilienhaus, sicher nicht mehr. Es gab keinen Parkplatz für die Einsatzfahrzeuge. Er stieg die Stufen hinauf, klingelte. Nach einiger Wartezeit drehte er sich um, wollte wieder gehen, als Keller ihm die Tür öffnete.

»So früh schon auf den Beinen, Viggi?«

»So früh?«, schnaubte er, aber Franz-Josef grinste. »Ja, halb elf am Samstagmorgen finde ich früh. Ich stehe am freien Wochenende nicht vor 11 Uhr auf.«

»Ja, ich normalerweise auch nicht«, gab Viggi zu.

»Was führt dich her?«, fragte Franz-Joseph nun interessiert.

»Ich möchte die Meldungen ansehen, die Alf Pütz gemacht hat.«

»Der Depp hat es dir angetan, nicht wahr?«, lachte der Kollege. »Aber du liegst falsch, wie Nadine es schon gesagt hat.«

»Wo finde ich die Akten?« Viggi ließ sich nicht beirren.

Keller wies ihm den Weg. »Im Computer. Du kannst den im Archiv benutzen, dort entlang.«

Viggi klickte langsam durch die Loseblattsammlung. Fünfzehn Anzeigen von Alf existierten. Der aktuellste Eintrag berichtete von dem Lagerfeuer der Jugendlichen, im Mai hatte er von der umgestürzten Tanne berichtet. Umgestürzt? Viggi öffnete die Akte, sah den Vermerk: »Der Zeuge berichtet, dass die Tanne gesprengt wurde. Die Position des Baumes ließ sich aufgrund der der vagen Angaben nur schwer ausmachen. Ein Ortstermin erbrachte den Beweis, dass der Baum vom Blitz getroffen wurde.«

Viggi schüttelte den Kopf, öffnete den nächsten Ordner: Die Sache mit der Füchsin. Man habe eine verendete Fähe gemeldet, ohne Anhalt auf Tollwutverdacht, hieß es lediglich. Der Forstaufseher war informiert worden.

Im Januar hatte Alf die zerstörte Schranke im Wald angezeigt. Da sie seit Jahren ihre Funktion verloren habe, weil der Weg durch eine neue Schrankenanlage geschützt sei, maß die Polizei dem Vorfall keine weitere Bedeutung zu. Die Kollegen waren zu einer Einschätzung aus der Ferne gelangt; der Vorfall wurde der Akte Alfi hinzugefügt.

Wie konnte es soweit kommen, dass die Polizei Alf nicht ernst nahm? Viggi blätterte weiter zurück.

Fälle von Tierquälerei, unerlaubtes Campen im Wald, Müllablagerungen, verbotenes Befahren von Waldwegen mit motorisierten Fahrzeugen. Das waren alles Lappalien und Viggi konnte das Verhalten der Ordnungskräfte nun nachvollziehen. Alf hatte sich durch das Melden von Kleinigkeiten lächerlich gemacht, deshalb hatte man seinen späteren Beobachtungen keine weitere Beachtung mehr geschenkt.

Viggi war bei der ersten Meldung angelangt, einer Öllache auf einem gesperrten Waldweg bei Wehingen. Hier hatte man Alfs Daten genauestens erfasst, doch den Namen falsch geschrieben: Alfons Putz, geboren am 2. Februar 1947 in Schengen, Luxemburg, das nur wenige Meter vom deutschen Nachbarort Perl entfernt lag, lediglich durch die Mosel getrennt. Eine korrekte Anschrift fehlte bereits bei dieser ersten Meldung. Hatte sich niemand für seinen Wohnort interessiert, weil er lediglich eine Bagatelle gemeldet hatte? Viggi notierte sich das Datum der ersten Anzeige. Alf lebte tatsächlich seit sechs Jahren im Wald.

Er schaltete den PC aus.

Franz-Joseph grinste, als er zu ihm zurückkehrte. »Na, bist du nun kuriert? Reine Zeitverschwendung am Samstagmorgen. Du hättest besser ausgeschlafen!«

Viggi zuckte die Achseln, verließ den Polizeiposten. Nun würde er einkaufen und mindestens drei Stunden schlafen, mit Ohrschützern und niemand würde es wagen, ihn zu stören. Den Sonntag würde er dem Code opfern, falls die Spielenacht mit Lori, Kathrina und Dorian vor 4 Uhr am Morgen endete.

12

Yann legte den Weg zur Haustür im Spurt zurück. Ein richtiger Wolkenbruch war das, obwohl der Morgen so klar begonnen hatte und doch schönes Wetter vorhergesagt war. Den letzten Grillabend des Jahres konnten sie streichen; hoffentlich hatte Moritz einen alternativen Menüplan für das Essen mit Falk am Abend.

Er betrat das Haus, legte seinen Schlüssel auf der Kommode ab, las Moritz´ Nachricht. »Bin einkaufen. Die Rinderhüfte schmeckt auch als Braten. Ruh´ dich aus!«

Auch Moritz hatte den Wetterumschwung bemerkt. Yann ging in die Küche hinüber, schenkte sich ein Glas Tee ein. Es war eine lange Nacht gewesen im Krankenhaus am Rande der Stadt. Seine Ablösung hatte verschlafen und er hatte noch die Visiten auf den internistischen Stationen absolviert. Falk kam erst um fünf; er konnte mindestens zwei Stunden schlafen, bevor sie gemeinsam das Essen vorbereiten würden. Kochen mit Moritz war eine schöne Beschäftigung an einem verregneten Nachdienstsamstag. Yann lächelte und trat ans Fenster. Der Regen schlug gegen das Haus, er beobachtete einen Blitzeinschlag hinter Walpershofen. Er leerte das Glas, als sein Blick auf einen hellgrünen Punkt auf der Terrasse fiel. Yann fixierte die ungewöhnliche Erscheinung durch das regennasse Fenster, erkannte den Menschen, der regungslos auf der Bank saß. Dora! Stocksteif saß sie im Gewitterregen, hatte noch nicht einmal die Kapuze ihrer Jacke übergezogen.

Nicht Dora, nicht heute, schoss es ihm durch den Kopf. Diese Frau war Stacheldraht in Person, abweisend wie ein Igel in Verteidigungsposition. Wollte sie Viggi besuchen?

Er beobachtete sie, seufzte. So konnte er sie nicht dort unten sitzen lassen. Er nahm einen Schirm, stieg die Treppe hinunter, öffnete die Glastür zum Garten. »Dora? Ich habe hier einen Schirm«, bot er an.

Doch sie drehte sich nicht zu ihm um und schüttelte den Kopf. »Ich verschwinde gleich.«

»Ist Tim nicht da?«

»Er schläft und dabei stört man ihn besser nicht!«

Yann bemerkte die geschlossenen Rollläden an Viggis Schlafzimmerfenstern. »Komm doch herein«, bot er schweren Herzens an.

»Ich bin gleich wieder weg«, lehnte sie ab.

Yann verdrehte die Augen. »Die Tür ist offen«, merkte er an, zog sein Handy auf dem Weg nach oben aus der Tasche, sandte eine SMS.

Moritz sah auf das Display, legte gleichzeitig seine Einkäufe auf das Band. »Notfall! Wo steckst du?«, fragte Yann.

Er wählte die Nummer. »Was ist los?«

»Dora sitzt stocksteif unten in unserem Garten, ahmt die Sphinx nach. Ohne Kapuze oder Schirm.«

Moritz klemmte das Handy zwischen Schulter und Ohr, warf einen Blick in den Gewitterregen. Ja, das hörte sich nach einem Notfall an. Er schob die Kreditkarte ins Terminal, antwortete: »Ich komme. Bin in zwanzig Minuten zurück.«

»Bleibt sie auch zum Essen?« Moritz bemerkte Yanns müde Stimme.

»Weiß ich nicht, aber es reicht für alle. Geh ruhig schlafen, Yann.«

»Okay, bis später«, hörte er ihn erleichtert antworten.

Eilig packte Moritz seine Einkäufe in den Wagen. Theo hatte ihm die Eiseskälte beschrieben, die manchmal in ihr aufstieg, sie lähmte. Deprischub im Bett war eine Sache, im Gewitterregen eine andere. Moritz knallte den Kofferraum zu, übergab den Einkaufswagen mit der Euromünze an einen Obdachlosen, der hoffnungsfroh wartete, fuhr los.

Er setzte sich zu ihr auf die Bank. »Herrliches Wetter, um draußen zu sitzen«, stellte er fest. »Macht Laune auf einen heißen Tee. Soll ich dir einen bringen?«

»Nein.«

»Ärger?«

Sie reagierte kaum, ließ die Regentropfen auf ihr Gesicht fallen.

»Den Kopf kannst du noch drehen?«

Dora wandte sich ihm kurz zu. »Ja.«

Moritz wagte sich vor. »Theo, es gibt kein Problem, mit dem du nicht zurechtkommst, aber deine Einsamkeit bringt dich noch um. Und ich glaube nicht, dass niemand existiert, der dich interessiert. Ich habe von meiner früheren Kollegin gelernt, die Signale der Körpersprache zu erkennen und an deinem Geburtstag hattest du deinen Panzer ein wenig gelockert. Aber ich konnte nicht eruieren, wem wir diese hoffnungsfrohe Entwicklung verdanken?«, fragte er überspitzt.

Sie seufzte. »Es waren sogar zwei, die ich gerne näher kennenlernen wollte, aber beide haben sich bereits disqualifiziert«, gab sie zu.

Er hatte das richtige Thema getroffen. »Disqualifiziert? Wodurch?«

Sie warf ihm einen kurzen, forschenden Blick zu und er erkannte ihr Ringen um Offenheit. Dann wandte sie sich wieder ab und sprach in den Gewitterregen. »Der eine heiratet einen alten Mann, der andere steht auf Frauen im Alter seiner Tochter.«

Moritz konnte das Zusammenzucken nicht verbergen. »Falk? Und Yann?«, fragte er ungläubig. »Ich nehme an, der alte Mann bin ich?«

Durch kein Zeichen verriet sie, dass er richtig lag, aber sie widersprach auch nicht. Blitzschnell sortierte Moritz seine Gedanken, setzte Prioritäten, um die verfahrene Situation zu analysieren. Theo reagierte distanziert, manchmal sogar abweisend, wenn sie auf Yann traf. Sobald Yann versuchte, durch ein Lächeln Kontakt zu ihr aufzubauen, war ihre Miene sofort erstarrt, drückte keinerlei Emotion mehr aus und er fühlte sich zurückgestoßen. Ja, überlegte er weiter, dem direkten Blickkontakt zu Yann wich Theo aus. Wenn er jedoch zu dem gemeinsamen Freundeskreis sprach, hatte sie ihn interessiert, sogar fasziniert beobachtet, als sei er ein Studienobjekt. Schon oft hatte Moritz sich gefragt, was sich hinter ihrem befremdlichen Verhalten verbarg und angenommen, dass die Vertrautheit zwischen den beiden im Laufe der Zeit zunehmen könnte und sie eine freundschaftliche Basis finden würden. Er sprach seinen Gedanken laut aus. »Warum Yann, Theo?«

Sie schnaubte. »Da gibt es kein Warum! Oder soll ich die Frage zurückgeben?«

»Nun sei doch nicht so kratzbürstig! Ich kann dir tausend Gründe nennen, warum ich glücklich bin. Aber ich hatte nach dir gefragt«, antwortete er leise. »Seit wann fühlst du so?«

Sie vermied seinen Blick, sprach zögernd. »Schon als er damals nach unserem ersten Gespräch gelächelt hat, habe ich meine Reaktion nicht verstanden. Was er in mir freigesetzt hat, empfinde ich als völlig dyston. Es passt einfach nicht zu mir!« Sie schüttelte verzweifelt den Kopf. »Damals entschied ich, mich von dem Zeugen fernzuhalten. Zum nächsten Gespräch mit ihm war ich gezwungen. Falk half mir und ich dachte, es sei überstanden. Doch dann mussten wir ihn in diesem Krankenhauskeller reanimieren; Viggi war schon auf den Tisch gestiegen und wir durften keine Sekunde verlieren. Ich habe ihn als Opfer in Not gesehen und versucht, alles in mir abzuschalten, als ich ihn beatmet habe, und trotzdem…« Die letzten Worte hatte sie nur noch geflüstert und nun sprach sie nicht weiter.

Moritz ließ ihr Zeit.

Sie wandte den Kopf, sah ihn entschuldigend an. »Ich verstehe es selbst nicht, Moritz, deshalb kann ich dich noch nicht einmal um Verständnis bitten. Glaube mir, ich bin glücklich, dass ihr euch gefunden habt. Ich habe versucht, das Phänomen Yann zu verstehen, aber mein Blick ist getrübt und ich kann nicht auf meine bewährten Strategien zurückgreifen. Mein Kopf versagt mir den Dienst, sobald Yann sich mir freundschaftlich zuwendet, lächelt. Dann bleibt mir nur die innere Flucht, das Erstarren meiner Gefühle, um mich nicht zu verraten. Ich will dieses Sehnen, das er in mir auslöst, nicht spüren, weil es auf einer ganz archaischen Ebene abläuft, die ich nicht einmal benennen will. Das bin nicht ich, das ist ein Instinkt, über den der Homo sapiens längst hinweg sein sollte!« Jetzt wirkte sie ärgerlich. »Ist ja auch egal; Yann ist disqualifiziert, weil er dein Partner ist und Ende!«

Moritz fühlte sich von ihrem Geständnis überfahren und außerstande, eine geeignete Antwort zu finden. Er besann sich auf den zweiten Punkt der Prioritätenliste, die er eben erstellt hatte. »Aber nicht Yann hat dich heute in diesen Aufruhr versetzt«, stellte er fest. »Was hat Falk angestellt? Am letzten Wochenende dachte ich, dass ihr euch besser versteht.«

Sie grummelte abwehrend. »Ach, lassen wir jetzt diese blöden Geschichten!«

Moritz sah beinahe das Schneckenhaus um sie herum wachsen, das er so gut kannte. Und das fast ihre Freundschaft zerstört hatte! Er wollte den seltenen Augenblick der Verletzlichkeit nicht verstreichen lassen. »Theo?«, fragte er nach.

»Falk hat Kaffee getrunken!«, sagte sie trotzig.

»Aber Kaffeetrinken führt im Allgemeinen nicht zur Disqualifikation in der Welt der Theodora Singer«, stellte er lakonisch fest. »Wann, wo und mit wem hat Falk dieses unverzeihliche Verbrechen begangen, Frau Kollegin?«

»Heute, 12:45 Uhr, am Staden mit Lori«, beantwortete sie seine Fragen fast automatisch.

»Nehme ich richtig an, dass du oben auf deinem Lieblingsplatz auf der breiten Mauer gesessen und die beiden beobachtet hast?«

»Ich war weithin sichtbar, ich spanne nicht!«, verteidigte sie sich.

»So hatte ich es auch nicht gemeint. Aber was hast du denn gesehen?«, meinte er beruhigend.

»Das Treffen schien mir zunächst zufällig«, analysierte sie ihre Beobachtung in der Erinnerung. »Aber danach zeigten beide Seiten hundertprozentiges Flirtverhalten!«

Moritz nickte bedächtig. Der präzisen Einschätzung von Theo musste man vertrauen. »Falk und Lori, also. Glaubst du wirklich, dass mehr dahinter steckt?«

»Die Affinität ist bei beiden vorhanden und damit hat sich auch Falk disqualifiziert, ganz egal, was weiter zwischen ihnen geschieht. Ich werde sicher nicht mit einer zwanzig Jahre jüngeren und hochgeschätzten Kollegin um den selben Mann konkurrieren«, fasste sie ihre Entscheidung zusammen.

Jetzt war ihr Blick entschlossen und Moritz nickte. Falk würde er sich noch heute vornehmen. Er nahm ihre Hand. »Ich suche einen anderen für dich«, versprach er. »Aber nun kommst du mit mir ins Haus und stellst dich unter die Dusche. Du bist eiskalt!«

»Nein und ja! Auf keinen Fall wirst du versuchen, mich zu verkuppeln und Dusche klingt verlockend.«

Er stand auf, zog sie von der Bank. »Im Gästebad solltest du alles Notwendige finden und ich werfe inzwischen unsere nassen Klamotten in den Trockner.«

Auf dem Weg ins Haus berührte sie ihn noch einmal kurz am Arm, sah ihn bittend an. »Das war ein vertrauliches Gespräch?«

»Natürlich!« Er hätte Yann von ihrem Geständnis auf keinen Fall berichtet.

»Erwartet ihr noch jemanden?«, fragte Falk, als er das vierte Gedeck sah.

»Wir dachten, du bringst Lori mit«, erklärte Moritz.

»Aber wie kommt ihr denn darauf?«, fragte Falk überrascht.

»Rauchzeichen über der Stadt beobachten wir besonders gerne. Wir müssen auch über den neuesten Tratsch auf dem Laufenden sein«, meinte Moritz ironisch, während Yann das Geschirr wortlos wieder abräumte.

Doch Falk war nicht nach Witzen zumute. »Was soll das heißen?«

»Du hast mit Lori einen Kaffee getrunken und geflirtet. Wir dachten, du bringst sie zum Essen mit.«

»Nein, ich habe nicht geflirtet!«, verteidigte sich Falk. »Jetzt mal im Ernst: Wie könnt ihr davon wissen?«

Yann erlöste ihn. »Dora war hier.«

Falk erstarrte. »Dora? Sie hat uns gesehen?«, horchte er erschrocken auf.

Moritz seufzte. »Ja, sie hat euch gesehen, wie die Hälfte der Stadt. Wenn du so eine Affäre mit Lori beginnen willst, hättest du es auch gleich in die Zeitung setzen können. Nun fragt sich das Saarland, wer die schöne Begleiterin des Leitenden Oberstaatsanwalt in spe ist.«

»Um Himmels Willen!« Falk wirkte versteinert. »Das Treffen mit Lori war reiner Zufall! Ich hatte auf Dora gewartet, weil ich weiß, dass sie um diese Zeit dort oft mit dem Fahrrad vorbeifährt!«

»Zufälle gibt es nicht!«, meinte Moritz streng. »Theo war schon vor dir dort. Sie sitzt meist oben auf der Mauer und beobachtet die Menschen, freut sich an dem Treiben. Aber heute war die Freude eher ein Albtraum!«

Falk fuhr sich durchs Gesicht, schüttelte den Kopf und sah auf. »Und jetzt?«

Moritz schnaubte. »Du kennst sie doch: Jetzt sitzt dein Schneewittchen wieder in ihrem Glassarg mit der Tiefkühlung.«

»Schneewittchen?«, fragte Yann verwirrt.

»Ja, so nennt Falk sie. Mit der Betonung auf der ersten Silbe.«

Yann grinste. »Äußerst treffend, Falk!«, lobte er.

Moritz zuckte unter der Beleidigung seiner Freundin zusammen und Yann bemerkte seine Reaktion. »Entschuldige! Aber sie macht es anderen wirklich nicht leicht!«

Moritz nickte kurz, fühlte sich bedrückt. Wann hatte Theo sich so verändert? Wo war Theo, die alte Theo geblieben? Er erinnerte sich an Jahre mit einer intelligenten, oft witzigen Kollegin, deren scharfer Verstand ihn beeindruckt hatte. Und an eine Nacht voller Liebe und Leidenschaft. Darüber würde er auch weiterhin nicht sprechen, nicht einmal mit Yann. Doch wie sehr hatte sie sich verändert! Ein Gefühl von Trauer um Theo stieg in ihm auf. »Was hast du vor, Falk? Solch ein Doppelspiel belastet nicht nur Theo und Lori«, warnte er.

»Das ist doch kein Doppelspiel«, setzte er sich zur Wehr. »Ich hatte auf Dora gewartet, dachte, wir könnten uns über den Fall unterhalten, unsere Wanderung planen. Die Verwicklungen, die du da andeutest, möchte ich auf keinen Fall!«

»Sie wollte mit dir wandern?«, horchte Moritz auf.

»Ja, in zwei Wochen, im Nordsaarland.«

Plötzlich verstand Moritz. Theo hatte den ersten Schritt gewagt, hätte Falk in ihre Welt eingelassen, auf einer ihrer Wanderungen, die selbst er als Freund nicht ein einziges Mal begleiten durfte. Falk ahnte nicht einmal, welche Verletzung er ihr zugefügt hatte, weil er ihre komplizierte Psyche nicht kannte. Moritz fühlte mit Theo und konnte seinem Freund doch keinen Vorwurf machen. Er bemerkte Falks Aufruhr und setzte sich zu ihm an den Tisch. Yann gab ihm ein Zeichen, dass er sich zurückziehen würde, aber Moritz schüttelte den Kopf. Yann sollte sich nicht ausgeschlossen fühlen. Er winkte ihn heran.

Yann folgte seiner Aufforderung. »Ob du diese Entwicklung mit Lori möchtest oder nicht, ist irrelevant«, wandte er sich an Falk. »Das läuft doch schon«, berichtete er seine Beobachtungen. »Lori ist völlig verknallt in dich und Dora wirkte am vergangenen Wochenende zum ersten Mal locker. Erinnerst du dich an ihren Lachflash? Den hatte ich ihr gar nicht zugetraut. Du bist der Katalysator, der mir Dora anders gezeigt hat, obwohl wir alle in Alarmstimmung waren, um Tims Familiengeheimnis nicht zu verraten.« Lächelnd schüttelte er den Kopf. »Ehrlich gesagt, ich verstehe euch nicht. Das ist ja schlimmer als bei den Teenies! Wird man so in eurem Alter?«

Moritz zuckte die Achseln, sah ihn liebevoll an. »Wenn man verletzt wurde, ist man vorsichtig. Wir Alten haben alle eine gescheiterte Ehe hinter uns und Vertrauen baut sich nur langsam wieder auf. Nicht alle Menschen sind so großzügig wie du.«

»Für mich gab es keine Alternative«, stellte Yann klar und Moritz war erleichtert. »Was ist denn nun mit Lori?«, wandte er sich an Falk.

»Es war nur ein Kaffee am Staden«, beendete Falk das Thema.

»Konntest du deiner Freundin helfen?«, fragte Yann, als sie am Abend die Küche aufräumten. »Sie ist wirklich seltsam. Was hat sie heute Nachmittag gesagt?«

»Yann, sie hat vertraulich mit mir gesprochen«, erwiderte Moritz bedauernd.

Yann nickte. »Ja, alles klar.« Er wandte sich ab.

Bedauern stieg in Moritz auf. »Yann, das ist keine Zurückweisung.«

»Ja, ist schon okay.«

»Aber dich belastet doch etwas?«

Yann warf ihm einen prüfenden Blick zu, seufzte dann. »Ja, deine Freundin belastet mich. Sie wird deine Trauzeugin, aber sollte sie nicht auch mich ein wenig respektieren? Sie behandelt mich bestenfalls wie Luft, im üblen Fall wie Aussatz; dreht sich immer weg, wenn ich versuche, freundlich zu ihr zu sein. Ich denke, sie ist sauer auf mich.«

Moritz schüttelte erstaunt den Kopf. »Warum sollte sie sauer auf dich sein?«

»Weil ich mich immer noch nicht bedankt habe!« Verzweiflung klang da mit. »Aber ich weiß nicht, wie ich mich bedanken soll!«

»Wofür willst du dich denn bedanken?« Moritz schaltete nicht, überlegte. »Weil sie dich damals angerufen hat, obwohl ich es verboten hatte?«

»Ja, auch dafür, aber das meinte ich nicht.« Yann warf ihm einen hilflosen Blick zu. »Wie bedankt man sich für sein Leben, Moritz? Soll ich ihr einen Blumenstrauß und Pralinen schicken? Vielleicht mit einer Karte: Danke fürs Reanimieren?«

Moritz ließ das Handtuch sinken. »Das ist es also? Die Ärzte haben dich reanimiert!«

Yann schüttelte energisch den Kopf. »Nein, es waren Viggi und Dora!«

»Wie kannst du das wissen? Du warst tot!«, flüsterte Moritz erschrocken.

Er rang um Worte. »Ja, ich war schon klinisch tot, trotzdem weiß ich, dass Lori das Arschloch in einer Ecke in Schach hielt, Viggi über mir kniete und Dora mich beatmet hat. Ich sehe die Bilder aus der Vogelperspektive vor mir, als hätte ich an der Decke geklebt. Viggi hat ihr etwas zugerufen und Dora hat genickt. Aber bevor sie meinen Kopf überstreckte, hat sie einen Moment gezögert. Ich glaube, sie wollte es nicht tun! Vielleicht weil sie dachte, ich hätte Sophie umgebracht. Sie hat ihre Pflicht getan und deshalb verdanke ich ihr, dass wir beide jetzt hier stehen. Aber sie wollte es nicht tun!«, wiederholte er mit Nachdruck.

Moritz hatte sich auf den Küchenstuhl gesetzt, es hatte ihm fast die Sprache verschlagen. »Das stimmt doch nicht, Yann!«, brachte er heraus. »Es ist sicher nicht so, wie du denkst!«

Yann schüttelte resigniert den Kopf. »Doch, so ist es; für mich macht ihr Verhalten sonst keinen Sinn. Sie dachte damals, dass wir uns nie wieder sehen. Aber nun ist sie zurück und ihr bester Freund eröffnet ihr, dass er heiraten will. Ausgerechnet den Mann, der längst tot sein sollte. Jetzt hat sie ein Problem, mit dem sie damals nicht rechnen konnte und deshalb ist sie so abweisend zu mir. Ich hätte mich längst bedanken müssen, aber wie kann ich das tun? Sobald ich mit ihr reden möchte, dreht sie sich weg. Sie gibt mir keine Chance.«

»Hast du dich schon bei Tim und Lori bedankt?«

Er nickte. »Ja, das war einfach. Als wir zum ersten Mal mit Tim hier zu Abend gegessen haben, habe ich es angesprochen, als du gerade in der Küche warst. Tim hat nur kurz gelacht und gesagt: ‚Ich war froh, dass ich dir keine Rippe gebrochen habe. Du warst meine erste Reanimation unter Echtzeitbedingung‘. Auch bei Lori hatte ich keine Schwierigkeiten. Sie schüttelte den Kopf und meinte am letzten Wochenende: ‚Ich war nur dabei. Es waren Viggi und Dora, die das übernommen haben.' Na, immerhin hat sie das ‚Du‘ akzeptiert. Sie ist ein wenig förmlich, nicht wahr? Als käme sie aus einer anderen Welt. Oder vielleicht hat sie mich immer noch unter Verdacht?«, versuchte er zu scherzen. »Nein, es läuft immer wieder auf deine Theodora hinaus, die mich nicht ausstehen kann! Und es ist ihre Haltung, beruht nicht auf Gegenseitigkeit, denn ich mag sie.«

Moritz schüttelte den Kopf. »Noch einmal: Es ist nicht so, wie du es siehst. Diese Reanimation war nicht eure erste Begegnung. Denk noch einmal darüber nach.« Das leise Läuten der Alarmglocke in seinem Kopf registrierte er, und ignorierte es bewusst.

Nr. 5 schaltete sein Walkie-Talkie aus und lehnte sich zufrieden zurück.

Er war nur das fünfte Rad am Wagen, doch er würde sie alle zu Fall bringen. Er hatte das Einsatzkommando gesehen, das sich am Nachmittag gesammelt und dann wild gestikulierend aufgeteilt hatte. Nun stolperten sie bei diesem Sauwetter in den Wäldern herum. Diese Idioten würden nichts finden, weil sie nicht wussten, wonach sie suchen mussten. Er selbst war der geniale Detektiv, der Bertrand auf die Schliche gekommen war. Und für wie schlau hatte er sich gehalten, der alte Recke der Brigade mobile! Hatte von seinem Plan geschwafelt und doch selbst keinen gehabt, den Überblick verloren. Nr. 5 hatte ihm vertraut, nie mit seinem Verrat gerechnet. Doch dann wurde er übergangen, gedemütigt, ausgelacht. Seine Rache hatte die anderen überrascht und nun flatterten sie wie aufgeregte Hühner umher, wenn der schlaue Fuchs kam, den sie unterschätzten. Genial hatte er sie ausspioniert und wie leicht waren sie doch letztendlich zu entdecken, einzukreisen, auszuschalten. Und er würde es tun! Allein, um die hektische Betriebsamkeit in den Dörfern zu beobachten und alle auszulachen. Bald wäre er selbst die Nr. 2, konnte eine eigene Truppe ausbilden und sie anführen.

Sein nächster Schritt war geplant, die Vorbereitungen abgeschlossen, das Alibi gesichert. Eine mechanische Eieruhr brauchte er nicht, die Technik war ebenso veraltet wie Bertrand. Seine Idee war genial, würde die Polizei auf die falsche Spur locken. Daran würden sie sich die Zähne ausbeißen. Die Polizisten waren keinen Schritt weitergekommen, schwatzten nur mit den Leuten im Dorf. Nannten sie das eine ordentliche Ermittlung? Er zeigte ihnen, wie man kämpft, mit allen Mitteln, ohne Spuren zu hinterlassen.

Nr. 5 nahm einen Schluck aus seiner Bierflasche, prostete den armen Polizistenschweinen im Regen zu und feierte sich selbst.

13

Sonntag, 11. Oktober

Du musst aufstehen, etwas essen, stellte Doras Verstand nüchtern fest. Seit 24 Stunden liegst du im Bett und Selbstmitleid bringt dich nicht weiter.

Dora zog die Decke fester über den Kopf. Alles Scheiße, stand auf dem Button, den sie in den achtziger Jahren getragen hatte. Ihr Vater hatte ihn ihr abgeluchst, jahrelang in seiner Anzugtasche herumgeschleppt. Heute war sie in seinem Alter und wünschte sich diesen Knopf zurück, in zehnfacher Größe. Stellte sich vor, wie sie damit offen durchs Präsidium liefe. Würde man sie rauswerfen? Oder zur Klinik auf dem Sonnenberg bringen? Ja, in die Psychiatrie, da gehörte sie hin. Ertränkt in Amitriptylin, unfähig, auch nur eine Tasse zu heben. Nur nicht mehr denken müssen.

Sie spürte, wie sich die Matratze unter einem Gewicht senkte.

»Ich habe es doch geahnt«, seufzte Moritz. »Theo? Schaust du mich an?« Als sie nicht reagierte, hob er die Bettdecke an. »Himmel, du siehst schrecklich aus«, hörte sie die klare Rückmeldung des Freundes. »Wie lange liegst du schon hier?« Er sah sich um. »Bist du gestern gleich ins Bett?«, fragte er, als sein Blick auf die Regenjacke am Boden fiel. Er stand auf, ging ins Bad hinüber und kehrte mit einem kalten Waschlappen zurück, den er ihr auf Stirn und Augen legte. »Für eine Dusche hast du keine Zeit.«

»Wie kommst du hier rein?« Die Worte fielen ihr so schwer, klangen in ihren Ohren verwaschen und lallend.

»Falsche Frage«, stellte er lakonisch fest. »Ich komme überall rein, wenn ich es will, aber an deiner Tür habe ich den

Schlüssel benutzt, den du mir gegeben hast. Und jetzt bitte die richtige Frage«, forderte er sie auf.

Langsam setzte sich ihr Verstand gegen den Nebel im Kopf durch. »Warum darf ich nicht duschen?«

»Schon besser!«, lobte er. »Tim hat Bescheid gegeben, als er dich nicht erreichte. Großer Aufstand im Nordsaarland!«

»Ich habe frei«, stöhnte sie.

»Aber das wird dich interessieren. In vier Minuten ist das Essen warm«, lockte er und verließ das Schlafzimmer. Dora fuhr sich mit dem Waschlappen übers Gesicht, versuchte den Smog im Kopf und die Suppe in ihren Gliedern zu vertreiben.

»Was hast du eingeworfen?«, fragte Moritz beiläufig, als er den Teller aus der Mikrowelle nahm.

Sie wusste, dass sie ihm nicht entkam. »Die Blauen«, gestand sie.

»Wie viele?«

»Wird das ein Verhör?«, schnappte sie.

»Wie viele?«, wiederholte er ungerührt, füllte die Kanne mit Wasser, setzte einen Kaffee auf.

»Zwei.«

»Und wann hast du zuletzt gegessen?«

Als sie nicht antwortete, sah er sich prüfend in der Küche um und schloss es selbst. »Frühstück, gestern Morgen, nehme ich an. Also nur zwei Valium auf nüchternen Magen?«

Sie nickte ungeduldig. »Was ist los?«

»Du isst jetzt erst einmal«, ignorierte er ihre Frage bestimmt. »Komm, setz dich, es gibt bestes Resteessen!«

Der zarte Duft einer Rotweinsauce stieg ihr in die Nase und Dora gehorchte ihrem Magen. »Was wollte Tim?«

»Er hat nur kurz nach dir gefragt. Du kennst ihn doch, im Dienst ist er überkorrekt.«

»Und was sagt MT Security?«

»Wieder ein Bombenanschlag. Die Feuerwehr löscht noch.«
Sie erstarrte. »Gibt es Verletzte, Tote?«

»Weiß ich nicht, aber Tim hat die Position überprüft und war sehr aufgeregt, ist sofort losgefahren. Sobald du aufgegessen hast, solltest du ihn anrufen.«

Sie wollte aufstehen, aber Moritz hielt ihr Handy in der Hand und steckte es in seine Hosentasche. »Die zehn Minuten hat es Zeit.«

Und jetzt kommt die Strafpredigt, nahm sie an, aß weiter und hielt den Kopf gesenkt.

Moritz setzte sich zu ihr an den Tisch, gab ganz selbstverständlich einen Schuss Milch in ihren Kaffee, schob ihr die Tasse zu. »Wo ist die alte Theo geblieben?«, fragte er leise. »Meine Freundin, die so gerne lacht?«

»Weg«, nuschelte sie, »und du darfst mich gerne Dora nennen.«

»Auf keinen Fall! Erinnerst du dich an den alten Märchenfilm? Mit der bösen Stiefschwester Dora? So kommst du mir vor, wie deine eigene Stiefschwester.«

Sie hob überrascht den Kopf. »Du erinnerst dich daran? Drei Haselnüsse für Aschenbrödel?«

Er wich ihrem Blick nicht aus und sie erkannte die Sorge darin. »Ja, ich suche die Zaubernüsse für das Aschenbrödel. Und die sind gewiss nicht blau.«

»Gib es auf!«, schnappte sie. »Du bist kein Kutscher, Zaubernüsse und Prinzen gibt es nicht und deshalb heißen diese Geschichten auch Märchen.« Sie legte das Besteck ab.

»Und wie es die gibt!«, widersprach er überzeugt. »Und das heutige Schneewittchen hat den Apfel nur verschluckt.«

Sie trank einen Schluck des heißen Kaffees, verzog das Gesicht, stellte die Tasse ab. »Wie kommst du denn jetzt auf Schneewittchen? Wirst du kindisch? Oder doch schon senil?«

Er grinste, ließ die Beleidigung unbeantwortet. »Na also! Wenn du schon nicht lachst, gefällst du mir motzig am besten.

Da weiß ich, woran ich bin.« Er reichte ihr das Handy. »Tim wartet.«

Sie wählte die Nummer. »Tim?«

»Da bist du ja endlich!«, hörte Dora seine erleichterte Stimme, kaum zu verstehen in der Geräuschkulisse aus Stimmengewirr, Rauschen, Martinshorn.

»Wo steckst du?«

»In Hellendorf, zumindest kurz davor. Es gab einen Waldbrand, die Feuerwehr will mich nicht durch die Absperrung durchlassen und sonst ist noch niemand von uns vor Ort. Der Brandherd liegt genau an Alfs Hütte und es gibt Gerüchte über eine Explosion. Ich brauche dich hier!«, bat er drängend.

Dora war bereits aufgestanden, suchte Schlüssel und Handtasche. »Ich komme. Sind die anderen unterwegs?«

»Sven Niemann ist auf dem Weg hierher, die Einsatzzentrale hat Nadine noch nicht erreicht. Scheuer ist informiert worden, weil du frei hast.«

»Weiß man schon Genaueres über Alf?«, fragte sie alarmiert.

»Die sagen mir nichts, weil sie noch löschen!«

»Ich bin in einer dreiviertel Stunde da. Woher wusstest du davon?«

»Ich habe unseren Funk abgehört, wie immer.«

Ja, Dora kannte seine Verarbeitungsweise. Tim konnte auf drei Kanälen parallel arbeiten.

»Ich spreche mit Scheuer und dem KDD. Bis gleich.« Sie beendete das Telefonat.

Moritz hatte das Gespräch verfolgt. »Ist das die Spur, der ihr morgen nachgehen wolltet?«

Sie rief die Nummern im Speicher auf, ihre Miene hatte sich verändert, war fast gehetzt. »Tim wollte Alf die ganze Woche auf den Zahn fühlen, weil er mehr vermutete. Nadine setzte andere Prioritäten und ich habe nicht eingegriffen. Ich hätte auf ihn hören müssen, die Berufspolitik außer Acht lassen sollen. Hoffentlich ist dem alten Streuner nichts passiert!«

Moritz schnaubte. »Wenn du gestern nicht so überstürzt weggelaufen wärst, als du hörtest, dass wir Falk erwarten, hättest du mit Tim sprechen können. Ich habe ihn getroffen, als er zu Dorian wollte. Er hatte ein zerschundenes Gesicht und sagte, er habe mit Alf ein Geländetraining absolviert, was immer er auch damit meinte.«

Überrascht sah sie auf. »Er war noch einmal dort?«

»Ich nehme es an, denn am Samstagmorgen um sieben war sein Auto fort. Und Tim ist nicht der Typ, der sich die Nächte in Diskotheken um die Ohren schlägt. Rufst du jetzt Falk an?«

»Ich informiere mich zuerst vor Ort. Danach werde ich die Staatsanwaltschaft gegebenenfalls benachrichtigen«, antwortete sie widerstrebend.

Moritz seufzte. »Theo, er hat nur einen Kaffee getrunken, wie er sagte.«

»Und er arbeitet zu viel, braucht auch einmal ein freies Wochenende. Ich werde die reguläre Rufbereitschaft anrufen.«

Skeptisch zog er die Augenbrauen hoch, sah sie forschend an. »Das ist alles? Glaube ich nicht. Du gehst ihm gezielt aus dem Weg.«

»Das ist besser so«, entschied sie nach kurzer Überlegung. »Ich kann nicht noch mehr Ärger gebrauchen.«

»Aber Freunde brauchst auch du.«

Sie lächelte ihn an. »Ja, die brauche ich und zum Glück habe ich dich. Danke fürs Wecken und das Essen.«

Er stand auf. »Kannst du fahren?«

»Ja, ich habe ausgeschlafen.« Sie strich sich über den Magen. »Im Moment wäre auch rollen möglich.«

14

Montag, 14. Oktober

Nadine hatte es im Radio gehört, auf dem Weg ins Präsidium. Ein weiterer Bombenanschlag in Hellendorf setzte nicht nur den Wald, sondern das ganze Land in Brand. Der Polizeipräsident würde um 10 Uhr eine Pressekonferenz geben, die näheren Umstände der Öffentlichkeit mitteilen.

Als sie in der vergangenen Nacht am Tatort eingetroffen war, hatte Dora die Lage bereits unter Kontrolle, koordinierte die Zusammenarbeit mit der Feuerwehr und der Spurensicherung. In den Resten der Waldhütte war eine Leiche gefunden worden, bis zur Unkenntlichkeit verbrannt, deren Identifizierung durch die Gerichtsmedizin erfolgen musste. Der Täter hatte Alf Pütz ermordet und es gab nun keine Möglichkeit mehr, diese Spur zu verfolgen. Viggi hatte mehrmals erwähnt, dass er ihn befragen wollte und sie hatte ihn abgebügelt, sich auf die Einschätzung von Keller verlassen, der sich vor Ort auskannte. Das war ein schwerer Ermittlungsfehler, sie wusste es. Aber Theo war verantwortlich und die würde ihren Kopf hinhalten.

Sie betrat den Besprechungsraum, begrüßte erleichtert den genesenen Jens, der wieder am Tisch saß.

Theo folgte ihr kurz darauf und stellte ihre Kaffeetasse auf den Tisch. »Legen wir los. Die Spurensicherung spricht von einer weiteren Bombe im Wald, die den illegalen Wohnsitz von Alfons Pütz gestern Abend gegen 19 Uhr zerstört hat. Dieser Anschlag unterscheidet sich von dem vorherigen durch eine andere Technik. Die Zündung erfolgte über eine modifizierte mechanische Eieruhr, die aus der Ferne aktiviert wurde. Über die detaillierte Vorgehensweise streiten sich die Kollegen noch, aber sie nehmen an, dass es sich wiederum um Dynamit handelt, das bereits zuvor in einem Anbau versteckt wurde. Es wurde kein Stolperdraht gefunden, weshalb wir davon ausgehen, dass Pütz Ziel des Anschlages war. Viggi?«

Er begann seinen Bericht. »Alfons Pütz lebte seit sechs Jahren im Wald, wie wir schon wissen. Er wurde 1947 in Luxemburg geboren, weitere Details müssen wir heute feststellen. Die Anzeigen bei uns, die er bisher gemeldet hatte, wurden nicht beachtet; unter anderem zwei frühere Anschläge mit Sachbeschädigung im Januar und im Mai. Es scheint wahrscheinlich, dass der Bombenleger diese Ziele als Übungsobjekte ausgesucht hat, obwohl die Spuren, die ich unserem Labor übergeben habe, wahrscheinlich nicht mehr auswertbar sind.«

»Aber woher hast du das Material?«, fragte Jens irritiert.

»Ich habe die Tatorte gemeinsam mit Pütz am Samstag aufgesucht«, erklärte er kurz.

»Am letzten Samstag?«, fuhr Nadine auf. »Du hast doch noch mit ihm gesprochen?«

»Ja, sagte ich bereits.« Er fuhr gelassen mit seinen Ausführungen fort, berichtete über seine Akteneinsicht in Mettlach. Viggi hat meine Anweisungen unterlaufen, stellte Nadine fest.

»Was hat er sonst noch gesagt?«, fragte Lori gespannt.

»Er sprach von einem Geheimkrieg in Luxemburg, den Zimmer hierher gebracht habe und einem Plan.«

»Was ist das für ein verworrenes Zeug!«, meinte Nadine. »Der spinnt doch. Wir sollten…«

»Nun, ganz so wirr ist es nicht«, unterbrach Theo sie abrupt. »Lass Viggi aussprechen.« Sie gab ihm das Zeichen, weiterzusprechen.

»Er nannte mir einen Code, den ich gestern zuhause überprüft habe und dieser Code weist auf eine Serie von Bombenanschlägen in Luxemburg hin, die vor 30 Jahren für viel Unruhe sorgten. Soweit ich es bisher überschauen konnte, wurde in einem Fall die gleiche Vorgehensweise wie bei dem Anschlag auf den Hochsitz angewendet.«

»Aber was hat das mit uns zu tun? Das ist doch eine Ewigkeit her«, fragte Franz-Joseph angespannt.

»Damals wurden mehrere Einbrüche in Bergwerke verübt, wobei Sprengmaterial gestohlen wurde, das bis heute nicht wieder aufgetaucht ist.«

Lori sog die Luft ein. »Und wer waren die Täter?«

»Ja, das ist die Frage, die noch nicht geklärt ist. Ich konnte mir lediglich einen groben Überblick verschaffen. Diese Geschichte ist äußerst komplex und die Täter sind bislang nicht gefasst. Wir brauchen Tage, um die Lage zu verstehen. Ich habe Hunderte Webseiten zu dem Thema gefunden«, berichtete er.

Ich bleibe dabei, dachte Nadine. Was erzählt Viggi für ein krudes Gemenge, das uns von unserer Arbeit abhält. »Aber was hat das mit den Fällen von Zimmer und Pütz zu tun?«, insistierte sie.

»Ich hatte den Eindruck, dass sie sich besser kannten, als wir es bisher wussten. Und ich denke, dass Pütz ebenfalls eine militärische Ausbildung besaß.«

»Und lebt als Penner im Wald? Als Soldat hätte er Rente bezogen«, meinte Nadine skeptisch.

»Eine Frage, der wir nachgehen werden«, unterbrach Theo. »Ebenso müssen wir überprüfen, wem die Hütte gehört; warum sich niemand daran störte, dass Pütz dort lebte. Wir kennen keine Angehörigen, die wir befragen können, deshalb werden wir uns auf seine Freunde konzentrieren. Du nimmst an, dass er Zimmer besser kannte? Dann müssen wir mit seiner Frau sprechen. Und das BKA rollt ebenfalls wieder an.«

Das BKA kam? Das war ihre Chance, entschied Nadine. Jeder Beamte verfolgt seine Spur weiter und Viggi hatte eben genug Zeit zur Selbstdarstellung. »Kommen wir zur Aufteilung. Bis uns die Ergebnisse der Obduktion vorliegen, müssen wir mehr über Pütz erfahren. Ich fahre mit Jens und Lori nach Hellendorf und rede mit Zimmers Frau. Franz-Joseph sammelt mit seinen Kollegen Informationen über ihn und weitere Hinweise, ob jemand die Explosion beobachtet hat. Viggi kümmert sich um die Kollegen vom BKA, die er ja schon kennt«, verteilte sie die Aufgaben, bemerkte Theos Kopfschütteln.

Sie schaltete sich ein. »Jens, bist du wieder fit?«

»Ja, bin ganz dabei.«

»Arbeite dich in die Akten der vergangenen Woche ein, damit du heute Abend auf dem aktuellen Stand bist. Versuche, Pütz in unseren Systemen zu finden. Falls die Kollegen vom BKA Fragen haben, können sie sich an dich wenden. Nadine, du koordinierst die anderen Dienste, Gerichtsmedizin und Spurensicherung. Viggi hat die Positionen der früheren Anschläge bereits übermittelt. Frage auch die Vermisstenmeldungen ab, weil wir noch nicht sicher sein können, ob es sich bei dem Toten tatsächlich um Alf handelt. Viggi und Lori gehen vor Ort, danach kümmern sie sich um die Recherchen in Luxemburg. Vergesst nicht, die Alibis unserer bisherigen Verdächtigen zu überprüfen. Wir dürfen nichts übersehen.« Theo klappte ihre Mappe zu und verließ den Raum ohne ein weiteres Wort.

Franz-Joseph hatte die Augen aufgerissen, sah Nadine nun fragend an. »Und was tue ich?«

»Das, was ich dir gesagt habe!«, fauchte sie.

Lori und Viggi warfen sich einen schnellen Blick zu, verließen die angespannte Atmosphäre des Raumes ohne Kommentar.

Jens wandte sich an Nadine. »Alles klar?«

»Ja, sicher.« Nadine kochte vor Wut. »Wir tun, was die Frau Kriminalrätin angeordnet hat«, stieß sie hervor. Theo hatte die Führung übernommen, sie übergangen. Aufgebracht stand sie auf. »Ich rede mit ihr.«

Die Bürotür stand offen. »Was soll das, Theo? Du hast mich vor allen bloßgestellt!«

Theo wies zu dem Stuhl vor ihrem Schreibtisch. »Willst du dich setzen?«

»Nein, danke!«

Sie zuckte die Achseln. »Dann denk noch einmal in Ruhe nach«, sagte sie und wandte sich wieder ihren Akten zu. »Wir können deine Personalführung gerne heute Abend diskutieren. Um sechs?«

Nach Feierabend? Nadine drehte sich um und knallte die Tür zu ihrem Büro hinter sich zu.

»Hui, so habe ich Dora ja noch nie erlebt«, meinte Lori auf der Fahrt ins Dreiländereck. »Ich hatte das Gefühl, innerlich strammzustehen.«

»Ja, so kann sie auch sein!« Viggi grinste. »Und deshalb tue ich, was sie von mir erwartet. Klare Grenzen bei größtmöglicher Freiheit, nennt sie das.«

Ja, Dora hatte ihre Ermittler im Griff, stellte Lori fest. Aber eines hatte sie vergessen! »Ich finde, sie hätte dich loben müssen für dein Engagement am Samstag.«

»Hat sie, gestern Abend.«

Doch das war nur die halbe Wahrheit, rief er sich in Erinnerung. Seine Vorgesetzte hatte seinem Bericht aufmerksam gelauscht und ihn tatsächlich gelobt. Doch danach hatte Dora ihm die Hölle heißgemacht. »Wie konntest du das tun, Tim? Wer wusste von dieser Aktion, worin bestand deine Eigensicherung? Hattest du deine Dienstwaffe dabei?«

»Nein, ich dachte, ich brauche sie nicht!«

»Eben. Hier läuft ein Mörder durch die Wälder und du triffst dich mit einem potentiellen Verdächtigen morgens um sechs in einem verlassenen Wald. Wer hätte dir geholfen, wäre Alf der Täter? Wir hätten dich wochenlang gesucht, vielleicht nie wiedergefunden!«

»Ich habe meine Menschenkenntnis von dir gelernt. Ich wusste, dass er es nicht ist.«

»Du hast viel gelernt und trotzdem fehlt dir die Erfahrung. Du sagtest doch, dass Alf dir bei einigen Fragen ausgewichen ist, weil er Verhörtechniken kannte. Meinst du, er kann sich nicht ebenso gut schützen wie du? Du konntest nicht sicher sein! Wenn er tatsächlich Soldat in einer Spezialeinheit war, kennt er sich mit dem Töten aus. Er hätte dir die Kehle durchschneiden können! Unterschätze deine Gegner nicht und vor allem geh nie, nie ohne Rückendeckung! Ich will mir gar nicht ausmalen, was hätte passieren können!«

So aufgebracht hatte er Dora noch selten erlebt. »Ich hatte mein Smartphone dabei. Ihr hättet mir eine stille SMS schicken können, um mich zu orten«, versuchte er, sie zu beruhigen.

»Und so ein dummes Telefon siehst du als Sicherung?«, fauchte sie. »Das hätte er doch als erstes zerstört, ja, es dir sogar vor die Nase halten können! Was hilft dir ein Handy, wenn du nicht daran kommst? Dieser Täter mordet wahllos und auf einen Mord mehr kommt es ihm nicht an. Du tust das nie wieder, verstanden?«

Er wollte seine Sicht verteidigen, weiter argumentieren und erkannte plötzlich die Angst in ihren Augen. So hatte er nur genickt und ihr beruhigend über den Arm gestrichen.

»Himmel, Viggi!« Sie hatte einige tiefe Atemzüge genommen, vorsichtig die Schramme in seinem Gesicht berührt, fast als wolle sie ihm die Gefahr bewusst machen. »Nun komm, lass uns arbeiten.«

Andi Wagner öffnete Lori und Viggi die Tür und führte sie in die Küche, wo Frau Zimmer sie erwartete. Ein Schäferhund lag neben ihr, stellte wachsam die Ohren auf, sprang auf sein Zeichen hin an Viggi hoch. Er streichelte Losa, spielte mit ihr.

»Aber bei mir darf der Hund das nicht tun!«, wich Lori einen Schritt zurück.

Viggi lachte. »Sie braucht nur Bewegung, ist nervös.«

Frau Zimmer sah zu Wagner. »Andi, gehst du mit ihr? Ein halbe Stunde?«, bat sie, als sie Loris ängstliche Miene bemerkte.

Unwillig sah er sie an. »Wir hamm′ unten zu tun, Maria! Ich hole sie mit runter in die Werkstatt. Aber zu Mittag laufe ich mit ihr«, lenkte er ein, als er ihre Miene bemerkte.

Er verließ mit Losa die Küche und Frau Zimmer musterte Viggi erstaunt. »Sonst ist sie nicht zutraulich«, stellte sie fest. »Setzen Sie sich. Sie wollen mit mir über Alf sprechen?«

»Wir hörten von Herrn Pütz, dass er Ihren Mann traf. Kannten Sie ihn auch?«

»Ja, mein Mann hat ihn ab und zu zum Essen mitgebracht. Beim ersten Mal war ich überrascht, dann habe ich diese seltsame Freundschaft akzeptiert. Er war ebenfalls Luxemburger und manchmal gingen sie gemeinsam mit Losa.«

»Sie wussten, dass er in einer Waldhütte lebte?«

»Bertrand hat es mir erzählt, wollte ihm auch helfen, aber Alphonse hat abgelehnt, lediglich die abgelegte Kleidung meines Mannes angenommen.«

»Alphonse?«

»So nannte mein Mann ihn. Er nutze gerne die französischen Vornamen. Mich hat er meist Marie gerufen, Andi oft André.«

»Was wissen Sie über Alfs Vergangenheit?«

Frau Zimmer überlegte. »Erstaunlich wenig! Er kehrte vor einigen Jahren zurück, weil sein Pflegevater krank wurde. Zuvor hielt er sich im Ausland auf, war auf Montage.«

»Auf Montage?«, fragte Lori skeptisch.

»Ich nehme es an. Er war handwerklich sehr geschickt und ist deshalb als Hilfskraft beliebt.«

»Wir hatten den Eindruck, dass er eine militärische Ausbildung besaß«, horchte Lori vorsichtig nach.

Sie schüttelte abwägend den Kopf. »Er war sehr verschlossen, sprach nicht viel, wissen Sie? Doch es könnte sein, dass auch er früher Soldat war. Wir hatten ihn einmal zu unserem

Weihnachtsessen eingeladen und an diesem Tag trug er eine Armbanduhr, die der meines Mannes glich. Aber ich habe nicht nachgefragt.«

»Könnte es sein, dass Ihr Mann ihn aus seiner Armeezeit kannte?«, fragte Viggi plötzlich.

»Nein, das hätte Bertrand mir nicht verschwiegen und diese Uhren waren Standardmodelle, nicht sehr teuer. Für meinen Mann besaß sie symbolischen Wert, er wollte sie nicht ablegen. Dabei hätte ihm gerne einmal ein schönes Geschenk gemacht.« Lori sah, wie ihr die Tränen in die Augen stiegen und wendete sich verlegen ab.

Viggi nahm sein Taschentuch aus der Anzugjacke und reichte es der weinenden Frau. Stofftaschentücher! Nur Viggi führte solche Utensilien mit sich, dachte Lori.

Er wartete ab, ließ sie weinen. »Was können Sie uns noch sagen?«, fragte er einfühlsam, als sie sich ein wenig beruhigt hatte.

Sie wischte sich die Augen. »Alf fuhr oft mit seinem Fahrrad und liebte Tiere. Als er die jungen Füchse aufzog, habe ich ihn wochenlang nicht gesehen, weil er sie ständig füttern musste. Bertrand hat für die Fläschchen und das Futter gesorgt. Einmal hat mein Mann mich den ganzen Weg bis zur Hütte mit dem Rollstuhl geschoben und ich konnte Alf mit seinen Kindern beobachten. Es war ein schöner Anblick!«, erinnerte sie sich und Lori bemerkte nun auch, wie sich ihre Augen nach rechts oben bewegten. Eine reale Erinnerung!

»Können Sie sich vorstellen, wer Alf töten wollte? Hatte er Feinde?«

Sie sah Lori betroffen an. »Er war ein Einzelgänger, etwas ungehobelt, aber ganz sicher hatte er keine Feinde!«, betonte sie.

Lori notierte den Eindruck, blickte fragend zu Viggi.

»Frau Zimmer, was sagt Ihnen der Begriff ‚der Plan‘?«

Sie sah ihn unsicher, fast forschend an. »In welchem Zusammenhang?«

»Ihr Mann erwähnte das Wort Alf gegenüber.«

Sie überlegte. »Der Architektenplan für die Werkstatt? Darüber hat er oft gesprochen, weil das Thema ihn aufbrachte.« Sie hielt kurz inne. »Oder der andere Plan. Wollinger wollte hier Häuser bauen.«

»Sie wussten davon?«, fragte Viggi überrascht.

Sie nickte. »Wir haben es kurz vor Bertrands Tod erfahren. Er ist nach Luxemburg gefahren, um mit Parents zu sprechen.«

»Parents et Cie.?«, schaltete Lori sofort und hob die Augenbrauen. »Er kannte die Firma?«

»Er hat mit Alain oft Geschäfte gemacht«, bestätigte sie. »Und die beiden kannten sich tatsächlich aus der Armee.«

»Meinen Sie, er würde mit uns sprechen?«

»Er ist immer sehr beschäftigt, aber um den Tod meines Mannes aufzuklären, wird er sich die Zeit nehmen.« Sie sah sich suchend um. »Meine Tochter hat mir ein Mobiltelefon gekauft, damit ich jederzeit Hilfe rufen kann, aber ich vergesse oft, es mitzunehmen. Sehen Sie es?«

Viggi stand auf, fand es neben dem Toaster und reichte es ihr.

Sie legte es auf den Tisch, suchte die Nummer mit dem Zeigefinger, dessen Knöchel durch das Rheuma grausam verbogen waren. »Hier ist er. Ina hat mir die Nummer eingespeichert.« Sie wählte, stellte auf Lautsprecher um, sprach französisch. »Alain, hier sitzen zwei junge Polizisten, die den Mord an Bertrand aufklären. Sie haben Fragen an dich«, übersetzte Lori.

»Zwei junge Polizisten arbeiten an dem Fall? Hat eure Polizei denn keine erfahrenen Ermittler?«, fragte Parents brummig.

»Sie hören mit«, bremste Frau Zimmer seine Kritik.

»Ach so.« Sie hörten Blättern, unwirsches Grummeln. »Morgen, 11 Uhr, kann ich mir Zeit machen«, bot er an.

Frau Zimmer sah fragend auf, sie nickten zustimmend.

»Die Namen der beiden?«, bellte Parents. »Sonst kommen sie unten nicht durch die Sperre.«

Viggi antwortete.

»Morgen um elf. Habe es notiert. Meine Sekretärin wird am Empfang Bescheid geben.« Ohne weiteren Gruß legte er auf.

»Wie ich sagte, schwer beschäftigt«, meinte Frau Zimmer entschuldigend, schaltete das Telefon aus. »Unter Zeitdruck lässt er es an Höflichkeit schon einmal mangeln.«

Viggi stand auf. »Vielen Dank für ihre Mitarbeit, Frau Zimmer. Können wir noch etwas für Sie tun?«

Sie schüttelte den Kopf und blickte auf das feuchte Taschentuch in ihrer Hand, sah das Monogramm.

»Behalten Sie es«, bot er an. »Meine Großmutter hat mich bis zum 18. Geburtstag jedes Jahr mit Taschentüchern beglückt.«

»Sie erhalten es zurück, junger Mann«, antwortete sie traurig. »Erst wenn wir unsere geliebten Menschen verloren haben, werden diese Kleinigkeiten wichtig.«

»Was hältst du von ihr?«, fragte Lori, als sie zum Wagen zurück gingen. »Hat sie ehrlich geantwortet?«

Viggi nickte ohne Zögern. »Absolut. Und sie hat uns einige Hinweise gegeben, war äußerst kooperativ.« Er nahm sein Handy. »Ich frage Niemann, ob sie die Uhr in den Trümmern gefunden haben. Würdest du Jens anrufen? Wir sollten wissen, was er über Alf erfahren hat.«

So kannte sie ihn, Viggi war hochkonzentriert. Warum war ihm die Armbanduhr wichtig? Ihr Arbeitsauftrag lautete, den Besitzer der Hütte ausfindig machen und den wollte sie erfüllen und sich nicht durch einen neuen Hinweis am Rande ablenken lassen. Da ließ Viggi sich leicht beeinflussen, während sie eine strukturierte Arbeitsweise bevorzugte.

Lori stieg aus dem Wagen, damit sie sich nicht gegenseitig beim Telefonieren störten, setzte sich auf die Bank vor der Kirche, hörte Jens´ knappe Auskunft.

Viggi kam noch mit dem Handy in der Hand auf sie zu, setzte sich neben sie. »Du zuerst.«

»Alfons Pütz existiert nicht!«, berichtete sie atemlos. »Er steht in keinem Einwohnerverzeichnis, weder hier noch in Luxemburg. Es gibt keine Konten, Versicherungsunterlagen, auch keine Rechnungen oder Arztberichte, einfach nichts. Und er war auch nie in der Armee, wie unser gemeinsames Zentrum der Polizei in Luxemburg sagte und anhand seiner Zahnbefunde können wir ihn auch nicht identifizieren, weil es keine gibt!«, fasste sie die Ergebnisse zusammen.

»Doch, Alf existierte auch offiziell«, widersprach er sofort. »Bei seiner ersten Anzeige hatte er sich mit einem luxemburgischen Pass ausgewiesen, wie in unseren Akten stand.«

»Der jetzt garantiert verbrannt ist!«, meinte sie frustriert. »Hat denn bei den späteren Anzeigen niemand mehr danach gefragt?«

Er zuckte die Achseln. »Du kennst das doch. Er war persönlich bekannt und dann übernimmt man zur Arbeitserleichterung gerne die Angaben, wie sie im Computer stehen. Sie haben damals noch nicht einmal seine Adresse aufgenommen.«

»Wie auch? Hinterm Waldkauz 7?«, scherzte sie.

Jetzt lächelte er ein wenig. Nachdenklich betrachtete er die Blätter, die der Wind über den Dorfplatz wirbelte. Das Wetter schlug um.

»Was sagt Niemann?«, erkundigte sie sich.

»Sie haben tatsächlich seine Armbanduhr gefunden«, murmelte er traurig. »Stark verbrannt, aber eindeutig identifizierbar; das Edelstahlgehäuse hat den Brand überstanden.«

»Dann war es also doch Alf?« Sie sah ihn forschend an, unterdrückte den Impuls, ihm tröstend über den Arm zu streichen. »Warum interessierst du dich für diese Uhr?«

»Ich wollte wissen, ob sie auch eine Gravur trägt.«

»Und?«

»Pour le mérite«, bestätigte er. »Ich bin jetzt fast sicher, dass sie sich von früher kannten. Zimmer wollte ihm helfen, doch er hat es abgelehnt. Warum?«

»Ja, warum?«, verstand sie es auch nicht.

»Zimmer war in einer Spezialeinheit, Lori, vergleichbar mit unserer GSG 9«, überlegte er. »Da zählen noch Begriffe wie Kameradschaft und Ehre.«

»Bei mir auch«, meinte sie nachdenklich.

»Weiß ich doch!«, lächelte er kurz und überlegte weiter. »Zimmer war Ende dreißig, als er Luxemburg verließ, Alf war zwei Jahre jünger und ist dort geblieben. Warum versteckt sich ein Exagent in einem Wald bei Hellendorf?«

»Um unterzutauchen!«, mutmaßte sie, ließ sich Viggis Idee durch den Kopf gehen. Dann schüttelte sie den Kopf.

»Aber du gehst von falschen Voraussetzungen aus und verrennst dich! Wir wissen doch gar nicht, ob sie zusammengearbeitet haben.«

»Das müssen wir nachweisen!«, sagte er entschlossen, ballte die Faust.

»Ich glaube nicht, dass wir das fertigbringen«, wandte Lori skeptisch ein. »Bei uns werden die Namen dieser Soldaten so geheim gehalten, dass noch nicht einmal ihre Ehefrauen wissen, was sie treiben. Die schotten sich ab, bestehen auf Geheimhaltung und mit gutem Grund. Ich denke nicht, dass man in Luxemburg andere Sitten pflegt.«

»Das ist doch genau der springende Punkt. Frau Zimmer wusste nichts darüber!«

»Du hast zu viele Agentenromane gelesen«, meinte Lori abwehrend. »Mal im Ernst: Gleich zwei Exagenten leben ausgerechnet hier? Einer als Landstreicher im Wald? Und beide hatten noch nicht einmal ein Handy. Bei diesem ominösen

Geheimkrieg sind doch Logistik und Kommunikation das Wichtigste. Denkst du, die haben sich Brieftauben geschickt?«

»Irgendwo müssen auch Exagenten leben, unerkannt«, meinte er. »Wir müssen dem Code nachgehen, den Alf mir genannt hat. Lass uns zurückfahren.«

»Aber wir müssen doch noch klären, wem die Hütte gehört«, erinnerte sie an ihren Auftrag.

»Das kann Keller machen und er kann dann auch gleich Morgenthals Alibi überprüfen«, wehrte er ab. »Der andere Hinweis ist wichtiger.«

»Du nennst ihn Keller? Kann es sein, dass du ihn nicht magst?«, neckte sie.

»Er ist ein Blödmann«, fällte Viggi sein hartes Urteil.

»Trotzdem möchte ich Doras Anweisungen nicht übergehen. Und wir müssen auch Wagner und Wollinger fragen, wo sie sich gestern aufgehalten haben.«

»Mit Wagner reden wir jetzt, Wollinger erreichen wir auf dem Rückweg in seiner Schule«, lenkte er ein.

»Aber Dora wirkte heute äußerst schlecht gelaunt!«, warnte Lori. »Wir sollten ihr nicht widersprechen.«

»Das ist schon mehr als drei Stunden her«, tat er ihren Einwand ab. »Jetzt hat sie sich abgeregt und wird mir zuhören.«

»Ach ja?«

Viggi zuckte mit den Achseln, rief die Kriminalrätin an.

In der Abendbesprechung warf Keller sich für seinen Bericht in Positur, wie Dora bemerkte. »Es gab kaum Hinweise aus der Bevölkerung zum Anschlag, doch zwei Anwohner aus Hellendorf berichteten, dass sie Fremde im Wald gesehen hätten. Wir gehen dem morgen weiter nach. Nachdem Frau Singer mich angerufen hat, habe ich mich um die Besitzverhältnisse von Alfis Hütte gekümmert.« Er streckte sich stolz, sah beifallheischend in die Runde. »In meiner Ermittlung ist mir Folgendes aufgefallen: Die Hütte sollte abgerissen werden, nachdem der zuständige Wanderverein sie als marode aufgegeben hat; eine Instandsetzung schien zu teuer. Doch als die Bagger anrückten, war sie bewohnt und Pütz weigerte sich, sie zu verlassen. Die Gemeinde erwirkte einen Räumungsbefehl, der Pütz natürlich nie erreichte. Beim Ortsvorsteher ging aber zeitgleich ein Schreiben des Wandervereins ein: Man wolle die Hütte nun doch weiter nutzen und habe sie verpachtet«, beendete Keller seinen Bericht.

»Wer war der neue Mieter der Hütte?«, fragte Nadine gespannt.

Hilflos hob er die Achseln. »Das Geld wurde von einem Nummernkonto aus Luxemburg überwiesen. Ohne richterlichen Beschluss konnte ich es noch nicht abfragen.«

»Werden Sie den Beschluss beantragen, Herr Senkenfeld?«, fragte Dora förmlich, sah ihn zusammenzucken.

»Ja, ich werde mich darum kümmern.«

»Lori?«, fragte Dora knapp nach ihren Ergebnissen.

Sie fasste die Gespräche vom Morgen zusammen. »Wagner und auch Wollinger waren am Sonntag bei einer Übung des THW; ihre Angaben haben sich nicht widersprochen«, begann sie. »Es handelte sich um eine Geländeübung mit abschließendem Beisammensein im Gerätehaus. Etwa dreißig Personen waren eingebunden und man hatte sich in Teams aufgeteilt, die verschiedene Aufgaben zu bewältigen hatten. Die beiden haben zusammengearbeitet, standen in ständigem Kontakt mit den anderen Gruppen und soweit wir gehört haben, waren sie kontinuierlich bei der Arbeit. Allerdings fand diese Übung im Umkreis von Hellendorf statt und theoretisch könnten sie den Tatort gestreift haben.«

»Sie geben sich gegenseitige Alibis?«, hakte Dora nach.

»Für die Zeit zwischen 16 und 18 Uhr«, bestätigte Lori. »Da wir aber nicht wissen, wann die Hütte gesprengt wurde, können wir sie als Verdächtige nicht endgültig ausschließen.«

»Und Morgenthal?«

»Seine Sekretärin sagte, der Chef sei unterwegs. Am Wochenende ist er mit seiner Frau zu einem Familienfest gefahren; wir erreichen ihn erst am Mittwochmorgen wieder.«

Viggi berichtete von ihrem Gespräch mit Frau Zimmer und äußerte seine Vermutungen über eine frühere Verbindung zwischen Zimmer und Pütz, erwähnte ihren geplanten Besuch in Luxemburg. »Danach haben wir uns der Recherche zu dem Code gewidmet«, gab er das Wort an Lori weiter.

»Wie Viggi schon sagte, gibt es Hunderte von Webseiten über die Bombenanschläge, die Luxemburg vor drei Jahrzehnten erschütterten. Es kam zu insgesamt zwanzig Attentaten, verteilt über einen Zeitraum von knapp zwei Jahren, von 1984 bis 86. Ziele der Anschläge waren Strommasten, aber auch öffentliche Gebäude wie das Schwimmbad der Stadt. Ebenso wurde die Polizei selbst angegriffen und ein Anschlag traf das Privathaus des Gendarmeriechefs. Im Gegensatz zu unserem Fall wurde niemand getötet, aber oft aus reinem Glück. Wir haben die Berichte nur überflogen, aber ein Anschlag ist auch für uns von Interesse. Damals berichteten Zeugen von einem Licht im Wald. Zwei unserer luxemburgischen Kollegen gingen dem Hinweis nach. Zum Glück näherten sie sich der Lichtquelle von hinten und das hat ihnen das Leben gerettet. Wären sie von vorne auf die Taschenlampe zugegangen, hätten sie die Sprengung ausgelöst, denn in diesem Bereich war ebenfalls eine Stolperschnur über den Waldboden gespannt. Hier bestand erstmals in der Anschlagsserie eine eindeutige Tötungsabsicht und der Aufbau des Tatortes gleicht genau dem im Kewelswald. Deshalb bin ich überzeugt, dass wir es mit einem der früheren Täter oder einem Nachahmer zu tun haben«, folgerte sie.

Erschrocken sog Jens die Luft ein. »Da hatten die Kollegen wahrhaftig großes Glück!« Er überlegte. »Wenn wir es mit einem der damaligen Täter zu tun haben, müssten wir jetzt nach einem Täter im Alter von Zimmer oder Pütz suchen?«, suchte er die Bestätigung seines Gedankengangs durch die Gruppe.

Viggi zuckte die Achseln. »Oder eben einen Nachahmer.«

»Ein Nachahmer? Wer weiß denn heutzutage noch von dieser alten Geschichte?«, zweifelte Jens.

»Die Geschichte der Bombenleger hat in Luxemburg für großen Wirbel gesorgt«, erklärte Viggi. »Soweit wir es überblicken konnten, wird in den assoziierten Webseiten ihr Vorgehen inklusive Fotos der Bomben detailliert geschildert. Nach diesen Anleitungen kann jedermann einen eigenen Sprengsatz bauen, wenn er das Material zur Verfügung hat. Unser Täter brauchte keine eigenen Studien zu betreiben, er konnte einfach abkupfern.«

Keller war nicht überzeugt. »Mal ehrlich, wer hat denn hier davon gehört? Warum sind die Anschläge noch präsent? Das war doch überwiegend Sachbeschädigung, wie ihr sagt und die ist nach dreißig Jahren längst verjährt.«

Viggi nickte. »Ja, sie wären verjährt, aber der unaufgeklärte Fall hielt die Behörden weiter in Atem. Über Jahre hinweg wurden immer wieder Hinweise verfolgt, deshalb wurden die Ermittlungen nie eingestellt.«

»Wie ging die Polizei den Bombenlegern nach?«, fragte Nadine gespannt.

»Damals gingen bei der Stromgesellschaft, der die Masten gehörten, Erpresserbriefe ein, die den Code c23Y78 trugen, um sich von Trittbrettfahrern zu unterscheiden. Lösegeldübergaben scheiterten durch diverse Pannen, wobei die verlangten Summen anfangs lächerlich niedrig waren. Unser BKA wurde eingeschaltet und kam zu dem Schluss, dass die Erpresser gar nicht ernsthaft an Geld interessiert waren, sondern andere Ziele verfolgten. In diesem Zusammenhang munkelte man, dass letztendlich private Sicherheitsdienste und die Ordnungskräfte profitierten, deren Strukturen deutlich gestärkt wurden. Als Konsequenz auf die Anschläge wurde nämlich die Polizei besser ausgestattet. Das ist nur der Anfang der Geschichte. Erst im letzten Jahr kam es zu einem ersten Prozess und einem Untersuchungsausschuss des Parlamentes, aber mehr wissen wir noch nicht.«

Dora überdachte die Informationen, spürte fast den fragenden Blick von Falk, wandte sich ab. Sie wünschte sich den Austausch mit ihm, doch ihre private Beziehung hatte schon jetzt ihre Arbeit beeinflusst. Hier war er der zuständige Staatsanwalt und sie hatte eine Todesermittlung zu führen. Als Herr des Verfahrens benötigte er Fakten, keine Spekulationen.

Sie wandte sich dem nächsten Punkt der Ermittlung zu. »Noch haben wir Pütz nicht eindeutig identifizieren können. Gab es Vermisstenmeldungen, die dafür sprechen, dass es sich bei dem Toten nicht um Alf handelt?«, fragte sie Nadine.

Sie schüttelte den Kopf. »Weder bei uns noch bei Interpol.«

»Dann liegt unsere Priorität in den weiteren Beziehungen von Pütz nach Luxemburg und der Überprüfung eines etwaigen Zusammenhangs mit den damaligen Bombenlegern. Lori und Viggi haben bereits einen Termin mit Zimmers Freund Parents vereinbart. Bereitet euch gut darauf vor! Jens kann die beiden ebenfalls bei der Internetrecherche unterstützen, Nadine fragt das genannte Konto ab. Bis morgen«, beendete sie den Arbeitstag.

Im Büro zog Lori ihren Mantel über, nahm ihre Tasche, während Viggi seine Einkäufe auspackte. »Was hast du vor?«, fragte sie, als sie Chipstüten, Schokoriegel und Eiseepackungen sah.

»Ich tue, was Dora gesagt hat. Ich bereite mich auf das Gespräch mit Parents vor. Der ist ein hohes Tier und spricht vielleicht nie wieder freiwillig mit uns. Wir müssen die richtigen Fragen stellen.«

Lori zögerte. »Viggi, ich muss heute Abend mit meiner Oma zum Arzt!«

»Deine Oma geht vor, Lori! Und ich habe keinen Termin«, bestärkte er sie.

»Ich komme zurück«, entschied sie. »Es wird aber sicher neun, bis ich wieder hier bin.«

»Früh in der Nacht, nicht wahr?«

Auf dem Weg zum Parkplatz hielt Falk noch einmal inne, ließ sich die Besprechung durch den Kopf gehen. Er hatte die angespannte Stimmung im Raum sofort bemerkt. Alle Gespräche erstarben, als Dora den Raum betrat. Ihre Mitarbeiter berichteten im Rapport, niemand wagte, einem anderen zu widersprechen. Konzentriertes Arbeiten, dem ein erleichtertes Aufatmen folgte, als die Sitzung beendet war, 24 Minuten und zwei Sekunden später. So zügig sie auch gearbeitet hatten, schwirrten dennoch Unmengen an Informationen durch seinen Kopf.

Dora hatte ihn am vergangenen Abend telefonisch über den Anschlag informiert, berichtet, welche Maßnahmen sie getroffen hatte und wie das weitere Vorgehen aussah. Sie hatte ihm die Entscheidung überlassen, ob er den Tatort selbst in Augenschein nehmen wollte.

Er nahm an, dass dieses förmliche Telefonat durch die Umstehenden beeinflusst war; er hatte Stimmen im Hintergrund gehört.

Aber die Situation bei der Besprechung eben deutete Schlimmes an. Dora war wieder im Schneewittchenmodus und den kannte er zur Genüge. Klar strukturierte Informationen, ein vorbildliches, fast überkorrektes Verhalten ihm gegenüber, wie jeder Staatsanwalt es sich von der ermittelnden Behörde wünschte. Moritz hatte ihn vor ihrem Rückzug gewarnt, aber so hatte er sich das nicht vorgestellt. Das war ja übler als bei ihrer ersten Begegnung im vergangenen Jahr!

Er musste sofort eingreifen, bevor dieser Zustand zur Regel wurde. Er machte kehrt und stand kurz darauf wieder vor dem Eingang des Gebäudes, wählte Doras Nummer.

»Singer?«, meldete sie sich.

»Ich bin es noch einmal. Lässt du mich herein?«

Er hörte ein Seufzen, das der Türsummer übertönte. Mit schwerem Schritt ging er die Stufen hinauf, ahnte, dass dieses Gespräch nicht leicht würde.

»Hast du etwas vergessen?«, fragte Dora, als er nochmals ihr Büro betrat.

»Nein, ich wollte mit dir reden.«

»Jetzt? Ich habe zu tun, Falk«, wehrte sie ab, blickte vielsagend über die Aktenstapel auf ihrem Schreibtisch.

»Ja, wir sollten das nicht anstehen lassen«, bat er.

»Setz dich.« Dora warf ihm einen prüfenden Blick zu, stand auf und schloss die Bürotür. »Was gibt es?«, fragte sie, als sie sich wieder setzte.

»Das wollte ich dich auch fragen. Du warst eben so unterkühlt, dass ich dich kaum wiedererkannt habe. Ich dachte, gleich nennst du mich wie früher wieder Herr Dr. Senkenfeld!«

Sie schnaubte. »Ja, ich war kurz davor«, bekannte sie.

»Warum, Dora?«

Ein Blitzen loderte in ihren Augen auf. »Als wenn du das nicht wüsstest! Ich habe mein Team beobachtet. Die heimlichen Blicke, die Lori dir zuwirft, den kritischen Ausdruck von Viggi, das breite Grinsen von Nadine und die fragende Miene von Jens, der noch nicht erfasst hat, was hier los ist!«

»Aber was ist denn los?«

Sie wirkte immer noch wütend. »Komm Falk, ich glaube nicht, dass es dir nicht aufgefallen ist. Lori ist in dich verliebt und das war sie schon nach unserer ersten Begegnung im letzten Jahr. Und dann triffst du dich mit ihr samstagmorgens an einem der beliebtesten Plätze der Stadt. Eure besondere Ausstrahlung hat ein Viertel der Stadt bemerkt!«

»Ich habe lediglich einen Kaffee getrunken, Dora!«, verteidigte er sich.

Sie schnaubte. »War es das auch für Lori? Lediglich ein
Kaffee? Heute Morgen hat sie so glücklich gewirkt, dass ich
meine beste Jungkraft kaum wiedererkannt habe, die sonst doch
eher verschlossen ist. Was hast du mit ihr vor?«, fragte sie aufgebracht, atmete durch, nahm sich wieder zurück. »Ach, ist ja
auch egal; das geht mich nichts an. Aber ich bitte dich, schnell
für Klarheit zu sorgen. Du weißt, dass ich es hier mit meiner
neuen Aufgabe nicht leicht habe und solche zusätzlichen Probleme kann ich nicht brauchen. Ich will mich nicht mit amourö-
sen Verwicklungen beschäftigen und brauche meine Leute in
voller Konzentration. Du sendest eindeutige Signale aus und
Viggi ist in der Beobachtung nonverbaler Kommunikation
ebenso versiert wie ich. Du schadest Lori, wenn die anderen es
auch mitbekommen. Oder willst du uns das Leben schwer machen?«

Falk schwieg betroffen. Sein Verhalten sorgte für Probleme,
an die er nicht gedacht hatte. »Nein, natürlich will ich das
nicht«, bedauerte er.

Sie sah ihn forschend an, taxierte ihn, prüfte seine Miene auf
Ehrlichkeit, wie er sich wohl bewusst war. Diese Blicke kannte
er und hoffte, dass seine Körpersprache ihn entlastete.

Er hatte bestanden, ihre Miene lockerte sich auf. »Okay. Du,
ich, Lori, wir alle müssen arbeiten. Trenne dein Privatleben von
unserer Arbeit, Falk, darum bitte ich dich jetzt. Lori ist eine tolle Frau und als deine Partnerin bringt sie wirklich Glanz in deine Staatsanwaltshütte dort drüben.« Sie warf einen Blick zur
anderen Saarseite. »Wenn dieses Verhältnis geklärt ist, wird es
für uns alle leichter.«

Falk fuhr zusammen. Lori als seine Partnerin, nicht nur als
Phantasie, sondern in seinem Leben? Wäre das möglich?

Er rieb sich übers Gesicht. »Ja, ich verstehe, was du meinst. Aber die angespannte Stimmung eben war nicht nur mir geschuldet. Hast du die Leitung übernommen?«

»Ja, musste ich.«

Keine weiteren Ausführungen. Sie zog sich von ihm zurück, stellte er bedauernd fest. In der letzten Woche hatte sie mit ihm über ihre Gedanken zur Ermittlung, ihre Probleme mit Nadine gesprochen. Er vermisste den Diskurs über die Ereignisse, wünschte sich eine Gesprächspartnerin, eine Freundin. Doch Dora hatte ihn mit Lori bei einem zufälligen Treffen beobachtet und Schlüsse gezogen, die ihm nicht einmal bewusst waren. Hatte er bei Lori tatsächlich ungewollt Hoffnungen geweckt? Dora forderte eine Entscheidung, die er nicht treffen konnte, ohne Lori näher kennenzulernen. Seine Gedanken rasten, mussten erst zur Ruhe kommen. Er stand auf, wollte nachdenken. »Bis morgen«, verabschiedete er sich.

Sie nickte, wandte sich ihren Akten zu. »Ja, bis dahin.«

15

Dienstag, 15. Oktober

Dora betrat das Gebäude der Mordkommission um sechs Uhr und schüttelte ihren Schirm aus. Dort draußen tobte der erste Herbststurm, der Spätsommer war vorbei. Fast schien ihr der Wetterumschwung wie ein böses Vorzeichen. Der Fall hatte sich ausgeweitet und sie kaum schlafen lassen. Heute Abend wollte sie mit Moritz darüber sprechen; er hatte einem Treffen zugestimmt.

Bevor sie die Lichter im Obergeschoss einschaltete, fiel ihr ein Lichtschein aus einem der Büros auf. Sie ging darauf zu und sah Lori und Viggi an den Schreibtischen schlafend, gebettet auf Bergen von Notizzetteln und Computerausdrucken. Leise nahm sie die COP-Tassen von den Schreibtischen, widerstand dem Impuls, die leeren Verpackungen zu entsorgen. Sie kochte Kaffee, ging noch einmal ins Büro der Jungspunde, wie Nadine sie nannte, stellte die Tassen ab. Solche Beamte brauchte das Land und sie war froh, dass niemand vor ihr dieses Bild gesehen hatte. Sicher hätte es in einem anderen Zusammenhang das landläufige Vorurteil gegen ihre Berufsgruppe bestätigt.

»Hey, ihr beiden!«, weckte sie sie leise. »Ihr solltet aufstehen, bevor die Kollegen Witze reißen«, meinte sie, als sie in die verschlafenen Gesichter blickte. »Ich warte in meinem Büro auf euch.«

Falk sinnierte bei seiner Rasur über ein Treffen mit Lori. Wie sollte er vorgehen? Wie begann man heutzutage eine Affäre? Er war in dieser Frage aus der Übung. Seine letzten Erfahrungen in der Eroberung lagen schon ein Vierteljahrhundert zurück. Während seines Studiums war er zuletzt aktiv, mit nicht unbeträchtlichem Erfolg. Schon sein adeliger Name hatte beim anderen Geschlecht Interesse ausgelöst und anscheinend sah er damals auch noch gut aus, denn die Kommilitoninnen hatten seine Gesellschaft gesucht. Einige intensive Blicke, intellektuelle Diskussionen gepaart mit ein, zwei Gläsern Sekt, die sich die Studenten damals kaum leisten konnten, hatten ihm den Weg geebnet. Jetzt versuchte er sich an die Damen zu erinnern, zählte ihre Namen im Geiste auf. Vierzehn Kontakte waren ihm noch präsent, mit diesen Mädels hatte er mehr als einmal geschlafen. Dann hatte er Angelika getroffen, die ihm den Kopf verdreht hatte. Er selbst hatte auf der frühen Heirat bestanden, sofort nach dem Staatsexamen, noch vor seiner Zeit als Doktorand. Sie hatten gemeinsam beschlossen, das ,von' abzulegen, dieses Relikt aus großbürgerlichen Zeiten, beschmutzt durch die Vergehen seines Großvaters. Johannas Geburt hatte ihre Ehe gekrönt. Auch wenn die Kollegen über seine Rolle als junger Vater den Kopf geschüttelt hatten, damals war er glücklich. Er versprach seiner Frau, ihre unterbrochene Karriere als Rechtsanwältin mehr als auszugleichen. Eine Promotion in Rekordzeit, ein Auslandsaufenthalt in den USA; alles wurde seinen Zielen untergeordnet. Doch seine Karriere im Staatsdienst verlief unerwartet zäh, die Strukturen hatten ihn ausgebremst und frustriert. Mehrmals hatte sein Bruder ihn überzeugen wollen, doch endlich Geld als Teilhaber in seiner Kanzlei zu verdienen, aber Falk hatte abgelehnt.

An diesem Punkt unterbrach er seinen Gedankengang, wollte an die schlimmen Jahre nicht mehr denken. An Angelika, die er nicht hatte halten können; die enttäuscht war, weil sie mehr von ihm erwartet hatte. An den Bruder, den die Mutter ihm immer als Vorbild vorgehalten hatte und ihn als Versager dastehen ließ, weil sich sein Engagement nicht in finanziellem Wohlstand niederschlug. Ihm blieb nur Johanna. Was würde sie zu einer Partnerschaft mit Lori sagen, die nur fünf Jahre älter war als sie selbst?

Falk hatte die Rasur beendet und trat vom Spiegel zurück, betrachtete sich kritisch. Soweit war alles okay, kein Übergewicht, doch die Zeichen des Alters waren deutlich zu erkennen. Ein scharfer Blick erfasste ein graues Haar auf seiner Brust, Falten in anderen Körperregionen waren nicht zu kaschieren. Nein, er war nicht mehr dreißig. Wie würde Lori damit umgehen, falls es je dazu kam? Für Johanna war er bereits ein alter Mann, so, wie alle Kinder ihre Eltern sahen. Würde Lori darüber hinwegsehen? An ihrem fünfzigsten Geburtstag wäre er bereits 73, ein wirklich alter Mann. Konnte er ihr dann noch gerecht werden? Was war, wenn sie sich Kinder wünschte? Sollte er noch einmal heiraten, sollte es für immer sein.

Er beendete die Bestandsaufnahme und ging hinüber zum Kleiderschrank. Eine kurzfristige Affäre konnte er sich in seiner augenblicklichen Situation nicht leisten. Der leitende Oberstaatsanwalt musste auch repräsentieren, der Generalstaatsanwalt erst recht. Er würde seine beruflichen Ziele nicht gefährden, indem er sich auf die Fallstricke der Liebe einließ. Und doch beschäftigte ihn die Vorstellung von Loris Händen auf seinem Körper, der Duft ihres roten Haars.

Er unterdrückte die aufsteigende Erregung durch Ablenkung beim Kaffeekochen. Wie lud man heutzutage zu einem Rendezvous ein, nein, verbesserte er sich, zu einem Date? Sollte er Lori persönlich ansprechen? Eine SMS senden? Sie zum Kino oder in ein Edelrestaurant einladen? Wollte er sie ein wenig blenden, sie beeindrucken, um vom Altersunterschied abzulenken?

Himmel, das war schlimmer als in einem der Jane-Austen-Romane, die seine Frau so geliebt hatte, grinste er jetzt. Und als Mr. Darcy eignete er sich sicher nicht. Nein, er war nur ein

Mann mittleren Alters, der sich wie ein verknallter Teenager fühlte. Yann hatte die Situation sehr treffend charakterisiert.

Er rief die Zeit ab: 7:03 Uhr. Moritz war sicher schon auf dem Weg nach Frankfurt; Yann nach seinem Nachtdienst vielleicht noch wach. Kurzentschlossen nahm er sein Handy. »Yann? Hier ist Falk und ich brauche deine Hilfe.«

Dora hatte dem Bericht der beiden zugehört, dachte nach. »Das wirft ein anderes Licht auf die ganze Sache! Eine hervorragende Arbeit von euch beiden!«, lobte sie. »Habt ihr die Fragen vorbereitet, die ihr Parents stellen wollt? Das wird keine offizielle Vernehmung und wir können ihn nicht vorladen, ohne die Regeln des internationalen Papierkriegs zu beachten.«

Sie formulierten ihre Ideen, Dora ergänzte um einige Punkte.

»Willst du nicht mit uns kommen?«, fragte Lori plötzlich unsicher.

»Ihr beide seid angemeldet«, lehnte sie ab. »Manchmal unterschätzen wir Alten die jungen Kollegen und das ist euer Vorteil. Wenn ich mitkomme, ist er sicher auf der Hut. Ihr macht das schon, da bin ich sicher! Gehen wir hinüber. Danach gönnt ihr euch noch ein ordentliches Frühstück, bevor ihr nach Luxemburg fahrt.«

»Es gibt große Fortschritte«, eröffnete Dora die Frühbesprechung.

Welche Fortschritte, fragte sich Nadine, wo kamen die über Nacht her?

»Wir haben Hinweise gefunden, dass Zimmer und Putz sich kannten, sogar in der gleichen Einheit dienten«, antwortete Dora fragende Murmeln und gab das Wort an Viggi weiter.

»Wir haben uns mit der Geschichte der Bombenleger noch einmal intensiv befasst und zugehörige Webseiten aus Luxemburg durchgesehen. Euch die Ergebnisse jetzt vorzustellen, würde zu viel Zeit kosten, aber wir sind auf eine wichtige Spur gestoßen: Auf einer Bloggerseite im Internet stand eine Liste sämtlicher Armeeangehörigen der achtziger Jahre.«

»Wer veröffentlicht denn solche Informationen? Das ist illegal!«, entrüstete sich Franz-Joseph empört und Nadine stimmte ihm zu.

»Vielleicht haben sie dort drüben eine andere Gesetzeslage«, meinte Viggi achselzuckend. »Es existierte ein ,Marienkalenner', was immer man auch darunter versteht. In dieser Liste wurden sämtliche Namen vom Polizeichef bis zum Koch oder der Garderobiere aufgelistet hat. Wir haben darauf die Namen von Bertrand Zimmer gefunden und auch Alphonse Putz, geschrieben P-u-t-z.«

»Putz«, nickte Nadine überrascht. »Französisch ausgesprochen hört es sich wie Pütz an.«

»In seiner ersten Anzeige in Mettlach war der Nachname auch korrekt erfasst worden, doch ich dachte, es sei ein Tippfehler. Alphonse Putz war Soldat, bevor er mit Zimmer zur Brigade mobile wechselte«, erklärte Viggi.

Nadine tauschte einen Blick mit Jens. Die jungen Kollegen hatten tatsächlich wichtige Ergebnisse ausgegraben, während sie geschlafen hatten. Es wäre meine Aufgabe gewesen, stellte sie selbstkritisch fest, und Viggi wird in seinem Übereifer zur Gefahr.

»Ermordet da jemand gezielt luxemburgische Polizeibeamte?«, mutmaßte Jens. »Gibt es doch ein persönliches Motiv?«

»Wir können es nicht ausschließen und schauen uns diese Spur an«, bestätigte Dora seine Vermutung. »Lori und Viggi haben ihre Ergebnisse bereits für euch zusammengefasst; lest ihre Notizen durch. Findet alles über Alphonse Putz, was ihr bekommen könnt, geht den verschiedenen Konten nach. Heute Nachmittag wissen wir mehr.«

Nach einem ordentlichen Frühstück und einer Stunde Fahrt betrachtete Lori die ultramodernen Bürogebäude auf dem Luxemburger Kirchberg. Beton und Glas signalisierten die Wichtigkeit als Zentrale der europäischen Gemeinschaft, umgeben von der neuen Philharmonie, dem Kunstmuseum, der europäischen Universität und dem Kulturzentrum Coque. »Hier oben riecht man ja fast das Geld«, meinte sie.

Viggi nickte. »Daran mangelt es hier sicher nicht. Man sagt, der Großherzog ist der meist unterschätzte Monarch der Welt. Offiziell wird sein Vermögen auf 1,2 Milliarden Euro geschätzt, doch andere Stellen gehen von 4,6 Milliarden aus und damit wäre er doppelt so reich wie die Queen. Aber die Einkommensschere reicht hier noch weiter auseinander als bei uns«, stellte er fest. »Es ist ein Land der Gegensätze. Und wohl auch der Geheimnisse!«

Sie betraten eines der Bürogebäude und Lori überflog die Namen der Mieter. Eine Empfangsdame nahm ihre Namen auf, kontrollierte ihren Monitor. »Parents et Compagnie haben ihre Büros im vierten Stock. Man erwartet Sie«, wies sie zu den Aufzügen und entriegelte die Schranke, die den Eingangsbereich absperrte.

»Warum residiert eine Baufirma in einem öffentlichen Gebäude?«, murmelte Lori. »Hier arbeiten doch nur Behörden für die europäischen Gremien!«

»Parents verfügt augenscheinlich über beste Beziehungen«, bestätigte Viggi ihren Eindruck.

Man führte sie in ein großzügiges Eckbüro, das durch die Glaswände einen herrlichen Ausblick über das Plateau bot. Viggi erkannte die Philharmonie, sah eine Passagiermaschine über Findel aufsteigen.

Ihr Gesprächspartner war sicher bereits in den Siebzigern, schmal und drahtig gebaut, mit kurz geschorenem weißem Haar. Er begrüßte sie mit festem Händedruck, sprach sie auf

Französisch an und Viggi war dankbar, dass Lori die Eingangsfloskeln übernahm. Diese Sprache gehörte nicht zu seinen Stärken.

Parents taxierte sie unauffällig und anscheinend hatten sie den ersten Test bestanden, denn er bot ihnen an, das Gespräch auf Deutsch weiterzuführen, das er mit einem leichten luxemburgischen Akzent sprach. »Und Sie untersuchen den Tod meines Freundes?«, fragte er mit einem Blick, der seine Skepsis über ihr Alter durchscheinen ließ.

Lori ließ sich nicht einschüchtern. »Ja, tun wir und Frau Zimmer sagte, Sie könnten uns weiterhelfen. Kennen Sie die Todesumstände von Bertrand Zimmer und Alphonse Putz?«

»Ja, ich habe mich informiert.«

»Wissen Sie, wer der Täter war?«

Viggis direkte Frage brachte sein Gegenüber einen Moment aus der Fassung. »Nein, natürlich nicht!«, antwortete er irritiert.

Jetzt haben wir ihn verunsichert, registrierte Viggi und stellte seine nächste Frage. »Herr Parents, wir wissen bereits, dass die Opfer sich kannten und beide der Brigade Mobile de la Gendarmerie angehörten. Sie waren damals deren Vorgesetzter?«

Parents zog die Augenbrauen hoch. »So, das wissen Sie also schon!«, Merkte er an, betrachtete sie nun genauer. »Ja, Bertrand und Putz haben damals zusammengearbeitet. Ich gehörte zunächst der Sûreté, später der Police judicaire an. Mir scheint, Sie waren äußerst fleißig, wenn Sie das bereits erfahren haben«, meinte er nachdenklich. »Hat Marie darüber berichtet?«, horchte er nach.

»Nein, sie sagte, über die Militärzeit ihres Mannes wisse sie nicht viel; er habe kaum darüber gesprochen.«

»Das durfte er auch nicht«, bestätigte Parents.

»Erklären Sie uns die Aufgabe dieser Spezialeinheit?«

Er legte die Fingerspitzen zusammen und Viggi bemerkte anhand seiner Augenbewegung, dass er versuchte, die Fakten zu benennen.

»Die Brigade mobile, kurz BMG, wurde Ende der siebziger Jahre als Antwort auf die terroristischen Anschläge in Europa gegründet«, berichete Parents. »Wie Sie sicher wissen, befinden sich hier auf dem Kirchberg die Sitze des europäischen Gerichtshofes und des Rechnungshofes. Die internationale Ausrichtung unseres Landes erforderte eine zeitgemäße Spezialeinheit, die den Anforderungen gerecht wurde und dem Schutz dieser Organisationen diente.«

»Haben wir das richtig verstanden? Die BMG war das Gegenstück zu unserer GSG9-Einheit?«

»Die deutsche GSG 9, der britische SAS, die belgische Brigade Diane haben ähnliche Aufgabengebiete«, erklärte er. »Wir haben eng zusammengearbeitet.«

»In Deutschland gehörte die GSG 9 früher zum Bundesgrenzschutz, heute zur Bundespolizei. Die BMG war ebenfalls der Polizei zugeordnet?«

Er schüttelte den Kopf. »Wir haben hier ein anderes System als in Deutschland, Armee und Polizei arbeiten sehr eng zusammen«, erklärte er. »In meiner Jugend konnte man den Ordnungskräften nur beitreten, wenn man seinen Dienst in der Armee geleistet hatte.«

»Also waren sowohl Zimmer als auch Putz Armeemitglieder?«, fragte Viggi.

Er nickte.

»Zimmer hat die Brigade mobile verlassen, wie seine Frau berichtete; Putz blieb weiterhin Mitglied?«

»Ja, bis 1991. Danach ist er ausgetreten und ich habe den Kontakt zu ihm verloren. Soweit ich weiß, hat er das Land damals verlassen und ich wusste bis letzte Woche nicht, dass er wieder zurückgekehrt ist.«

»Warum hat er gekündigt?«

»Er hat mir die Gründe nicht genannt«, antwortete Parents abweisend.

So kamen sie nicht weiter, entschied Viggi. »Und was vermuten Sie?«

Parents zog fragend die Augenbrauen hoch, warf Viggi erneut einen erstaunten Blick zu, antwortete nachdenklich. »Alphonse ist mit dem Druck durch die Arbeit nicht mehr zurechtgekommen. Er hat die Ausbildungen der Spezialkräfte im Ausland durchlaufen, war kampftrainiert und Sprengstoffe waren sein Fachgebiet. Doch er wurde nur zum Personenschutz eingeteilt, eine der Hauptaufgaben unserer Truppe. Ich denke, er war unterfordert, hat sich schlicht und einfach gelangweilt.«

»Es gab also keine weiteren Konflikte?«, hakte Viggi nach.

»Nein, er wurde ehrenhaft entlassen.«

»Auch Sie haben die BMG vorzeitig verlassen?«

Parents wedelte kurz mit der Hand in den Raum. »Ja, aus ähnlichen Gründen wie Bertrand. Ich bin in unser Familienunternehmen eingestiegen.«

Das war nachvollziehbar! Hier verdiente er ganz sicher besser als in der Armee!

»Wie war Herr Putz als Mensch?«, versuchte Lori einen anderen Weg.

Parents schwieg einen Moment. »Er war geradlinig, hatte klare Vorlieben. Er hasste die Nazis, die seine Familie ermordet hatten; nur er und eine ältere Schwester haben den Krieg überlebt. Den Tod seiner Mutter kurz nach seiner Geburt lastete er ebenfalls noch dem Kriegsgeschehen an, obwohl der damals bereits beendet war. Sein Ziel war, unserem Land zu dienen, es gegen Bedrohungen von außen zu verteidigen, die er im Kommunismus sah. Nach dem Zusammenbruch der Sowjetunion verlor er sein Feindbild. Vielleicht hat das zu seinem Rückzug beigetragen.«

»Bezog Herr Putz Rente?«

»Selbstverständlich. Unser Staat lässt seine Beamten nicht im Stich.«

»Wissen Sie, wo seine Schwester wohnt? Wir konnten sie noch nicht benachrichtigen«, warf Lori ein.

»Falls sie noch lebt! Sie war gut fünfzehn Jahre älter als er, hat nach Esch geheiratet, aber an ihren Nachnamen erinnere ich mich nicht.«

Viggi beließ es dabei, weil er sah, dass Parents unruhig wurde. »Kommen wir noch zu einem anderen Thema: Wir hörten, dass Ihre Firma ein großes Bauprojekt im Saarland plant. 40 Einfamilienhäuser, die Zimmers Dorf verändern werden und auch die Expansion seines Betriebes erschwerten. Wusste er davon?«

Parents seufzte. »Ja, er wusste davon und war dagegen. Wir haben seit Jahren zusammengearbeitet und immer zu beiderseitigem Nutzen. Es war das erste Mal, dass unsere Geschäftsinteressen kollidierten. Ich hatte seine Haltung dazu falsch eingeschätzt, weil er in früheren Gesprächen andeutete, dass er seinen Betrieb verkaufen wollte. Als er vor knapp zwei Wochen bei mir war, habe ich ihm ein großzügiges Angebot gemacht. Ich möchte die Werkstatt kaufen und in eine Gegend umsiedeln, in der man problemlos expandieren kann. Als Alternative habe ich ihm auch das Grundstück genannt, falls er doch selbst weiterarbeiten wollte. Er sagte, er überlege es sich.«

»Sie sind also nicht im Streit auseinander gegangen?«, hakte Lori nach.

Er sah sie überrascht an. »Nein, er war mein Freund, ungeachtet unserer geschäftlichen Differenzen.«

»Sie arbeiten auch mit dem Autohaus Morgenthal zusammen?«

»Ja, sie beliefern unseren Fuhrpark«, bestätigte er.

»War Morgenthal auch bei der Armee?«

Er lächelte. »Nein, ich habe ihn über Bertrand kennengelernt. Haben Sie noch weitere Fragen?«, meinte er mit Blick auf die antike Uhr, die seinen Schreibtisch zierte.

»Herr Parents, was sagt Ihnen der Begriff ‚der Plan'?« Diese Frage hatte sich Viggi bis zuletzt aufgehoben.

Parents hatte sich fast erhoben, fiel nun auf seinen Sessel zurück. »Was sagten Sie?«

»Herr Putz erwähnte mir gegenüber diese Worte: Es gehe um den Plan.«

Parents drehte seinen Schreibtischstuhl in Richtung des Fensters und schwieg. Als er sich Ihnen wieder zuwandte, wirkte seine Miene ausdruckslos. »Gerüchteweise habe ich davon gehört. Der Plan war eine Stay-behind-Organisation, doch für eine Geschichtsstunde habe ich nun wirklich keine Zeit. Dieses Kapitel war bereits weit vor Ihrer Geburt abgeschlossen. Und nun gehen Sie bitte«, forderte er sie mit eisiger Miene auf.

Lori blickte zu Viggi, sie standen auf.

Parents hatte sich wieder zum Fenster gedreht, verabschiedete sie nicht.

»Eine Stay-behind-Organisation? Viggi, was hat das zu bedeuten?«, riss Lori ihn aus seinen Gedanken.

Er fällte eine schnelle Entscheidung, verließ die Autobahn hinter Perl. »Lass uns hoffen, dass es das nicht ist, denn wenn es eine Stay-behind-Aktion ist, werden wir den Fall nie lösen. Ich kann dir jetzt nicht mehr sagen, weil ich die Einzelheiten nicht präsent habe, aber Stay-behind war eine militärische Geheimorganisation der NATO. Wir haben Berge an Arbeit vor uns und sollten Dora so schnell wie möglich informieren. Aber zuerst habe ich Hunger.«

Viggi hatte mit Dora telefoniert und war beim Essen außergewöhnlich schweigsam. Lori erging es nicht anders. Sie hatten bis 3 Uhr in der Nacht gearbeitet. Gesprochenes Letzeburgisch verstehen war eine Sache, doch das Lesen der luxemburger Internetseiten hatte sie überfordert, war unglaublich mühsam.

»An elo soll kée méi soen dat do ass kale Kaffi, oder mech interesséiert et nët, dach et muss ons interesséire, well déi Hären vun demols mussen zur Rechenschaft gezu ginn, well dat do huet der Lëtzeburger Öffentlechkéet immensen wirtschaftlechen an Image-Schued verursacht, deen hei nët mol erwähnt ass. An dofir gelt nach emmer: Bommeleeér vun demols waren, sin a bleiwe Verbriicher. Wat se gemach hun brauch och net verharmlost ze gin, well nemmen durch Zoufall ass et zu kengem Doudesopfer kommen.«

Beim ersten Anlauf, den Abschnitt zu lesen, verstand sie nur Bahnhof, beim zweiten Versuch ahnte sie die Bedeutung, erst der dritte Durchgang brachte langsam Licht in die Bedeutung der Sätze. Sie seufzte.

Viggi sah auf. »Was ist denn los?«

»Ich kann das kaum übersetzen«, gestand sie.

Er stand auf, kam um den Schreibtisch herum, beugte sich zu ihrem Monitor, überflog die Zeilen.

»Niemand soll mir sagen, dass sei kalter Kaffee oder es interessiert mich nicht, denn es muss uns interessieren, weil die ehemaligen Herren zur Rechenschaft gezogen werden müssen und das damalige Geschehen der Luxemburgischen Öffentlichkeit einen immensen wirtschaftlichen Imageschaden verursacht hat, der hier nicht einmal erwähnt ist. Deshalb gilt noch immer: Die damaligen Bombenleger waren, sind und bleiben Verbrecher. Was sie getan haben, darf nicht verharmlost werden, denn nur durch Zufall ist es zu keinem Todesopfer gekommen«, las er flüssig vor und lachte. »Wir teilen uns die Arbeit auf!«

Sie hatten sich darauf geeinigt, dass Viggi die luxemburgischen Seiten übernahm, Lori die Publikationen auf Französisch las. Mühsam waren sie vorangekommen, hatten das Ausmaß der Affäre erst gegen Ende der Sonderschicht erfasst und dann beschlossen, dass es keinen Sinn mehr machte, nach Hause zu fahren. Doch der Büroschlaf der Beamten war weit unbequemer, als sie es vermutet hatte. Sie hatte gefroren, eine Decke vermisst.

Ihre Gedanken schweiften ab. Die Bombenleger in Luxemburg hatten die Bevölkerung in Panik versetzt und sie wollte sich eine ähnliche Serie heutzutage in ihrer Heimat nicht vorstellen. Das Dynamit und weiteres Material war zuvor aus Bergwerken gestohlen worden und die Art der Diebstähle wies daraufhin, dass die Täter sich hervorragend auskannten und wussten, was sie wo suchen mussten. Auch die späteren Anschläge ließen darauf schließen, dass Insider der Ordnungskräfte am Werk waren. Die Bombenleger waren der Polizei immer einen Schritt voraus, wussten, wann Patrouillen abgezogen wurden oder Schichtwechsel anstanden, sich die Strategie ihrer Verfolger änderte. Und wo hatte es das jemals gegeben: Das Erpressungsopfer zahlt das Lösegeld nicht und als Konsequenz erfolgt ein Anschlag auf die Polizei?

Die Attentate hörten plötzlich und unvermittelt nach zwei Jahren des Terrors auf; just dann, als das Polizeiwesen in Luxemburg umgestaltet war, eine wesentlich bessere Ausstattung erhalten hatte und personell aufgestockt wurde.

Das Bundeskriminalamt kam in seiner Analyse zu dem Schluss, dass die Täter menschliche Opfer zu vermeiden suchten. Sie trafen die Infrastruktur, indem sie Strommasten sprengten, aber sie wollten nicht morden. Auch dem Land wollten sie keinen ernsthaften Schaden zufügen, nicht die Bevölkerung durch großflächige Stromausfälle unter Druck setzen. Die Ziele der Anschläge waren sorgfältig ausgesucht und auch hier zeichnete sich ein fundiertes Wissen ab, über das nur offizielle Stellen verfügten.

Die Täter wurden nicht gefasst, doch vor einigen Jahren kam es zu einer Sensation, als die Staatsanwaltschaft verkündete, man werde zwei Verdächtige anklagen: Zwei Mitglieder der Brigade mobile, einfache Soldaten, bereits berentet. Das ganze Land stand kopf, der Prozess begann erst nach sechs Jahren

Vorbereitungszeit. Gerichtsbarkeit und Staatsanwaltschaft avisierten eine lange Prozessdauer, doch mit sage und schreibe 176 Verhandlungstagen hatte niemand gerechnet. Während des Prozesses war man akribisch jeder einzelnen Spur nachgegangen, hatte Hunderte von Zeugen vorgeladen, selbst Verschwörungstheorien Raum gegeben und untersucht. Erst vor wenigen Monaten endete der Prozess ohne Urteil, aber mit einem Eklat: Die Staatsanwaltschaft beantragte Anklageerhebung gegen weitere Verdächtige, unter anderen den damaligen Gendarmeriekommandanten, seinen Stellvertreter und den Polizeidirektor, die höchsten Beamten des Landes! Man vermutete Mittäterschaft, Strafvereitelung im Amt, Justizbehinderung, eidlicher Falschaussagen. Was für ein Skandal!

Lori schüttelte den Kopf. Viggi schien immer noch in Gedanken und so nahm sie ihr Handy aus der Tasche. Sie musste die Oma fragen, wie es ihr ginge; weitere Untersuchungstermine standen an, nachdem der Arzt gestern Abend mit ihrem Zustand nicht zufrieden war. Diverse Töne verkündeten den Eingang neuer Nachrichten. Sie scrollte durch die Liste, öffnete die Nachrichten nicht einmal, hielt plötzlich inne.

Viggi sah auf, hatte ihre Reaktion bemerkt.

»Geht ganz schnell«, entschuldigte sie sich.

Jetzt war er achtsam. Eine Nachricht weckte ihr Interesse. Sie öffnete die SMS, erstarrte. Schloss kurz die Augen. Antwortete.

Zwei Buchstaben, wie er registrierte.

Sie scrollte weiter, bis die nächste SMS eintraf. Sie wechselte zum Anfang ihres Postfachs, ihr Atem ging schneller. Wieder eine Antwort mit zwei Buchstaben.

Sie legte das Handy vor sich ab, Viggi sah ihre Augenbewegung von links oben nach unten wandern, bis sie sich rechts unten festsetzte. Lori befand sich in einem inneren Dialog, hatte abgeschaltet und Viggi ahnte, was geschah. Eine leichte Röte breitete sich auf ihrem Gesicht aus.

Pling. Hastig griff sie nach dem Telefon, das seine Zeit mit ihr störte, nein, zerstörte. Ihr Nicken war unbewusst, als sie wiederum antwortete. Etwas länger diesmal. Eine Zusage?

Nach dieser Nachricht hielt sie ihr Smartphone in der Hand, fast als wolle sie es umarmen. Blickwechsel nach links oben, sie stellte sich lächelnd Schönes vor und plötzlich wusste Viggi, wer diese SMS geschrieben hatte. Dieses Lächeln trat nur in eindeutigen Situationen im Gesicht der Kollegin auf.

Viggi spürte Enttäuschung, auch einen Stich Eifersucht. Er benannte die Emotionen, distanzierte sich bewusst, bevor er fragte: »Gute Nachrichten?«

Lori wirkte irritiert. Er sah, wie sich ihre Pupillen verengten, als sie sich wieder auf die Umgebung konzentrierte. »Ja«, bestätigte sie beiläufig, ignorierte die implizierte Frage.

Alles klar, dachte Viggi, die Nachrichten sind von Falk!

Halt´ dich da raus, ermahnte er sich selbst. Konzentration auf die Fakten war angesagt, Gefühle verunsicherten ihn. Und doch stellte er seine Frage spontan. »Lori, ich bin am Samstagabend zum 50. Geburtstag von Moritz Thalfang eingeladen. Würdest du mit mir kommen?«

Sie nickte. »Ja, gerne!«, meinte sie abwesend.

Falk lehnte sich auf seinem Stuhl zurück, sah über die Stadt im Herbststurm hinweg, fühlte eine wohlige Wärme in sich. »Schreib ihr eine SMS«, hatte Yann ihm geraten. »Dann bleibt ihr Zeit für eine Reaktion. Eine Absage wäre für sie leichter, für dich weniger schmerzlich. Du musst dich allerdings darauf verlassen, dass sie diskret ist, denn wenn sich dieses Date herumspricht, laufen sofort die Wettbüros der Kollegen heiß!«, hatte er gelacht.

Nun hatte Lori einer Einladung zum Essen zugestimmt, am Donnerstagabend. Sie hatte nicht gezögert, keinen Tag über eine Antwort nachgedacht, was er als gutes Zeichen sah.

Sein Telefon klingelte und er sah den Namen des Anrufers. Dora. Dora? Fast fühlte er sich ertappt wie ein Schuljunge, den die Lehrerin bei Verbotenem erwischte.

»Falk? Nimmst du heute Abend an unserer Besprechung teil? Es ist wichtig!«

Er hörte ihren Aufruhr. »Was ist los?«

»Nicht jetzt am Telefon. Später treffe ich mich noch mit Moritz und vielleicht wäre es gut, wenn du auch mitkommst. Hast du etwas vor?«

Nein, erst am Donnerstag. »Ja, ich komme mit. Bis später.«

16

Dora war angespannt. »Fassen wir die Ergebnisse noch einmal zusammen. Alphonse Putz war Soldat und hat regelmäßig seinen Ruhestandsold bezogen, der sich auf einem Nummernkonto in Luxemburg angesammelt hat, während er zehn Kilometer entfernt in einem deutschen Wald untergetaucht ist. Auf dieses Konto hatten zwei Personen Zugriff: Er selbst und auch Bertrand Zimmer, auf dessen Namen es gemeldet war. Während es in den letzten Jahren kaum Bewegungen gab, lediglich die Zuflüsse durch seine Rente und geringe Ausgaben, wurde es am vergangenen Freitag leergeräumt, ganze 350 000€ ins Ausland transferiert?«

»Ja, so sieht es aus«, bestätigte Jens. »Wir wissen nur, dass die Summe auf ein Konto auf Jersey floss und dort kommen wir nicht heran; die haben sich abgesichert und sind nicht umsonst ein Steuerparadies. Zimmer hat Putz geholfen, aber diese letzte Überweisung erfolgte durch Putz selbst, zwei Tage vor seiner Ermordung. Er wollte verschwinden!«, folgerte er.

Viggi stimmte ihm zu und rekapitulierte sein Gespräch mit Alph. »Er sagte, er müsse Acht geben, weil Zimmers Tod in gewissen Kreisen für Wirbel sorgen würde. Sicher befürchtete er, dass seine Tarnung auffliegt.«

»Aber warum hat er sich versteckt?«

»Er war Spezialagent und hielt sich fast zwanzig Jahre im Ausland auf. Wer weiß, wo er sich als Söldner verdingt hat«, meinte Nadine. »Soweit wir wissen, war er ein Tierfreund, was nicht heißt, dass er auch ein Menschenfreund war.«

Lori erinnerte sich. »Es gibt genug sinnlose Tode, sagte er zu uns, als er von den Füchsen sprach, die er gerettet hatte. Vielleicht wollte jemand eine alte Rechnung mit ihm begleichen?«

»Das werden wir nie erfahren, wenn es sich um eine Verschwörung aus früheren Zeiten handelt!«, meinte Dora frustriert. »Aber ich denke, wir können von einem Zusammenhang zwischen den Morden ausgehen. Es ist kein Zufall, dass zwei Mitglieder der BMG innerhalb einer Woche ermordet werden, die zuvor jahrelang unbehelligt lebten«, schloss sie.

»Aber selbst Parents wusste nicht, dass Putz zurückgekehrt ist. Zimmer hat es ihm nicht erzählt«, widersprach Viggi. »Obwohl sie befreundet waren!«

»Das sagt er uns«, zweifelte Nadine. »Aber was hat es mit dem Stay-behind auf sich, das er erwähnte?«, fragte sie offen in die Runde.

Falk rief sein Wissen ab. »Stay-behind war ein geheimes Netzwerk von Agenten im kalten Krieg unter der Koordination der Nato. In Deutschland unterstanden die Leute dem BND. Damals befürchtete man eine Besetzung durch Truppen des Warschauer Paktes und wollte vorbereitet sein. Offiziell wurde es Anfang der siebziger Jahre beendet, aber man fand noch 1996 verborgene Waffenlager in Deutschland. Die Stay-behind-Gruppen waren geheime paramilitärische Einheiten, meist Patrioten, die nach einer Besetzung durch feindliche Armeen in den Ländern zurückblieben und quasi hinter den Frontlinien des Feindes agieren sollten, etwa als Aufklärer, Waffenbeschaffer, Saboteure. Diese Gruppen agierten autonom und legten ebendiese Depots an, in denen sie Waffen, Sprengstoffe, Funkgeräte und weitere Versorgungsmaterialien lagerten, um im Fall eines Angriffs gerüstet zu sein. Es war eine europaweite Kampagne der NATO, fast alle Länder hatten unter unterschiedlichen Decknamen eigene Strukturen aufgebaut. In Italien hieß die Gruppe Gladio.«

»Ja, das sagt mir etwas«, erinnerte sich Dora stirnrunzelnd. »Aber die Operation Gladio lief doch völlig aus dem Ruder, endete in einem ungeheuren Skandal?«

»Ja, es kam auch in Italien zu Bombenanschlägen, wie 1980 auf den Bahnhof von Bologna mit über 80 Toten. Man verdächtigte zunächst linksradikale Gruppen und das war das politische Ziel von Gladio: Indem man den linken Terroristen die Tat in die Schuhe schob, wollte Gladio eine Stärkung der Sicherheitsstrukturen erreichen. Zumindest in Italien wurde aber zweifelsfrei festgestellt, dass Mitglieder staatlicher Organisationen die Attentäter unterstützten, Beweise fälschten, Fehlinformationen weitergaben. Auch dort wurden Mitarbeiter des Geheimdienstes zu langen Haftstrafen verurteilt. Mittlerweile haben sich auch andere Länder ihrer Geschichte gestellt, die Mörder verfolgt.«

»Und wir?«, fragte Jens.

Falk zögerte. »Es ist unbestritten, dass Stay behind auch bei uns aktiv war, aber die Aufklärungsarbeit lässt eindeutig zu wünschen übrig. Die letzte Anfrage der Opposition wurde von der Regierung äußerst zurückhaltend beantwortet. Man berief sich auf Geheimhaltungsklauseln, wich aus. Eine der Lieblingsantworten auf die brisanten Fragen sagte, man wolle die Klärung der Angelegenheit der historischen Forschung überlassen. Aber in letzter Zeit kommt auch bei uns wieder Bewegung in die Angelegenheit.«

»Inwiefern?«

»Das Oktoberfestattentat?«, fragte Dora.

»Genau. Die Ermittlungen sollen wieder aufgenommen werden, nachdem Zeugenaussagen nun anders bewertet werden, die vorher missachtet wurden.«

»Wurde auch bei uns unter den Teppich gekehrt?«, fragte Lori.

»Zumindest wird die bisherige Einzeltäterhypothese infrage gestellt!«, nickte Falk.

»Ein Bombenanschlag, der nach dreißig Jahren noch einmal untersucht wird? Das schaffen die Kollegen nie!«, zweifelte Nadine.

»Zumal auch bei uns in Deutschland, ebenso wie in Luxemburg, ein Teil der Beweisstücke vernichtet wurde. Die Kollegen in München haben viel Arbeit vor sich und sollten sich unbedingt mit den Luxemburgern unterhalten.«

»Sprechen wir hier von Staatsterrorismus?«, fragte Lori beklommen.

Falk nickte.

»Wenn es in Luxemburg dieses Stay-behind mit dem Decknamen Plan gegeben hat, ist davon auszugehen, dass sie auch geheime Lager hatten. Gehörte Zimmer einer dieser Gruppen an, hat er sein Depot vielleicht erst nach seinem Umzug zu uns nach Deutschland verlegt«, spekulierte Jens. »Wir müssen es suchen!«

»Aber wo?«, fragte Keller skeptisch.

»In der Nähe des ersten Tatortes«, sagte Lori fest. »Der Täter hat die Bombe nicht weit transportiert, sondern sie zielgerichtet an einem Punkt deponiert, wo Zimmer vorbeikam. Wenn es regnete, lief er immer die kurze Runde, wie seine Frau sagte. Diese Vorhersehbarkeit machte es dem Täter einfach«, folgerte sie. »Was auch bedeutet, dass der Täter Zimmers Gewohnheiten kannte und vor Ort war, denn der Regen setzte erst am Samstagabend ein. Er hat schnell gehandelt. Der Schein der Taschenlampe hat Zimmer angelockt und solch eine Taschenlampe brennt nicht ewig. Am nächsten Tag wären die Batterien doch erschöpft.«

Dora ließ den Anschlag nach diesem Drehbuch im Geiste ablaufen, fand ihn nachvollziehbar. »Ja, so könnte es sich zugetragen haben. Aber das Motiv für den Mord liegt weiterhin im Dunkeln. Trotzdem sind wir einen wichtigen Schritt weitergekommen. Du hast die Bereitschaftspolizei alarmiert, Nadine?«

Sie nickte.»Der Antrag auf Genehmigung zum Einsatz von Spezialkräften ist gestellt und genehmigt. Was für ein Papierkrieg! Morgen früh suchen sie das Gebiet um den Hochsitz ab und bringen auch ihre Sprengstoffsuchhunde mit«, bestätigte sie.

»Gut«, nickte Dora. »Lori und Viggi können kaum noch die Augen aufhalten, deshalb schließen wir heute früher. Morgen werden wir uns weiter mit den Vorgängen in Luxemburg befassen und alle Konten Zimmers noch einmal überprüfen. Solche Geheimdiensttätigkeiten wurden auch bezahlt.«

Nr. 3 und Nr. 4 reinigten ihre Waffen im Schützenhaus. Die anderen Schützenbrüder hatten sich nach der Schießstunde bereits in den Gastraum verabschiedet.

»Die Polizei kommt näher«, flüsterte Nr. 4. »Wir müssen die Zentrale räumen, wenn der Plan überleben soll.«

Nr. 3 raunte ihm zu. »Ja, wir müssen handeln. Ich habe heute den idealen Standort für ein neues Depot gefunden. Hast du am Wochenende Zeit?«

»Die mache ich mir!«, versprach der andere. »Wo gehen wir hin?«

»Im Eichwald habe ich einen alten Unterstand ausgemacht. Absolut unwegsames Gelände; wir werden das Material schleppen müssen.«

»Wo ist es jetzt?«

»Sicher verwahrt«, wehrte er ab.

»Warum meldet sich unser Oberkommando nicht?, fragte sich Nr. 4.»Die haben doch sicher bemerkt, dass Bertrand ihnen keinen Bericht erstattet hat!«

»Keine Namen!«, zischte Nr. 3 leise. »Man wird sich bei uns melden und unsere erste Aufgabe besteht darin, die Ausstattung zu sichern.«

»Weißt du, wer Nr. 1 ist?«

»Nein, aber Nr. 2 hat ihm vertraut, deshalb werden wir es auch tun.«

Nr. 4 nickte gehorsam. »Werden wir denn auch weiterhin bezahlt?«, fragte er vorsichtig.

»Du wirst deinen Lohn schon erhalten«, meinte Nr. 3 zuversichtlich. »Nr. 2 hat uns immer versichert, dass unser Sold gezahlt wird.«

»Hoffen wir es! Am Samstag dann?«

»Ja, 15 Uhr. Dann können wir noch bei Tageslicht arbeiten und in dieser Gegend habe ich noch nie einen anderen Menschen getroffen.«

Dora legte das Besteck zur Seite, faltete ihre Serviette. »Das war phantastisch, Moritz. Wie findest du bei deiner anstrengenden Arbeit nur die Zeit, auch noch ein Festmahl zu kochen?«

»Ich habe Freunde, die ich durchfüttern muss«, meinte er lakonisch.

»Ja, ohne dich würden wir verhungern«, lachte Falk. »Also, was hältst du von der Sache?«

Moritz griff nach der die Weinflasche, nahm die Gläser. »Lasst uns ins Wohnzimmer gehen.«

»Hast du da deine Abhörstöranlage?«, scherzte Falk.

»Nein, die befindet sich unter dem Dach«, antwortete Moritz unbeeindruckt.

»Gibt es solche Stay-behind-Strukturen auch bei uns, Moritz?«, fragte Dora, als sie sich setzten. »Wolltest du deshalb nicht mit uns am Telefon darüber sprechen?«,

»Stay-behind vielleicht nicht gerade, verborgene Strukturen allemal«, bestätigte er und warf ihr einen bedauernden Blick zu.

»Das Netz«, stöhnte sie. »Wie man es nennt, ist doch gleichgültig.«

»Nein, da existiert ein gravierender Unterschied. Stay behind arbeitete klandestin und voneinander unabhängig. Oft waren den Mitgliedern keine weiteren Mitstreiter bekannt, sie hatten lediglich Kontakt zu ihrem Führungsoffizier. Und sie kamen aus dem ganz rechten Spektrum, waren besonders obrigkeitshörige Staatsbürger, Kommunistenhasser.«

»Wie Putz auch«, erinnerte sie.

»Ich denke, Putz war ein Außenseiter«, widersprach Moritz. »Ich halte eher Zimmer für den Anführer, denn er war kontinuierlich vor Ort. Er übernahm die Aufgabe, die Mitglieder seiner Gruppe zu rekrutieren«, meinte er nachdenklich.

»Du wusstest davon?«

Moritz schüttelte abwägend den Kopf. »In meiner Anfangszeit bei der Polizei wurde insbesondere beim Staatsschutz getuschelt und dort habe ich auch etwas über einen Plan gehört, aber ich konnte es nicht zuordnen. Verstanden habe ich es erst, nachdem der Prozess in Luxemburg für Wirbel sorgte.«

»Ich habe von diesem Prozess nichts mitbekommen«, bekannte Dora und Falk nickte zustimmend.

»Und das ist der Punkt, den ich persönlich besonders bezeichnend finde!«, meinte Moritz aufgebracht. »Während es in unserem nächsten Nachbarland drunter und drüber geht, alle Strukturen in Frage gestellt werden, bleibt der Prozess in Europa weitgehend unbeachtet. Als wäre Luxemburg irgendeine Insel in der Südsee! Da stürzt eine zentraleuropäische Regierung über ihren Geheimdienst und im Ausland wird es als interne Angelegenheit abgetan. Es gab so gut wie keine Berichterstattung in den Medien«, bestätigte er. »Ich nenne solche Zustände Zensur.«

»Die Regierung stürzte über die Bombenlegeraffäre? Die war doch schon vor dreißig Jahren beendet!«, meinte Falk skeptisch.

»Sie stürzte nicht über die Affäre, sondern über den Prozess, der ungeheuerliche Schlampereien aufdeckte.«

»Was war da denn los?«, fragte Falk nach.

»Es wurde festgestellt, dass viele der Beweismittel verschwunden waren, Protokolle zerstört, Ermittlungsergebnisse unseres BKA nicht beachtet wurden. 1986 wurde hier ein Täterprofil erstellt, von dem die Untersuchungsrichter erst 2003 erfuhren. Und auch während des Prozesses wurde gekämpft. Der leitende Staatsanwalt wurde als pädophil diskriminiert; pass also auf deinen Laptop auf, Falk! Es hat ihn sicher einige Nerven gekostet, bis er endlich entlastet wurde. Als diese Pannen aufflogen, kam es zu einem parlamentarischen Untersuchungsausschuss, dessen Abschlussbericht die seit vierzig Jahren regierende Partei nicht zurückhalten konnte. Neuwahlen folgten und seitdem ist erstmals die Opposition an der Macht.«

»Von den Neuwahlen habe ich natürlich gehört«, nickte Dora. »Aber ich dachte, die Regierung sei über den Geheimdienst gestolpert.«

»War es nur der Geheimdienst, der agierte, wie er wollte?«, stellte Moritz die Frage in den Raum. »Armee, Polizei und Geheimdienst sind offiziell getrennt worden, aber solche alten Verbindungen löst man nicht durch eine Verwaltungsreform. Sonst hätte der neue Staatsminister unsere Dienstwagenaffäre sicher nicht als übliches Verfahren abgetan.«

»Stimmt, die kam im Rahmen eines Prozesses auf, ich erinnere mich«, meinte Falk. »Unser Land bestellt Dienstwagen mit Sonderrabatten, lässt sie hier zu, übernimmt die Steuern und bringt sie dem luxemburger Geheimdienst, der die Autos bar bezahlt. Nein, hier läuft es auch nicht besser«, stellte er frustriert fest.

»Hängen wir mit drin, Moritz? Das ist die Frage, die für uns wichtig ist«, fragte Dora drängend.

»Die politischen Beziehungen zwischen unserem Verfassungsschutz und dem luxemburgischen Geheimdienst sind traditionell sehr gut«, meinte Moritz ausweichend. »Lies mal die Protokolle unserer Landtagsdebatten, dann verstehst du, wie es bei uns aussieht.«

Dora verdrehte die Augen. »Erinnere mich nicht daran! Da haben wir uns auch gnadenlos blamiert.«

»Du denkst an die zehntausend faulen Beamten deiner Abteilung?«, witzelte er und Falk sah ihn ratlos an.

»Ein Insiderwitz. Es gab eine Anfrage zur Lage der Polizei im Land«, erklärte Moritz. »In den beigelegten Anhängen haben wir gezeigt, wie es um unsere Rechenkünste steht. Aber den kontrollierenden Abgeordneten ist der Fehler ebenfalls nicht aufgefallen«, grinste er und Dora lachte.

»Aber nun zu unserem Fall«, meinte sie ernster. »Wollen wir es versuchen? Stellen wir uns einmal vor, wir wollten eine Untergrundtruppe in diesem Land etablieren, einen Stay-behind--Ableger schaffen. Wie würde man vorgehen?«

Moritz überlegte. »Zwei bis drei Mitkämpfer, die mir absolut vertrauenswürdig erschienen, würden zunächst genügen. Man müsste mehrere kleine Gruppen schaffen, die mit den lokalen Gegebenheiten vertraut sind; vielleicht reichten zwei Einheiten pro Landkreis. Ich würde sie aus dem rechten Lager rekrutieren, aber keine Extremisten, eher anständige Bürger, die mit Stolz für ihr Land einstehen.« Er machte eine kurze Pause. »In dem angenommenen Kriegsfall wäre es wichtig, sowohl die Logistik als auch die Kommunikation untereinander und zu offiziellen Stellen aufrecht zu erhalten, um an die relevanten Informationen zu kommen.«

»Nur sechs Gruppen für das Land?«, meinte Dora, als sie im Geist die Landkreise durchging.

»Zu Beginn. Diese Leute, sozial gut vernetzt, hätten im Angriffsfall die Aufgabe, schnell neue Mitglieder zu rekrutieren. Aber soweit kam es ja nie. Und natürlich gehört die Ausrüstung dazu.«

»Also dieses versteckte Depot? Das wollen wir morgen suchen«, stimmte Dora zu. »Aber für die Kommunikation untereinander haben wir keinerlei Hinweise gefunden. Zimmer hatte kein Handy, mit Computern kannte er sich nicht aus.«

»Zimmer kommt aus einer anderen Generation. Wir müssen uns in seine Lage versetzen, die damalige Technik berücksichtigen«, erinnerte Moritz.

Falk überlegte. »Ich würde Schreibmaschinen und Funkgeräte vorschlagen!«

»Zum Beispiel. Die Russen nutzen für ihre Geheimunterlagen neuerdings auch wieder Schreibmaschinen.«

»Ja, das wäre genial!«, stimmte Falk zu. »Da kann unsere Polizei mit ihren modernen IMSI-Catchern zum Abhören von Handys jahrelang durch die Gegend fahren und wird die Täter trotzdem nicht fassen.«

»Und für die Logistik nehmen wir einen Freund mit Autowerkstatt und Mietwagenverleih. Morgenthal wäre der ideale Kandidat!«, schloss Dora.

Sie sahen sich überrascht an.

»Und wie würden die Mitkämpfer bezahlt?«, wandte Falk ein. »Nur für Ehre und Land wären sie sicher nicht über Jahre bei der Stange zu halten!«

»Wir überprüfen morgen noch einmal Zimmers Konten. Aber vielleicht genügen lukrative Aufträge? Morgenthal hat an Zimmers Armeefreund Parents Luxuskarossen geliefert, nachdem Zimmer die beiden miteinander bekannt gemacht hat. Können wir auch Morgenthal überprüfen?«

»Bei der augenblicklich dünnen Beweislage wird es schwierig, den Beschluss beim Richter erfolgreich durchzubringen«, zweifelte Falk. »Da brauchen wir mehr und ein Motiv sehe ich bei ihm nicht. Sie waren Freunde, haben beide gut verdient. Diese Aufträge könnten nach Zimmers Tod wegbrechen.«

»Und sein Alibi ist bombenfest, weil er verreist war«, erinnerte sich Dora. »Trotzdem fragen wir noch einmal nach, wo er am vergangenen Wochenende war.«

»Wer könnte noch dazugehören? Wer stand loyal zu Zimmer, wohnte in seiner Nähe?«, fragte Moritz.

»Andi Wagner, aber der hat auch ein bestätigtes Alibi. Und er verliert viel, wenn die Firma verkauft wird.«

»Ihr müsst den vierten Mann suchen«, überlegte Moritz. »Und vor allem die Nr. 1!«

»Die Nr. 1?«

»Zimmer agierte sicher nicht ganz allein, hatte ebenfalls einen Ansprechpartner nach oben, sonst macht das ganze System doch keinen Sinn. Wer hat diese Gruppe geführt, nachdem er Luxemburg verlassen hat? Das war nicht mehr die NATO, das war jemand in der Nähe.«

»Vielleicht saß Zimmers Chef in Luxemburg? Und die Gruppe im Perler Land war lediglich ein Vorposten?«, spekulierte Dora.

Moritz zuckte mit den Schultern. »Oder eben bei uns. Die offizielle Führungsstruktur ist zusammengebrochen, als Stay behind beendet wurde; sie waren kopflos. Nr. 1 hat sie übernommen, sah seine Chance.«

»Du glaubst, dass seine Truppe instrumentalisiert wurde?«

»Zimmer war Soldat, kein Offizier und das ist in Luxemburg ein himmelweiter Unterschied. Dort herrschten hierarchische Strukturen, die von den Soldaten nicht infrage gestellt wurden, und schon gar nicht vor dreißig Jahren. Wenn ein anderer Offizier mit ihm in Kontakt getreten ist, hätte er dessen Person und Autorität nicht hinterfragt, sondern seine Befehle ausgeführt.«

»Himmel, Moritz, du machst mir Angst!«, meinte Dora betroffen. »Das könnte jeder sein, sowohl hier als auch in Luxemburg. Wir haben weder das Personal noch die Mittel, das zu untersuchen.«

»Ihr müsst unbedingt vorsichtig sein!«, stimmte Moritz zu. »Das Netz ist real und ihr droht, euch darin zu verfangen. Trefft zumindest jede Maßnahme, die euch persönlich schützt.«

»Viggi führt immer eine parallele Festplatte für mich«, beruhigte sie ihn.

»Was heißt denn das?«, fragte Falk irritiert.

»Falls uns jemand schaden will, wird er uns auf diesem Weg angreifen. Tim hält für uns parallele Festplatten vor, auf denen sich keine schmutzigen Kinderpornos befinden, die du angeblich heruntergeladen hast. Sie halten bei Bedarf jeder gerichtlichen Überprüfung stand. Erste Sicherheitsmaßnahme«, erklärte Moritz.

»Ihr vertraut Viggi eure Daten an?«, fragte Falk erstaunt.

»Nur Viggi!«, bestätigte Moritz.

»Würde er das auch für mich tun?«, überlegte Falk.

»Wenn du ihm vertraust, sprich mit ihm. Er ist hilfsbereit.«

Falk hatte sich wegen eines frühen Termins am nächsten Tag verabschiedet.

Theo sah nachdenklich in die Nacht, als Moritz zu ihr zurückkehrte. »Können wir diesen Fall lösen?«

»Ja, das werdet ihr, aber wie ich schon sagte, müsst ihr äußerst vorsichtig sein. Den Kampf gegen das Netz kennst du doch schon länger«, meinte er tröstend. »Aber wie geht es dir? Es lief heute Abend gut mit euch beiden.«

Er sah ihr Achselzucken.

»Du hast ihn am Sonntag also noch über den Anschlag informiert. Das war richtig!«

»Natürlich habe ich das getan. Ich litt nur an einem kurzfristigen Zickenanfall«, entschuldigte sie ihre Weigerung zwei Tage zuvor.

»Zickig warst du noch nie, Theo. Aber ich mache mir Sorgen um dich. Wann hast du zuletzt einen Mann geküsst oder hattest du Sex?«, fragte er unverblümt.

Wieder ein Achselzucken.

»Ich kenne dich anders«, seufzte Moritz.

»Nun komm mir nicht wieder mit der ,Wo-ist-die-alte-Theo-Geschichte'«, wehrte sie ab. »Oder bietest du dich an?«, setzte sie provozierend hinzu.

»Wenn du mich lieb bittest, lasse ich mich erweichen«, gab er halb scherzhaft zurück.

»So verzweifelt ist der Notstand nicht. Ich vermisse nichts.«

»Und das glaube ich nicht!«, reagierte er gelassen auf die Zurückweisung. »Was ist nur mit dir los? Früher hast du geglüht und Sex bedeutet nicht gleich heiraten. Du würdest dich endlich einmal entspannen.«

»Ich habe mich seitdem verändert. Heute kann ich mir kaum vorstellen, wie ich früher war.«

Das hörte sich fast hoffnungslos an! »Theo, du bist damals schrecklich verletzt worden, das gebe ich zu. Aber du bestrafst dich selbst, indem du diesem Vorfall weiterhin soviel Raum gibst. Du verpasst dein Leben, wenn du dich so einigelst!«

Sie funkelte ihn warnend an. »Ich habe dich nicht um eine psychoanalytische Deutung gebeten. Das ist meine Sache!«

»Und Falk ist definitiv raus?«

»Falk trifft sich mit Lori«, stellte sie fest, wandte den Blick ab, doch Moritz hatte ihre Betroffenheit bemerkt.

»Woher weißt du das?«, fragte er leise, fühlte mit ihr.

»Ich lese die Körpersprache, Moritz! Heute Abend war die Unsicherheit von beiden abgefallen. Falks Schultern waren lockerer als in der vergangenen Woche. Lori hat sich während unserer Abendbesprechung mehrmals entspannt zurückgelehnt, ihm aber keinen Blick zugeworfen, fast als wolle sie sich tarnen. Zuvor hat sie ihn immer insgeheim beobachtet. Sie haben definitiv einen Termin für ein Date!«, folgerte sie.

»Tut mir leid, Theo. Ich dachte nicht, dass er so unvernünftig ist!«

»Was hat das Thema mit Vernunft zu tun?«, meinte sie resigniert.

Er fuhr sich nachdenklich übers Gesicht, nickte. »Er wäre aber trotzdem gut für dich! Du könntest kämpfen!«

»Nicht gegen Lori, auf keinen Fall. Gegen ihre Reize hat keine Frau eine Chance«, stellte sie leise fest.

»Du schon!«, sagte er überzeugt.

»Sehr schmeichelhaft, Moritz«, lächelte sie. »Aber hier geht es um den Grundsatz und du darfst mir gerne Prinzipientreue und Rigidität vorwerfen!«

»Es ist nur der Sex, der ihn lockt«, vermutete Moritz nachdenklich.

»Ein äußerst starkes Motiv, möchte ich meinen«, gab sie zurück. »Und ein Mann, der mit den unteren Regionen denkt, könnte nie mein Partner sein. Er hat sich disqualifiziert!«

»So ist er nicht und das weißt du auch«, verteidigte er den Freund.

»Sag mal, habt ihr beiden eure Rollen getauscht?«, erwiderte sie nun aufgebracht. »Bist du jetzt sein Anwalt? Hat er dir ein Generalmandat als Kuppler ausgestellt? Du vertrittst mit diesem Gespräch sicher nicht seine Interessen!«

»Doch, tue ich ganz sicher und als sein Freund behalte ich den Überblick!«

Sie schnaubte. »Er will mich nicht, akzeptiere das endlich. Ich wollte ihn lediglich näher kennenlernen, bin nicht verliebt. Er ist abgehakt.«

»In nur zwei Tagen?«, fragte er skeptisch. »Du wolltest mit ihm wandern!«

Sie nickte. »Ja, das war ein Fehler, den ich noch bereinigen werde. Mein Frühwarnsystem holpert, aber letztlich funktioniert es doch.«

Er überlegte kurz, suchte nach einer Lösung. »Jürgen wäre eine Alternative!«, fiel ihm ein.

»Oh Moritz, du bist unverbesserlich«, stöhnte sie. »Seit wann willst du deine Freunde beglücken?«

»Du hast es verdient.«

Jetzt hatte er sich verraten, sah es in ihrem Blick.

»Nein, da ist noch etwas anderes«, schüttelte sie den Kopf, schloss die Augen.

Er konnte fast spüren, wie es Klick machte. In ihrem Kopf.

Sie riss die Augen auf. »Das ist es? Moritz, er liebt dich und ich werde Yann ganz bestimmt nicht anrühren! Du brauchst keine zweite Sicherung einbauen, indem du mir einen Partner suchst. Ich will das nicht und mir fehlt auch nichts!«

»Wie gesagt, Theo, als Freund behalte ich den Überblick.«

17

Mittwoch, 16. Oktober

»Was für eine Suppe!« Lori zog fröstelnd die Jacke fester um sich.

Der Herbststurm hatte sich gelegt, Nebel hüllte den Kewelsberg ein. Hinter ihnen wies das Hinweisschild zur Lourdesgrotte ins graue Nirgendwo.

»Ja, kriecht einem durch den Mantel«, stimmte Viggi zu, schlug seinen Kragen hoch.

Sie beobachteten die Aufteilung der Bereitschaftspolizei, Nadine sprach mit dem Hundeführer.

Lori dachte an die Frühbesprechung. Dora vermutete, dass Zimmer die Schlüsselfigur einer verborgenen Stay-behind-Zelle war, die er im Saarland installiert hatte. Außer Zimmer musste es aber weitere Mitstreiter geben, die für die Logistik oder auch die Informationsbeschaffung zuständig waren. Im Angriffsfall hätte Morgenthal genügend Transportfahrzeuge, lautete ihre Hypothese.

Nun sollten sie bei Frau Zimmer nach weiteren Hinweisen für die verborgenen Aktivitäten ihres Mannes suchen und Morgenthals Aufenthaltsort des vergangenen Wochenendes bestimmen, aber gleichzeitig äußerste Vorsicht wahren, um die Gruppe nicht vorzeitig durch ihre Ermittlungen zu warnen. Ein schwieriges Unterfangen, stellte Lori fest und war erleichtert, dass sie heute wieder mit Viggi ermitteln konnte.

Sven Niemann begrüßte sie. »Seid ihr heute alle da? Erwartet ihr das spannende Finale?«

»Hoffentlich wird es das«, meinte Lori. »Sven, seid ihr weitergekommen mit der Bombe in Alphs Hütte?«

Er nickte. »Sind wir und es gibt neue Rätsel. Die Kollegen von der Brandermittlung haben Hinweise auf Brandbeschleuniger gefunden. Die Hütte sollte nicht nur hochgehen, sondern auch in der Hölle lodern.«

»Und wo seht ihr das Rätsel?«

»Neben den Brandbeschleunigern fanden wir Reste eines weiteren Sprengsatzes. Er war neben dem Bett deponiert und enthielt auch kein Dynamit, sondern C4-Plastiksprengstoff mit einem elektronischen Initiativzünder. Welche Uhrzeit auf dem Timer eingestellt war, konnten wir nicht mehr feststellen.«

»Es gab zwei Bomben? Hat der Täter seinen eigenen Fähigkeiten misstraut?«, überlegte Lori.

Sven schüttelte den Kopf. »Das Dynamit hätte die Hütte auf jeden Fall zerlegt. Aber von dem C4 fanden wir nur eine geringe Menge. Es hätte die Brandbeschleuniger entzündet, die den eigentlichen Schaden verursacht hätten. Wir haben es mit völlig unterschiedlichen Vorgehensweisen zu tun.«

»Du glaubst, es waren zwei verschiedene Täter?«, fragte Viggi überrascht.

Er nickte. »Würde ich daraus schließen, ja. Außerdem war das Dynamit außen deponiert, das C4 innen.«

»Vielleicht wollte Alph seine Spuren verwischen, indem er seine eigene Hütte sprengt?«, vermutete Lori.

Viggi dachte nach. »Das wäre ihm zuzutrauen«, meinte er. »Er wollte verschwinden, nochmals untertauchen. Hier lagerte nichts von Wert und er kannte sich mit neueren Sprengtechniken aus, wusste, wie man C4 aus den Zutaten mischt.«

»Und wird vorher von einem anderen Täter erwischt.« Erstaunt sahen sie sich an.

»So könnte es gewesen sein«, bestätigte Niemann. »Wir konnten in diesem Aschehaufen noch nicht einmal DNA-Spuren sichern.«

Nadine kam hinzu, unterbrach ihr Gespräch. »Der Einsatz wird voraussichtlich Stunden dauern. Ich denke, ihr beide könnt inzwischen bei Zimmer und Morgenthal nachfragen. Sollte es spannend werden, melde ich mich.«

Sie waren entlassen, Nadine ging mit Niemann auf den Mannschaftsbus zu.

»Wohin zuerst?«, fragte Viggi.

»Frau Zimmer wohnt gleich da unten und ist bestimmt schon wach. Morgenthal habe ich noch nicht erreicht, da läuft nur ein Anrufbeantworter.«

»Dann auf zu Losa!«, freute sich Viggi.

»Du magst diesen ungezogenen Schäferhund?«

»Sie ist sogar sehr wohlerzogen«, widersprach Viggi. »Sie hat mich angesprungen, weil ich sie zum Spielen eingeladen hatte. Bei dir hätte sie das nicht getan.« Er überlegte kurz. »Falls es hier länger dauert, gehe ich eine Runde mit ihr.«

»Hunde ausführen im Dienst?«, neckte sie.

»Wenn wir uns freiwillig eine halbe Nacht um die Ohren schlagen, fragt auch niemand nach. Am Sonntag habe ich acht Stunden zuhause recherchiert, was es mit dem Code auf sich hatte. Da darf ich mir bei Leerlauf auch einmal eine Pause gönnen.«

Lori nahm ihr Handy. »Ich gebe Frau Zimmer Bescheid, dass wir kommen«, stimmte sie zu.

Frau Zimmer bot ihnen einen Kaffee an, den sie nach ihren Anweisungen altmodisch mit einem Filter auf einer angewärmten Porzellankanne zubereiteten. Losa hatte Viggis Zeichen nach der Begrüßung verstanden und sich in ihren Korb zurückgezogen.

»So schmeckt mir der Kaffee am besten«, meinte Frau Zimmer genießerisch, stellte die Tasse ab. »Frisch gemahlen aus der alten Mühle und mit einer Prise Salz im Filter.«

Lori gab ihr recht, die Mühe hatte sich gelohnt.

»Haben Sie gestern mit Alain gesprochen?«, fragte sie.

»Haben wir und er hat uns weitergeholfen. Sagen Sie, besaß Ihr Mann ein Funkgerät oder eine Schreibmaschine?«

»Das hat Alain Ihnen erzählt? Dass er sich daran noch erinnert!«, wunderte sich Frau Zimmer. »Die Geräte sind noch da, aber die Antenne ist längst in der Werkstatt gelandet, auch wenn es Bertrand damals schwerfiel, sie zu entsorgen. Aber er hatte kaum noch Zeit für sein Hobby.«

»Er war Hobbyfunker?«

»Das Funken hat er bei der Armee gelernt, aber als wir hierher zogen, hat er es als Hobby beibehalten. Sie dürfen sich sein Studio gerne anschauen, solange ich Sie nicht nach oben begleiten muss. Dort steht auch die Schreibmaschine.«

Sie beschrieb ihnen den Weg durch das Haus, wo sie im zweiten Stock über eine schmale Stiege auf den Dachboden gelangten. Lori fand den Zugschalter direkt an der Lampe, die den Raum hell erleuchtete.

»Nun schau dir das einmal an«, staunte sie. »Sieht aus wie in einem Agentenfilm aus den sechziger Jahren! Dora lag richtig mit ihrer Vermutung.«

»Es war eine gute Idee, nach altertümlicher Technik zu suchen.« Viggi untersuchte bereits die Geräte, wandte seinen Blick nach oben. »Hier gab es nicht nur eine Antenne, sondern mehrere. Siehst du das Kabelgewirr? Die Kabel hat Zimmer nicht entsorgt, weil er wusste, wie viel Mühe es macht, sie neu zu verlegen. Er besaß sogar eine Morsetaste von Marconi und einen dazugehörigen automatischen Schreiber.« Ein schwarzer Koffer zog seine Aufmerksamkeit auf sich, er öffnete ihn. »Eine alte Adler-Schreibmaschine. Standardausführung.«

Lori fuhr mit dem Zeigefinger über einen Tisch »Hier war seit Jahren niemand mehr«, stellte sie fest. »Sieh mal, wie viel Staub hier liegt.«

Er nickte enttäuscht. »Was hier auch ablief, zu unserem aktuellen Fall gehört es nicht. Aber ich bin jetzt fast sicher, dass Zimmer zu einer alten Stay-behind-Gruppe gehörte. Er konnte nicht nur funken, sondern auch basteln. Auf dem Schreibtisch dort hinten liegen drei verschiedene Lötkolben.«

»Seine Vorliebe fürs Basteln hat er in seiner Werkstatt zum Beruf gemacht«, bestätigte Lori. »Wenn man die Tätigkeit denn Basteln nennen will.«

»Und die Aufträge kamen zuverlässig von seinen alten Kameraden, die ein eigenes Firmennetzwerk aufgebaut haben. Klar, das war Vetternwirtschaft, aber wer wollte ihn ermorden? Stay-behind ist Geschichte ebenso wie die Bombenlegeraffäre. Und hier kämpfte er nicht für die Aufrüstung der staatlichen Sicherheitsorgane; dazu fehlten ihm der Einfluss und die Beziehungen. Selbst wenn er damals zu den Bombenlegern in Luxemburg gehörte, können wir ihn nicht mehr dazu befragen oder vor Gericht stellen.« Er schüttelte zweifelnd des Kopf. »Wenn Alph zuerst getötet worden wäre, könnte ich an ein Rachemotiv glauben, weil er jahrelang im Ausland abgetaucht war. Wer weiß schon, wen er sich dort zum Feind gemacht hat. Aber Alph hatte sich verändert, hatte das Metier verlassen!«

»Du mochtest ihn, nicht wahr? Obwohl er Antikommunist war?«, spielte sie auf seine politische Gesinnung an.

»Ja. Er wollte mir sagen, worum es geht, auch hier aufräumen. Falls er jemals getötet hat, sah er am Ende seines Lebens die Dinge anders«, war er überzeugt.

»Auch Alph können wir nicht mehr befragen«, bedauerte Lori.

»Ich hätte darauf bestehen müssen, ihn früher zu treffen«, sagte Viggi bedrückt.

Betroffen sah Lori ihn an. »Du machst dir Vorwürfe? Du konntest es doch nicht wissen!«

»Trotzdem. Ich hätte ihn auch abends besuchen können, nachfragen. Dieser Gedanke geht mir nicht mehr aus dem Kopf. Vielleicht wäre er dann nicht gestorben, Lori! Er wäre rechtzeitig untergetaucht. Seine Vorbereitungen waren abgeschlossen, das Geld hatte er schon freitags überwiesen und er hat nur darauf gewartet, mir die Sache zu übergeben.«

»Aber Viggi! Es gibt keinen Grund für Selbstvorwürfe. Du bist nicht schuld an seinem Tod! Sprich mit Dora darüber und sie wird es bestätigen.«

»Ich bin nicht schuld, aber mitschuldig«, ließ er keinen Einwand gelten.

»Du hast doch mehrmals versucht, Nadine davon zu überzeugen und sie hat es als unwichtig abgetan. Dann war es ihr Fehler«, wandte sie ein.

»So einfach ist es nicht. Ich hätte selbst eingreifen müssen!« Sein Telefon klingelte, er hörte kurz zu. »Ja, machen wir«, beendete er das Gespräch. »Das war Dora. Keller hat eine Meldung aus der Bevölkerung: In Hellendorf wurde in einem Hotel ein Gepäckstück zurückgelassen. Wir sollen es uns ansehen.«

Lori betrachtete ihn besorgt; Viggi litt unter Schuldgefühlen, die sie kaum nachvollziehen konnte. Sie versuchte, ihn aufzuheitern.»Weißt du was? Ich fahre nach Eft zu Morgenthal; er wird jetzt wohl im Büro sein. Und du gehst mit Losa spazieren. Das wird dich auf andere Gedanken bringen«, schlug sie vor. »Danach treffen wir uns an diesem Hotel, vielleicht haben sie ein Restaurant.«

»In Hellendorf?«, fragte er skeptisch.

»Danke, dass Sie Losa ausgeführt haben«, sagte Frau Zimmer, als er eine Stunde später zurückkehrte. »Ihr fehlt der Auslauf.«

Viggi lachte. »Ich glaube, sie hat eher mich ausgeführt! Sie hat mir ganz neue Wege gezeigt.«

»Sie brauchte Bewegung und ihre Verletzung ist gut verheilt. Ich kann sie kaum noch im Haus halten und Andi findet nur selten Zeit, nachdem der Betrieb nun an ihm hängt. Für ihr Alter ist Losa noch erstaunlich lebhaft.«

»Wie alt ist sie denn?«

»Schon sieben!«

»Sie ist hervorragend trainiert, Frau Zimmer«, lobte er.

»Ja, Bertrand hat sich viel Zeit für sie genommen. Er fehlt ihr auch.« Sie schloss kurz die Augen, sah ihn wieder an. »Keine Angst, ich beginne nicht wieder zu weinen. Ihr Taschentuch ist bereits gewaschen, aber noch nicht gebügelt.«

»Ich hole es persönlich ab und laufe noch einmal mit Losa«, versprach er.

»Das wäre schön. Und fassen Sie den Mörder meines Mannes!«

»Wir gehen jeder Spur nach«, versprach er.

Lori bog in Eft auf die Kirchenstraße ab, fuhr auf der Landstraße in Richtung Hellendorf. Am Orsteingang bemerkte sie eine einladende Brunnenanlage unter hohen Bäumen, die im Sommer sicher als Treffpunkt für die Bewohner diente. Langsam kurvte sie durch den Ortskern, stellte den Wagen unterhalb des Landhotels ab und warf einen Blick über den Parkplatz. Viggi war noch nicht eingetroffen, deshalb drehte sie sich noch einmal um, lief ins Dorf hinunter, ignorierte den ungezogenen Hund, der sie wütend ankläffte. Ein Haufendorf, dachte sie. Sie blickte über den kleinen Dorfplatz, ließ die Umgebung auf sich wirken. Alt und Neu in seltener Einigkeit, auch hier viel Platz vor den Bauernhäusern. Sie lugte in die kleine Kapelle, deren dünnes Glockengeläut die Mittagszeit ankündigte. Acht Bankreihen boten vielleicht Platz für siebzig Einwohner; nur die ersten Bankreihen verfügten über Heizlüfter. Ein kleiner Altar, ein Harmonium.

Sie schloss die Tür, ihr Ziel lag neben dem Kirchlein. Ein ehemaliger Bauernhof hatte ihren Blick angezogen. Sie betrachtete das Haus, dessen Dach eingestürzt war. Der in Stein gefasste Bauerngarten lag verwildert vor ihr. Im Obergeschoss waren die Scheiben zerbrochen, Gardinen zeugten von ehemaligen Bewohnern. Ehemalig? Der Misthaufen im Hof war sicher keine Antiquität, und sie fragte sich, ob das Haus noch bewohnt war. Der Traktor im Schuppen stammte aus der Zeit ihrer Großmutter, war mit seinen schmalen Rädern nicht mit den Deere-Traktoren zu vergleichen, die sie in den Nachbardörfern gesehen hatte. Sie nahm ihr Handy aus der Tasche, fotografierte dieses Unikum fasziniert.

Ein Anwohner betrachtete sie argwöhnisch, überquerte die Straße, sprach sie an. »Sie fotografieren unseren Schandfleck? Da vorne finden sie gleich noch ein Exemplar!« Seine Stimme schwankte zwischen Unwillen und Entschuldigung.

»Steht das Haus leer?«, fragte Lori ihn.

»Nein, da lebt noch einer, in den hinteren Zimmern. Die Eltern haben Fehler gemacht, konnten nicht loslassen und dachten wohl, sie könnten noch etwas mitnehmen.«

»Hier gibt es noch nicht so viele Neubauten«, sah Lori sich um, blickte über die große Grünfläche im Ortskern, erkannte dahinter ein winziges Feuerwehrhaus.

»Wir bauen nur für die Einheimischen«, verkündete er fast trotzig und Lori nickte. Das Dorf hatte seinen Charakter bewahrt.

Viggi parkte auf dem Platz vor der ehemaligen Scheune und überlegte, ob er eine Ausfahrt blockierte. Das Hotel war ein ehemaliger Bauernhof, sehr stilvoll restauriert. Er stieg aus und sprach den alten Herrn an, der neben der Eingangstür auf einem Rollator saß, den Strahl der Herbstsonne genoss, die sich durch den Nebel gekämpft hatte.

»Sie können dort stehen bleiben«, bestätigte er. »Wollen Sie ins Hotel oder zum Restaurant?«

»Ich möchte mit Frau Fernes sprechen.«

»Durch die Tür, links rum!«

Er folgte der Anweisung, betrat einen Gastraum mit langer Theke; nur wenige Tische standen in der ehemaligen Stube.

Lori saß bereits in dem angebauten Wintergarten, der einen Blick in den parkähnlichen Garten ermöglichte. Sie hatte einen Ecktisch am Fenster ausgesucht, genoss die Aussicht über die Felder, die unverbaut vor ihnen lagen. Nur die Windräder am Horizont zerstörten den Eindruck fast unberührter Natur.

»Ist richtig schön hier, nicht wahr? Schau dir die liebevolle Herbstdekoration an. Und wir können sogar essen.« Sie schob ihm die Speisekarte zu. »Die Hausherrin musste hinunter nach Perl, aber die Mitarbeiterin sagte, sie komme jeden Moment zurück.«

Viggi warf einen langen Blick in die Karte. »Liest sich sehr gut!«

Die junge Bedienung nahm ihre Bestellung entgegen, entzündete die Kerze auf dem Tisch.

»Ist ja fast romantisch!«, lachte Lori. »Ein Candlelight-Dinner zu zweit an einem gewöhnlichen Mittwoch. Wie war der Spaziergang mit Losa?«

»Spaziergang? Das war eher eine Wanderung. Einige Male wollte sie in den Wald abbiegen, aber auf mein Pfeifen kam sie sofort zurück. Ich müsste meine Schuhe putzen, doch das war es mir wert«, lächelte er entspannt.

Lori sah kurz unter den Tisch und lachte.»Ja, ihr wart fleißig! Aber wir sind doch hier in einem Hotel, man kann dir sicher aushelfen. Frag doch mal.«

»Mach ich später. Was hat Morgenthal gesagt?«

»Er war von Freitag bis Dienstagnachmittag auf einem Familienfest. Eine Nichte im Allgäu hat geheiratet und so weit reicht kein Funkfernzünder. Die Eieruhr, die die Explosion letztendlich auslöste, lief höchstens 60 Minuten und sie wurde durch eine Fernbedienung gestartet. Die Techniker gehen davon aus, dass der Bombenleger nicht mehr als einen Kilometer entfernt war.«

»Woher weißt du das so genau?«, wunderte sich Viggi.

»Ich habe Niemann noch einmal angerufen, weil ich nicht verstanden hatte, wie die erste Bombe mit dem Dynamit gezündet wurde. Da hat jemand eine ausgeklügelte Vorrichtung gebaut, um sich selbst ein Alibi zu verschaffen.«

»Der Bombenleger startet also eine mechanische Eieruhr per Fernsteuerung und hat dann eine Stunde Zeit, sich aus dem Staub zu machen?«

»Oder auch nur fünf Minuten«, bestätigte sie. »Wir wissen ja nicht, auf welche Zeit sie eingestellt war! Er konnte sie aus einem fahrenden Wagen starten und zwischen der Landstraße und Alphs Hütte am Waldrand liegt ja nur der Acker. Sowohl Wagner als auch Wollinger waren in der Nähe, wie viele andere auch.«

Viggi stellte sich die Situation vor. »Eine tickende Eieruhr im Verschlag außerhalb der Hütte. Nein, die hätte Alph nicht gehört.«

»Wer baut so eine gemeine Falle? Wer von unseren Verdächtigen kann das?«, fragte sie kopfschüttelnd.

»Keiner, würde ich sagen«, bemerkte Viggi.

Lori seufzte frustriert.

»Vielleicht findet Nadine das Depot und wir erhalten neue Hinweise«, meinte er aufmunternd. »Da kommt unser Essen. Lass uns eine Pause einlegen, über anderes sprechen. Wie geht es deiner Oma?«

Sie waren bereits beim Kaffee angelangt, als die Besitzerin des Hotels an ihren Tisch trat. »Sie sind die Herrschaften von der Kripo?«

Als sie nickten, nahm sie Platz. »Ich dachte nicht, dass Sie so schnell kommen würden, sonst hätte ich auf Sie gewartet«, entschuldigte sie sich. »Einer unserer Gäste hat ein Gepäckstück in der Aufbewahrung zurückgelassen, das kommt häufiger vor. Aber nach der Sache mit Alfi war ich doch besorgt.«

»Können Sie Ihrem Gast das Gepäck nicht nachschicken?«

»Das wollte ich, aber ich habe keine Adresse. Die Buchung für die beiden Zimmer erfolgte nicht wie sonst üblich über das Internet, sondern telefonisch. Man nannte uns als Rechnungsadresse ein Unternehmen in Liechtenstein, doch dort kennt man die angegebenen Namen nicht.«

Tatsächlich, das war auffällig! Viggi suchte Loris Blick, die ihr Notizbuch hervorzog.

»Es wurden zwei Zimmer gebucht?«

»Ja, es waren zwei Herren. Sie unterhielten sich auf Englisch, aber der eine sprach deutsch als Muttersprache, der andere italienisch. Ich hörte es, als er einmal telefonierte.«

»Und wem gehörte die Tasche?«

»Dem Italiener«, war sie sich sicher. »Er wollte sie vor der Abreise abholen.«

»Wie lange waren die Gäste hier?«

»Seit Donnerstagabend. Sie haben am späten Sonntagmittag ausgecheckt.«

»Haben sie mit Kreditkarte bezahlt?«, hoffte Viggi auf eine Spur.

»Nein, in bar und als Rechnungsadresse gaben beide die Firma an.«

»Waren es denn Geschäftsleute?«

»Sie waren an die siebzig, schätze ich, bereits im Rentenalter«, meinte sie abwägend.

Das klang nicht, als gehörten sie noch zur arbeitenden Bevölkerung. Und sie waren in Alphs Alter! »Wissen Sie, was die Männer hier getan haben?«

»Sie sind viel gewandert, kamen nur abends zum Essen herunter. Mein Vater hat ihnen die Routen erklärt.«

»Haben sie sich auch nach Alph Putz erkundigt?«, fragte Viggi plötzlich.

»Also, bei mir nicht«, zuckte sie mit den Schultern.

»Können wir mit Ihrem Vater sprechen?«

»Ja, er sitzt vorne.«

Viggi stand auf. »Ich frage ihn. Rufst du Dora an, ob wir das Gepäck sicherstellen sollen?«

Lori nahm ihr Handy bereits aus der Tasche.

Die Besitzerin erhob sich ebenfalls. »Ich bin in meinem Büro. Ein Schuhputzautomat steht in der Hotelhalle, falls Sie den nutzen wollen«, bot sie Viggi an, dessen Problem sie mit geschultem Blick erfasst hatte.

»Können Sie uns inzwischen die Buchungsunterlagen ausdrucken?«, bat Lori.

»Selbstverständlich.«

Der alte Herr saß in der Gaststube und las die Zeitung. Er sah auf, als Viggi ihn ansprach, nickte bei seiner Frage. »Ja, die wollten wissen, wo seine Hütte ist. Hab´s ihnen aber falsch beschrieben.«

»Warum?«

»Die haben mir nicht gefallen und das habe ich Alfi auch gesagt.«

»Sie haben mit ihm darüber gesprochen?«, hakte Viggi überrascht nach.

»Ja, er kam oft vorbei und wir haben ein Schwätzchen gehalten, draußen vor der Tür.«

»Wie hat er reagiert?«

»Er ist sofort weitergegangen, als er davon hörte. Kein langer Schwatz an diesem Tag«, bedauerte er. »Nein, nie mehr!«, sah er Viggi betroffen an, als habe er es erst jetzt begriffen.

»Wann sind die Herren weggefahren?«

»Sonntag um fünf war das Auto weg. Meine Tochter wollte sie noch an das Gepäck erinnern, aber sie kam zu spät. Die hätten die Tasche doch auf den Rücksitz stellen können!«, schlug er kopfschüttelnd eine praktikable Lösung vor.

»Hatte der Wagen denn keinen Kofferraum?«

»Doch, aber der war voll.«

»Konnten Sie erkennen, was darin lag?«

»Nein.« Er überlegte. »Als sie ihre Sachen verstauen wollten, haben sie einen Werkzeugkoffer herausgehoben. Der war aber kleiner als die Tasche. Der Platz hat nicht gereicht.«

»Können Sie sich an das Kennzeichen erinnern?«

Der alte Mann schnaubte. »So gut sehe ich nicht mehr, junger Mann, aber es war gelb. Aus Luxemburg.«

Lori kam auf sie zu. »Viggi, Nadine hat angerufen. Wir haben einen Erfolg erzielt«, umschrieb sie die Nachricht angesichts des Mithörers.

»Früher war es vielleicht einmal ein Bombentrichter«, vermutete Sven Niemann, schob die Kapuze seines weißen Overalls nach hinten. »Danach wurden die Wände befestigt und eine Bodenklappe angebracht, die mit Erde und Farn bedeckt war. Die Hunde haben den Sprengstoff gewittert; ohne sie wären wir vorbeigelaufen.«

»Was habt ihr gefunden?«, fragte Lori gespannt.

Sven seufzte. »Leider nur leere Regale und einen Tisch, auf denen schwere Gegenstände in Kisten standen, man konnte nur noch Schleifspuren erkennen. Wir haben Proben genommen, aber hier hat man sorgfältig aufgeräumt und zwar vor kurzem. Mit viel Glück finden wir noch DNA-Spuren, aber es sieht nicht gut aus.«

»Was meinst du, wann wurde der Unterstand zuletzt betreten?«, fragte Nadine.

»Der Sturm der letzten Tage hat ein spezifisches Laubmuster hinterlassen und in der näheren Umgebung konnten wir keine Fußabdrücke sichern. Oben auf dem Weg fanden wir aber Reifenspuren, die darauf hinweisen, dass ein Auto mehrmals an der gleichen Stelle gewendet hat, vielleicht ein kleinerer Kastenwagen. Auch diese Spuren waren verwischt, aber in der Nähe haben wir Schäden an einer Baumrinde feststellen können, die noch nicht verrottet sind. Irgendwann in der letzten Woche waren die Täter hier«, schloss er.

»Also nach dem Mord an Zimmer?«, versicherte sich Viggi.

»Ja, davon gehe ich aus.«

»War es der Täter?«, überlegte Lori. »Wie weit ist der Hochsitz von hier entfernt?«

»Luftlinie keine 100 Meter«, schätzte Sven. »Aber es ist unwegsames Gelände, sehr steil. Zimmer musste einen Umweg gehen, um von hier zum Hochsitz zu gelangen, der einen halben Kilometer am Hang entlang führt. Trotzdem bin ich sicher, dass er sich aus dieser Richtung dem Hochsitz näherte.«

»Woraus schließt du das? Er lief oft jenseits der Pfade durch den Wald«, erwähnte Viggi.

»Der Stolperdraht! Er war so gespannt, dass er diesen Weg zum Hochsitz sperrte, nicht aber den offiziellen Wanderweg. Der Mörder kannte Zimmers Wege durch den Wald«, war er sich sicher.

»Gibt es Hinweise, dass die Bombe hier zusammengebaut wurde?«, fragte Nadine.

»Nein, ganz sicher nicht. Hier gibt es keine Stromquelle, die man braucht, um die Drähte anzulöten. Hier war höchstens ein Lager, aus dem er Materialien entwenden konnte.«

»Aber das wäre Zimmer bei einer Kontrolle doch sicher aufgefallen!«, schüttelte Viggi den Kopf.

Niemann widersprach. »Die Traglast der Regale ist auf hundert Kilogramm Gewicht ausgelegt. Je nach Menge des gelagerten Dynamits hätte er eine gründliche Inventur jeder einzelnen Kiste vornehmen müssen, um festzustellen, dass Einzelteile fehlten.«

»Zimmer war ein geordneter Mensch mit militärischer Ausbildung«, wandte Viggi ein. »Ich denke, es wäre ihm aufgefallen, wenn sich eine Person an dem Material zu schaffen gemacht hätte. Er wäre vorsichtig geworden und wäre nicht blindlings in die Falle gelaufen.«

»Was du da andeutest, gefällt mir gar nicht, Viggi!«, antwortete Lori alarmiert. »Du denkst, es gibt noch ein weiteres Versteck, das der Täter ebenfalls kannte?«

Niemann schüttelte abwägend den Kopf. »Militärisch macht es Sinn, nicht alles auf eine Karte zu setzen und hier ist nicht viel Platz. Als Notunterkunft war es nicht geeignet. Sollen wir weiter suchen, Nadine?«

Ihr Blick wanderte über das dichte Unterholz und die müden Gesichter des Suchtrupps. »Heute nicht mehr«, lehnte sie ab. »Das Gebiet ist zu groß und wir brauchen klare Hinweise, bevor wir sinnlos Ressourcen verschwenden. Haben die Hunde nochmals angeschlagen?«

»Nein, die Spur endet oben am Weg.«

»Okay, das war's für heute«, entschied sie. »Zeit für den Papierkrieg.«

»Ein anderes, noch größeres Depot?«, wandte Franz-Joseph skeptisch ein. »Ich halte es für sehr unwahrscheinlich, dass es bisher nicht entdeckt wurde. Wir leben in einem deutschen Landkreis, nicht in der sibirischen Einöde«, meinte er mit einem Seitenblick auf Lori.

»Im Ortsverband Perl wohnen auf 75 km² gerade mal 8000 Menschen. Nicht gerade überbevölkert, wie ich das sehe. In Saarbrücken sind es zum Vergleich über 1000 Einwohner pro km², etwa zehnmal so viele, und auch hier gibt es ausgedehnte Wälder, in denen ich mir ein über lange Zeit unentdecktes Depot vorstellen könnte«, brachte Viggi die Diskussion auf ein objektives Niveau.

Wo speichert er nur alle diese Daten, fragte sich Falk erstaunt.

»Das Gebiet ist zu groß für eine flächendeckende Suche«, schloss Dora die Diskussion ab, erntete ein zustimmendes Nicken von Nadine. »Gab es neue Hinweise zu Zimmers Konten, Jens?«

»Neben dem Konto von Putz, auf das er Zugriff hatte, gab es ein weiteres Konto in Luxemburg. Soweit ich es überblicken konnte, liefen darüber ausschließlich geschäftliche Transaktionen. Aber eines ist mir doch aufgefallen: Ihr sagtet doch, die Zimmers lebten eher bescheiden?«

Nadine, Lori und Viggi nickten.

»Trotzdem hat Zimmer jeden Monat 2000€ bar abgehoben, quasi als Haushaltsgeld, denn alle anderen Rechnungsbeträge wie die Nebenkosten wurden abgebucht. Wer kauft denn Monat für Monat für zwei Tausender Lebensmittel und Kleidung? Trägt seine Frau Designerklamotten oder geben sie regelmäßig Bankette?«

»Nein, sie trägt eher Mode von C&A«, schätzte Lori.

Jens sah auf seine Notizen. »Selbst das Geld für das Theaterabo wurde abgebucht. Wenn sie es nicht im Tresor gebunkert haben, konnte er von diesem Geld seine Mitstreiter bezahlen. Auch tausend Euro Haushaltsgeld sind für einen Zweipersonenhaushalt üppig.«

»Ein wichtiger Hinweis«, bestätigte Dora. »500€ in bar auf die Hand können durchaus die Motivation zweier Mitverschwörer erhalten.«

»Ergibt fast die Rate für eine neue Werkstatt«, überlegte Viggi.

»Oder für einen Mercedes 350ML«, spottete Dora und Falk zuckte bei der Spitze zusammen. »Fährt einer unserer Verdachtspersonen ein auffälliges Auto oder lebt über seine Verhältnisse?«

»Das überprüfe ich morgen«, antwortete Jens.

»Außerdem lassen wir Phantomfotos von den Gästen im Hellendorfer Hotel anfertigen. Jetzt sind die Eindrücke noch frisch und wir werden keine noch so unscheinbare Spur außer Acht lassen. Euch beiden schienen sie verdächtig?«, fragte Dora bei Lori und Viggi nach.

»Eine Deckadresse in Liechtenstein, ein Werkzeugkoffer im Auto, eine anonyme Hotelbuchung und die Frage nach Alph. Dazu Svens Vermutung, dass unterschiedliche Täter am Werk waren. Ja, ich halte es für verdächtig«, argumentierte Viggi und Lori schloss sich mit einem Nicken an.

Dora wandte sich an Keller. »Lebt die Schwester von Alph noch?«, stellte sie die letzte Frage des Tages.

»Nein, sie ist vor zwei Jahren verstorben. Für eine endgültige Sicherheit durch DNA-Vergleich müssten wir sie exhumieren, denn Kinder hatte sie nicht.«

Dora zog eine Grimasse. »Wenn es eben geht, sollten wir diesen drastischen Schritt vorerst vermeiden.«

»Was war denn das eben für eine Anspielung auf mein Auto?«, fragte Falk.

Sie lächelte. »Entschuldige Falk, ich konnte nicht widerstehen. Es ist mir wirklich herausgerutscht.«

Nach der Besprechung saßen sie in Doras Büro, sprachen über die Ergebnisse der Ermittlung. Die Uhr pochte hinter Falks Augen, sein Abendprogramm wartete. Doch vor seinem Date mit Lori am morgigen Abend musste er noch einen wichtigen Punkt ansprechen. Die Wanderung mit Dora war erst in zehn Tagen geplant, aber Moritz hatte ihm ein Doppelspiel vorgeworfen. Diese Anspielung war ihm in Erinnerung geblieben. Von seiner Seite gab es kein falsches Spiel! Aber Doras Rückzug beschäftigte ihn, sie fehlte ihm. Er dachte an ihren Besuch in seinem Büro in der vergangenen Woche, an ihre Hilfe. Auf keinen Fall wollte er sie als Freundin verlieren. »Dora, wie steht es mit unserer Wanderung am übernächsten Wochenende? Hast du schon eine Route ausgewählt?«

Sie schüttelte den Kopf. »War keine gute Idee«, sagte sie leise.

Was war denn jetzt wieder los! »Doch, das war es und du hast es mir versprochen!«, gab er zurück, wollte ihren Rückzug nicht akzeptieren.

»Ich hatte es als Geschenk gesehen, dass du mit mir wandern wolltest. Geschenke darf man zurückgeben.« Sie drehte sich von ihm fort, sah aus dem Fenster.

Die Ablehnung setzte ihm zu. »Ich stehe aber dazu! Und Geschenke von Freunden weist man nicht zurück.«

Sie vermied seinen Blick. War da ein leichtes Zittern in ihrer Stimme? »Die Umstände haben sich geändert Falk, es war mein Fehler. Ich habe falsche Schlüsse gezogen, unscharf interpretiert, weil ich die objektiven Hinweise außer Acht ließ«, meinte sie selbstkritisch. »Mein Blick auf die Tatsachen war durch subjektive Einflüsse getrübt und das darf nicht geschehen.«

Sie sah ihre Freundschaft als subjektiven Einfluss? Ja, das passte zu der Ausdrucksweise der Dr. Psychologin. Das nächste Mal würde sie es vielleicht Versuchsleitererwartungsverhalten nennen, einen Rosenthaleffekt. Er hatte in ihrer Doktorarbeit gelesen, inwiefern die Erwartungen des Versuchsleiters den Ausgang eines Experimentes beeinflussten.

Groll stieg in ihm auf. Er war doch kein Kaninchen, kein Affe, keine Maus! Befand er sich als Versuchsperson in einer psychologischen Testreihe? Nein, dressieren ließ er sich nicht! »Schade«, meinte er kurz. »Gehst du allein?«

Sie nickte. »Das Hotel ist gebucht. Dein Zimmer konnte ich ohne Mehrkosten stornieren.«

Sie hatte ein Hotel reserviert! Sie hätten ein gemeinsames, vielleicht romantisches Abendessen genossen, ein Frühstück. Auch die Nacht dazwischen? Fast erstaunt beobachtete er das grüne Aufleuchten seiner inneren Zeitansage und seine körperliche Reaktion bei der Vorstellung. Aber nein, so weit wäre es nicht gekommen, verwarf er den Gedanken sofort. Ihre Welt bestand aus Fakten und Beweisen; emotional war sie vollkommen blockiert. Ein Schneewittchen eben! Und doch hatte er sie auch einmal anders erlebt: Damals bei dem Rockkonzert in der Garage, als sie ausgelassen getanzt hatte. Das war eine der seltenen Gelegenheiten, in denen sie sich nicht versteckt hatte, weil sie sich unbeobachtet fühlte. Er unterdrückte ein Seufzen. Dora war wirklich kompliziert!

Er stand auf, musste die Zurückweisung erst verarbeiten. »Herzlichen Glückwunsch zu eurem Erfolg heute.«

»Dir eine gute Verhandlung morgen.«

Sie drehte sich nicht zu ihm um, als er das Büro verließ.

Sorgfältig wählte Lori ihre Garderobe für den kommenden Abend.

Ein Essen in einem Restaurant der Saarbrücker Sternekochmeile hatte er vorgeschlagen. Stilvoll, wie sie es noch nie erlebt hatte. Zwanzig Uhr. Sicher war er pünktlich, wie immer. Sollte sie einige Minuten später kommen, um nicht allein auf ihn warten zu müssen? Oder schätzte er Pünktlichkeit bei anderen so sehr, dass sie bei einer Verspätung Minuspunkte sammelte? Würde er zur Begrüßung aufstehen und warten, bis der Ober ihr den Stuhl zurechtgerückt hatte, bevor er wieder Platz nahm? Die alten Höflichkeitsregeln, wie ihre Oma sie heute noch vertrat: Die Dame setzt sich zuerst. War sie eine Dame?

Sie würden bestellen, essen, sich unterhalten. Und dann? Bei den Gedanken wurde ihr heiß. Käme es zu einem Kuss, vielleicht zum Abschied? Würde sie am nächsten Morgen in seinem Bett aufwachen? Ihre Großmutter warnte sie doch nur vor einem Schürzenjäger, weil sie Falk nicht kannte.

In diesen Gedanken wählte sie die Dessous, hing an der Entscheidung, ob sie ein Kleid oder einen Anzug tragen sollte. Hier führte das Angebot zur Entscheidung; der Anzug war gereinigt, die Bluse gebügelt.

Möchtest du einmal Mutter werden? Diese Frage der Großmutter beschäftigte sie dennoch. Ja, vielleicht später einmal,
überlegte sie, mit Mitte dreißig? Dann wäre Falk fast sechzig.
60! Beim Schulabschluss ihres Kindes an die Achtzig. Diese
Dimension konnte sie kaum noch erfassen.

Der Schreck fuhr durch ihre Glieder, so weit hatten sich ihre
Gedanken noch nie vor gewagt. Falk als erfahrener Liebhaber,
das war der Punkt, an dem ihre Phantasien blühten, ihren Verstand terminierten.

Nr. 3 schaltete die Lichter aus.

Das Zischen einer Stimme neben der Haustür ließ ihn zusammenfahren. »Sie kommen uns immer näher! Und du gehst
nicht einmal ans Telefon, wenn ich anrufe!«

»Es war alles gesagt!«, fuhr er Nr. 4 an. »Samstag, 15 Uhr.«
Warum hielt er sich nicht an die Regeln?

»Aber sie haben mein Depot gefunden!«

»Einen verlassenen Unterstand im Wald haben sie gefunden,
nicht mehr! Solange du keinen Fehler machst, können sie uns
nichts nachweisen.«

»Aber die wollen weiter suchen. Wenn sie die Zentrale entdecken, sind wir geliefert.« Seine Angst ließ ihn wieder die
Stimme heben.

»Bevor das geschieht, werden wir sie vernichten. Aber die
Polizei wird sie nicht finden, weil Nr. 2 vorsichtig war.«

»Ihn hat es als ersten erwischt!«, erinnerte Nr. 4 wütend.

»Deshalb sucht die Polizei den Mörder, aber nicht uns. Wir
müssen lediglich darauf achten, uns nicht zu verraten. Deshalb
verschwinde jetzt, bevor man uns sieht. Du gefährdest den
Plan!«

»Der Plan? Der ist mir doch völlig egal. Hier geht es um
mich!« Nr. 4 war außer sich, wirkte unberechenbar.

»Beruhige dich!«, sagte Nr. 3. »Ich habe die Lage unter Kontrolle. Wollte der Täter uns treffen, hätte er nicht Alfis Hütte gesprengt. Lass die Polizei arbeiten, unsere Ordnungskräfte werden uns schützen«, vertraute er auf die Strukturen, die sie zu verteidigen hatten.

18

Donnerstag, 17. Oktober

Ein Büroaktenschreibtag. Spuren zusammenführen, Berichte verfassen, Akten studieren.

Die Schreibtischarbeit belastete ihn. »Wir haben nur Vermutungen, keine Beweise!«, kommentierte Viggi frustriert. »Morgenthal hat an seinen Kontakten nach Luxemburg gut verdient, die Autos zwar teuer verkauft, aber das waren keine strafbaren Wuchergeschäfte. Wollinger lebt in einem a-Haus und fährt einen Audi A3.«

»Ein a-Haus?« Lori sah von ihrem PC auf.

»17a, 35a. Das sind die Häuser, die auf dem ehemals großen Grundstück der Eltern oder Schwiegereltern angebaut wurden. Der Nutzgarten entfällt, die Kinder ziehen ein. Familiärer Enkelhort und Pflegeversicherung in einem Modell. Ich nenne es das saarländische a-Haus-Phänomen«, erklärte Viggi und Lori lachte.

Sie sah auf ihre Notizen. »Andi Wagner braucht kein a-Haus, er lebt bei seiner Mutter und behält einen Großteil seines Lohnes zur eigenen Verfügung. Das Geld hat er in einen aufgetunten Golf GTI gesteckt, ansonsten hat er keine teuren Hobbys und auch keine Schulden.«

Nervös tippte Viggi mit den Fingerkuppen auf den Schreibtisch. »Die Geldspur bringt uns in diesem Fall nicht weiter. Ich rufe Frau Zimmer an und frage sie, was sie mit dem Bargeld gemacht haben.« Kurzentschlossen griff er zum Telefon, sprach mit ihr, notierte ihre Angaben. »Für den Spaziergang mit Losa rufe ich später noch einmal an«, beendete er das Telefonat.

»Was sagt sie?«, fragte Lori gespannt.

»500€ gehen monatlich an die Enkelin, die in Luxemburg studiert. Außerdem sei es üblich, die Autowracks für schnelles

Geld zu kaufen, deshalb hatte ihr Mann immer Bares im Safe. Wie viel im Tresor liegt, konnte sie nicht sagen, aber sie zählt es nach. Geschäftliche Dinge hat sie ihrem Mann überlassen.«

Jens stand in der Tür. »Ich habe noch einen Hinweis gefunden. Zimmer war neben den anderen Vereinen vor Ort auch im Wanderverein gemeldet. Glaubt ihr, dass die 300€ Mitgliedsbeitrag im Monat fordern?«

»Ein Wanderverein ist doch kein Golfclub. Niemals!«, meinte Viggi zweifelnd.

»Dieser Wanderverein hatte doch Alphs Hütte gepachtet«, fiel Jens ein. »Ich frage mal bei der Gemeindeverwaltung nach, wie hoch die Pacht war.« Er verschwand wieder in sein Büro.

Lori überlegte. »Zimmer war doch so ein Vereinsmeier. Wir haben einzelne Mitglieder befragt, aber noch nicht überprüft, ob es eine Schnittmenge von Mitgliedern in den einzelnen Vereinen gibt. Vielleicht benutzte Zimmer kein Handy, weil er seine Mitkämpfer dreimal in der Woche in einem der Vereinshäuser traf?« Sie öffnete die Vernehmungsprotokolle, suchte die Adressen. »Ich werde die Mitgliederlisten anfordern.«

»Gute Idee, Lori!«

Zur Mittagspause stand Lori auf. »Ich frage Dora, ob sie mit uns zum Essen geht. Kommst du heute einmal mit?«

Viggi schüttelte frustriert den Kopf. »Ich bleibe hier. Irgendwo liegt eine Spur, die wir übersehen haben.«

»Komm doch mit uns, Viggi!«, bat sie.

»Ich muss die Spur finden!«, lehnte er ab. »Hast du die Listen der Vereinsmitglieder schon erhalten?«

Sie nahm die Ausdrucke in die Hand, warf einen prüfenden Blick darauf. »Mit Wollinger war Zimmer im Technischen Hilfswerk und im Ortsrat, mit Andi Wagner teilte er die Mitgliedschaft bei der Feuerwehr und ebenfalls im THW. Morgenthal traf er nur im Schützenverein. Es gibt keine Schnittmenge unserer Verdächtigen, die alle Vereine abdeckt.«

»Ich schau es mir gleich einmal an«, bemerkte er. »Guten Appetit!«

»Du solltest auch essen. Soll ich dir etwas mitbringen? Ein Käsebrötchen?«, bot sie an.

»Auf Saarländisch heißt es Weck, Lori, Käseweck«, verbesserte er. »Ja, das wäre nett von dir.«

So geht es nicht weiter, dachte Lori auf dem Weg zu Doras Büro. Viggi war völlig verbissen, sah weder nach rechts oder links. Ob er mit Dora gesprochen hatte, wie sie es vorgeschlagen hatte? Als sie gestern Abend gemeinsam die Mordkommission verlassen hatten, sprach Falk noch mit Dora. Da hatte er keine Gelegenheit. Heute Morgen war Viggi vor allen anderen im Büro, hatte bereits die erste Kanne Kaffee gekocht. Doch Dora war heute erst kurz nach acht erschienen, mit dunklen Ringen unter den Augen. Die Schlagzeilen in der Zeitung wurden täglich vorwurfsvoller und Lori ahnte den Stress, unter dem sie stand.

Dora fokussierte, doch die Buchstaben verschwammen vor ihren Augen, bildeten unverständliche Linien, zitterten wie Schlangen umher. Ihre Aufmerksamkeit schweifte unentwegt ab; Traumbilder entstanden vor ihren Augen und in ihrem gedämpften Zustand ließ sie sie vorbeiziehen, überlegte, ob es sich um Träume oder Albträume handelte. Selbst diese Entscheidung fiel ihr schwer, beobachtete sie distanziert.

Um Himmels Willen! Nach ihrer Absage der gemeinsamen Wanderung mit Falk war sie gestern nach Hause gefahren und konnte sich in der leeren Wohnung dem Sog der blauen Tabletten nicht entziehen, war sofort ins Bett gegangen.

Doch heute Morgen hatte kein fürsorglicher Moritz sie geweckt, ihr einen Kaffee gekocht. Fast hätte sie erneut verschlafen und das durfte nicht geschehen. Sie musste sich Falk aus dem Kopf schlagen, aber Tabletten waren nicht der richtige Weg. Die nahmen ihr nur den Job, wenn sie sich daran gewöhnte. Nein, sie musste sich abends ablenken; verhindern, dass diese Tiefs sie überfielen. Heute Abend würde »Der Gott des Gemetzels« im Theater aufgeführt und Dorian hatte ihr die Inszenierung empfohlen. Schon der Titel sprach sie an, spiegelte ihre Gemütslage hervorragend.

»Dora, kommst du mit zum Essen?«

Sie sah erstaunt auf. »Schon halb eins? Ja, wir sollten eine Pause einlegen.« Sie nahm die Lesebrille ab, streckte sich.

Spontan betrat Lori ihr Büro, lehnte die Tür an. »Dora, hat Viggi mit dir gesprochen?«

»Nein. Was ist denn, Lori? Setz dich doch«, bot sie an.

Lori zögerte. »Bleibt das unter uns? Ich will nicht petzen.«

Dora verstand. »Worüber soll Viggi mit mir sprechen?«

Nervös setzte Lori sich auf die Stuhlkante. »Ich mache mir Sorgen. In Viggis Kopf spuken Ideen, die mich beunruhigen. Könntest du ihn nicht einmal fragen, wie es ihm geht? Dir vertraut er.«

»Aber du willst mir nicht sagen, worum es geht?«

Lori schüttelte den Kopf. »Er hat es nur einmal kurz angedeutet, danach nicht mehr erwähnt. Ich kann mit meinem Eindruck auch falsch liegen.«

»Danke, Lori. Vielleicht ergibt sich heute Abend eine Gelegenheit, mit ihm zu sprechen.«

Sie stand auf, nahm ihren Mantel von der Garderobe und versuchte, ihre Betroffenheit zu verbergen. Lori beobachtete genauer als sie selbst, weil sie ihren Verstand durch Pillen und Unnötiges vernebelte. Schluss damit! Heute Abend würde sie die Tabletten in die Toilette werfen und über Moritz Vorschlag nachdenken. Wie hieß der Mann, den er genannt hatte: Jürgen?

»Ich nehme an, dass Viggi nicht mit uns zum Mittagessen kommt?«, fragte sie.

»Nein, er möchte nicht.«

Viggi sah nachdenklich aus dem Fenster, als sie zurückkam. »Ist Nadine auch wieder da?«

»Ja, sie ist in ihrem Büro, wollte Niemann anrufen.« Lori legte ihre Jacke über den Stuhl, setzte sich.

Er stand auf, nahm das Papier aus dem Drucker, markierte einige Zeilen. »Ich muss sofort mit ihr sprechen.«

»Mit Nadine?«, fragte sie überrascht nach.

»Ja, ausnahmsweise. Du kannst auch mitkommen.«

Zwei Türen weiter legte Nadine den Hörer auf. »Was ist denn?«, fragte sie, als die beiden in der Tür standen.

»Nadine, erinnerst du dich an den Sonntag, als wir nicht wussten, wer der Tote ist?«

»Ja, sicher.«

»Warum hast du Keller zu Zimmers Haus geschickt?«, fragte Viggi.

Sie überlegte. »Er sagte, seine Frau sei weitläufig mit den Zimmers verwandt.«

»Nicht mehr?«

Sie schüttelte den Kopf.

»Seht euch diese Listen der Vereinsmitglieder in den Dörfern an«, reichte er die Ausdrucke weiter.

Lori überflog die Seiten: Feuerwehr, THW, Schützenverein. Auf allen war ein Name markiert. »Das gibt es doch nicht!«

»Er sagte, er kenne den Toten nicht, weil sein Gesicht so entstellt war«, erinnerte sich Nadine nun erschrocken. »Franz-Joseph?«

Viggi sah sie fragend an. »Er hat Zimmer jede Woche mehrmals getroffen und das hat er nie erwähnt. Trotzdem konnte er ihn nicht identifizieren?«

Er bemerkte die Überraschung auf ihrem Gesicht. »Ich informiere Theo und ihr sucht nach allem, was ihr über ihn findet.«

»Wir haben einen von Zimmers Mitstreitern identifiziert?«, fragte Dora in die verkleinerte Runde.

»Zumindest haben wir einen aussichtsreichen Kandidaten, ideal für Zimmers Zwecke. Als Polizist mit Kenntnissen in Kampftechnik und am Schießstand bringt er die besten Voraussetzungen mit. Ein direkter Zugang zu all unseren Akten und Datenbanken sichert ihm zudem einen riesigen Informationsvorsprung. In der Umgebung aufgewachsen, kennt er die Menschen und die Begebenheiten vor Ort. Und von seiner rechten Gesinnung konnte Zimmer sich über Jahre hinweg überzeugen, denn Franz-Joseph gehört dem THW seit frühester Jugend an und Zimmer hat ihn ausgebildet«, fasste Viggi zusammen.

»Aber welche konkreten Hinweise haben wir?«

»Er wohnt in Perl, ist an beiden Anschlagstagen auf dem Weg nach Mettlach oder Merzig an den Tatorten vorbeigefahren. Sowohl bei dem Mord an Zimmer und auch beim Brand der Hütte war er als einer der ersten am Tatort. Beide Fälle wurden jeweils kurz nach seinem Dienstantritt entdeckt, was ihm die Möglichkeit gab, bei Bedarf einzugreifen und unsere Ermittlungen zu beeinflussen. Er hat immer wieder darauf beharrt, dass Alph als Zeuge nicht ernst zu nehmen ist«, ergänzte Lori.

»Und wir haben ihm geglaubt!«

»Können wir ihm denn konkretes Fehlverhalten nachweisen?«

»Nein, leider nicht«, bedauerte Lori. »Wir müssen jede Spur, jeden Hinweis, den er bearbeitet hat, noch einmal nachprüfen, weil wir nicht wissen, ob er Informationen unterschlagen hat.«

»Hat er Alibis für die Tatzeiten?«, fragte Falk.

»Da gibt es eine schwierige Frage, die wir zuerst beantworten müssen, bevor wir seine Alibis offiziell überprüfen können«, seufzte Dora. »Ermitteln wir gegen einen Kollegen, dessen Karriere wir damit gefährden? Haben wir tatsächlich einen Anfangsverdacht, um gegen ihn vorzugehen? Ohne Beschluss dürfen wir seine Konten nicht überprüfen und um seine finanzielle Situation zu erkennen, müssen wir uns vorerst auf die bekannten Informationen verlassen: Verheiratet, ein Kind, wohnt in einem a-Haus bei den Schwiegereltern. Seine Frau ist als Sekretärin ebenfalls berufstätig und zurzeit schwanger.«

»Welchen Wagen fährt er?«, fragte Falk nach.

»Einen VW Touareg«, bemerkte Jens. »Hat ihn 50 000€ gekostet und er hat ihn vor zwei Jahren bei Morgenthal gekauft. Vielleicht hat der ihm einen Rabatt eingeräumt.«

»Trotzdem ist es ein teures Gefährt«, meinte Falk. »Wann hat er sein Haus gebaut?«

»Vor etwa drei Jahren. Ich habe es mir bei Google angesehen. Ist sehr nobel für einen Polizisten«, fand Lori.

»Hat er eine wohlhabende Familie oder vielleicht im Lotto gewonnen?«

»Dann wäre er nicht mehr bei uns«, witzelte Jens.

Dora schüttelte den Kopf. »Das reicht nicht. Wir brauchen konkrete Beweise und die bekommen wir nur, wenn wir ihn im Auge behalten. Wir müssen weiter ermitteln und hoffen, dass er sich verrät oder wir ihm ein Fehlverhalten nachweisen können. Gehört er tatsächlich zu Zimmers Truppe, führt er uns vielleicht zu dem größeren Depot. Andererseits haben wir noch ein Problem: Er kennt viele Kollegen und es wird ihm auffallen, wenn wir ihn observieren.« Sie seufzte. »Ich muss mit Scheuer darüber sprechen, unser Vorgehen mit ihm abstimmen. Eure Aufgabe besteht darin, die Spuren, die er uns übermittelt hat, nochmals zu überprüfen. Gibt es sonst noch Neuigkeiten?«

Jens zog ein Antwortfax der Gemeinde aus seinen Unterlagen hervor. »Der Beitrag für den Wanderverein liegt bei 5€ monatlich; die Pacht für Alfis Hütte lag bei 295€. Zimmer hat die Pacht für die Hütte gezahlt. Wir können nur annehmen, dass es ein Freundschaftsdienst war.«

»Vielleicht fühlte sich Zimmer doch bedroht und hat Alphs Hilfe als Rückendeckung genutzt?«, mutmaßte Lori.

»Für alle diese Spekulationen müssen wir Beweise finden, damit unser Vorgehen nachvollziehbar und gerichtsfest ist«, nickte Dora. »Ich informiere Scheuer und wir machen morgen weiter.«

»Heute sind wir pünktlich fertig!«, freute sich Lori. Sie nahm ihre Jacke von der Stuhllehne, bemerkte, dass Viggi sich wieder an den Schreibtisch setzte und hielt inne. »Arbeitest du weiter?«

»Ja, ich überprüfe Keller noch einmal im Internet. Profilerstellung ist meine Spezialität, das kennst du doch.«

»Viggi, gönn′ dir doch einmal einen freien Abend!«

Er überlegte, testete sie. »Wollen wir zusammen essen gehen? Oder ins Kino?«, schlug er vor und wusste, dass er eine Absage erhalten würde.

»Ich habe heute schon etwas vor«, bekannte sie.

Viggi sah über die Papierberge auf seinem Schreibtisch, seufzte. »Ich gehe auch. Zuhause ist es gemütlicher.«

»Meldest du dich heute Abend noch einmal? Ich wüsste gerne, was du gefunden hast.«

Sie wollte gestört werden, ausgerechnet heute? »Ich schicke dir eine SMS«, versprach er. »Viel Glück, Lori«, wünschte er leise.

Er spürte ihr fragendes Innehalten, doch er hielt den Blick abgewendet, bis sie das Büro verlassen hatte.

»Ist Lori schon gegangen?«, fragte Dora einige Minuten später.

Viggi nickte. »Großer Abend heute.«

»Ja, ich weiß; Lori konnte ihre Aufregung kaum verbergen«, seufzte sie. »Hast du Lust, mit mir essen zu gehen?«

»Dann treffen wir sie womöglich noch!«, lehnte er ab. »Ich dachte, du willst ins Theater?«

»Erst später, die Vorstellung beginnt um acht. Aber Tim, ich möchte gerne in Ruhe mir dir sprechen. Wann hast du für mich Zeit?«

Er zog die Augenbrauen hoch, als er den besorgten Ton hörte. »Morgen Abend?«

»Okay. Bleibst du noch hier?«

Er sah sich um, stand auf. »Nein. Heute muss ich mich ablenken, sonst überfallen mich Zwangsvorstellungen von einem romantischen Essen zu zweit.«

Viggi ließ den Kopf hängen. Nicht im wörtlichen, aber jedem anderen Sinne. Zwei Stunden intensiver Recherche hatten keine neuen Hinweise erbracht.

Keller hatte eine lupenreine Weste, war sozial engagiert, ein Vereinsmensch wie Zimmer. Seine Großmutter war vor fünf Jahren verstorben und ein Teil des Erbes war ihm zugefallen, was den Bau des Hauses erklären konnte. Auch seine Anwesenheit an den Tatorten war nicht verdächtig; wie oft hatte Viggi schon an zwei Wochenenden hintereinander gearbeitet?

Danach hatte er die Fotos der Leiche am Hochsitz überprüft. Zimmer lag bäuchlings im Gestrüpp, erst die Spurensicherung hatte die Leiche bewegt. Es war glaubhaft, dass Franz-Joseph ihn nicht erkannte, nur einen Toten mit weißem Haar in ihm sah.

Auch wenn es ihm schwerfiel, wusste er, dass Dora richtig entschieden hatte. Ohne stichhaltigen Anfangsverdacht durften sie nicht tiefer in Kellers Privatleben eindringen. Fachlich konnte man ihm die Fehleinschätzung zu Alphs Person vorwerfen, doch auch die anderen Kollegen hatten den Streuner im Wald nicht ernst genommen und seine Anliegen ignoriert. Falls Keller Informationen weitergab, die den Täter zur Räumung des Depots veranlasst hatte, konnte man es ihm bisher nicht nachweisen. Es gab auch keinen Anhalt für einen Konflikt mit Zimmer, der auf ein Mordmotiv hinwies und ein Autokauf bei Morgenthal war nachvollziehbar, wo sie sich doch aus dem Schützenverein kannten. Kein Richter würde aufgrund dieser äußerst vagen Verdachtsmomente den erforderlichen Durchsuchungsbeschluss unterschreiben.

Viggi ließ unbewusst den Kugelschreiber zwischen Daumen und Zeigefinger wackeln, als er versuchte, sich in Zimmer hineinzuversetzen. Ein ehemals aufrechter Polizist glaubte, im Sinne seines Landes zu handeln. Als die geheimen Waffenlager vor über 50 Jahren erstmals angelegt wurden, war er gerade zur Armee gestoßen. Er hinterfragte den Auftrag von höchster Stelle auch später nicht, sondern akzeptierte die seit langen Jahren bekannte Taktik des Stay behind. Voller Stolz wechselte er zur Brigade mobile, wo er auf Alphonse Putz traf; gemeinsam wurden sie im Antiterrorkampf geschult. Sie waren hochmotiviert, doch die tägliche Arbeit langweilte; Frust und Unzufriedenheit breiteten sich aus. Spezialagenten, deren Aufgabe darin bestand, die fürstliche Familie beim Einkauf zu begleiten? So hatte man sich das nicht vorgestellt. Aber Frust, Langeweile, Überstunden kannte Viggi auch, waren bei der Polizei nicht ungewöhnlich.

Die Bombenleger von Luxemburg wollten die Strukturen der Ordnungsmächte in ihrem Land verändern, indem sie für Unruhe sorgten. Wer konnte das Vorgehen besser bewerkstelligen als die ausgebildeten Fachkräfte, die noch über das Wissen der Stay behind-Aktionen verfügte? Das war die weitverbreitete Vermutung, die zum Prozess im Nachbarland geführt hatte, doch zu einem Urteil war es ja nicht gekommen.

Wo hatte sich Zimmer während der Anschlagsserie aufgehalten, fragte er sich nun. Er hatte die Polizei noch vor dem ersten Anschlag verlassen, konnte nicht damit in Verbindung gebracht werden, während Alph durchaus darin verwickelt sein konnte. Vor dreißig Jahren kehrte Zimmer seinem Heimatland den Rücken, doch die Idee des Kampfes gegen kommunistische Mächte, die seiner Meinung nach die Sicherheit und Freiheit bedrohten, begleitete ihn weiterhin. Hatte er sich in der Schlosserei des Schwiegervaters auch gelangweilt? Wollte er gewappnet sein, wenn es tatsächlich zu einem Angriff kam? Fast alle Menschen treffen Vorsorge für schlechte Zeiten, eine Konsequenz aus der Fähigkeit zur Antizipation. Die einen schließen Lebensversicherungen ab, andere kochen Obst und Gemüse ein. Zimmer sorgte auf seine Art vor: Er brachte die Utensilien für einen Kampf gegen den Feind nach Deutschland, war nun vor Ort gerüstet. Dabei half ihm die Struktur der Stay behind-Organisationen: Alle Gruppen arbeiteten unabhängig von einander, trafen eigene Entscheidungen, wie sie sich zum Kampf rüsten wollten. Nach dem Wegfall der Bedrohung aus dem Osten besaß Zimmer ein geheimes Waffenlager in Deutschland, glaubte weiterhin an die Idee, die sich in seinem Kopf festgesetzt hatte, löste das Lager nicht auf.

Doch arbeitete er wirklich allein? Welchen Sinn hatte es, die Freiheit eines Waldgebietes zwischen Wehingen, Orscholz und Hellendorf zu verteidigen, wenn der Rest des Landes schutzlos war? Das funktionierte doch nur, wenn weiterhin eine geheime Struktur bestand, die die Zellen miteinander verband. Alph hatte erwähnt, dass Zimmer die neue Nr. 1 nicht persönlich kannte. Von wem erhielt Zimmer seine Befehle? Da existierte ein Netzwerk ehemaliger Kämpfer, das sich selbständig gemacht hatte und sich auf Ideen berief, die ebenso in die Jahre gekommen waren wie die Mitglieder. Diese agierten nun außerhalb jeder Kontrolle, jenseits aller Strukturen im Geheimen, verfolgten ihre eigenen Ziele.

Viggi fuhr sich übers Gesicht. Das war ein bedrohliches Szenario, ein Geheimkrieg, wie Alph es genannt hatte. Wollte Zimmer aus dieser Struktur plötzlich ausbrechen, hätte es sicher für

Unruhe unter den Mitstreitern gesorgt. War Zimmer ausgeschaltet worden, um den Plan nicht zu verraten?

Wieder reine Spekulation, ermahnte Viggi sich; geh zurück, halte dich an die Fakten!

Das erste Depot war erst nach Zimmers Tod geräumt worden. Diese Tatsache bewies, das mindestens eine andere Person es kannte. Wenn jedoch die Mitglieder von Zimmers Gruppe den Anschlag auf ihn geplant hätten, wäre es doch sinnvoll gewesen, vorher alle Spuren zu verwischen oder Zimmer an einem Ort zu töten, der nicht in der Nähe des Verstecks lag. Der Zeitpunkt der Räumung ließ darauf schließen, dass die Geheimzelle von Zimmers Tod überrascht wurde. Wer also hatte Zimmers Depot entdeckt? Das war die Frage, der sie nachgehen mussten. Viggi notierte den Gedanken.

Weiter: Es musste ein anderes Depot geben, denn im Kriegsfall, mit dem Zimmer gerechnet hat, teilte man seine Ressourcen auf und setzte nicht alles auf eine Karte, wie es auch Sven Niemann schon sagte. Außerdem benötigte man einen Unterschlupf, um sich zu verstecken oder sich mit den Mitstreitern zu treffen. Um Bomben zu bauen, brauchte man Elektrizität, eine Stromquelle wie ein Aggregat, für das man Diesel lagern musste. Dieses Depot musste wesentlich größer sein als der Unterstand, den sie gestern entdeckt hatten. Doch Zimmer war zunächst allein gewesen, konnte größere Baumaßnahmen nicht unbemerkt durchführen. Er brauchte ein Gebäude, das bereits bestand. Wo hätte er gesucht?

Viggi sah von seinen Notizen auf, eine vage Erinnerung regte sich. Er überprüfte die Idee, die ihm plötzlich in den Sinn kam, an einem seiner Computer. Da war er, der alte Orscholzriegel. Eine Nebenanlage des Westwalls, zu Beginn des letzten Krieges zum Schutz des Saargebiets erbaut und in den letzten Kriegsmonaten heftig umkämpft. 75 Bunkeranlagen lagen damals in dem Gebiet und ein vergessener, im Wald versteckter Bunker wäre ein ideales Versteck. Die Westwallanlagen waren nach dem Krieg zurückgebaut worden. Erst seit wenigen Jahren entsann man sich ihrer als Zeitzeugen, restaurierte, was der deutschen Gründlichkeit bei der Zerstörung ihres Vermächtnisses entgangen war. Hatte Zimmer einen verlassenen Bunker im Wald entdeckt?

Viggi rief alte Karten auf und begab sich auf historische Pfade. Er las Augenzeugenberichte über Panzersperren, Unterstände und Minenfelder; über zerfetzte Leichen, abgerissene Füße und schüttelte sich. Welche Dramen hatten sich vor siebzig Jahren in der beschaulichen Gegend abgespielt? Die Bunkeranlagen waren später zunächst verfüllt worden; bei anderen wurde nur der Eingang zugemauert und das Geschütz demontiert. Zimmer benötigte lediglich die Außenmauern für sein Vorhaben, alle weitere Arbeiten konnte er allein bewerkstelligen, überlegte er.

Die Karten, auf denen die Lage der Befestigungen markiert waren, stammten aus uralten Zeiten und ihre Lage weckte sein Interesse. Drei mögliche Ziele gab es, die Zimmer hätte nutzen können. Er sah auf seine Uhr, 19:10 Uhr; noch nicht zu spät für einen Spaziergang mit Losa. Wenn er sofort losführe, blieben ihm zwei Stunden Zeit für einen ersten Erkundungsgang. Das wäre die willkommene Ablenkung von dem Gedanken an die romantische Zweisamkeit, die in der Stadt ablief.

Losa war der Schlüssel. Gestern hatte er sich mit ihr in genau diesem Wald aufgehalten. Sie wollte vom Weg abbiegen, ihn in den Wald locken. Doch er hatte ihr Verhalten als Unruhe gedeutet, war ihr nicht gefolgt, hatte sie zurückgepfiffen. Aber welches der eben entdeckten Ziele war es? Dafür musste er die Wegstrecken abschätzen. Frau Zimmer hatte erwähnt, dass ihr Mann unterschiedliche Wege gelaufen war. Viggi kontrollierte die Lage des Depots am Kewelsberg, berechnete die Kilometer. Ein geübter Wanderer benötigte gut eine Stunde, schätzte er. Die anderen Zielpunkte lagen weiter entfernt. Doch wenn er wusste, wie lange Zimmer für den Weg am Kewelsberg unterwegs war, konnte er dessen Schrittgeschwindigkeit abschätzen.

Er rief Frau Zimmer an, suchte bereits die Stirnlampe. »Frau Zimmer, ich grübele immer noch über die Wanderrouten Ihres Mannes nach. Können Sie mir sagen, wo er gerne entlang ging?«

Die Witwe wirkte überrascht. »Am Kewelsberg, im Frönbuchwald und im Eichwald war er besonders oft.«

»Hat er Ihnen an dem Abend, als er zum letzten Mal ausging, gesagt, wohin er wollte?«

»Nein, aber ich erinnere mich, dass es geregnet hat. Ich denke, es war die kurze Runde.«

»Und die kurze Runde führte über den Kewelsberg?«

»Ja«, antwortete sie irritiert auf seine Frage.

»Wie lange brauchte er dafür?«

»Gut eineinhalb Stunden«, schätzte sie.

»Und wie lange war er für die großen Runden unterwegs?«

»Die ging er meist am Wochenende. Wenn er nach Hellendorf ging, kam er erst nach vier bis fünf Stunden zurück. Die Routen in den Wäldern bei uns waren nach zwei bis drei Stunden beendet.«

»Ging er auch hinunter ins Saartal?«

»Nein, er blieb auf der Höhe.«

»Sprach er von einem Weg häufiger, gab es eine Lieblingsrunde?«

»Der Frönbuchwald hatte es ihm angetan. Vielleicht, weil er ihn von der Werkstatt aus sehen konnte«, vermutete sie.

»Sprach er oft über den Wald?«

»Dort verteidigen wir unsere Freiheit. So ähnlich hat er manchmal gesprochen.«

Bingo, dachte Viggi. »Frau Zimmer, dürfte ich gleich vorbeikommen und mit Losa eine Runde drehen?«

»Heute Abend noch?«, fragte sie erstaunt, überlegte kurz. »Nun, nachts läuft sie besonders gerne.«

»Ich könnte in einer Stunde bei Ihnen sein«, bot er an.

»In Ordnung«, stimmte sie zu. »Wir erwarten Sie.«

Eilig zog er die Wanderschuhe an, kontrollierte die Batterien der Lampe. Noch einmal verglich er Frau Zimmers Zeitangaben mit der Karte, die er ausgedruckt hatte. Der Frönbuchwald war sein Ziel.

Als er die Jacke überzog, überlegte er. Sollte er Dora informieren? Über einen Spaziergang mit Losa?

Sie war im Theater, lenkte sich ebenfalls ab. Heute Morgen hatte sie müde und abgekämpft ausgesehen, dabei waren ihre Deprischübe unter der Woche äußerst selten. Manchmal schien es ihm, als könne sie ihre Gefühle auf Knopfdruck abschalten und diese Fähigkeit wünschte er sich ebenfalls. Aber er wusste, welch hohen Preis sie dafür zahlte, wie viele Wochenenden sie wehrlos im Bett zubrachte. Nein, er wollte sie nicht stören und morgen Abend würden sie sich treffen. Wer bliebe noch? Moritz und Yann hatten Besuch, Dorian war dem Lerneifer verfallen, seit er Kathrina kannte. Und Lori würde er ganz sicher nicht anrufen!

Doras Standpauke vom Wochenende klang noch in seinen Ohren. Bin mit Losa unterwegs, schrieb er ihr, hinterließ in ihrem Ordner auf dem zentralen PC eine Notiz mit dem Punkt im Wald, den er als mögliches Depot ausgemacht hatte, nur für den Fall der Fälle. Sie würde die Nachricht nicht lesen, aber seine Eigensicherung durfte er nicht ganz vernachlässigen. Eilig verließ er das Haus, vergaß seine neueste Computerspielerei.

Nr. 5 beobachtete das Haus, sah den jungen Polizisten mit Losa die Straße hinuntergehen. Und die Richtung, die die beiden einschlugen, gefiel ihm überhaupt nicht. Dann geschieht es eben heute Nacht, fasste er den Entschluss. Alles ist vorbereitet.

»Du bist traumhaft schön, Prinzessin«, bestätigte die Groß-mutter. »Doch ich denke, das grüne Kleid hätte mir noch besser gefallen. Nun amüsiere dich heute Abend.«

Amüsieren? Lori wunderte sich über ihre Wortwahl. Würde sie sich mit Falk amüsieren?

Sie parkte in der Franz-Josef-Röder-Straße am Landtag, war eine Viertelstunde zu früh. Wenn sie langsam über den Markt-platz schlenderte, konnte sie die Zeit überbrücken, pünktlich um 19:59 Uhr eintreffen.

Falk wartete vor dem Restaurant auf sie. Er hielt sein Handy in der Hand, las Nachrichten, schaltete es aus. Warf einen su-chenden Blick über die Straße, lächelte. »Da sind Sie ja, Gloria. Ich freue mich.«

»Ich mich auch, Herr Senkenfeld«, antwortete sie höflich.

Er hielt ihr die Tür auf. »Ich heiße Falk, Lori.«

Falk mit Sie oder Falk mit Du, schoss ihr unsicher durch den Kopf.

Man führte sie zu einem Tisch am Fenster. Wie erwartet nahm der Ober ihr den Mantel ab und rückte ihr den Stuhl zu-recht. Das Skript passte, sie wurde wie eine Dame behandelt.

Die Frage nach dem Aperitif verunsicherte sie. Was war an-gebracht?

Falk sprang ein. »Trinken Sie gerne Sekt? Der Kir Royal ist hier sehr zu empfehlen.«

Sie nickte und Falk bestellte, orderte einen trockenen Martini für sich.

»Was denken Sie über den Fall?«, begann er das Gespräch, bot ihr eine Atmosphäre, in der sie sich sicher fühlte und Lori entspannte sich ein wenig.

Du hast einen Fehler gemacht, dachte Falk. Lori fühlte sich in dieser Umgebung unsicher, beobachtet. Eine Pizzeria wäre die bessere Wahl gewesen. Dieser Ort war eher ein Dora-Ambiente, merkte da jemand ungewollt in seinem Kopf an. Der Aperitif wurde serviert, er hob das Glas. »Auf einen schönen Abend, Lori. Vielleicht falle ich mit der Tür ins Haus, aber ich würde mich freuen, wenn ich dich duzen dürfte?«

Sie stieß mit ihm an, lächelte. »Gerne, Falk.« Das klang, als würde sie üben.

Ihre nächste Frage traf ihn unvorbereitet. »Wie geht es deiner Tochter? Sie studiert in München, nicht wahr?«

Er war zunächst irritiert, erinnerte sich, lächelte dann. »Stimmt, du bist im Vorteil, seit ihr mich im vergangenen Jahr durchleuchtet habt. Da muss ich einiges nachholen. Hast du auch Kinder?«, gab er die Frage zurück.

Sie lachte. »Nein, aber ich habe einen kleinen Bruder.«

»Wie alt ist er denn?«

»Er ist gerade 15 geworden.«

Ein potentieller Schwager im reifen Alter von 15 Jahren; das konnte spannend werden. »Erzählst du mir von ihm?«

Zwei Stunden später stand Falk vor dem Urinal und versuchte, die eingravierte Fliege zu treffen. Seine Traumfrau war zunehmend aufgetaut, sie hatten sich angeregt unterhalten. Über ihre Familie hatten sie gesprochen und auch über Johanna. Sie las viel und einige der Werke, die sie erwähnt hatte, kannte er tatsächlich auch. Lori war gebildet, hochintelligent, lachte gerne. Sie war eindeutig eine Traumfrau. Für Viggi.

Als er zum Tisch zurückkehrte, hielt sie ihr Smartphone in der Hand, dieses unverzichtbare Kennzeichen der Jugend. Ihre Miene wirkte angespannt.

»Was ist denn?«

Sie schüttelte den Kopf. »Nicht so wichtig.« Sie legte das Telefon zur Seite.

»Aber du siehst besorgt aus.«

Sie wand sich, warf ihm einen entschuldigenden Blick zu. »Viggi hat sich noch nicht gemeldet, obwohl er es versprochen hatte. Das passt nicht zu ihm.«

»Was wolltest du von ihm wissen?«

»Er hat weiter recherchiert, über Keller.«

»Sonst meldet er sich regelmäßig?«

»Spätestens um zehn«, meinte sie. »Er ist fast noch pünktlicher als du.«

22:24 Uhr. »Du bist darüber beunruhigt?«

Sie sah ihn abschätzend an, fast als überlege sie, ob sie ihm vertrauen konnte. »Ja, ich mache mir Sorgen um ihn. Er war in den letzten Tagen sehr bedrückt, machte sich Vorwürfe.«

»Und er wollte sich definitiv heute Abend noch melden?«

Sie nickte.

»Ruf ihn an, Lori.«

Erleichtert griff sie nach dem Telefon, wählte, hörte das Freizeichen, danach die Sprachmailbox. »Er geht nicht ran.«

Seufzend nahm Falk sein Handy aus der Tasche, wählte. »Moritz? Ist Viggi zuhause?«

»Nein, er ist kurz nach sieben noch einmal fortgegangen. Was ist los, Falk?«, hörte er eine besorgte Stimme.

»Er wollte Lori über das Ergebnis seiner Recherchen informieren, hat sich aber bisher nicht gemeldet.«

»Wisst ihr, wo er hin wollte?«

Falk gab die Frage weiter, Lori schüttelte den Kopf.

»Ich frage bei Theo nach«, sagte Moritz entschlossen. »Ich melde mich gleich wieder.«

Lori sah ihn erstaunt an. »Warum hast du bei Moritz Thalfang angerufen?«

»Viggi wohnt bei ihm, wusstest du das nicht?«

Lori schüttelte den Kopf. »Er hat mich einige Male eingeladen, aber ich hatte keine Zeit«, bekannte sie.

»Ja, das passt zu ihm. Ich habe es auch erst mit einem halben Jahr Verspätung erfahren«, bestätigte Falk.

Sein Telefon klingelte. »Theo weiß auch nicht, wo er steckt, aber sie schließt nicht aus, dass er Dummheiten macht. Hier gehen Dinge vor, die mich beschäftigen und ihr solltet sie unbedingt erfahren. Ich denke, sie haben mit eurem Fall zu tun. Kommt ihr her?«, fragte Moritz. »Wir treffen uns hier.«

»Ja, wir kommen.« Falk schaltete das Telefon aus. Er berichtete Lori kurz, orderte bereits die Rechnung. »Wo steht dein Auto, Lori?«

»Am Landtag.«

Er überschlug die Zeit, schüttelte den Kopf. »Das dauert zu lange. Ich parke genau vor der Tür. Wir müssen sofort aufbrechen.«

19

Sie fuhren die Lebacher Straße hinauf, wurden zweimal von der roten Welle aufgehalten. Falk drückte das Gaspedal durch, als sie die Autobahn erreicht hatten. Lori war schweigsam während der Fahrt, die in Riegelsberg vor einem großen Glasportal endete. Vor der Doppelgarage standen zwei Autos; ein schwerer Audi und ein Mini-Cabrio, wie Lori beiläufig registrierte. Doras alter Passat parkte verkehrswidrig auf dem Bürgersteig und Falk stellte seinen Wagen quer vor der Einfahrt ab.

Auf ihr Klingeln öffnete zu Loris Überraschung Yann die Tür, schien sich nicht zu wundern, dass sie gemeinsam gekommen waren. »Dora wartet auf euch im Wohnzimmer, Moritz telefoniert mit seinen Leuten.«

Lori durchquerte eine großzügige Eingangshalle, in der eine freischwebende Treppe ins Obergeschoss führte. Falk nahm ihr den Mantel ab. Sie traten in ein Wohnzimmer, das an eine offene Küche angrenzte. Lori staunte, als sie sich umsah. Solch einen Luxus kannte sie nur aus den Werbebeilagen der Zeitung. Ein Expolizist konnte sich solch einen Palast leisten? Sie wusste, dass Doras ehemaliger Chef sich selbstständig gemacht hatte, aber diesen Erfolg hatte sie ihm nicht zugetraut. Auf dem großen Esstisch bemerkte sie benutztes Geschirr und halbvolle Gläser, die von einem hastigen Aufbruch der Gäste sprachen. Yann räumte es in die Spülmaschine, um Platz zu schaffen.

Dora stand vor der Fensterfront, nickte ihnen zu. »Da seid ihr ja.« Auch von ihr hörte Lori keinen weiteren Kommentar, sie schien die Situation ebenso wie Yann hinzunehmen. Wieder traf sie auf Dora in Begleitung von Yann; auch Dora verbarg ihre Beziehung nicht mehr.

Moritz betrat mit einer Notiz das Wohnzimmer. »Ich war unten und habe eine Nachricht von ihm gefunden. ‚Bin mit Losa unterwegs.' Hat Tim eine Freundin?«, fragte er Lori.

»Nein, Losa ist nur ein Hund; Zimmers Schäferhündin«, antwortete sie.

Moritz sah sie auffordernd an. »Weiter Lori: Was hat diese Nachricht zu bedeuten?«

»Viggi hat sich mit dem Hund angefreundet, ist schon gestern mit ihm spazieren gegangen. Er sagte Frau Zimmer heute Morgen, er rufe noch einmal an, um mit Losa zu laufen«, erinnerte sie sich.

»Wollte er noch heute Abend zu ihr?«

»Nein, er ist nach Hause gefahren«, warf Dora ein.

»Ja, er war hier«, hielt Moritz fest. »Aber ich habe ihn wegfahren sehen, als unsere Gäste kamen. Er ist ums Haus herum gelaufen, hat nicht unsere Treppe benutzt. Das war um halb acht«, hielt Moritz fest. »Er läuft also nachts um neun Uhr nur mit einem Schäferhund bewaffnet durch einen Wald, in dem zwei Menschen ermordet wurden. Habe ich das richtig verstanden?«, wandte er sich mit drohendem Unterton an Dora.

»Wir haben uns gestritten und ich habe ihm solche Alleingänge verboten!«, rechtfertigte sie sich.

»Als hättest du ihm jemals etwas verbieten können!«, meinte Moritz aufgebracht. »Das ist also nicht das erste Mal?«, hakte er nach.

»Nein, am vergangenen Samstag war er mit Alphonse Putz unterwegs. Das weißt du doch.«

Moritz schnappte nach Luft. »Irgendwann lege ich den Jungen noch übers Knie. Und dich gleich mit!«, drohte er Dora funkelnd. »Habt ihr denn immer noch keine Ahnung, mit wem ihr euch anlegt? Das sind Spezialkräfte, geschult im Töten. Alphonse Putz hat die italienische Gladiozelle hochgehen lassen, ist nur aufgrund einer Kronzeugenregelung vorzeitig aus der Haft entlassen worden. Seitdem befindet er sich auf der

Flucht vor seinen ehemaligen Kollegen, die sich an ihm rächen wollen!«

»Woher hast du die Information, Moritz?«, lenkte Falk den Freund ab, wollte die bleiche Dora schützen.

»Ich habe heute Abend ein anonymes Fax erhalten, hier an unsere Geheimnummer, die nur wenige Freunde kennen! Und dieses Fax berichtet von der Geschichte eines Alfonso Puzo, ehemaliger Gladiokämpfer.« Er nahm einen Ausdruck vom Tisch, reichte ihn an Dora, die die eng beschriebenen Seiten nur überflog und an Falk weiterreichte. »Ich hatte euch mehrmals angerufen, aber eure Telefone waren ja ausgeschaltet.«

»Ich war im Theater«, verteidigte sich Dora.

»Ist dieser Putz nicht ebenfalls tot?«, wollte Yann die angespannte Atmosphäre lockern. »Er bedroht Viggi nicht mehr.«

»Wenn euer Toter mit dem Exkämpfer in diesem Fax identisch ist, könnt ihr eher davon ausgehen, dass er ihn nie bedroht, sondern vor den Kräften, die ihn verfolgt haben, geschützt hat! Wo wollte Viggi mit dem Hund hingehen?«, herrschte er Lori an.

»Gestern ist er durch die Wälder gelaufen«, meinte sie unsicher.

Moritz beruhigte sich, als er ihre betroffene Miene sah. »Ruf Frau Zimmer an, Lori. Frag nach, ob er tatsächlich mit Losa unterwegs ist. Vielleicht hat er ihr gesagt, wohin er geht«, bat er nun freundlicher.

Lori nahm ihr Telefon. Moritz Thalfang war fast außer sich in Sorge um Viggi, Dora schien ihr seltsam apathisch. Was ging hier vor, warum übernahm Moritz so dominant die Kontrolle? Sie sprach mit Frau Zimmer, legte auf. »Viggi wollte mit Losa in den Fröhnbuchwald, sollte aber um 22 Uhr zurückkehren. Sie sind noch nicht wieder da«, setzte sie unnötigerweise hinzu.

Moritz wandte sich einem großen Monitor auf einem Tisch in der Ecke zu, rief ein Geoprogramm auf. »Das ist ein riesiges

Gebiet, dort finden wir ihn nie!« Frustriert schlug Moritz mit der Hand auf die Tischplatte.

»Er hat mir versprochen, auf seine Sicherung zu achten. Ich bin sicher, dass er uns eine weitere Nachricht hinterlassen hat.« Dora klang entschlossen. »Wir müssen an seine Computer!«

»In sein System kommen wir nicht rein. Es fährt automatisch herunter, sobald er das Haus verlässt. Er hat mir seine neueste Sicherheitsvorkehrung erklärt«, erwähnte Yann.

Moritz überlegte kurz, nickte dann. »Theo hat recht. Auch wenn er davon ausging, dass er nur Losa ausführt, wusste er doch, dass der Täter nicht gefasst ist. Er hat uns eine Nachricht für den Notfall hinterlassen. Wir müssen es versuchen; es hat ja keinen Sinn, eine Nachricht zu hinterlassen, die wir nicht finden! Also gibt es auch eine Möglichkeit, sein System zu überlisten. Gehen wir hinunter.«

Als Lori Viggis Wohnung zum ersten Mal betrat, bemerkte sie, dass sich das Licht automatisch einschaltete. Eine kleine Küche fiel ihr auf, blitzsauber. Die anderen Türen auf der rechten Seite waren geschlossen, doch durch eine Glastür konnte sie ein gemütliches Wohnzimmer erkennen, das seinen Besitzer mit einem warmen Licht empfing. Moritz wandte sich jedoch nach links, öffnete eine Tür und Lori erstarrte. Ein riesiges Computerlabor lag vor ihr, drei Monitore auf Schreibtischen in U-Form, die Verkabelung hätte selbst Zimmer erblassen lassen.

Moritz setzte sich an den mittleren Tisch und startete die PCs, ein Flackern erschien auf den Monitoren. »Holt euch Stühle, wir müssen zusammenarbeiten.«

Lori sah sich suchend um, sah Yann einen Besucherstuhl aus der Ecke hervorziehen. Dora wies zur Küche. »Da stehen noch zwei«, wusste sie.

Falk ging hinüber.

»Wie konnte das geschehen, Theo? Warum hat er dir nicht vertraut?«, fragte Moritz leise.

»Ich wollte heute Abend mit ihm sprechen«, verteidigte sie sich gegen den unausgesprochenen Vorwurf. »Aber er hat mich auf morgen vertröstet.«

Lori hörte Yanns nachdenkliche Antwort. »Wir alle haben ihn allein gelassen. Wann war er zum letzten Mal zum Essen oben? Früher hast du jeden Tag für ihn gekocht«, erinnerte er.

Moritz sah ihn betroffen an, nickte. »Ja, wir haben ihn auch im Stich gelassen.«

Und ich ebenso, dachte Lori. Wie oft haben wir über die Großmutter gesprochen, doch ich habe nicht ein einziges Mal nach seinen Problemen gefragt! Und ihn auch nie besucht, obwohl er mich eingeladen hatte!

Falk kehrte mit zwei Stühlen zurück. »Selbstvorwürfe helfen jetzt nicht weiter!«, reagierte er auf die belastete Stimmung. Er stellte die Stühle ab, wies auf die Monitore. »Kennt jemand Viggis Passwort?«

»Ach du Schande«, murmelte Yann, als er den winzigen Cursor in der unteren Ecke der Monitore blinken sah. »All zu viele Fehlversuche erlaubt er uns sicher nicht. Hat er einem von euch sein Passwort verraten?«

Sie sahen sich an, schüttelten den Kopf.

»Er hat sich mindestens dreifach abgesichert«, stöhnte Moritz. »Wem vertraut er noch, außer uns?«

Falk warf Lori einen fragenden Blick zu, doch sie schüttelte hilflos den Kopf. Wenn sie jemandem ihr Password verraten würde, dann sicher einer Vertrauensperson außerhalb der Polizei.

»Dorian!«, antwortete Dora bestimmt vom Fenster her. »Er ist immer seine letzte Rettung.« Sie nahm das Telefon aus ihrer Tasche, rief ihren Sohn an, schaltete den Lautsprecher ein. »Dorian, hat Tim dir sein Passwort für die Computer verraten?«

»Was ist denn los?«, hörten sie eine verschlafene Stimme.

»Tim ist verschwunden und wir brauchen dieses Passwort.«

Dorian sog erschrocken die Luft ein. »Das wechselt täglich!«

»Aber er hatte doch sicher ein System«, fragte Moritz nach.

»Ja, das hat er mir einmal erklärt, aber ich fand es schrecklich kompliziert. Irgendetwas mit Datum, Quersumme und Kommunisten. Deshalb habe ich es mir irgendwo notiert. Aber wo?«, fragte er sich nachdenklich.

»Komm schon, Dorian!«, drängte Dora. »Reiß dich zusammen!«

»Tu´ ich ja!« Er seufzte erleichtert auf.»Hinten auf dem Küchenkalender! Moment, ich hole ihn.« Er legte das Telefon beiseite.

Moritz sah Dora erleichtert an.

Dorian kehrte zurück, sie hörten ein Rascheln. »Hier ist es: Quersumme des Datums, verbunden mit seinem Geburtstag.«

Lori schrieb mit, notierte schon die Daten. »Mit Jahreszahl?«

»Ich denke schon. Und dann die resultierende Zahl im Alphabet.«

Lori sah auf. »2. Das wäre B?«

»Genau. Und jetzt ein Kommunist, dessen Name mit B beginnt.«

»Breschnew?«, meinte Yann.

»Nein, die Diktatoren hasst er«, erwiderte Dora.

Lori sah in die ratlosen Gesichter, überlegte fieberhaft.

»Bronstein?«, schlug Falk vor.

Dora und Moritz nickten erleichtert, doch Yann sah sie fragend an. »Von dem habe ich noch nie gehört!«

»Lew Dawidowitsch Bronstein. So lautete Trotzkis Geburtsname«, erklärte Moritz kurz. »Versuchen wir es.«

Er gab die Buchstaben ein, drückte die Returntaste.

Die Fehlermeldung blinkte sofort auf, verbunden mit einer rot leuchtenden Warnung: Letzter Versuch.

»Das war es nicht, Dorian! Hat er dir sonst noch einen Hinweis gegeben?«

»Habt ihr die Tastatur umgeschaltet? Er benutzt oft die kyrillische Schrift.«

Moritz verdrehte die Augen, wandte sich fragend an Lori. »Bronstein auf Russisch?«

Lori schüttelte den Kopf. »Ich kann die Tastatur bei blauem Bildschirm nicht umstellen.«

»Aber die Befehle zum Umschalten kennst du?«

»Ja, sicher.«

Moritz stand auf, bot ihr seinen Platz an. »Dann versuche es.«

»Und wenn es schief geht?«, zögerte sie. »Dann verlieren wir seine Nachricht!«

Moritz sah sich fragend um, die anderen nickten.

Lori nahm vor dem Monitor Platz, schloss die Augen, konzentrierte sich auf die Tastenfolge und gab den Befehl über die Steuerung ein. Ihre Anschläge erschienen als Punkte im Display.

»Und nun den Namen, Lori. Ganz langsam«, flüsterte Moritz beruhigend.

»Groß- oder Kleinschreibung?«

»Kleinschreibung«, stellte Dora fest. »Viggi verabscheut die deutsche Rechtschreibung.«

Lori schloss wieder die Augen, stellte sich die russische Tastatur vor. Gab die Buchstaben ein. bronstein. Sah sich um, bemerkte das Nicken der Umstehenden. Drückte die Returntaste.

Auf dem Monitor erschien ein rotierender roter Stern, Lori hörte Dora erleichtert aufatmen. »Wir sind drin, Dorian. Danke!«, schaltete sie das Telefon aus.

Plötzlich erklang Loris Stimme aus den Lautsprechern. »Guten Abend, Tim! Hier sind deine Aufgaben für heute: Russisch, Lektion 287. Eine historische Schachaufgabe von der WM in Reykjavik 1972, Spasski gegen Fischer. Zur Entspannung folgt der Sourcecode des gestrigen Acrobat Updates. Und zur Belohnung: Civilization Level 45, das sich noch im Versuchsstadium befindet. Das Musikprogramm schlägt heute Mahlers erste Sinfonie vor und startet automatisch. Der Passwortwechsel erfolgt wie immer um 23:59 Uhr.« Die Ansage endete, leise Klänge erfüllten den Raum.

»Das habe ich nie gesagt!«, stieß Lori konsterniert hervor.

Moritz grinste. »Eine seiner Spielereien mit der Spracherkennungssoftware. Gut gemacht, Lori!«, lobte er sie. »Und nun lasst uns arbeiten.« Er setzte sich an den linken Schreibtisch, winkte Yann heran. »Er hat das System parallel geschaltet, seht euch die Dateien an. Wo könnte er die Information versteckt haben, Theo?«

»Ich habe keine Ahnung!«

Er seufzte. »Schauen wir uns seine Ordnerliste an. Lori, du kontrollierst von Beginn an, Yann, du von unten. Sobald ihr etwas gefunden habt, schickt es zu mir.«

Lori überflog die Liste, sah Ordner wie Arbeit, Baupläne, Levels, Recherchen, Russisch, Säuberungen. »Hier ist etwas: Arbeit«, meldete sie.

»Gut Lori. Ich schaue mir das an, sucht weiter. Hoffentlich hat er die Nachricht nicht in den Spielständen versteckt.«

Lori konnte der Versuchung nicht widerstehen, als sie einen Ordner mit ihrem Namen fand. Sie klickte darauf und fand alle Mails, die sie mit Viggi getauscht hatte. Doch die kannte sie schon, da fand sich nichts Neues. Sie öffnete den nächsten Ordner mit ein wenig schlechtem Gewissen, aber hier handelte es sich um einen Notfall.

»Ich habe hier auch einen Hinweis«, hörte sie Yann sagen, als die Monitore plötzlich wieder dunkel wurden.

»Was ist denn jetzt los?«, fragte Falk irritiert.

»Woran habt ihr gerade gearbeitet?«, fragte Moritz alarmiert.

»Ich wollte mir die Datei ‚Pläne' ansehen«, sagte Yann.

»Und du Lori?«

»Ich hatte ‚Mama' angeklickt. Wir sollten doch alle Dateien überprüfen«, meinte sie entschuldigend.

Moritz nickte wortlos, drückte die Escape-Taste, doch nichts geschah. »Er hat noch eine Sicherung eingebaut! Himmel, der Junge hat wirklich zu viel Zeit für seine Spielereien.«

Falk wies auf den rechten Schreibtisch. »Dort blinkt was rot!«

Moritz und Lori folgten seinem Blick, betrachteten das Gerät.

»Ein Fingerabdruckscanner. Die Daten können wir nur mit dem richtigen Abdruck abrufen«, meinte Yann. »Aber wir haben keinen Abdruck von Viggi.«

Moritz überlegte, schüttelte den Kopf. »Theo, komm her. Wir müssen es versuchen.«

Dora wirkte apathisch, sah in die Nacht hinaus, rührte sich nicht. Moritz stand auf, legte den Arm um sie. »Wenn Tim uns eine Nachricht hinterlassen hat, musste er auch sicher sein, dass wir sie finden. Theo, es wird schon wieder!«, sagte er tröstend. »Wir brauchen dich jetzt hier. Tim sichert sich oft mehrfach ab und vielleicht hat er deine Fingerabdrücke gespeichert. Du musst es versuchen.«

Behutsam führte er Dora zum Schreibtisch, wies auf das Gerät. »Leg deine Hand darauf.«

Sie schüttelte den Kopf. »Tim hat meine Abdrücke nicht.«

»Versuch es einfach.«

Er führte Doras Hand, legte sie auf die Glasscheibe. Der Scannerstrahl erfasste die Daten, dann erhellte sich einer der Monitore.

»Hallo Mama«, hörte Lori die Sprachnachricht, Viggi klang in Eile. »Ich weiß, dass du mir Alleingänge verboten hast. Ich drehe nur mit Losa eine Runde durch den Buchwald, weil ich Zimmers Depot in einem verlassenen Bunker vermute. Die Lage habe ich auf der Karte im Anhang notiert. Aber du hörst diese Nachricht ja doch nie!«, schloss er lachend und unbesorgt.

Mama? Was sollte das heißen? Eine eiskalte Welle traf Lori, sie konnte das Geschehen kaum verstehen. Dora war Viggis Mutter?

Nach einem ungläubigen Blick auf Dora, schaltete Lori ab, ging in ihrer Erinnerung zurück bis zum Tag ihrer ersten Begegnung. Sie hatte Viggi zur Person der damaligen Kriminalhauptkommissarin Theodora Singer befragt und er konnte aus dem Stehgreif erstaunlich ausführlich über ihren beruflichen Werdegang berichten. Das war ihr nicht aufgefallen, denn sie kannte ja Viggis unglaublichen Datenspeicher.

Schon damals hatte sie den vertrauten Umgang zwischen den beiden bemerkt. »Er ist sogar älter als du!«, hatte er in der Nacht gesagt, in der Yann fast gestorben war und Lori war erschrocken über seine Unhöflichkeit der Vorgesetzten gegenüber, doch eine Mutter würde sich nicht daran stören.

Nach und nach fielen ihr die kleinen Ungereimtheiten auf. Hatte sie sich nicht an Doras Geburtstag gefragt, was hier nicht stimmte? Die Frage von Doras Mutter kam ihr in den Sinn: ‚Wer von meinen Jungs bringt mich nach Hause?‘ Sie hatte beide Enkel angesprochen, Dorian und Viggi!

Und er hatte den Oberstaatsanwalt in ihrem Beisein mehrfach Falk genannt, das war ihr aufgefallen. Falk war ein Freund von Dora und Moritz, Viggi lebte in Moritz' Haus. Sicher hatten sie sich im vergangenen Jahr häufig getroffen und Falk hatte Viggi ebenfalls das Du angeboten.

Wie perfekt hatten die drei die Rolle im beruflichen Kontext gewahrt, fiel ihr nun auf. Herr Senkenfeld, Frau Singer und Herr Feldmann hatten ihre Umgebung getäuscht. Und sie war darauf hereingefallen und hatte nicht nachgefragt. Das wollte Viggi ihr erzählen, war sie nun sicher, als Keller sie in der vergangenen Woche gestört hatte.

»Es ist schon drei Stunden her. Jetzt hat sie sich längst abgeregt«, hatte er am Montag nach dem Gespräch ihre Bedenken abgewehrt. Nur ein Sohn kannte die Verhaltensweisen der Mutter so genau. Und Dora hatte eben Moritz die Regie überlassen, weil hier nicht nur ihre Chefin stand, sondern auch die Mutter eines vermissten Polizisten, die sich auf die Einschätzung ihres früheren Vorgesetzten verließ.

Was war sie doch für eine schlechte Polizistin, dachte sie entsetzt, richtete ihren Blick noch einmal auf Dora. Warum waren ihr diese kleinen Zeichen nicht aufgefallen: Das gleiche dunkle Haar, die gleiche Nase. Wenn man es wusste, war die familiäre Ähnlichkeit zwischen Dora und Viggi durchaus zu erkennen.

Sie schlug die Hände vors Gesicht, schüttelte den Kopf.

»Ist schon gut, Lori!«, tröstete Falk leise, der ihre Geste beobachtet hatte. »Wir alle hier haben dich auf den Arm genommen. Die beiden sind geübt darin, sich zu verstecken und Viggi wollte ohne die Protektion seiner Mutter seinen Weg gehen. Deshalb hat er es verschwiegen.«

»Er wollte es mir erzählen«, flüsterte sie leise, fast zu sich selbst. »Aber ich habe ihm nicht zugehört.«

»Und jetzt müssen wir ihn finden!«, erinnerte Moritz, der eine Karte ausgedruckt hatte.

»Ich benachrichtige das Sondereinsatzkommando von unterwegs«, sagte Dora entschlossen, nahm ihre Tasche, war in Eile. »Ich fahre mit euch, Moritz«, entschied sie mit einem Blick auf Lori und Falk.

Falk schloss die Wagentür hinter Lori, setzte sich ans Steuer, wendete in der engen Anliegerstraße, wartete auf Moritz und Dora. Dora beendete das Telefonat mit der Einsatzzentrale und Lori sah, wie Moritz tröstend den Arm um sie legte, sie zu dem schwarzen Audi A8 führte, der in der Einfahrt vor den Garagen stand. Er öffnete die Tür, die beiden stiegen hinten ein. Yann stürzte aus dem Haus, warf seine Arzttasche in den Kofferraum, stieg auf den Fahrersitz. Lori sah, wie er rasant aus der Einfahrt setzte und Falk fast abhängte, als er die Straße hinunter heizte.

Wo war der überalterte Peugeot geblieben, den Yann früher gefahren hatte? Konnte er sich bereits in seinem ersten Jahr als Assistenzarzt diese Luxuskarosse leisten? Plötzlich stellte sie alles in Frage, was sie über Falks Freundeskreis wusste. »Ist das Yanns Wagen?«, fragte sie Falk.

Falk runzelte die Stirn, wie sie im Licht der Straßenbeleuchtung erkannte. Er schien zu überlegen, was er antworten sollte. »Nein, das Auto gehört Moritz«, erklärte er kurz angebunden.

Lori überlegte, die Auskunft genügte ihr nicht. »Und Moritz überlässt Doras Freund so selbstverständlich seinen Prachtschlitten? Ich dachte, Männer sind da ein wenig eigen.«

»Dora kann jederzeit auf meinen Wagen zurückgreifen, wenn sie will. Im Notfall hilft man sich unter Freunden aus«, meinte er vage.

Ja, Dora, Moritz und Falk waren Freunde, doch wieder fragte sie sich, wie der junge Arzt Yann zu diesem illustren Kreis gehörte. Ihre Zweifel verstärkten sich, als sie Yanns Fahrstil beobachtete. Geübt jagte er durch den Kreisverkehr, fuhr auf die A1 in Richtung Trier, wechselte kurz darauf auf die A8 nach Dillingen. Sie analysierte ihre Beobachtungen. Yann hatte den Schlüssel aus seiner Hosentasche gezogen, hatte den Fahrersitz nicht eingestellt und wusste auch in der Dunkelheit, wo der Lichtschalter war. In den Nobelwagen waren Fahrerprofile eingespeichert, die automatisch den Sitz und die Spiegeleinstellung abriefen, sobald sich ein bekannter Fahrer näherte. Aber Moritz hielt doch sicher nicht für jeden seiner Freunde einen eigenen Schlüssel bereit. »Hast du auch einen Schlüssel für Moritz Auto?«, überprüfte sie ihre Hypothese.

»Nein, habe ich nicht«, gab er zu.

»Aber Yann hat einen?«

Falk zuckte mit den Achseln.

»Falk, ist Yann Doras Partner?«, fragte sie nun direkt.

»Nein, ist er nicht.« Er rutschte nervös auf seinem Sitz und seine einsilbigen Antworten verunsicherten sie. Er wollte nicht gestört werden, schloss sie und hing ihren eigenen Gedanken nach. Die Sorge um Viggi beeinträchtigte ihr logisches Denken; immer noch hörte sie das unbekümmerte Lachen in der Sprachaufzeichnung seines Computers. Doch im Moment konnten sie ihm nur helfen, indem sie ihn suchten. Sie warf einen Blick auf die Tachonadel, die die 200 km/h-Marke bereits hinter sich gelassen hatte. Ungeduldig setzte Yann vor ihnen den Blinker schon 500m vor dem Autobahnkreuz, bog in Richtung Merzig ab.

»Woran denkst du, Lori?« riss Falk sie aus ihren Gedanken.

»Ich versuche, es zu verstehen«, brachte sie hervor. »Und Yann ist der Schlüssel. Vom Alter her passt er doch eher zu Dorian, Kathrina und Viggi, aber wie es aussieht, seid ihr alle mit ihm befreundet. Du sagst, Doras Partner sei er nicht und doch hält er sich in Moritz' Haus ganz selbstverständlich auf, kennt auch Viggis Gewohnheiten«, spann sie ihren Gedanken weiter. »Und er fährt Moritz' Auto!«, schnappte sie plötzlich entsetzt nach Luft. »Nein, das kann doch nicht sein!«, stöhnte sie. »Moritz hat Kinder und Yann ist ein Frauenheld. Das haben wir im vergangenen Jahr eindeutig nachgewiesen!«

»Was kann nicht sein?«, fragte Falk behutsam.

Lori überprüfte noch einmal ihre Beobachtungen unter der unaussprechlichen Voraussetzung und plötzlich machte so Vieles einen Sinn. An Doras Geburtstag saß Yann neben Moritz, unterhielt sich mit den jungen Leuten. Auch sein Mini-Cabrio war ein teures Gefährt und es parkte selbstverständlich in Moritz' Einfahrt. Yann hatte das Geschirr auf dem Esstisch in die Küche geräumt, als Moritz seinen Computer kontrolliert hatte. Ein Gast räumte nicht die Küche auf!

»Ist Moritz schwul, Falk?«, flüsterte sie leise, traute den Gedanken kaum auszusprechen. »Ist Yann sein Partner? Hat Moritz deshalb bei der Polizei gekündigt?«

Falk seufzte. »Ich denke, deine Gedanken gehen in die richtige Richtung«, bestätigte er halbherzig. »Lori, du hast Dora und

Moritz heute Abend als Freundin besucht und ziehst daraus deine Schlüsse. Ich habe dich in meine private Welt gezogen, ohne lange darüber nachzudenken, weil die Zeit drängte. Kann ich auf deine Diskretion bauen?«

Sie nickte ungeduldig. »Du weißt schon länger von diesen Beziehungen?«

»Sie sind meine Freunde«, wiederholte er.

Lori hörte den Ernst in seiner Stimme. »Wann hast du erfahren, dass Viggi bei Moritz lebt?«

»Im letzten Jahr hatte Moritz an seinem Geburtstag ebenfalls ein Fest gegeben und ich war überrascht, als ich Viggi dort traf. Von dem geheimnisvollen Untermieter in Moritz´ Haus wusste ich schon lange, doch wer er ist, erfuhr ich erst später. Dora hat mir im vergangenen Jahr gesagt, dass er ihr Sohn ist, aber erst nachdem unser Fall abgeschlossen war. Sie sind alle sehr verschlossen.«

»Verschlossen ist wohl nicht der passende Ausdruck für diese Situation!«, meinte sie wütend. Sie dachte an ihre Psychologievorlesungen bei Dora, suchte den passenden Fachbegriff. Schizophren? Nein. »Sie sind alle multiple Persönlichkeiten! Herr Kriminalkommissar Feldmann ist der Sohn der Kriminalrätin Dr. Singer, der Familienvater Moritz Thalfang lebt mit Yann Schütz zusammen, dem ein Ruf als Frauenheld vorauseilt!« Sie überlegte fieberhaft weiter. Dorian und Kathrina besuchen am nächsten Samstag die Hochzeit von Dorians Paten, war es nicht so? Und doch hatte Viggi sie zu Moritz´ 50. Geburtstag eingeladen; zu einer Party am Abend, wie Kathrina es genannt hatte. Zu Paten hatte man doch eine verwandtschaftliche Beziehung und Dorians Pate lud Viggi nicht ein? Oder eben doch? Selbst das wäre möglich, stellte sie fest, denn Dora und Moritz kannten sich schon seit Ewigkeiten. »Ist Moritz Dorians Pate, der am Wochenende heiratet?«, fragte sie.

Falk griff das Lenkrad fester und dieses Zeichen genügte Lori. Sie schluckte, als sie die Tragweite ihres Irrtums erfasste.

»Habt ihr an Doras Geburtstag Witze über mich gerissen?«, fragte sie verletzt. »Über die dumme Polizistin, die es nicht verstanden hat? Die Frau, die unbedarft nach der neuen Tante von Dorian fragte?« Sie schlug die Hände vors Gesicht. »Oh, wie habe ich mich blamiert!«

»Nein, du hast dich nicht blamiert, sondern uns beschämt, weil wir dich hintergangen haben. Wir hatten mit deinem Besuch nicht gerechnet und haben improvisiert, um Tim nicht zu verraten«, entschuldigte sich Falk.

»Nein, er hat sich selbst verraten, weil er dich mehrmals in meinem Beisein Falk nannte«, fiel ihr ein. »Und du nennst ihn Tim? Trägst du das Versteckspiel mit?«

Er seufzte. »Wir halten unser Privatleben von den beruflichen Belangen getrennt. Und nur wenn wir unter uns sind, ist er Doras Sohn Tim, nicht der Polizist Viggi«, bestätigte er.

»Und Moritz ist nur sein Vermieter?«

»Sie kennen sich ein Leben lang. Moritz ist für ihn ein Onkel, ein väterlicher Freund.«

»Ein väterlicher Freund?«, fragte Lori skeptisch, die an Moritz´ Reaktion an diesem Abend dachte. »Oder sein Vater? In diesem Freundeskreis ist doch alles möglich!«

»Nein«, meinte Falk überzeugt. »Moritz ist nicht sein Vater. Ich konnte keinerlei phänotypische Ähnlichkeit zwischen ihnen feststellen.«

»Du hast also auch darüber nachgedacht«, schloss sie. »Aber gefragt hast du nicht?«

Er schüttelte den Kopf. »Wir alle tragen die Geheimnisse der Vergangenheit mit uns herum, wollen nicht darüber sprechen. Freunde akzeptieren Grenzen und wir leben im Hier und Jetzt«, schloss er das Thema ab und verfiel wieder in Schweigen.

Lori spürte seine abwehrende Haltung, sogar eine Kluft zwischen ihnen, akzeptierte die erwähnte Grenze, die sie den ganzen Abend über bemerkt hatte. Traurigkeit überfiel sie. Was für ein Reinfall war dieser Abend, auf den sie sich so gefreut hatte, welch eine emotionale Achterbahnfahrt erlebte sie! Nach dem edlen Essen fuhr sie mit Falk zu einem Einsatzort, weil ihr bester Freund vermisst wurde. Wusste Viggi von ihrer Verabredung mit Falk? Er wirkte bedrückt, als er ihr am Abend viel Glück gewünscht hatte. Lag das wirklich nur an seinen Schuldgefühlen Alph gegenüber?

Nun befand er sich in höchster Gefahr, weil sie ihn nicht vor einem Alleingang gewarnt hatte. Noch gestern hätte er ihr eine SMS geschrieben und über sein Vorhaben berichtet; da war sie sicher. Was ist, wenn ich ihn nicht wiedersehe, überfiel sie der Horrorgedanke, der sie erzittern ließ.

Falk bemerkte ihre Reaktion. »Du machst dir Sorgen um Viggi? Wir finden ihn!«, tröstete er sie, verließ die Autobahn an der Ausfahrt nach Orscholz. »Vielleicht war er unvorsichtig, aber dumm ist er wirklich nicht.«

»Und wenn er in eine Falle gelaufen ist, so wie Zimmer?« Der Gedanke ließ sie nicht los.

»Wir finden ihn«, wiederholte Falk und die Zuversicht in seiner Stimme machte ihr ein wenig Mut.

Viggi kam langsam zu sich, wollte sich bewegen, fühlte den Strick, der seine Arme an die Stuhllehne fesselte. Sein Blick fiel auf einen groben Betonboden, auf dem sich eine Blutlache sammelte. Langsam zerfloss die Brühe in den Rissen, Viggi betrachtete das Sickern.

Wie komme ich hierher, lautete seine erste Frage zur Analyse der Situation. Er war mit Losa durch den Wald gegangen, ließ sie von der Leine, als sie vom Weg abbiegen wollte. Sie kannte den Weg, warf immer wieder einen Blick zurück, ob er ihr folgte. Er achtete auf seinen Schritt bei dem Marsch durch das dichte Unterholz, wirbelte trockenes Laub auf. Nicht einmal Farn wuchs hier, wohin kein Sonnenstrahl drang. Wieder hörte er das

Bellen der Füchse, fragte sich, ob einer von Alphs Zöglingen darunter war.

Die bemooste Betonwand wuchs so unvermittelt vor ihm aus dem Waldboden, dass er fast dagegen gelaufen wäre. Losa winselte, lief an der Mauer entlang, bog um eine Ecke. Viggi achtete auf fremde Spuren, sah sich kurz um, ließ den Strahl seiner Lampe durch den Wald wandern. Nein, hier war keine Menschenseele. Losas kurzes Aufbellen drang zu ihm, sie schien ihn zu rufen. Er ging schneller, dann traf ihn der Schlag vor die Stirn.

Jetzt fiel ein weiterer Tropfen in die Lache am Boden. Fast kühl fühlte sich die Flüssigkeit an, die über sein Gesicht rann. Er zwinkerte einen Tropfen aus dem Augenwinkel, richtete sich auf, was seinen Kopf sofort heftig pochen ließ.

Sein Blickfeld war verschwommen, durch den roten Schleier getrübt. Er erkannte einen rechteckigen Raum, etwa zehn Quadratmeter groß. Grobe Wände ohne Putz, Lüftungsschlitze, notdürftig befestigte Kabel; eines führte zu der Deckenlampe, die die Umgebung grell erleuchtete. Das Tuckern eines Stromaggregates drang entfernt an seine Ohren.

Der Bunker. Seine Erinnerung kehrte langsam zurück. Er blickte auf schwere Metallkisten, nachlässig am Boden gestapelt; zwei von ihnen waren geöffnet.

Ein zischendes Geräusch und der Geruch von Lötzinn ließen ihn den Kopf wenden.

Der Bombenleger arbeitete an einem Tisch an der Seite, drehte ihm den Rücken zu. Losa saß neben ihm, blickte fragend zu Viggi, winselte leise.

Andi Wagner tätschelte sie beruhigend, drehte sich um. »Na, bist du wieder wach, du Schlaumeier? Ich bin Nr. 5!« stellte er sich vor. »Wie kann man als Polizist seine Deckung nur so vernachlässigen. Der Berdl hätte dir anderes erzählt!« Er sah ihn verächtlich an. »Und ihr haltet euch alle für so gescheit. Ihr habt den Aufnahmetest zur Polizeischule geschafft, eine richtige

Ausbildung gemacht, während ich mich freiwillig beim THW abgeschafft hab´. Als Kleiner wollte ich auch zur Feuerwehr oder zur Polizei, aber die verlangen alle ein Abitur. Muss man denn rechnen, bevor man ein Feuer löscht? Kraft, Stärke, Mut und Kameradschaft sind doch viel wichtiger und da kann man sich auf mich verlassen. Das wusste der Berdl, deshalb hat er mich genommen. Jahrelang, nein jahrzehntelang hab´ ich mir den Arsch für ihn aufgerissen, jeden Kurs habe ich mitgemacht, keine Übung geschwänzt, weil er mir gesagt hat, er bildet mich in allem aus. Als er zum ersten Mal die große Sache, den Plan erwähnte, dachte ich, jetzt hab´ ich es geschafft. Doch er hat mich immer nur verarscht, sagte, er hätt´ noch einen anderen. Obwohl ich so viel geschafft hab´ für ihn, war ich ihm am Schluss doch zu doof und er hat den Jupp ausgebildet. Da hat der Berdl mich zum ersten Mal verraten!«

Viggi hörte die Wut in seiner Stimme.

»Aber ich bin nicht doof! Und dass musste ich ihm zeigen! Dachte, er überlegt es sich noch mal. Wie oft ist er nachts im Wald verschwunden! Aber niemand geht mit dem Hund bei jedem Lausewetter raus und kommt dann Stunden später fast trocken wieder hemm. Irgendwo gab es ein Versteck und ich wollt ´s finden. Also bin ich ihm nach, wenn er nachts aus dem Haus ging. Aber im Wald ließ er die Losa immer laufen und sobald sie mich roch, hat sie gebellt. Dann lief er nur noch rum, machte Umwege, bis er mich abschütteln konnte. Und ich musste ja auch arbeiten, konnte mir nicht dauernd die Nächte um die Ohren schlagen wie der Chef, der gerne mal zwei Stunden länger pennt.« Er schüttelte zornig den Kopf. »So kam ich nicht an ihn heran. Er musste allein sein, damit er zu seiner Zentrale ging, aber mich übersieht man nicht so leicht.« Er richtete sich zu seiner vollen Größe auf. »Willst du wissen, wie ich ihn gefunden hab´? Durch meine Computerspiele, weil die sind echt gudd! Eines spielt in der Vergangenheit und dort hatten die Funkgeräte; so Dinger, wie die unterm Berdl sein Dach. Die gab es auch bei den Feuerwehrübungen und dann war es ganz isi. Natürlich hatt ich gesucht, bis ich die Frequenz hott. Du glaubst ja nicht, wie viel Geschrei aus diesen blöden Babyphones ich gehört habe. Zuerst hab ich's im verbotenen Bereich versucht, wie euer Polizeifunk. Aber es war viel einfacher: Sie benutzten Walkie-Talkies, die es früher in jedem Aldi gab. Massenware, Spielzeug, das war's! Wer will noch so ein Teil, wenn alle Handys haben? Da könnt ihr euch die IMSI-Catcher gleich sonstwo hinstecken. Der Berdl ist uralt, aber mit dem Funken kannte er sich aus. Er hat die Dinger umgebaut, ihre Leistungsfähigkeit erhöht. Und dann habe ich auch so eines im Schrott gefunden. Damit konnte ich sie abhören, Nr. 2, 3 und 4. So nennen sie sich, wie im Kindergarten!« Er hielt kurz inne, erinnerte sich. »Damals im Kindergarten, da war ich die Nr. 1, weil ich schon immer der Größte war, bis die anderen Torfköpp in der Schule besser behandelt wurden als ich! Und der Jupp als Freund wollte auf einmal nichts mehr mit mir zu tun haben. Der hat sich retour gezóó, mich auch verraten, war plötzlich was Besseres!« Er schnaubte verächtlich. »Ich habe den Berdl und die anderen abgehört, aber oft haben die nicht viel geschwätzt. Nee, gesagt haben die eigentlich nie was, immer nur geflüstert und deshalb konnte ich die Stimmen nicht erkennen. Ich musste sie in echt sehen. Die waren sehr vorsichtig und den größten Fehler hat der Berdl selbst gemacht, weil er immer die Losa dabei hatte. Umbauen, basteln kann ich auch und dann hab ich ihr den kleinen Sender unters Halsband gesteckt, den gab's bei Ebay. Er ist mir nicht draufgekommen! Ich wusste dann, wo er hinging und es hat gedauert, bis ich den geheimen Eingang zum Bunker gefunn ' hott. Aber ich bin zäh, zäher als alle anderen und das hab' ich ihm gezeigt. Ich hab' sie hier über die Rohre abgehört, aber die waren eh so langweilig, schwatzten hier immer nur rum...« Er zuckte die die Achseln. »Hier in der Zentrale flogen die Baupläne für die Bomben rum und das nötige Zeugs gleich dazu. Warum alles nur rumliegen lassen? Nur ein bisschen damit spielen, dacht' ich. Die schwafelten immer nur von ihrem Plan, aber ich hatte einen! Ich musste ein bisschen üben, drüben im Wald von Hellendorf, weit genug weg von hier. Zuerst hat's nicht geklappt, aber dann!« Er pfiff durch die Zähne, zollte sich selbst Applaus. »Mann, hat's an der Tanne gerummst! Und an der Schranke! Da wusste ich, jetzt hab ich's drauf!« Er grinste Viggi stolz an. »Hat ja niemand geschadet, aber der Alfi, der hat 's gemerkt und dabei ist der richtig doof. Lebt im Wald, statt was zu schaffen! Der Berdl hätt' ihn schon bezahlt, aber der Alfi wollte nicht. Nee, der steckte lieber seine große Nase in Sachen, die ihn nichts angingen, rannte zur Polizei. Der Jupp hat's abends im Vereinshaus erzählt und alle haben gelacht. Der hat auch rumerzählt, was ihr schafft, um mein Alibi zu überprüfen und was die Jungs aus Teamspeak geschwätzt haben. Klar haben die mich weitergehört, aber nicht geschnallt, dass da nur ein Band lief. Ich hab's schon Tage vorher aufgenommen und ein paar mal 'Eh, Alder!, Oh nee! Jez awwer' un 'Die han ich plattgemach!' draufgeschwätzt und mit der Chipstüte Palaver gemacht. Die haben geglaubt, ich tät mit ihnen spielen, dabei hatt' ich nur ein Botprogramm als Client installiert!« Er lachte hämisch.

Er hat es also doch hinbekommen, dachte Viggi, und die sinnentleerte Art der Konversation bei diesen Spielen kannte er ja selbst zur Genüge. Man spielte konzentriert, das Gerede der Mitspieler läuft parallel und ins Leere, aber man fühlte sich nicht allein.

»Es war klar, es passiert mir nix!« Andi lachte auf, dann verfinsterte sich sein Gesicht wieder. »Ich wollte auch nix mehr machen, aber dann hat der Berdl mich nochmal verraten! Ich hab's gehört, wie er mit dem Parents geschwafelt hat, über Preise und Grundstücke. Der wollte unsere Firma verkaufen, obwohl er mir gesagt hat, er macht's nicht und dann hat's mir gelangt. Wenn der Berdl nicht mehr wär, dacht' ich, braucht es Maria mich und so isses ja jetzt auch. Der hätt' mich nicht verraten sollen!«, wiederholte er und wandte sich Viggi drohend zu. »Und du hätt´st nicht mit dem Alfi reden sollen! Ich habe euch gesehen, wie ihr aus dem Wald kamt, der Alfi und du! Da musste ich den Alfi auch sprengen und jetzt bist du dran! Weißt du, was ich mit dir vorhabe?«

Wagner ist unberechenbar, dachte Viggi und schüttelte den Kopf. Halt ihn am Reden!

Die Angst kroch durch seine Glieder, denn trotz des Geplappers arbeitete der Bombenleger gelassen weiter. Verband Dynamitstangen mit Drähten, montierte die Zündkapsel, prüfte einen Schalter, verwarf ihn, suchte einen anderen. Er nahm eine Metallwäscheklammer, zwischen deren Schenkel er ein Lederstück klemmte, das er mit einer dünnen Schnur verband. Eine klassische Sprengfalle. Wagner lötete Drähte an die Klammer, schloss sie an die Batterie, die den Zündfunken auslösen würden, sobald das Lederstück aus der Klammer gezogen wurde und damit den Stromkreis schloss.

Ein Stolperdraht würde Viggi das Leben kosten, wenn die kiloschwere Ladung neben dem Tisch hochginge und ihn niemand in dieser verlassenen Gegend fände.

Seine Gedanken rasten. Er hatte seiner Mutter gesagt, dass er zuhause weiter recherchieren wolle. Lori hatte er noch eine Antwort versprochen, doch würde sie Dora anrufen, nur weil er sich nicht gemeldet hatte? Oder würde sie ihn morgen früh fragen wollen? Bestimmt schlief sie längst, mit Falk. Würde er selbst denn bei Loris Eltern anrufen, wenn sie vergaß, ihm eine SMS zu schicken? Nein, auch er würde sie erst am nächsten Tag ansprechen und das bedeutete, dass seine Chancen denkbar schlecht standen. Wenn Wagner ihn hier zurückließ, konnte jedes Reh, jedes Wildschwein den Stolperdraht auslösen. Falls Andi nicht selbst daran zog, um ganz sicher zu gehen. Hatte Moritz bemerkt, dass er nicht nach Hause kam? Vielleicht, aber heute hatte Yann einen freien Abend und sie hatten Gäste erwartet. Seit die beiden zusammenlebten, hatte sich sein Kontakt zu

Moritz gelockert. Und die Nachricht, die er auf dem Computer hinterlassen hatte, würde sie nicht erreichen, fiel ihm siedendheiß ein. Das System fuhr automatisch herunter, wenn er sich mehr als zwanzig Meter vom PC entfernte. Doch selbst wenn sie ihn suchten, brauchten sie noch Dorian, um die Verschlüsselung zu knacken. Sein Bruder war immer sein letzter Anker, wussten Dora und Moritz das?

Nein, sein soziales Netz war mehr als dünn. Eine Freundin würde bemerken, dass er nicht dort war, wo man nachts um drei hingehörte. Die hatte er aber nicht.

Konzentriere dich, ermahnte er sich selbst, die Panik hilft dir nicht weiter! Atme ruhig durch, wie Dora es dich gelehrt hat und überlege!

Er zentralisierte seine Atmung, die durch das Klebeband auf seinem Mund behindert war. Wie hieß noch der nordvietnamesische Außenminister, der den Friedensnobelpreis abgelehnt hatte? Ruhig, Viggi, ruhig! Irgendetwas mit L.

Nr. 5 schwafelte weiter, erklärte mit Hingabe die Einzelheiten seines Plans.

Le Duc Tho! Ein kluger Mann. Viggi fand den gesuchten Namen, wurde ruhiger. Wie kann ich mich bemerkbar machen? Sein Handy lag unerreichbar fern neben Wagner auf der Werkbank, in Einzelteile zerlegt.

Er schätzte seine Chance so hoch wie die Wahrscheinlichkeit, sechs aufeinanderfolgende Lottozahlen zu ziehen. Hatte es das einmal gegeben?

Auch Losa konnte ihm nicht helfen. Sie verstand nicht, was zwischen ihren Freunden vorging, hatte sich in einer Ecke versteckt. Viggi fragte sich, wo der Ausgang aus seinem Gefängnis lag. Die Metallleiter rechts neben ihm? Befanden sie sich unter Bodenniveau? Nein, die Lüftungsschlitze unter der Decke gingen nach außen und Wagner hatte ihn nicht die Leiter hinunter getragen, eher am Boden entlang geschleift. Diese Leiter führte zum Geschützturm, wie im Bunker in Besseringen. Der Ausgang musste hinter ihm liegen. Unauffällig wandte Viggi den Kopf, versuchte, den Stuhl zu drehen, stellte fest, dass die hinteren Beine am Boden verschraubt waren.

Wagner hielt einen Schalter prüfend in die Höhe, hatte eine weitere Zündvorrichtung fertiggestellt, schloss die Batterie an, nahm die Rolle mit der Stolperschnur und sah sich noch einmal um. »100 Kilogramm Dynamit, Viggi. Hier muss auf jeden Fall aufgeräumt werden und falls die Stolperschnur nicht ausreicht, startet die Uhr. Rühr´ dich nicht, sonst löst du den anderen Schalter aus!«, drohte er. »Und wenn sie dich hier ausgraben wollen, brauchen sie schweres Gerät, aber die werden nicht den halben Wald für `nen Toten abholzen. Die stellen dir höchstens ein Kreuz obendrauf. Aber wer kennt schon vorher sein eigenes Grab? Freu´ dich dran!« Er lachte verächtlich, pfiff nach Losa. »Ich lass dir das Licht an.« Er nahm die Rolle mit der Stolperschnur zwischen Daumen und Zeigefinger, rollte sie mit kräftigen Bewegungen ab.

Grob zerrte er die widerstrebende Losa am Halsband, verschwand hinter seinem Rücken.

Viggis Blick saugte sich an der Schnur fest, folgte jedem Zittern, ausgelöst durch das Abrollen der Trommel. Sobald sie sich spannte, war er verloren. Er schloss die Augen.

20

Freitag, 18. Oktober

Nadine erlebte einen Flashback.

Die Zentrale hatte sie aus dem Bett geworfen, von einem vermissten Beamten im Gebiet des Bombenlegers berichtet. Das SEK sei bereits unterwegs. Man gab ihr den Treffpunkt durch.

In Windeseile hatte sie sich angezogen, war sofort losgefahren. Schon am Ortseingang des Dorfes hatte sie das Blitzen der Blaulichter wahrgenommen, den Wagen abgestellt; sich durch die Wachposten gedrängt, die das Gebiet weitläufig abgesperrt hatten. Mehrmals hatte man sie an den Sperren aufgehalten, nach ihrem Dienstausweis gefragt und sie hatte sich über die Verzögerung geärgert.

Sie sah die kleine Gruppe an einem behelfsmäßigen Arbeitstisch im Zentrum des Geschehens. Theo und Lori diskutierten mit dem Leiter des Einsatzkommandos die Lage, Senkenfeld verfolgte die Scheinwerfer des Suchtrupps im Wald. Moritz wies auf einen Punkt der Karte, bezeichnete die Position.

Moritz? Was tat ihr Lieblingschef hier?

Der Einsatzleiter gab Befehle durch, koordinierte die Rettungstruppe.

Welcher Beamte wird vermisst, fragte sie sich noch, als der riesige Feuerball über dem Fröhnbuchwald die Nacht für Sekunden erhellte.

Der Bombenleger hatte wieder zugeschlagen.

»Augen auf, Jungchen, wir geben niemals auf. Es wird gekämpft bis zuletzt!«, hörte Viggi eine drängende Stimme neben seinem Ohr raunen.

Die Fesseln an seinen Armen wurden durchschnitten, das Klebeband auf seinem Mund mit einem Ruck unsanft abgerissen. Viggi spukte den Knebel in seinem Mund aus, spürte den festen Griff an seinem tauben Arm.

Alph zog ihn hoch, legte Viggis Arm um seine Schulter. »Dort entlang«, zischte er leise. »Wir müssen sofort zum Notausstieg und zwar très vite!«

Benommen schüttelte Viggi den Kopf. »Alph?«

»Keine Zeit für Fragen jetzt. Los!«

»Die Bombe!«, warnte Viggi.

Alph schüttelte ungeduldig den Kopf. »Die geht auf jeden Fall hoch, wir können nichts mehr tun. Lauf, Tim!«

Viggi stolperte, der Schwindel ließ den Raum um ihn kippen.

Er hörte ein angestrengtes Schnaufen, der Griff wurde fester, nahm ihm fast die Luft zum Atmen. Alph zog ihn zu einer schweren Metalltür, achtete sorgfältig darauf, die Schnur am Boden nicht zu berühren. Ein dunkler Gang lag vor Viggi, er konnte sich nicht orientieren. Neben ihm zählte Alph die Schritte, blieb stehen, Viggi hörte schwere Riegel.

»Rein hier!« Alph schob ihn in die Dunkelheit, hinter ihnen krachte die schwere Metalltür ins Schloss. Wieder hörte er Riegel, die sich schlossen.

Alph schaltete eine Taschenlampe ein, die einen engen Tunnel spärlich erleuchtete. »Geh vor, Tim!«

Viggi spürte das Adrenalin durch seinen Körper rasen, tat die ersten Schritte, stützte sich an der Wand ab.

»Schneller!«

Mühsam fand Viggi den Weg, fühlte sich vor, reagierte instinktiv. Am Ende des Blindgangs ergriff er die in der Wand eingelassenen Metallsprossen, kletterte nach oben.

»Öffne die Sperre!« keuchte Alph hinter ihm. Seine Lampe warf den Schein hinauf, Viggi zog den geölten Riegel zurück, drückte gegen die Luke, die sich nach oben öffnete. Sie kletterten hinaus, standen wieder im Wald.

»Hier entlang!« Alph zog ihn am Ärmel, gönnte ihm keine Pause, lief nun voraus auf einen verborgenen Trampelpfad. Viggi stolperte. Jeder Atemzug schmerzte und er fuhr sich mit dem Arm übers Gesicht, als die Wunde an seiner Stirn erneut zu bluten begann. Alph kam zurück, stützte ihn auf dem Weg in eine Senke. Plötzlich wurden die Bäume von einem Lichtblitz erhellt, die anschließende Druckwelle warf sie nieder. Gesteinsbrocken prasselten in der Nähe herab, krachten in die Bäume.

»Das war wirklich knapp, Jungchen«, schnaufte Alph neben ihm. Er atmete heftig. »Aber für einen Anfänger hast du dich gut gehalten!«

Viggi hielt die Augen wieder geschlossen, kämpfte gegen die Übelkeit an, die in ihm aufstieg. Der Schmerz in seinem Kopf ließ ihm fast den Schädel platzen.

»Jungchen? Tim?«, hörte er eine besorgte Stimme.

Er öffnete die Augen, sah Alphs Gesicht genau vor sich, vom Feuerschein hinter ihnen erhellt.

Er nickte. »Geht schon.«

Erleichtert ließ Alph sich neben ihm fallen, hielt seinen Blick aufs Feuer gerichtet. »Da brennt er nun, der hoffentlich letzte Plan. Zumindest zur Hälfte.«

»Zur Hälfte?« Viggi versuchte, den Schmerz in seinem Kopf zu ignorieren, klar zu denken.

»Bertrand hatte drei Depots«, warnte Alph. »Das größte hat sich eben verabschiedet. Ein Depot habt ihr gefunden, aber das zweite war auch ausgeräumt. Nr. 1 muss es am Tag nach Bertrands Tod selbst geleert haben. Als ihr montags zum ersten Mal bei mir wart, hatte ich es gerade überprüft. Nr. 1 wusste bereits am Sonntag, dass sein Statthalter vor Ort ermordet wurde und hat sofort gehandelt. An das Depot am Kewelsberg kam er nicht heran, von der Zentrale kannte er die Lage, aber nicht den geheimen Zugang im Wald. Er musste sich schnell entscheiden und im Orscholzer Wald suchte die Polizei nicht. Dort hatte er die besten Chancen, das Lager unentdeckt zu räumen und er tat es schon in der Nacht zum Montag. 50 Kilogramm Sprengstoff und das übrige Material waren leicht in einem Lieferwagen zu verstauen. Den Reifenspuren nach war es ein Mercedes Sprinter, mehr kann ich nicht sagen.«

Fast beiläufig speicherte Viggi die wichtige Information ab. »Aber wo kommst du her, Alph? Wir dachten, du seist in der Hütte verbrannt!«, stellte er seine drängendste Frage.

Alph zuckte mit den Achseln. »Ich pass´ schon auf mich auf.«

»Wo hast du gesteckt?«

»Nachts in der Zentrale dort drüben. Dort suchte mich niemand; Nr. 3 und 4 haben sich davon ferngehalten, um sich nicht zu verraten. Tagsüber war ich auf den Beinen. Ich hatte dich gestern mit Losa im Wald gesehen und dachte schon, du hast es gleich, deshalb bin ich vor Ort geblieben. Na ja, hat noch einen Tag gedauert, bis bei dir der Groschen gefallen ist«, meinte er nachsichtig und sah ihn an. »Aber du bist dran geblieben, hast dich nicht beirren lassen und das rechne ich dir hoch an. Du hast den Plan erledigt.«

Viggi überlegte. »Es war tatsächlich eine Stay behind Aktion?«

»Vor vierzig Jahren? Ja. Die Vorstellung, der Ostblock könne uns überrennen, war in all unseren Köpfen und Luxemburg war ein zentraler Punkt in Europa, von höchstem Interesse für vermeintliche Eroberer. Wir hatten keine starke Armee; wir hätten uns der Übermacht nicht entgegen stellen können und somit war die Idee einer Partisaneneinheit geboren. Deshalb wurden wir geschult, aber hauptsächlich auf den Gebieten der Informationsbeschaffung wie bei Bertrand, der das Funken lernte, oder auch in der Logistik. Das Sprengen habe ich erst bei der Brigade mobile gelernt, in einem Kurs auf Sizilien. Ist lange her.« Er wirkte plötzlich verschlossen.

»Gehörtest du auch zu den Bombenlegern? Damals in Luxemburg?«, fragte Viggi unverblümt.

Er seufzte. »Nein, ich war nicht aktiv dabei, aber ich wusste davon und bin nicht dagegen vorgegangen. Wir hatten einen besonderen Ehrenkodex, glaubten uns auf der richtigen Seite. Doch die eigene Bevölkerung terrorisieren, damit unsere Oberen bekamen, was sie wollten? Das war nicht meine Sache. Und auch der Verrat an den Mitkämpfern war für mich unmöglich. Wir haben zusammengehalten.«

»Pour le mérite?«

»Ja, das war unser besonderes Motto, das wir unter den Uhren trugen. Der Staat vergaß uns, also ehrten wir uns selbst. Die Idee stammte von Bertrand und es war unser erster Schritt in die Unabhängigkeit, in die Revolte. Wir wollten die Verhältnisse ändern. Wie hast du davon erfahren?«

»Wir haben deine Uhr in der Hütte gefunden.«

Er zuckte mit den Schultern. »Sie war mir schon lange nicht mehr wichtig. Ich trug sie kaum noch, orientierte mich am Sonnenstand, an der Natur. Termine musste ich ja nicht mehr einhalten«, grinste er.

»Aber wer war die Leiche in deiner Hütte? Wir dachten, dass du es bist.«

»Nein, das war Mariano«, stellte er lapidar fest.

»Mariano?«

»Mariano Partoli war einer der Gladiokiller. Die haben noch eine Rechnung mit mir offen und geben es auch nie auf«, seufzte er. »Bertrand wusste es und hat mir geholfen, mir die Hütte aus alter Kameradschaft heraus besorgt. Diese Werte schätzte er hoch. Im Gegenzug habe ich für ihn die Augen offen gehalten, als er die Vermutung hatte, hintergangen zu werden. Am letzten Wochenende habe ich gehört, dass die Italiener mir auf der Spur sind. Ich bin ihnen gefolgt und hatte beobachtet, wie sie am

Samstag in meine Hütte einbrachen, um mich zu überfallen. Mich habe sie nicht bekommen, aber Andis Bombe im Verschlag habe auch ich übersehen. Als sie dann so unvermittelt hochging, war Mariano noch in der Hütte. Da wusste ich, dass ich ein Riesenglück hatte. Dieser Anschlag hätte mich das Leben ebenso gekostet wie Mariano.« Er hielt inne, Viggi merkte ihm den Schreck noch an. »Das war knapp!«, bekannte er. »Doch als ich erfuhr, dass ihr mich für den Toten haltet, sah ich meine Chance. Ich kann noch einmal neu anfangen.«

»Und dieser Mariano?«

»Um ihn ist es nicht schade. Ich wusste nicht einmal, dass er noch lebt, dachte, er sei verschollen«, setzte er gleichmütig hinzu.

Viggi überlegte. »Du wusstest Bescheid über die Bombenanschläge im Wald. Hast du es Zimmer erzählt?«

Alph nickte. »Ja, habe ich, aber im Frühjahr hat er mir nicht geglaubt; er dachte, es seien meine Feinde. Ich hatte Wagner unter Verdacht, aber Bertrand wollte es nicht hören. Andi war für ihn der Sohn, den er nie hatte und er vertraute ihm unbesehen. Das Ausmaß dieses Verrats schien ihm zu unglaublich, deshalb ignorierte er meine Warnungen. Er wollte Andi an dem Sonntag, als er starb, vom Verkauf der Firma berichten. Andi hätte die technische Leitung am neuen Standort erhalten, das war Bertrands Bedingung für den Verkauf und Parents hat sich darauf eingelassen. Das Abschiedsgeschenk für Andi lag bereits im Safe. Nun kann Marie den Zehntausender gut gebrauchen.«

»Wer steckte mit Zimmer unter einer Decke?«

»Das weißt du doch schon!«, erwiderte er ungeduldig.

»Morgenthal und Keller«, benannte Viggi. »Aber unsere Beweise sind dort vorne verbrannt.«

Alph schüttelte den Kopf, öffnete eine Tasche an seiner Jacke, sah auf ein Smartphone. »Scheint noch okay zu sein.« Er startete es, lächelte zufrieden. »Der Bunker dort drüben verfügte über Sprachrohre. Ich habe das Handy hineingehalten und

Wagners Lobgesang auf sich selbst aufgenommen. Er hat Keller und Morgenthal mehrmals erwähnt, falls ihm das bei der Vernehmung heute entfallen sein sollte. Das wird als Beweis genügen.« Er reichte Viggi das Handy, lauschte kurz in die Nacht. »Ich muss jetzt los, Tim. Alles Weitere wird Moritz dir berichten.« Mühsam stand er auf.

»Moritz? Du kennst Moritz?«, horchte Viggi auf.

»Leider nicht persönlich, aber natürlich habe ich überprüft, ob ich dir vertrauen kann. Unten im Perler Internetcafé habe ich einen Tor-Browser installiert. Im Bewahren von Geheimnissen seid ihr auch nicht schlecht, nicht wahr? Aber einige Spuren musst du noch verwischen; ich bin euch auch draufgekommen«, grinste er vielsagend.

Viggi hinterfragte die Andeutung nur halbwegs, hörte Geräusche und ein Rufen.

»Da kommen deine Retter, Tim. Vielleicht verschweigst du ihnen meine Rolle und gibst mir eine Stunde Vorsprung? Ich werde noch heute Nacht das Land verlassen.« Er sah sich alarmiert um.

»Wohin gehst du, Alph?«, fragte Viggi, ahnte, dass zu viele Fragen offen geblieben waren, hielt sich den Kopf.

Er drehte sich noch einmal um. »Es gibt viele Wälder in Europa, aber jetzt muss ich los. Ich melde mich, wenn ich den Flieger erreicht habe. Pass auf dich auf und vergiss es nicht: Suche die Nr. 1!«

Alph nickte ihm eindringlich zu und verschwand lautlos im Wald.

21

Die Explosion war erloschen. Der Wald brannte.

»Viggi!«, flüsterte Lori entsetzt.

Moritz löste sich als Erster aus der Schockstarre. »Wir wissen nicht, ob er tatsächlich dort war. Kannst du den Explosionsort bestimmen, Klaus?«, wandte er sich an den Leiter des Einsatzkommandos.

Klaus maß die Position des Feuers ab, das im Wald aufloderte, wandte sich seinem Computer zu, schüttelte bedauernd den Kopf. »Plus minus 25 Meter«, schätzte er. Er nahm sein Funkgerät hoch, fragte den Status seiner Leute ab. »Sie sind nahe am Brandort, aber niemand ist verletzt. Sie kommen nicht weiter«, meldete er.

Agieren, du musst jetzt agieren, bevor der Schock dich ganz lähmt, wusste Moritz. Er blickte zu Theo, die zu einer Eissäule erfroren schien. »Falk«, sprach er den Freund leise an. »Nimm sie von der Bühne fort!«

Falk sah ihn verwirrt an und Moritz nickte zu Theo hin. Er verstand. »Dora?«, sprach er sie leise an, doch sie reagierte nicht, hielt den Blick starr auf das Feuer gewandt.

Moritz wies ihm die Richtung. »Bring sie zum Auto.«

Falk legte behutsam den Arm um Theo. »Dora, lass uns zurückgehen.« Mit sanftem Druck drehte er sie vom Feuerschein fort, lenkte ihre Schritte.

»Yann, kümmerst du dich um sie?«, fragte er, als er mit der Dorapuppe am Wagen angelangt war.

Yann drehte sich um, nahm eine Decke aus dem Kofferraum, legte sie fürsorglich um Doras Schultern und raunte Falk fragend zu. »Ein neuer Anschlag?«,

Falk nickte. »Wir wissen nicht, ob Viggi tatsächlich dort war. Wir müssen sie hinlegen.« Er öffnete die Tür des Audis.

»Einen Moment noch.« Yann griff nach ihrem Handgelenk, fühlte den Puls. Dann suchte er in seiner Tasche die Blutdruckmanschette und legte sie Dora an.

Das Klingeln eines Handys aus Doras Tasche verärgerte Falk. Wer ruft denn um diese Zeit an? 3:24 Uhr, registrierte seine Uhr messerscharf.

»Schalt´ das Ding aus!«, wies ihn der Arzt knapp an.

Er zog Doras Handy aus ihrer Tasche. Es war noch entsperrt und Falk konnte die Nummer erkennen. Unbekannter Anrufer.

Falk folgte der Anweisung, schaltete das Gerät aus.

»Bring sie von der Bühne fort!« Diesen Satz hatte Lori wahrgenommen. Bleich und sehr kontrolliert erteilte Moritz die Anweisungen, die niemand in Frage stellte.

Sie sah Falk zu Dora gehen, beobachtete, wie er sie ansprach, den Arm um sie legte. Beruhigend redete er ihr zu. Dora folgte ihm mechanisch, ließ sich von ihm führen. Falks Fürsorglichkeit beeindruckte Lori. Obwohl das Date mit Falk gänzlich anders verlaufen war als erwartet, fühlte sie jetzt nur Erleichterung in sich, nicht den Hauch von Eifersucht. Falk war an diesem Abend freundlich, interessiert und auch niemals herablassend gewesen. Aber sie hatte eine Kluft zwischen ihnen gespürt und fühlte sich auf die Probe gestellt, fast wie bei einem Einstellungstest. Immer wieder hatte er zustimmend genickt, hatte ihr Gespräch geführt und gelächelt, um ihre Befangenheit aufzulösen. Doch die Vorstellung, sich ihm tatsächlich zu nähern, ihn zu berühren und ihn zu küssen, widerstrebte ihr auf einmal. Sie hatte sich in ihren eigenen Traum verliebt, stellte sie fest, nicht in den Mann, der ihr gegenüber saß.

Als Falk sich kurz entschuldigte, hatte ihr erster Gedanke Viggi gegolten; sie wollte wissen, was er ohne sie erfahren hatte.

War das wirklich ein rein berufliches Interesse? Nein, der Gute-Nacht-Gruß von Viggi war ihr viel wichtiger geworden, als sie es wahrhaben wollte. Die nüchternen Nachrichten zum Fall, die Zahlen, Fakten und Daten fehlten ihr, stellte sie fest.

Lori sah, dass Falk sich einen Weg durch die Menge gebahnt hatte. Wie würden sie in Zukunft miteinander umgehen?

Herrn Dr. Senkenfeld und Frau Dr. Singer wünschte sie sich als Freunde.

Soweit sind wir mittlerweile gekommen: Ein Zivilist verfügt über die saarländische Polizei, dachte Nadine, als sie Moritz beobachtete. Niemand hinterfragte seine Anordnungen, jedermann gestand ihm die Befehlsgewalt zu. Seine natürliche Autorität unterband jeden Widerstand bereits im Ansatz.

Nadine war die Szene ebenfalls nicht entgangen und sie nickte zufrieden. Ja, Theo war zu recht geschockt. Gleich beim ersten Mordfall unter ihrer Führung verlor sie einen Beamten ihrer Abteilung; das würde mindestens ein Untersuchungsverfahren nach sich ziehen. Sie sah Theo mit mit Senkenfeld fortgehen und dachte weiter. Mauschelte Theo mit der Gegenseite? Informationen an die Staatsanwaltschaft wurden genauestens vor der Herausgabe überprüft; die Herren des Verfahrens lediglich nüchtern informiert, so galt die Tradition. Doch Theo hatte Senkenfeld Zugang zu ihren internen Besprechungen ermöglicht, was Nadine schon im vergangenen Jahr verärgert hatte.

Und Moritz kannte den Oberstaatsanwalt ebenfalls, duzte ihn sogar. War es ein Zufall, dass sie sich angefreundet hatten, der Expolizist und der Staatsanwalt aus dem Reich? Oder sprach das für eine Connection, die ihr noch nicht bekannt war?

Nr. 1 würde die Information sicher zu schätzen wissen, hoffte sie. Das würde ihren Kampf gegen Theo erleichtern. Interna nutzten ihm mehr als die nüchterne Aktenlage und sie war für seine inoffiziellen Rückmeldungen dankbar. Man hielt sich gegenseitig auf dem Laufenden und die Zusammenarbeit mit Nr. 1 war für sie äußerst erfolgreich verlaufen. Ihre Beurteilungen wurden von unbekannter Seite aufgehübscht, empfahlen sie für die weitere Karriere. Nur Theo war der Stein im Weg, den sie eliminieren musste und daran würde sie arbeiten.

Lori erhielt eine SMS. Um diese Zeit schlief die Großmutter, registrierte sie überrascht. Aber heute Abend würde selbst die Oma es nicht wagen, zu stören. Sie warf einen Blick auf das Display; nein, die Nummer kannte sie nicht. Sie öffnete die Nachricht. Kein Absender, kein Text; nur eine Positionsangabe wurde angezeigt. Ähnliche Koordinaten hatte sie heute Abend schon einmal gesehen und plötzlich durchströmte sie die Aufregung. »Moritz? Sieh dir das an!«

Moritz sah auf, nahm das Handy entgegen und überprüfte die Zahlen in seinem Geoprogramm. »Ist er das?«, fragte er angespannt.

»Die Nummer kenne ich nicht«, gab Lori zurück.

Moritz sprach mit Klaus, zeigte ihm die Nachricht. »Wir haben hier einen Notruf. Hast du deine Leute vor Ort?«

Klaus verglich die Positionsangaben. »Ja, das ist etwa 200 Meter vom Explosionsort entfernt. Meine Truppe ist ganz in der Nähe.«

»Schick sofort jemanden dorthin!«, riet Moritz.

Klaus gab die Meldung durch.

Lori sah, wie Moritz die Augen schloss, sich fast unmerklich schüttelte, einen Anruf entgegennahm. Er konnte noch handeln, während sie sich völlig blockiert fühlte. Warum hatte Viggi ihr nicht vertraut? Sie hatte ihn im Stich gelassen, aber so hoch durfte der Preis nicht sein! Sie spürte, wie die Tränen in ihr aufstiegen.

Moritz riss sie aus den dunklen Gedanken. »Lori? Yann hat angerufen. Dora hat einen Schock. Wir müssen einen Krankenwagen rufen.«

Ein Nicken brachte Lori fertig. Moritz strich ihr kurz und tröstend über den Arm. Hinter ihnen entstand Unruhe, sie drehten sich um.

Klaus fuchtelte mit dem Funkgerät, bedeutete ihnen eine Nachricht. »Wir haben einen Verletzten an dem Ort gefunden!« Er hob das Funkgerät erneut, lauschte den Angaben. »Tim Feldmann«, seufzte er erleichtert. »Er ist ansprechbar. Wir brauchen hier einen Krankenwagen!«, gab er an die Gruppe weiter.

»Ein Glück!«, atmete Moritz erleichtert auf. »Ich informiere Theo. Kommst du auch mit?«, fragte er Lori.

»Nein, ich muss zuerst nach Viggi sehen!«, entschied sie ohne Zögern. »Entschuldigst du mich bei Falk?«, fragte sie leise mit einem Seitenblick auf Nadine.

Moritz sah sich suchend um und schien plötzlich zu bemerken, dass seine Aufgabe beendet war. »Nadine? Du übernimmst!« Moritz warf ihr einen kurzen Blick zu und trat ab.

22

Es war eine lange Nacht gewesen, die mit der Festnahme des Bombenlegers geendet hatte. Viggi hatte ihnen den Namen nennen können. Wagner wurde von ihrer Festnahme überrascht, hatte mit Kopfhörern vor seinem PC gesessen und leistete keinerlei Widerstand, als das Einsatzkommando sein Haus stürmte. Nadine hatte die Vernehmung noch in der Nacht geleitet, nahm nun das unterschriebene Geständnis und ging hinauf zur Freitagsbesprechung, die Dora auf 12 Uhr vorverlegt hatte. »Wie geht es Viggi?«, fragte Nadine als Erstes.

»Zwei gebrochene Rippen, Gehirnerschütterung, Platzwunden, Hautabschürfungen. Er hat wirklich Riesenglück gehabt«, meinte Jens, der eine erste Befragung durchgeführt hatte.

»Und was sagte er noch?«

»Er wollte mit Zimmers Hund spazierengehen, als Losa ihn plötzlich in den Wald lockte. Dort hat sie ihm den Weg zu einem verlassenen Bunker gezeigt, wo Wagner ihn niedergeschlagen hat. Wagner wollte ihn mit dem Dynamit in die Luft sprengen, aber er konnte sich selbst befreien.«

Nadine nickte. »Ja, Wagner hat es ähnlich geschildert, ist voll geständig.« Sie berichtete von Wagners Motiven, die er während der Vernehmung ausführlich erklärt hatte. »Haben wir die anderen auch?«

»Ja, Morgenthal und Keller konnten wir ebenfalls verhaften. Die Hausdurchsuchungen sind auch auf Morgenthals Wochenendhaus an der Nied ausgeweitet worden, wo wir weiteren Sprengstoff unter der Bodenklappe des Bootshauses gefunden haben«, berichtete Lori.

»Wir haben den Fall gelöst«, stellte Dora müde fest, streckte sich. »Der Plan ist beendet. Doch wir haben die Leiche in Alphs Hütte noch immer nicht eindeutig identifiziert, auch wenn wir davon ausgehen müssen, dass es sich um Putz handelt. Außerdem haben wir einen Berg an Schreibarbeit vor uns, aber der kann eindeutig bis Montag warten.«

»Bekommen zur Belohnung ein freies Wochenende?«, freute sich Jens. »Ich habe nur Rufbereitschaft.«

Dora nickte. »Heute ist keiner von uns in der Lage, Vernünftiges zu Papier zu bringen. Geht nach Hause und ruht euch aus«, beendete sie die Besprechung.

»Herzlichen Glückwunsch«, gratulierte Falk, als die anderen den Raum verlassen hatten. »Ich habe noch Fragen, die bis Montag warten können; wir sind alle müde.«

»Ja, das wäre geschafft, aber die Fragen warten nicht bis Montag«, meinte sie nachdenklich und Falk hörte den Zweifel in ihrer Stimme.

»Welche?«

»Jetzt werde ich Viggi besuchen«, antwortete sie indirekt mit leicht drohendem Unterton.

»Du weißt es schon?«

»Was ist dir aufgefallen?«, gab sie die Frage zurück.

»Ich habe mir die Aufnahme von Wagners Geständnis im Bunker angehört. Viggi sagte, er habe neben ihm gesessen und doch habe ich Geräusche gehört, die mich auf einen anderen Aufnahmeort schließen lassen. Wagners Stimme hallte mehrmals, wurde oft undeutlich.«

Ihre Augenbrauen zogen sich drohend zusammen, verhießen nichts Gutes. »Eine weitere Frage, die er uns beantworten muss.«

»Es gibt noch mehr?«

»Lori hat schon heute Nacht darauf hingewiesen, dass sie die Nummer des Handys, mit dem er sie benachrichtigte, nicht kannte.«

Falk erinnerte sich. »Der unbekannte Anrufer.«

Dora sah ihn fragend an. »Viggi macht also mit gefesselten Armen eine Aufnahme des Geständnisses, zudem mit einem neuen Handy, dessen Nummer niemand von uns kennt?«

»Ja, das wird er beantworten müssen.«

»Moritz hat angerufen, dass er bald aufwacht. Kommst du mit? Ich denke, das gestaltet die zweite Vernehmung noch offizieller.«

Falk überlegte kurz. Ja, Viggis Version der Ereignisse warf Fragen auf, aber letztlich hatte er durch seine Nachforschungen den Fall gelöst, der Bombenleger war festgenommen, die Verschwörer gefasst. Doch Dora war erbost über seinen Alleingang. Vielleicht brauchte Viggi einen Beistand, der ihn vor der Polizei schützte? »Er liegt im Stadtkrankenhaus?«, versicherte er sich.

»Ja, wieder einmal müssen wir ins Stadtkrankenhaus«, bestätigte sie.

Lori stand in der Tür, zog ihre Jacke über. »Fahren wir?«

Viggi öffnete die Augen, sah Moritz neben seinem Bett sitzen. Vorsichtig drehte er den Kopf. Der Schmerz war erträglich, aber das Atmen fiel ihm noch schwer. Er hob die Hand mit der Infusionsnadel, befühlte das Pflaster an seiner Stirn.

»Neun Stiche«, vermeldete Moritz nüchtern. »Du wirst wie ein Pirat aussehen.«

Viggi setzte sich auf, hielt sich am Bett fest und schloss die Augen, bis der Schwindel nachließ. »Wow! Kostenlose Achterbahnfahrt!« Langsam öffnete er die Augen wieder und Moritz gehorchte nun der Schwerkraft, blieb an seinem Platz.

»Gehirnerschütterung, Tim, aber zum Glück ist es kein Schädelbruch. Die Ärzte sagen, dass der Schwindel noch einige Zeit andauern wird.«

»Ich will aber hier raus!«

»Frühestens morgen.« Moritz sah ihn streng an. »Versuche es gar nicht«, riet er. »Du entkommst deiner Mutter nicht.«

»Ich bin morgen zu einer Hochzeit eingeladen, die ich auf keinen Fall verpassen möchte!«, insistierte Viggi.

»Die ist erst um elf Uhr. Ich hole dich um acht ab.«

»Danke, Moritz.« Der Schwindel setzte erneut ein und Viggi ließ sich vorsichtig in das Kissen zurücksinken. »Wird es schlimm?«

»Du kannst froh sein, wenn sie dich nicht aus ihrer Abteilung wirft«, meinte Moritz achselzuckend. »Es ist ihre Entscheidung und ich denke, da kommt sie auch schon.«

Die Tür öffnete sich, Dora und ihre beisitzenden Richter erschienen.

Welch ein Tribunal, dachte Viggi erschöpft und schloss wieder die Augen.

»Wen meinte Alph mit der Nr. 1? Ist es noch nicht vorbei?«, fragte Lori unsicher, nachdem Viggi seinen Bericht abgeschlossen hatte.

»Ich wusste immer, dass da eine fette Spinne im Netz sitzt«, meinte Dora aufgebracht. »Und Alphs Hinweis ist die erste konkrete Spur. Aber unser Kronzeuge hat sich aus dem Staub gemacht, weil Herr Feldmann eigenmächtige Entscheidungen getroffen hat!«

»Mein Kopf hat gedröhnt, mir war schwindelig und ich war zu benommen, um adäquat zu reagieren«, verteidigte sich Viggi schwach.

»Heute Nacht, ja!«, stimmte Lori zu. »Aber du hast unsere Sicherheitsvorgaben missachtet. Warum hast du dich nicht früher gemeldet?«

»Ihr wart alle beschäftigt.« Dora und Falk wirkten betroffen, er sah auch Lori zusammenfahren. »Und ein Abendspaziergang mit Losa war nicht verboten. Auch die Hundeführer der Polizei sind allein unterwegs«, antwortete er trotzig.

»Ein Grenzfall«, meinte Falk abwägend. »Kann man so oder so sehen. Bei einem etwaigen Disziplinarverfahren brauchst du einen guten Anwalt.«

»Kommt es soweit?«, fragte Viggi erschrocken.

»Weiß ich noch nicht«, meinte Dora einsilbig, sah Moritz auffordernd an. »Du darfst jetzt.«

»Was meinst du damit?«

»Ihn übers Knie legen, wie du es versprochen hast. Mir ist er zu schwer.«

»Hole ich nach«, versprach Moritz.

»Es tut mir wirklich leid, Dora!«, versicherte Viggi.

»Es tut mir wirklich leid, Mama!« korrigierte Lori. »Wir sind hier unter uns!«, funkelte sie ihn an.

Verlegen sah Viggi auf die Bettdecke. »Ich wollte es dir sagen.«

»Ja, darüber sprechen wir jetzt!«

Moritz stand auf, nickte zur Tür. »Übrigens, die Ärzte murmelten etwas von Schonung für Viggi. Ich denke, wir sollten uns zurückziehen«, wandte er sich an Falk und Dora.

»Kommst du mit zum Essen?«, fragte Dora, als sie auf dem Flur standen.

»Nein, ich habe ich heute noch einen äußerst wichtigen Abendtermin«, lehnte Moritz ab.

»Du nennst deinen zweiten Junggesellenabschied tatsächlich einen Termin?«, fragte Dora erstaunt.

»Ja, durch diese Jugendsitte muss ich durch. Beim ersten Mal blieb es mir erspart«, erinnerte er sie.

Dora grinste. »Ja, die Zeiten ändern sich. Das hast du nun von deinem Jungmann.«

Moritz schüttelte genervt den Kopf. »Nein, das habe ich mit ihm«, meinte er ernst.

Sie sah ihn scharf an, nickte dann entschuldigend. »Ja, richtig. Bis morgen.«

23

Yann dachte über Dora nach, wieder einmal.

Er wusste, dass Moritz ihm den einzigen Hinweis gegeben hatte, den er verantworten konnte. »Die Reanimation war nicht eure erste Begegnung«, erwähnte er und Yann verstand den Hinweis durchaus.

Verzweifelt versuchte er, sich die beiden Gespräche mit der Kriminalhauptkommissarin Singer ins Gedächtnis zu rufen, doch damals stand er unter solchem Stress, dass seine Erinnerung an ihren ersten Kontakt verschwommen war. Dora hatte ihn in seiner Wohnung befragt und Yann fürchtete, dass seine Mutter ihr gegenüber zu offen war. Nein, bei dieser ersten Begegnung hatten sie sich nur belauert.

Beim zweiten Treffen war Falk zugegen und er selbst musste seinen Kopf aus der Schlinge ziehen. Sein ganzes Leben stand auf dem Spiel; man wollte ihm alles nehmen, wofür er gekämpft hatte. Diese Erinnerung war klarer. Das Adrenalin in seinem Körper ließ ihn jedes Wort bedächtig wählen, deshalb achtete er auf die Reaktionen seiner Gesprächspartner nicht genau. Was hatte er übersehen?

Obwohl sich alles in ihm sträubte, ging er in der Erinnerung zurück, überdachte sein halb vertrauliches Geständnis. Zuerst hatte er auf Doras Fragen geantwortet, danach hatte Falk die Regie übernommen. Wie ein perfektes Team waren sie aufgetreten, aber Dora und Falk kannten sich damals kaum, konnten noch nicht abgestimmt handeln. Plötzlich wandte Dora sich von ihm ab, daran erinnerte er sich. Sie verlor das Interesse, war abgelenkt. Ihren Gesichtsausdruck in dieser Situation kannte er zur Genüge. Wann trat er auf?

Fast immer, wenn Yann allein mit Dora war und ihm eine Gelegenheit bot, sich endlich zu bedanken.

Yann zweifelte an sich selbst. Zog er eine abstoßende Grimasse, wenn er mit Dora sprach? Das musste er sofort überprüfen. Er stand auf und ging zum Spiegel an der Garderobe. Schloss die Augen und übte einen Satz. »Hallo Dora, kann ich dich einmal kurz sprechen?«

Er öffnete die Augen und sah sich im Spiegel an. »Hallo Dora, kann ich dich mal kurz sprechen?«, fragte er das Bild mit einem freundlichen Lächeln.

Nein, es war keine Grimasse, es war sein Lächeln, das ihm schon tausend Mal die Tür geöffnet hatte, sowohl bei Patienten als auch bei seinen Eroberungen.

Er zuckte zusammen. Hatte er die Lösung gefunden?

Reagierte die unterkühlte Dora auf sein Verführerlächeln? Nein, die hoch erfahrene Dr. Psychologin wusste sich doch sicher zu schützen!

Hatte er bei dieser Vernehmung gelächelt, ohne sich dessen bewusst zu sein? In der Zeit vor Moritz legte er es darauf an, eine Frau für die Nacht zu gewinnen. Warum ihm die Frauen so leicht folgten, hinterfragte er nicht; er suchte und erhielt das Ergebnis.

Der nächste Schritt seiner logischen Gedankenkette ließ ihn innerlich erschaudern. Hatte er Dora, die unnahbare Schneekönigin, unbewusst verführt? Das Alter seiner Partnerinnen war ihm nie wichtig gewesen, stellte Yann nun fest. Und Dora war attraktiv, vor zwei Jahren wäre sie seine Favoritin des Abends geworden. Er hätte sich von ihr abschleppen lassen, wie er es so abfällig nannte, sie eine Nacht geliebt, nach allen Regeln seiner Kunst. Ja, äußerst reizvoll, dachte er.

Stopp, mahnte er sich selbst, du versinkst in einen attraktiven Tagtraum!

Am nächsten Morgen wäre er verschwunden und hätte sie als Nr. 271 seiner Facebooklist hinzugefügt, ohne sich tatsächlich an ihren Namen zu erinnern. Jede Woche eine andere. So hatte er gelebt, vor Moritz.

Aber die Frauen? Nie schlief er mit einer zweimal. Nein, sie landeten alle auf seiner virtuellen Freundesliste. Weitere Gedanken schloss er aus; sie waren nur sein Mittel zum Zweck. Er konnte sich nicht vorstellen, dass er in einer von ihnen ernsthafte Gefühle geweckt hatte. Aber wenn er nun darüber nachdachte, hatte er alle weiteren Kontaktversuche der Bettgenossinnen ignoriert. Ein Spiel war es, nicht mehr.

Doch nun traf er eines seiner potentiellen Spielzeuge häufiger, war über Moritz mit ihr verbunden. Und eine Frau, die sich selbst als Lustobjekt erkannte, würde sich von ihm fernhalten, wenn sie auch nur den Hauch von Selbstachtung besäße. Hatte er Dora als Freundin verloren, ohne sich ihr jemals zu nähern?

Der Gedanke schockte ihn. Er wendete seine Beweiskette hin und her, wog sie ab.

Wann hatte er Dora zum ersten Mal angelächelt? Er wusste es nicht mehr. Doch wenn sie sich zu ihm hingezogen fühlte, musste sie es als Polizistin auf jeden Fall verbergen, um ihre Integrität zu wahren. Die Nähe bei seiner Reanimation musste sie über sich ergehen lassen und erklärte ihr Zögern. Falls sie noch immer Gefühle für ihn hegte, würde sie ihn jetzt als Partner ihres besten Freundes auf Abstand halten, um ihre Verletzlichkeit zu verbergen. Indem sie sich in seiner Umgebung wie ein Eisblock verhielt, nein, wie Falks Schneewittchen, glaubte sie sich vor seinen unbewussten Annäherungsversuchen geschützt.

Yann schüttelte den Kopf. Das war so verquer, wie nur Dora es sich ausdenken konnte. Wie Viggi reagierte sie auf Gefühle mit Fakten und Logik, blockte sie ab. Dieses Verhalten war krank und gegen Krankheiten half eine Therapie, dachte der Arzt in ihm. Sie sollte ihre Zuneigung zu ihm nicht verstecken und er wollte sich endlich bedanken. Würde sie einem Treffen zustimmen? Nein, das hatte er zu oft versucht; sie ließ es nicht zu. Da half nur eine Überraschung und Yann fasste einen Entschluss. Schlechter konnte das Verhältnis zwischen ihnen nicht werden und die Gefahr einer Nebenwirkung war bei seinem

Therapieversuch gering. Yann lachte. Ja, er wusste, was er zu tun hatte, noch heute Abend.

Dora sah von ihrem Buch auf, als es spät an der Wohnungstür klingelte.

Welcher Nachbar brauchte um diese Zeit noch ein Ei oder Mehl? Sie stieg in ihre Hausschuhe, öffnete die Tür, war überrascht. »Yann, was tust du denn hier? Ich dachte, ihr feiert euren Junggesellenabschied?«

»Ja, die anderen sind dabei, bechern ordentlich. Aber ich muss noch einen letzten Versuch starten; so kann ich nicht heiraten«, seufzte er.

»Was ist denn geschehen? Komm doch herein.«

»Nein, lieber nicht.«

»Warum kannst du nicht heiraten?«, fragte Dora besorgt, lehnte sich gegen den Türrahmen. »Liebst du Moritz nicht?«

»Doch, natürlich. Aber vor der Hochzeit muss ich noch eine Aufgabe lösen.«

Dora nickte. »Und wie kann ich dir dabei helfen?«

Yann wandte den Blick ab, war nervös. »Nur du kannst mir helfen. Seit Wochen, nein Monaten, grübele ich darüber nach, wie ich mich dafür bedanken kann, dass du mir dieses Leben mit Moritz ermöglicht hast. Und mir ist nur eine Lösung eingefallen.«

Ratlos sah Dora ihn an. »Ich habe nie Dank erwartet und du hast Moritz auch für mich gerettet.«

Ungeduldig und nervös veränderte er seine Haltung, setzte zu einer Erklärung an, verschluckte die Worte, warf ihr einen Blick zu, den sie nicht deuten konnte. »Schließe die Augen«, sagte er bestimmt. »Wir sollten es heute abschließen.«

Dora zog die Stirn kraus. »Abschließen?« Doch sie tat, was er wünschte.

»Falls ich falsch liege, darfst du mir jederzeit eine knallen«, flüsterte er in ihr Ohr.

Vorsichtig und die Zurückweisung fürchtend, legte er einen Arm um sie, fuhr ihr mit der Hand durchs Haar, strich zart über ihre Wange.

Vor Überraschung riss sie die Augen auf, doch er schüttelte den Kopf und bei seinem Blick schloss sie sie wieder. Sie ließ es geschehen, genoss seinen Kuss, erwiderte ihn. Spürte, wie ihre Dämme brachen, die Blockaden überspült wurden und eine Welle der Leichtigkeit sie durchfloss.

Er löste sich von ihr, flüsterte. »Danke für´s Reanimieren, Trauzeugin.«

Dora war in einem Traum versunken. Als sie die Augen wieder öffnen konnte, hörte sie unten das Schlagen der Haustür.

Mit zitternden Knien ging sie in ihr Wohnzimmer zurück. Sie trat ans Fenster, sah Yann mit gelöstem Schritt die Straße entlanggehen, zum Bistro abbiegen. Noch immer tobte der Aufruhr in ihrem Innern, den er entfacht hatte. Das waren Gefühle, an deren Existenz sie in ihrem Leben nicht mehr geglaubt hatte.

Und jetzt ist Schluss mit deinem unerträglichen Selbstmitleid, nahm sie sich vor. Du spielst ein gefährliches Spiel! Beende es, bevor wir alle unglücklich werden! Yann ist mit Moritz glücklich, Falk ist in Lori verliebt. Aber es gibt noch mehr Männer auf dieser Welt und nun wirst du die Augen nach ihnen offenhalten!

Samstag, 19. Oktober

Moritz hatte Viggi aus dem Krankenhaus abgeholt. Er startete die Kaffeemaschine, überlegte kurz, ob er frühstücken sollte. Kein Frühstück heute, entschied er; er würde nüchtern heiraten.

Schnell überflog er die Schlagzeilen der Zeitung, nahm abwesend die Post zur Hand, las die Absender, warf die Werbung in den Papierkorb. An einer handschriftlich dahingeworfenen Adresse blieb sein Blick hängen: Herrn Ex-EKHK Moritz Thalfang. Wer entsann sich noch seines früheren Titels? Er fand keinen Absender, öffnete den Umschlag, zog eine Karte heraus. Zwei junge Füchse im Hochzeitsgewand wünschten in grausam grellen Buchstaben: Nos félicitations! Moritz drehte die Karte um, las nur einen Satz. »Haut heute ordentlich auf den Putz!«

Doch hier war ein anderer Adressat vermerkt: Tim Viggi Feldmann.

Viggi kam die Treppe herauf, trug wieder seinen Sonntagsstaat. Zur Feier des Tages hatte er eine grüne Fliege angelegt, hielt sich schwindelnd am Geländer fest.

»Gibt es noch einen Kaffee, bevor wir losfahren?«

Moritz nickte und hielt ihn auf, als er auf die Küche zuging. »Tim, kannst du mir diese Karte erklären?«

Viggi nahm die Karte entgegen, betrachtete sie, sah überrascht auf. »Hast du noch den Umschlag?«

Moritz nickte. »In Orly abgestempelt.«

»Dann hat er es also geschafft!«

»Alph?«

»Ich denke schon.« Viggi strich über die kleinen Füchse.

»Ich hätte ihn gerne kennengelernt!«, meinte Moritz, dachte an den Einzelgänger, der sich mutig gegen seine Mitstreiter gestellt hatte, als er sein Verhalten als falsch erkannte.

»Ihr hättet euch hervorragend verstanden«, bestätigte Viggi.

Ein Verwaltungsakt, kam Falk in den Sinn. Mehr ist es nicht.

Er sah auf die Rückenlehnen der hohen Stühle des Paares. Keine Blumen, kein Reis. Zwei Herren in dunklen Anzügen, zwei Trauzeuginnen.

Falk überblickte die kleine Hochzeitsgesellschaft. Dorian hatte Kathrina mitgebracht, saß mit Viggi neben seinem Onkel. Die unbekannte junge Frau war vielleicht eine von Moritz´ Töchtern, doch wo war die andere?

Die Dame im Rollstuhl erkannte er als Yanns Mutter. Sie war rechtzeitig zur Hochzeit ihres Sohnes von der Kreuzfahrt zurückgekehrt, die Moritz ihr zum Geburtstag geschenkt hatte. Zwei junge Männer. Yann hatte sie überrascht begrüßt, sich über ihr Kommen gefreut. Elf Personen wussten von dieser Hochzeit, nicht mehr. Moritz heiratete an seinem fünfzigsten Geburtstag zum zweiten Mal und heute Abend gab es ein offizielles Geburtstagsfest im großen Kreis.

Der Standesbeamte erklärte die beiden Hauptpersonen zu Partnern; der Applaus der kleinen Gesellschaft verlor sich im hohen Rathaussaal. Moritz und Yann umarmten sich lediglich kurz, küssten sich nicht.

Falk hatte Moritz gefragt, warum er heiraten wolle.

»Ich bringe es noch nicht fertig, meine Liebe zu ihm in der Öffentlichkeit zu zeigen, aber Yann hat viel Geduld mit mir. Doch ich wollte ein Zeichen setzen, obwohl er skeptisch war. Und mir wollte ich die Chance auf eine Silberhochzeit wahren«, setzte er scherzend hinzu.

Falk reihte sich in die Gruppe der Gratulanten ein, umarmte beide. Dorian nahm einige Erinnerungsfotos auf, die Trauung war beendet.

Als sie das Rathaus über die große Freitreppe verließen, fiel er Falk auf: Dieser Blick zwischen den frisch vermählten Partnern und das strahlende Glück in ihren Augen.

Falk hatte einen ruhigen Platz entdeckt und betrachtete die Gäste der Partygesellschaft, die sich am Abend in Moritz' großzügigem Wohnzimmer verteilten und nicht ahnten, dass sie sich zugleich auf einer Hochzeit befanden. Er sah Yann mit seiner Mutter tanzen; er hielt sie an den Händen, drehte sie mit ihrem Rollstuhl. Die Szene lenkte Falk ein wenig vom Kopfschmerz ab, ließ ihn lächeln.

Ausgerechnet heute machte ihm die Uhr in seinem Kopf besonders zu schaffen. Schon am Morgen hatte sie ihn mit rötlichem Schein geweckt, wo er doch angesichts des gelösten Falls ein freundliches Hellgrün erwartet hatte. Auf der Suche nach der Ursache für ihre Unruhe hatte er seinen Terminplan gecheckt, den Kühlschrank auf Vorräte überprüft und Johanna angerufen, die sonst das Telefonat am Abend vermisst hätte. Sie hatte sich über den frühen Gruß gefreut und auch sonst schien alles in Ordnung: Er würde am Wochenende nicht verhungern, die Prozessakten für die Sonntagsschicht lagen griffbereit zum Durcharbeiten auf seinem Schreibtisch, selbst im Wäschekorb lagerte ein ansehnlicher Haufen Wäsche, der auf das Bügeleisen wartete. Warum also blinkte die Uhr?

Er war pünktlich zur Hochzeit erschienen, hatte nach dem gemeinsamen Mittagessen noch sein Lauftraining in der Hoffnung absolviert, dass der Zeitmesser sich beruhigen würde. Danach hatte er die Kontoauszüge überprüft und festgestellt, dass die Vorsteuer für Gut Senkenfeld und der Unterhalt für Johanna rechtzeitig überwiesen waren. Eine Runde im Bügelzimmer konnte ihn ebensowenig beruhigen wie das Glas Whisky, das er sich vor Moritz′ Geburtstagsfest gönnte. Doch die Hoffnung, dass die Abendgesellschaft ihn ablenkte, hatte ihn getrogen. Nein, jetzt drohte die Zeitansage hinter seiner Stirn fast zu explodieren, so dass er fürchtete, jeder der Gäste könne sie erkennen. Prüfend ließ er den Blick schweifen.

In der offenen Küche hatten sich die jungen Leute versammelt. Lori unterhielt sich mit Moritz′ Tochter, wich kaum von Viggis Seite, hatte ihn mehrmals unauffällig gestützt, wenn ihm schwindelig wurde. Die jungen Männer reichten ein Handy herum, betrachteten ein Video, schlugen sich auf die Schultern und lachten. Kathrina wandte sich von dem winzigen Monitor ab, hielt Dorian spielerisch die Augen zu.

Loris Begrüßung an diesem Abend war freundlich, aber auch distanziert verlaufen. »Hallo Falk«, hatte sie fast entschuldigend gelächelt, als sie nebeneinander am Buffet standen und sie einen Teller für Viggi vorbereitete.

Er hatte genickt. »Du bleibst bei Viggi?«

»Er braucht mich heute«, sagte sie fest.

Nur heute? Seine Traumprinzessin hatte sich entschieden. Ihr gemeinsamer Abend vor zwei Tagen hatte sich zu einem Essen unter Freunden gewandelt, war doch kein Auftakt einer Liebesgeschichte. Und doch sah er ihr Verhalten nicht als Zurückweisung, sondern als Erfahrung; seine Gedanken waren in die gleiche Richtung gegangen. Nein, er blieb allein.

Sein Blick fiel nun auf Dora, die vor der Fensterfront eine kleine Gruppe von Umstehenden unterhielt. Er hörte das Lachen, als sie gestikulierte, eine Szene vorspielte, die ihr widerfahren war. Doch wie es schien, war er nicht der einzige Beobachter. Ein Herr mit grauem Haar, Anfang fünfzig, kultiviert und augenmerklich wohl situiert, ließ sie nicht aus den Augen. Unverschämt offen wanderte sein Blick über ihren Körper, vom dunklen Haar über das schmal geschnittene Etuikleid, das ihre Rundungen betonte, bis hinunter zu ihren wohlgeformten Beinen. Sogar Absätze trug sie heute; die Schuhe waren auch ihm am Morgen aufgefallen.

Falk spürte Widerwillen in sich aufsteigen, den Impuls, dem Gaffer eins überzuziehen. Dora nahm das Sektglas entgegen, das der Typ ihr reichte, lachte und sah ihm in die Augen, als sie miteinander anstießen.

Eine plumpe Anmache, registrierte Falk, doch anscheinend folgte Dora der Aufforderung des Herrn zum Tanz. War sie beschwipst? Falk schüttelte bei diesem altmodischen Wort den Kopf. Er klang fast wie seine verhasste Großmutter.

Jetzt legte der Kerl seinen Arm eng um die Hüften des Schneewittchens, bevor er sich mit ihr im Kreis drehte. Welche Nähe drängte er ihr auf? Er selbst hatte sie erst ein einziges Mal berührt; vorgestern, als sie solche Angst um Viggi ausstand. Durch ihre Jacke hatte er ihr Zittern gespürt und ihr Halt geboten. Doch der Mann betatschte sie ja fast!

Yann war die Rettung. Yann? Sogar mit ihm tanzte sie, lachte. Falk wusste von Doras Schwäche für ihn, aber anscheinend hatte sie einen neuen Weg gefunden, damit umzugehen; sie stieß ihn nicht mehr zurück. Die beiden wirkten auf eine seltsame Art vertraut, unterhielten sich beim Tanzen. Als die Musik endete, nahm Yann sie kurz in den Arm und Dora erwiderte die Nähe für eine Sekunde, bevor sie sich lachend lösten.

»Beobachtest du dein Schneewittchen mit ihrem neuen Prinzen?«, fragte Moritz, zog einen Stuhl heran und setzte sich zu ihm.

Fasziniert nickte Falk. »So locker habe ich sie noch nie erlebt.«

Moritz warf den beiden einen abschätzenden Blick zu. »Das ist Theo, nicht ihre böse Stiefschwester Dora, die sie anderen zeigt.«

»Sie tanzt auch mit Yann?«, fragte Falk erstaunt. »Was ist mit ihr los?«

Moritz seufzte. »Alarmstufe eins, würde ich sagen.«

»Wie meinst du das?« Falk fuhr überrascht zu ihm herum.

»Ich weiß nicht, wie er es angestellt hat, aber Yann hat das Eis zwischen ihnen gebrochen. Nun wird es gefährlich.«

Hatte er die Andeutung tatsächlich richtig verstanden? »Du machst wohl Witze? Du hast heute geheiratet!«

Moritz zuckte mit den Achseln. »Theo ist wieder da«, wiederholte er nachdenklich.

Verständnislos schüttelte Falk den Kopf, fragte sich, welche neuen Probleme Moritz andeutete. Wieder wanderte sein Blick zu dem Mann, der Dora kaum aus den Augen ließ. »Und wer ist der andere, mit dem sie eben getanzt hat?«

»Jürgen? Er ist der Vorstand meiner Hausbank, intelligent und alleinstehend. Deshalb habe ich sie heute miteinander bekannt gemacht.« Sie beobachteten, wie Jürgen Dora ansprach. Sie nickte mit einem Lachen, leerte das Sektglas, suchte nach ihrer Handtasche.

»Hat anscheinend geklappt, wie ich sehe«, stellte Moritz zufrieden fest. Dora und Jürgen kamen auf sie zu, unterbrachen das Gespräch.

»Na, du Jubilar? Wie fühlst du dich?«, fragte Dora gut gelaunt.

Moritz verdrehte die Augen. »Das hört sich an, als würde ich 75!«

Dora lachte. »So war es nicht gemeint. Vielleicht habe ich von mir auf andere geschlossen, denn ich bin müde und möchte mich verabschieden. Jürgen wird mich nach Hause bringen.«

Der Banker lächelte fast siegessicher. »Sie traut ihrem Promillegehalt nicht mehr! Sie wünscht sich einen Chauffeur und diese Aufgabe übernehme ich zu gerne. Es war eine tolle Fete, Moritz. Grüßt du Yann von mir?«

Moritz stand auf. »Klar. Ich begleite euch zur Tür.«

Jürgen wandte sich an Falk. »Auf ein Wiedersehen!«

Falk nickte kurz, erhob sich ebenfalls und folgte den dreien.

Moritz half Dora in die Jacke, öffnete die Tür.

Falks Uhr brannte nun lichterloh in seinem Kopf und die Bedeutung für ihren Sturm war nicht mehr zu verkennen. Würde Dora tatsächlich mit diesem Mann gehen? Er konnte es nicht glauben. »Dora?«, sprach er sie an.

Sie drehte sich um. »Ja, Falk?«

Er sah in ihre Augen, spürte das Zögern in ihrer Bewegung. Dieser Blick machte ihm zu schaffen, das rote Hämmern in seinem Kopf schien ihn zum Eingreifen aufzufordern, doch Falk fühlte sich wie gelähmt. »Ach nichts, hat Zeit bis Montag!«, winkte er ab.

Sie warf ihm einen prüfenden Blick zu, nickte dann langsam. »Wir sehen uns am Montagmorgen.« Sie nahm Moritz noch einmal in den Arm, flüsterte in sein Ohr.

Er lachte. »Werden wir haben!«

Falk stand neben Moritz, beobachtete, wie Jürgen den Wagen entsperrte und seiner Begleiterin die Tür öffnete, bevor er um den Wagen herumging, einstieg.

Moritz nickte zustimmend. »Das macht Jürgen richtig gut! Auf Höflichkeit steht dein Schneewittchen.«

Falk hatte die Szene ebenfalls beobachtet und fühlte sich indirekt kritisiert. »Ich tue das auch!«

Moritz schüttelte ironisch den Kopf. »Lori wird es hoffentlich zu schätzen wissen. Vielleicht findet sie dich auch altmodisch.«

Falk ignorierte die Spitze. »Ich denke, Lori hat sich für Viggi entschieden«, erwähnte er. »Aber wie geht es jetzt weiter mit diesen beiden?« Er sah dem Wagen nach.

Moritz antwortete nachdenklich, schien sich an frühere Zeiten zu erinnern. »Jetzt kommt die schwerste Phase. Theo wird ihn auf Standhaftigkeit und Durchhaltevermögen testen.«

»Wie bitte?«, stöhnte Falk entsetzt. Die Uhr war nach ihrem eruptiven Ausbruch erschöpft erloschen, nun entstanden blitzschnell und unerwünscht andere Bilder von Dora und Jürgen in seinem Kopf.

Moritz wandte den Blick von den Rücklichtern des Wagens und grinste. »So war das nicht gemeint. Nein, heute geschieht nichts und morgen werden sie sich im Nauwieser Viertel treffen. Dort wird sie versuchen, ihn unter den Tisch zu trinken und gleichzeitig provozieren. Wo steht er gesellschaftlich, politisch? Ist er ein Karrierist, Phrasendrescher, Drückeberger? Steht er zu seiner Meinung, so konträr sie auch zu ihrer sein mag? Was bedeutet ihm Familie, was ist ihm wichtig? Lügt er gar?« Moritz sah Falk forschend an. »Du kennst das doch alles schon. Sie testet, provoziert, seziert und kaum ein Mann übersteht die Prozedur. Deshalb ist sie allein.« Er schüttelte den Kopf. »Du hast das alles mit Bravour bestanden, ohne dir dessen bewusst zu sein, Falk. Aber du wolltest sie nicht, träumst lieber von deiner jungen Königin, die heute Viggi begleitet hat. Lori zeigt damit fast mehr Reife als du!«

»Ist es jetzt zu spät für mich?«, fragte Falk verstört.

»Keine Ahnung. Soweit ich Jürgen kenne, hat er gute Chancen und du hast dich selbst vorzeitig aus dem Rennen geworfen.« Moritz lächelte ihm aufmunternd zu. »Aber das kann sich ja wieder ändern?«

Epilog

Nr. 1 legte den Montblanc-Füller zur Seite, überflog seine handschriftlichen Notizen, betrachtete nachdenklich den Ausdruck der Heiratsurkunde, die er als Kampfansage verstand.

Thalfang hatte sich zu Schütz bekannt, gab seine Deckung auf. Nr. 1 betrachtete aufmerksam die Fotos der kleinen Hochzeitsgesellschaft, die seine Späher aufgenommen und der Akte als Beweis beigefügt hatten. Sein Gegenspieler hatte ihm den letzten Trumpf genommen, mit dem er ihn unter Druck setzen konnte.

Nr. 1 blätterte zum Anfang der Akte Thalfang, seine Recherche über den hochdekorierten Expolizisten mit der weißen Weste. Schon zu Beginn von Thalfangs Karriere hatte er geahnt, dass der Mann ihm Schwierigkeiten bereiten würde. Mit Geldzuwendungen konnte man nicht locken, das war bereits bei der ersten Überprüfung klar geworden. Als zukünftiger Erbe großer Ländereien im Nordsaarland war Thalfang finanziell unabhängig. Und trotzdem hatte er sich als Polizist abgeschuftet, erarbeitete sich hervorragende Beurteilungen. Nicht einmal Nr. 1 hatte seinen Aufstieg bremsen können.

Er las Berichte, die schon vor einem Vierteljahrhundert von einer intensiven Beziehung des jungen Polizisten zu einer Praktikantin bei der Polizei berichteten, über ein intimes Verhältnis spekulierten. Doch seine Leute waren den entscheidenden Beweis schuldig geblieben; sie fanden das Druckmittel nicht, mit dem man Thalfang in die Enge treiben konnte. Moritz blieb verheiratet, Singer war danach von der Bildfläche verschwunden. Als er Jahre später Thalfangs Empfehlung für die Psychologin bei der Kriminalpolizei las, hatte er neue Hoffnung geschöpft, die Verbindung sofort hergestellt. Doch die beiden arbeiteten einwandfrei, formulierten alle Berichte neutral, obwohl Nr. 1

wusste, dass er in ihren Fokus rückte, weil das neue Ermittler-team ahnte, wer im Lande die Fäden zog. Als sie ihm zu nahe kamen, konnte er Singer ausschalten; so problemlos war sie zu erschüttern, nachdem er seine Register gezogen hatte. Nach sei-ner Attacke war sie ein psychisches Wrack und sein Plan war aufgegangen. Noch einmal las er ihre damaligen Arztberichte mit großer Genugtuung. Doch er hatte Singer voreilig als erle-digt abgehakt. Nun war sie zurückgekehrt, wirkte gefestigt und vorsichtig. Man musste sie unter Beobachtung halten, Angriffs-punkte bei ihr finden; nur für den Fall der Fälle.

Sein Ziel, auch Thalfang in die Hand zu bekommen, war dagegen erneut gescheitert. Dabei war das Bildmaterial hervor-ragend, das vor sechs Jahren die ersten Treffen von Moritz und Schütz dokumentierte. Doch als er sich fast am Ziel wähnte, hatte Moritz gekündigt und sich seiner Kontrolle entzogen. Wel-cher hochdekorierte Beamte ließ denn seine erfolgreiche Karrie-re sausen? Als ihm Thalfangs Kündigungsschreiben zugespielt wurde, war er zunächst erleichtert, doch er hatte den Gegner un-terschätzt. Thalfang hatte sich abgeschottet und die Mitarbeiter seiner neuen Firma verfügten über eine bessere Ausstattung als die Landesbeamten. Selbst als ein Hauptsponsor der Bruchmül-ler-Stiftung erhielt Nr. 1 keine relevanten Informationen.

Nachdenklich schlug er mit dem Füller gegen sein Kinn, plante seine nächsten Schritte.

Die Zelle im Land an der Saarschleife war unwiederbringlich verloren, aber das Material des dritten Depots stand ihm weiter zur Verfügung und würde genutzt werden.

Auf Junkes' Mitarbeit konnte er sich weiterhin verlassen und sie würde belohnt werden. Sie hatte berichtet, dass Singer ihren ersten Fall mit dem jungen Team gelöst hatte, mit Feldmann und Dreguzkaya. Ihre dienstlichen Aktennotizen lagen offen vor ihm, er hatte Zugriff auf all ihre Dateien; sie konnten sich nicht verstecken. Doch wichtiger waren Nadines Beobachtungen am Abend des letzten Bombenanschlags. Singer hatte wieder Kontakt zu Thalfang und auch der Oberstaatsanwalt Senkenfeld drohte bereits die Seite zu wechseln.

Nr. 1 drehte sich zu seinem Schreibtisch herum, benannte die Prioritäten. Feldmann und Dreguzkaya waren jung und unauffällig; sie gehörten in Kategorie C. Singer, die ihre weitere Karriere im übrigen deutschen Ausland betrieben hatte und sich seinem Blick entzogen hatte, verdiente genauere Beobachtung; er notierte Beobachtungsstatus B. Seine Leute würden sie ins Visier nehmen. Auf wen musste er noch achten? Senkenfeld? Nein, entschied er, der war mit seiner Karriere beschäftigt und in seiner Unbedarftheit zur Not schnell aus dem Weg zu räumen. Seine IP-Adressen waren bekannt; er erhielt Status D. Thalfang dagegen blieb in Gruppe A mit höchster Priorität, notierte er und schloss seine Betrachtungen ab. Er musste diese Leute im Auge behalten, Informationen sammeln und Vorkehrungen treffen. Vorausschauendes Handeln hatte ihm über Jahrzehnte hinweg den Erfolg gesichert, unabhängig davon, welche Partei gerade regierte.

Nr. 1 schloss die Unterlagen in den Tresor, richtete seine Krawatte, nahm das Sakko vom Bügel und machte sich auf den Weg. Die Ministerpräsidentin rief zum Empfang. In den höchsten Kreisen musste er selbst zwischen Sekt und Fingerfood ermitteln, um die Schwachstellen seiner Gegner zu entdecken.

Er kannte alle Entscheidungsträger, baute sie auf, hatte sie in der Hand, dirigierte sie, ließ sie fallen.

Alpha würde keinen Anlass finden, ihn zu rügen.

Anmerkungen und Danksagung

Dieser Roman beschreibt eine rein fiktive Handlung!

Um eine größere Realitätsnähe herzustellen, wurde jedoch im Vorfeld intensiv an den Schauplätzen recherchiert; Berater wurden insbesondere für die technischen und kriminalistischen Themen hinzugezogen, bei denen ich mich für das Teilen ihres Fachwissens und ihre Geduld bei der Beantwortung der blauäugigen Fragen bedanke.

Ebenso bedanke ich mich bei meinen jungen Freunden, die mich in die verwirrende Welt der Computerspiele eingeführt haben.

Dies ist ein Roman, keine Doktorarbeit und trotzdem möchte ich auf in der Realität existierende Orte und Zitate hinweisen:

- Ich liebe die Landschaft zwischen Perl, Wehingen und Orscholz, wo ich intensiv recherchiert habe und die immer einen Besuch wert ist. 'Zimmers Dorf' wurde nicht explizit genannt und auch der Schauplatz leicht verändert, um den Bewohnern nicht zu nahe zu treten.
- Hintergrundinformationen zur Luxemburger Bombenlegeraffäre:http://de.wikipedia.org/wiki/Bombenlegeraffäre;
- Auch hier: Luxemburger Wort:»Es war net keen«. Das Buch zum Bommeeleeër-Prozess. Editions Saint Paul. ISBN 978-2-87963-925-3. www.editions.lu

- Der Blog von »c23Y78«, aus dem ich viele Hintergrundinformationen erhalten habe, unter anderem zu den Mitgliedern der damaligen Armeeangehörigen mit dem Hinweis auf den 'Marienkalenner', war bei Drucklegung im Januar 2015 leider nicht mehr erreichbar.
- Maßnahmen der Bundesregierung zur Aufdeckung der Tätigkeiten von Gladio sind hier zu finden: http://dip21.bundestag.de/dip21/btd/17/148/1714815.pdf
- »Grundsätzlich ist dem Polizeiberuf das Leisten von Mehrdienst immanent...« Zitat aus : Aw15_0937.pdf
- Das Computerspiel CoW ist ebenfalls fiktiv; Ähnlichkeiten mit existierenden Spielen sind zufällig.
- Namen und Personen wurden frei erfunden, eine Namensgleichheit mit lebenden oder verstorbenen Personen wäre rein zufällig.

Autoreninformation:

Marlian Wall arbeitete über zwei Jahrzehnte in verschiedenen Bereichen, bevor das Schreiben zur Leidenschaft wurde. 'Bombenleger' ist nach 'Schwesternmorde' der zweite Band der TheFaGloT-Reihe.

Kontakt: marlian.wall@t-online.de

Kritik jeder Art, Wünsche und Anregungen sind herzlich willkommen!

Band 1 der TheFaGloT- Reihe

Höchste Stellen setzen die Polizei und den Staatsanwalt Falk Senkenfeld unter Druck. Kommissarin Dora Singer, Psychologin und Lügendetektivin, wird in ihre Heimat zurückbeordert, um den Freitod einer Krankenschwester zu überprüfen. Schnell stößt sie mit ihrem jungen Team auf Widersprüche und einen weiteren Todesfall.

Als erneut ein Mord geschieht, ermitteln Dora und Falk im Grenzbereich der Medizin, um einen gewissenlosen Serientäter zu überführen.

Marlian Wall

PRIESTER TOD

KRIMINALROMAN

Band 3 der TheFaGloT-Reihe

Ein engagierter Priester wird bei dem Einbruch in seine Kirche ermordet. Die jungen Kommissare der Saarbrücker Kripo ermitteln im ländlichen Bliesgau und stoßen auf die Spuren rivalisierender Diebesbanden, gestohlener Briefe und verschwundener Klassenfotos. In welches Netz aus Intrige und Vertuschung ist der Priester geraten?

Doch der Fall konfrontiert auch Falk Senkenfeld mit seiner Vergangenheit. Gemeinsam mit Dora Singer begibt er sich auf Spurensuche, um das Rätsel seiner Uhr zu lösen.

Band 4 der TheFaGloT-Reihe

Eine hinterhältige Vergewaltigung und ein feiger Giftmord führen in einen Morast aus Erpressung, Ausbeutung und Schattenwirtschaft. Doch nach einem Angriff auf Theodora Singers Familie ist auch das Ermittlerteam geschwächt. Ohne Unterstützung kämpfen Gloria und Viggi um die Lösung des Falls und gegen Verräter in den eigenen Reihen.

Falk Senkenfeld will das Geheimnis um Theos Vergangenheit lüften und stößt in der Welt von Nr. 1 auf weitere Lügenopfer...